中宣部 2020 年主题出版重点出版物

中国作家协会
脱贫攻坚题材报告文学
创作工程

爱的礼物

礼物

哲夫 著

作家出版社

图书在版编目（CIP）数据

爱的礼物 / 哲夫著. -- 北京：作家出版社，2020.8
（中国作家协会脱贫攻坚题材报告文学创作工程）
ISBN 978-7-5212-1045-3

Ⅰ. ①爱… Ⅱ. ①哲… Ⅲ. ①报告文学 – 中国 – 当代
Ⅳ. ①I25

中国版本图书馆CIP数据核字（2020）第116303号

爱的礼物

作　　者：	哲　夫
责任编辑：	史佳丽　李亚梓
装帧设计：	意匠文化·丁奔亮
出版发行：	作家出版社有限公司

社　　址：北京农展馆南里10号　　邮　　编：100125
电话传真：86-10-65067186（发行中心及邮购部）
　　　　　86-10-65004079（总编室）
E-mail:zuojia@zuojia.net.cn
http://www.zuojiachubanshe.com
印　　刷：北京玺诚印务有限公司
成品尺寸：170×240
字　　数：295千
印　　张：22
版　　次：2020年8月第1版
印　　次：2020年8月第1次印刷
ISBN　978-7-5212-1045-3
定　　价：39.00元

把中国扶贫放在全球语境下你会有惊人的发现。

——题记

目 录

第一章

鼎食钟鸣全宇宙

因循守旧是人类与生俱有的缺陷。如何从人类历史循环往复的发展怪圈中一步一步走出来，从雷同和重复的束缚中解放，走出周而复始的逡巡和徘徊，走出踯躅和观望，走出千百年来总是似曾相识的自己，需要巨大而深刻的认知和反思，而且是当务之急……

存 在

调寄定风波（新韵）

先扫梧桐帚上秋，后撩桃李入溪沟。云货琳琅风捡漏，杨柳，青铜锈绿耍吴钩。

鼎食钟鸣全宇宙，独秀，航勘未见类星球。何必动辄披甲胄，参透，天人合体护风流。

地球形成于几十亿年以前。1543 年，波兰天文学家哥白尼提出了日心说之后，天体演化的讨论才开始步入科学范畴，逐渐形成了诸如星云说、遭遇说等学说。迄今为止，地球起源的假说曾提出过几十种，但任何一种地球起源的假说都有待进一步的发现和证明。

神话因此而派生。

在中国神话故事中，三国时期的吴国人徐整在他所著的《三五历纪》一书中，以充满想象力的瑰丽语言，描述了天地从混沌中，被初分及被解放时的生动情形："天地混沌如鸡子，盘古生其中。万八千岁，天地开辟，阳清为天，阴浊为地。盘古在其中，一日九变，神于天，圣于地。天日高一丈，地日厚一丈，盘古日长一丈，如此万八千岁。天数极高，地数极深，盘古极长。后乃有三皇。数起于一，立于三，成于五，盛于七，处于九，故天去地九万里。"

科学猜想也罢，神话臆测也罢，有一点是地球人的共识，在浩瀚无垠的宇宙间，人类所赖以生存居住的这颗蓝色小星是从无到有的。

地球是圆形的，构成与人无异，以群山为骨，平原为体，林草为肤，海洋、江河、湖沼、地下水为血液。人类之起源，迄今仍然是个谜，理论上人类起源过程分为：古猿阶段，亦人亦猿阶段，能制造工具的人的阶段。英国生物学家达尔文的《物种起源》一书阐明了生物从低级到高级、从简单到复杂的发展规律。恩格斯提出了劳动创造人类的科学理论：类人猿最初成群地生活在热带和亚热带森林中，后来一部分古猿为寻找食物下到地面活动，学会用两脚直立行走，前肢因此被"解放"出来。

请注意这里使用了"解放"二字，这是本作品所要使用的一个高频词。

被解放的前肢方便使用石块或木棒等原始劳动工具，终于发展到用手制造工具，体质和大脑因此而得到了相应的发展，恩格斯把这些能够制造工具的人称作"完全形成的人"。

"非洲是人类的摇篮"是由达尔文提出来的。海格尔则在1863年发表的《自然创造史》一书中主张人类起源于南亚。还有中亚说、北亚说以及欧洲说。

北京人的发现使中亚起源说更加风靡一时。

火是人类文明起始的标记，芮城县西侯度遗址，距今大约180万年，为目前中国境内已知最古老的旧石器遗址，它所出土的人类最早用火证据，把中国乃至世界人类用火历史提前了 80 万年。西侯度遗址位于山西省芮城县西侯度村，遗址在高出河面约 170 米的古老阶地上。

1961 年至 1962 年，山西省博物馆对西侯度遗址进行了两次发掘，出土的动物化石有巨河狸、鲤、山西轴鹿、粗面轴鹿、粗壮丽牛、山西披毛犀、三门马、中国野牛、晋南麋鹿、步氏羚羊、李氏野猪、猛玛象等。石器出土主要以石英岩为原料，类型有石核、石片、削斫器、刮削器和三棱大尖状器。从吃生肉走向吃熟食，文化层中出土有 180 万年前的烧骨，昭示远在这里的人便与火亲密接触，开启了人类文明的初曙之光，迄今世界上没有其他国家发现过如此古老的烧骨。也即是说，芮城先人是全球人类中最早使用火的猿人，西侯度当为全世界最早"火人"遗址。

人类只能有一个祖先，不能说黑人有一个祖先，白人另有一个祖先，黄种人又有一个祖先。人类多祖论是生物学常识性错误，多祖或多元违背科学常理。人类起源的假说有十几种：进化说、次元说、生命说、能量说、基因说、细胞说、外星说、海洋说、动物说等。更有人是太空人的后代说、海洋人与陆地人的孕育说、外星人与古代森林猿的结合说、人类是被制造出来之假说、鲨鱼进化说、原本存在说、植物演变说、泥土拿捏说、上帝创造说。

说人类都是地球的子孙则可以息此纷争。

泥土拿捏说原本盘古开天的后续神话，伏羲的妹妹女娲，因为寂寞无聊，就从黄河里捞出泥巴，捏制了第一个泥人，嫌捏造太过麻烦，便用树枝蘸上泥巴向地面上甩，一甩之下，无数个小泥点形成无数个人，群落渐次形成，大地因此热闹，女娲其乐洋洋。

然而很快，人就意识到，自己的精神和血肉，被泥土囚禁了。

解放，因此而根生，并枝繁叶茂。

解放语出北魏贾思勰《齐民要术·安石榴》："十月中，以蒲、藁裹而缠之。

二月初乃解放。"《三国志·魏志·赵俨传》："俨既囚之，乃表府解放……"宋文天祥《罗融斋墓志铭》："有生馈禽鱼，必解放之。"元贯云石《清江引·惜别》曲："闲来唱会《清江引》，解放愁和闷。"明吴承恩《西游记》："他却一一从头唱名搜检，都要解放衣襟……"康有为《大同书》戊部第七章："囚奴者，刑禁者，先行解放，此为据乱。"闻一多《死水·你看》："你看春风解放了冰锁的寒溪……"诸如此类多多，兼及物质与精神，或二者的综合。

1818年5月5日出生于德国特里尔小镇的马克思，因为赋予了"解放"以耀眼的思想光芒，25岁便不得不离开德国，带着妻子颠沛流离于欧洲多个国家，他说："哲学把无产阶级当作自己的物质武器，同样，无产阶级也把哲学当作自己的精神武器；思想的闪电一旦彻底击中这块朴素的人民园地，德国人就会解放成为人。"

1937年4月24日《解放》周刊在延安创刊，毛泽东在《解放》周刊发表有《论反对日本帝国主义进攻的方针、办法与前途》《为动员一切力量争取抗战胜利而斗争》《论持久战》等重要著作。

中国人民解放军、解放天下受苦人、解放西藏农奴、解放全中国、解放牌汽车、解放生产力、解放思想等等，在历史发展进程中"解放"二字始终伴随着新中国前行的脚步。

1948年4月4日，农历戊子年乙卯月己未时，毛泽东主席与周恩来、任弼时等中央领导同志在前往西柏坡途中，在烧炭山上，毛主席还向山上的老农借了一个火点起一支香烟，吞云吐雾，并与老农聊了几句，然后才踏着夕阳的余晖走下山，去岢岚县住宿。

岢岚县在烧炭山脚下，地处晋西北黄土高原中部，管涔山西北麓，位于山西省忻州市西南部，县南与吕梁市为邻，北依五寨、河曲，南靠兴县、岚县，东邻宁武、静乐，西与保德相连，面积1984平方公里，现辖2镇10乡，人口8.6万，县政府驻岚漪镇。

岢岚县地势东南高，西北低，东部山地以岢岚山主峰荷叶坪为最高，海拔2784米，山上森林茂密，植被良好。西南部为烧炭山，山上牧草繁茂，宜于放牧。西与西北部为黄土丘陵区，水土流失严重。中部沿岚漪河两岸形成带状平川区。全县山地为1140平方公里，丘陵为799平方公里，平原为45平方公里。

岢岚有全国三大卫星发射中心之一的太原卫星发射中心，但许多人以为太原卫星发射中心在太原，根本不知道在岢岚，更不知道岢岚还是个历史悠久的县。岢岚县和五台山同属一市，在知名度上却大相径庭。许多人，只知山西有个五台山，不知忻州市还有个历史悠久的岢岚县，早在石器时代就有人类定居，从殷商起各族政权即在此治所管辖，还是拱卫太原的重要屏障要塞，历来为兵家必争之地。

毛泽东在岢岚路居期间，还顺便接见了参加岢岚三级干部会议的全体与会人员，并留下"岢岚是个好地方"的深情赞语，然后才去了西柏坡。翌年毛泽东赴京赶考去了。这一去便不曾回来过。

时过多年，我和岢岚县扶贫办年轻英俊的赵利生主任、具有一派斯文气息的康利生，循着毛主席的足迹登上了烧炭山，我们三人也在山上学样抽了一支烟，只是遍寻不见一个老农，老农们都整村易地搬迁了。相对吞云吐雾，吐出的烟絮，即刻被劲疾的山风撕碎，涂抹到如火如荼浓烈的烧炭山秋色的画卷之中。

就在不远处，山风催动耸立于岭头峰顶的风力发电管线，这些风力发电的样子，远看也就是一支支竖起的细细的香烟，如同一株株缭乱的三叶草的叶片。走近了细看却让人心惊，这些银灰色的"香烟"，竟是一支支粗可几人怀抱的"巨无霸雪茄"，支支高耸入云天，棵棵都烟望雾视，叶片呼风唤电。这等巨无霸的风力发电和龙鳞般的光伏晶体，在岢岚县许多地方蔚然已成洋洋大观，很是让我们感叹了一回。

有感于眼前的壮阔，现实的深厚，我驻足烧炭山，调寄《行香子》新韵这样写道：烟岢云岚，丘抱陵环。牧骁驹茂壮雄关。风可峦下，草垦林菅。此春秋晋，千朝改，万年删。沟苍岫老，青悭红吝，壑沟深达布贫寒。荷叶坪碎，烧炭山蛮。这画图还，绕漪水，起岚山。

"毛主席在岢岚县老百姓的心里是一个伟大的存在……"赵利生操着浓浓的岢岚话感慨道，"就在我们站的这个地方，毛主席向收秋的一位农民借了个火，还聊了几句天。那时的烧炭山，种得有不少田地。1948 年 4 月 4 日，毛泽东与周恩来、任弼时等中央领导同志在前往西柏坡途中路经岢岚，是从兴县那边一路走过来的……"

这里是黄土高原之上的土石山区，人类的记忆，顽强如同深埋黄土之中的石头。举凡露头的石头都有根，我曾看到过太行山一座石头凿出来的碾盘，它的根连着太行山，不打碎了是搬不走的。

在来烧炭山的路上，我们先去了赵家洼。赵家洼是岢岚县的一个村庄，这个村庄大部分是 25 度以上的坡地，全村只有一口井，种地和吃水都困难，属于典型的"一方水土养不好一方人"的地方。县里果断决策，赵家洼整村搬迁，但大家都捏着一把汗，怕有人说三道四。

这时候中央来了个人。这个人来到赵家洼走村串户访贫问苦。赵利生声情并茂地说："就像走亲戚一样，走进刘福有家里。刘福有两口子已 70 多岁，92 岁的老母亲与他们生活在一起，5 个孩子成家后都进城打工去了。刘福有喊着向 92 岁的老母亲介绍来人，老母亲耳朵背，听不清儿子的话，也不明白新称谓，反问：'谁？谁？'刘福有情急之下，灵机一动，只好大声喊：'就和毛主席一样！'"

刘福有 92 岁的老母亲听了，老眼里霎时间云烟滚滚，蓦地睁开来，满脸核桃皮似的皱纹顿时舒展，咧开没牙的、露出红红牙床的嘴巴，即刻笑成了一朵花，握住来人的手半晌不肯松开……这就是时光凿刻的人类生命记忆的顽强，由此及彼地被点燃之后，会即刻照亮衰弱的生理机能，记忆的云破处仿佛李白诗述：半壁见海日，空中闻天鸡。

赵利生笑着解释："不是事先安排的，就是自然而然的，92 岁一个耳聋眼花的老人，你不和她说，就和毛主席一样，她是真的弄不懂，她活在过去那个岁月里。但刘福有无意中说了一句真心话，在岢岚人的心里，总书记就是和毛主席一样。总书记听了也是笑，可他当时什么也没有说，只是笑了笑。这话应该说没有错，我觉得在为人民服务这一个问题上，前后就应该是一样的，你说是不是？还有，就是总书记在全国访贫问苦，在我们赵家洼村停留的时间是最长的……"

以为这个小小的细节，无疑是画龙点睛的一笔，也是从循环往复的历史怪圈走出来的一个不同的开头。细节是魔鬼也是天使。

科学日新月异，地球已经小成一个村子。

在茫茫宇宙间，迄今为止，只有这一个地球。

中国再大也不过是地球村里的一亩三分地，村子里的风水坏了，邻里都会受害，所以保护这个村子的生态环境就是保护中国的一亩三分地。光靠一个人不成，得抱团取暖，不光要为中国的老百姓服务，还要为地球村所有的人类服务。这也是马、恩对共产主义大同理想的共同表述："只有在共同体中，个人才能获得全面发展其才能的手段，也就是说，只有在共同体中才可能有个人自由。"

建立人类命运共同体被写入了《中国共产党章程》。

十九大报告定义并表述为："构建人类命运共同体，建设持久和平、普遍安全、共同繁荣、开放包容、清洁美丽的世界。"由此联想到扶贫，细细想来，把扶贫放在人类发展的历史进程中和全球化语境下来认知，方知扶贫这个思路很不简单，与生态环境保护和人类命运共同体这两个思路，是互为连带，相辅相成，具有同一密切因果，是一步深思熟虑的大棋。

具体我会在后边的章节里细说。

无疑这是走出历史循环的又一个时代转折与要紧关节。

记 忆

调寄相见欢（新韵）

路居馆里哪人，日如轮。今又情真、都暖岢岚春。

远又近，显还隐，是脱贫。撸起袖儿、千线一根针。

不均人患堪惊，岂能轻。较一个真、还上欠得情。

富贵冷，暖生境，共枯荣。过猛繁奢、犹怕毁农耕。

岢岚县城东北处即为荷叶坪，主峰海拔2784米，面积3万多亩，是整个晋西北的制高点，华北最大的高山草甸。周围有原始次生林82万亩，高原草坡66万亩。夏季气温21℃左右，是避暑、旅游的理想去处。这里也是国家级森林公园，生长着茂密的落叶松、云杉穿针阔叶树种，还有党参、黄芪等400多种名贵药材和山桃、山杏及蘑菇、木耳、蕨菜等珍稀的野菜。世界珍禽褐马鸡出没其中，多达160多种国家一、二类保护动物在此可见踪影。

坐落在县城以东20公里处的黄花坪，是一处罕见的黄土高原亚高山草甸，面积约1.5万亩，草甸厚度在30—50厘米之间。草甸上生长着各种开黄花的串串草和各种中药材。在农历四、五月间到黄花坪大草甸，就会看到漫山遍野的黄花菜，其势甚为壮观。黄花坪周围的半山腰上生长着大片原始森林，是一处自然风光胜景。滨河公园是在海拔1412米的西山云际寺遗迹上扩建而来，尖峰耸削，石径弯环，松林荫翳，霞彩绚空，夏日清凉。

类人猿向人类进化的过程是一级接一级渐进式发展的，人类历史的持续性，也是由一个一个具体的人，一代接一代，渐进式书写的过程。景感生态的人，也即物质的人，本身是有局限性的，更何况，还有特定的历史阶段的必然性，所以，人类历史经常会出现大同小异的甚至雷同的故事、雷同的场面。但雷同的只是情节和主旨，故事照样生动，因为时间、人物、细节已经有所不同，历史因此得以常新。

岢岚是个老区，刘福有 92 岁的老母亲年轻时，耳熟能详的大约只有一个名字，所以当她听到这个名字时，记忆即刻被点亮了。毛泽东是从南湖舫船、从八年抗战、从大生产、从重庆谈判、从三年解放战争、从延安去西柏坡，从烧炭山走去岢岚，老母亲焉能不晓？

1949 年 3 月 23 日是个历史性的日子，中共中央从西柏坡起程前往北平时，毛泽东风趣地对大家说："今天是进京的日子，不睡觉也高兴呀。今天是进京'赶考'嘛。进京'赶考'去，精神不好怎么行呀？"周恩来也说："我们应该都能考试及格，不要退回来。"毛泽东说："退回来就失败了。我们绝不当李自成，我们都希望考个好成绩。"

时过多年，一个名叫梁家河的村来了一个北京插队青年，他父亲出生的富平县，距离延安不到 300 公里。他是赶考人的后代，在梁家河待了 7 年又赶考进了京，考上后，他还带婆姨回村，村里人都记得。他吃过农村的苦，深知穷山恶水的可怕。

2015 年 10 月 21 日，他在伦敦金融城市长晚宴上的演讲中提到："我不到 16 岁就从北京来到了中国陕北的一个小村子当农民，在那里度过了 7 年青春时光……年轻的我，在当年陕北贫瘠的黄土地上，不断思考着'生存还是毁灭'的问题，最后我立下为祖国、为人民奉献自己的信念。"

2016 年 7 月 1 日，他又意味深长地对人们说："这场考试还没有结束，还在继续。今天，我们党团结带领人民所做的一切工作，就是这场考试的继续。"

以上这两个细节，我曾在《大地上的风景》一文中写到过，在这里重提，是想告诉人们，物换星移，时代已经不同，人物已经更迭，但有一个根本的考题没有变，那就是我在开篇所说的两个字：解放。

无独有偶，习近平曾经百感交集地谈到过一件发人深思的往事："聂帅（聂荣臻）曾经流着泪说：'阜平不富，死不瞑目。'这件事是福建省委原书记项南同志告诉我的。聂帅的那句话感人至深，我一直铭记在心。项南同志从福建省委书记任上退下来后，当了中国扶贫基金会会长。我当时是福州市委书记。他到福建来找我，希望我支持一下基金会。项南说，有一次他去看望聂帅，聂帅谈到了河北阜平的情况。阜平曾是晋察冀边区所在地，聂帅担任过晋察冀军区司令员。聂帅动情地说，老百姓保护了我们、养育了我们，我们打下了天下，是为老百姓打下的天下，阜平的乡亲们现在生活还没有明显改善，我于心不忍，一定要把老区的事情办好。所以，项南义不容辞当了中国扶贫基金会会长。我是在这样的氛围中耳濡目染走过来的，工作过的很多地方都是老区，对老区的感情是很深厚的。我们对脱贫攻坚特别是老区脱贫致富，要有一种责任感、紧迫感，要带着感情做这项工作。"

没有土地，就没有人类文明，这话听起来不错，但在今天却有些过时。我和赵利生、康利生都不同程度地讨论过这个问题。我的观点是，土地生长五谷，没有土地，就没有农耕文明，但现在已经进入了现代化工业时代，小农经济显然是不适应时代发展了。

所以，扶贫的更深一层含意，不仅是让农民脱贫，让农民进城，还有从土地的无所不在的束缚中把农民解放出来。多少年前，我在宁夏和作家张贤亮曾经聊到这一点，张贤亮的观点是，用户籍制度把农民世世代代牢牢地束缚在土地上是不人道的。过去农民不许开小片荒，进城还要被当作盲流抓，是不是不人道？

后来深圳人说他们那里已经没有农民，还有人不以为然，说："不可能，没有农民谁种粮食？"这话多数是自以为高人一等的城里人所说。可是这些城里人，过去他们家也是农民出身！

"我就是个农民！"赵利生说，"家里世代务农，要不是考上个五寨师范，现在还在家里务农呢！我们这里的学生，最想上的就是五寨师范，因为毕业国家包分配，考上五寨师范意味着命运就此改变，可以当老师月月领国家的工资了，当时，这可是农村人梦寐以求的！"

似乎，无论是打土豪分田地，还是扶贫，以及上五寨师范，都与土地有扯不脱的瓜葛。一方面说农民离不开土地，而现实的表达则是土地意味着贫穷。过去是科举，现在考大学，上五寨师范，从工、从商、从政，成为农民的梦想，目的没有变，共识很明确，从土地的束缚和贫穷中把自己先解放出来，改变个人以及家族的命运。

时至今日谁也休想再把农民束缚在土地上了。城里人瞄准了村里的土地，并开始往村里跑。这种现象被称之为第二次土地解放或是城乡大换防。

"事实已经是了！"康利生说。这个县职高的副校长康利生也是五寨师范的毕业生。"好多村里的青壮年都另谋生路，大多数都进城打工，逢年过节，回来瞅上一两眼就又走了，留守的都是老弱病残……"

我们聊的时候，依山傍水的赵家洼村，除村中最好几间房留作历史见证，其余的房屋已拆掉复垦，种了各种药材。"我们岢岚是，搬迁一村，就要复垦一村，不留死角。"

我问他赵家洼村里有没有明清或是民国的建筑。赵利生笑着说："要有明清民国建筑还能拆？都是烂得不能再烂的烂房房，真要是不拆，维修个样样得花好多钱的，还得跟省市要，拆了省心，但也可惜……"

距赵家洼村不远的宋家沟村，如今青砖灰瓦，木屋黄墙，整修一新，扮演和替补了本该由赵家洼承担的角色，俨然成了岢岚县的一个热门景点。宋家沟中心村和乡党委所在地，是去宋长城景区的必经之地，也是2017年总书记在岢岚县访贫问苦的第二站。

宋家沟也因此从一个默默无闻的小山村，变成了一个人人皆知的红火地方，不仅提前完成了周边 14 个村 145 户 256 人的易地扶贫搬迁建设安置，还趁机加强生态建设，利用毗邻宋长城景区和荷叶坪原始次生森林旅游景区的优势，大力发展旅游，2018 年成为国家 AAA 级旅游景区，2019 年又跻身于中国美丽休闲乡村。

接踵而来的变化是外地务工人员回来务工了，旅游季节通过摆摊位、农家乐赚钱。多地游客海海的，2018 年第一届宋家沟乡村旅游季活动累计接待游客 20 余万人次。2019 年 6 月 21 日当天，截至下午 5 点就已接待游客 22000 余人次。仅 4 天，全村就收入 32 万元。

我去宋家沟时，露天大屏幕正在播放实况，那个因在梁家河插队 7 年而饱尝并深知农民疾苦的人，面对他的农民兄弟淳朴的面容深情款款发出这样的邀请和号召：和党中央一起，撸起袖子加油干！

岢 岚

调寄行香子（新韵）

丹裂石榴，糖透鸭梨。彩浓时走了黄鹂。多情鸿字，最苦山西。是秋如蚌，怀珠命，祭丰牺。

添金粉画，枯花前月。瘦烟川晴岭肥溪。香饶瓜果，色染尘泥。有岢岚鸡，喔声里，踩云梯。

农耕一词最早出于何典？不清楚。但约定俗成的原始农耕是以半坡遗址和河姆渡遗址为例的，先猎而后耕，成为一种共识。考古材料显示，黄河流域多为原始农业遗址，这些遗址都在公元前 6000 年至前 5000 年，属氏族公社阶段，距今七八千年。

《白虎通》一书分析颇有意趣："古之人民皆食禽兽肉，至于神农，人民众多，禽兽不足，于是神农因天之时，分地之利，制耒耜，教民农作，神而化之，使民宜之，故谓之神农也。"

《周易》称三皇之一的伏羲氏为"庖牺氏"，唐代史学家司马贞统而概之："结网罟以教佃渔，故曰宓牺氏，养牺牲以庖厨，故曰庖牺。"把驯化禽畜放养鱼鳖以适庖厨者的功劳悉归于伏羲。

"神农氏作，斫木为耜，揉木为耒，耒耜之利，以教天下。"

《拾遗记》则不顾《周易》的人话，干脆就神话伺候："时有丹雀衔五穗禾，其坠地者，帝乃拾之，以植于田，食者老而不死。"

佐证是全球的农学界几乎都认为粟的种植是中国人的首创，距今 7300 年左右，半坡遗址即发现了窖藏和罐藏的粟，早在新石器时代中国粟就传到日本、朝鲜、阿拉伯、小亚细亚、俄罗斯等国家和周边地区。

农耕文明与游牧文明是中华民族古代两种不同文明，它们在相当一段时间是并存不悖且是互补的，迄今为止在有些地方仍然可以见到并存的华彩片断，这一点在岢岚县就表现得十分明显。

我来时，岢岚刚刚开罢脱贫攻坚表彰会，受表彰的脱贫人员大多都是养殖专业户，养羊的、养牛的、养驴的、养猪的、养鸡的，还有养骆驼的，占多数。走到野地里，随处可见群山颠连的漫山坡上，牛羊在沟沿谷畔云朵一样游逛吃草。我因此而问赵利生："全国各地退耕还林，封山禁牧，要求圈养牛羊，岢岚怎么还在山上放牧？"

赵利生不慌不忙侃侃而谈："岢岚县素有美称'骑在羊背上的县'，养羊是岢岚的支柱产业。岢岚国土面积 1984 平方公里，现在加上流动人口也突不破 8 万，可以说是地大人少。主要有岚漪河、东川、南川、北川几条支流，属于黄河水系，牛羊有的喝。草坡现存有 122 万亩，年产草量 50 万吨，载畜量 58 万个羊单位，牛羊有的吃。岢岚柏籽羊肉，全国有名，岢岚绒山羊，产绒量高、肉质鲜美。县上也考虑过圈养，可因地制宜这么一考虑，觉得岢岚情况特殊，不能简单一刀切，就折中：夏秋草木旺发在山上放牧，初春和冬天圈养！"

早在石器时代岢岚就有人类定居，从殷商起，各族政权即在此更迭。龙山文化遗址，春秋、汉、晋、北齐、唐代遗址，摇曳多姿。现存岢岚县城为后汉刘知远所筑，已有2200多年历史。北宋文学家欧阳修任枢密院副使时，曾几次来岢岚巡查。

这个出生于今江西省吉安市永丰县的北宋人，乍见僻处边塞深处蜿蜒团伏的岢岚城墙，便被其流云般不修边幅、丘陵也似的沉雄坚实、峰峦如聚的高大孔武、天荒地老的沧桑野旷，天真烂漫的古老纯粹，夺了眼球和心魄。

经过一番悦目的浏览、悉心的观赏、精细的品鉴、详尽的考据、认真的思考，曾为时人的北宋欧阳修，如推理欧阳公文字之今人我，情不自禁一改寻常为文的洋洋洒洒，不惜以记流水账的直白，不事铺张，以时间、地点、朝代、年月、尺寸、数字的精准，凿凿据实，历历记载，从中宣说出一个字里行间看不见的惊叹：噫吁兮岢岚，一座沉雄出奇、巍峨罕匹、形如战舰、经历代增广修筑的边塞高古之城！

他在撰写《修岢岚城疏》一文时，不厌其烦流水以记之曰：神宗元丰八年（1085年），知州贺绍庆"于城东增广2里"。明洪武七年（1374年），镇西卫指挥使张兴将全城包砖，"周围7里，城高3丈8尺"，城形如舟。城楼12座，上有旗杆、垛口。城门高大出奇，四门都有瓮城，城外有一条宽5丈、深2丈的护城河。东、西、北门外各有吊桥一座，城外4关2堡。现仍存北、东、南3座城门瓮城和大部分残垣断壁，高大的城门实属国内少有。城"周围5里"建制，建有防御体系，其格调与西安古城相仿佛，只是规制格式缩微些而已。

"我们岢岚城的地形地貌就像一只船的样子！"康利生慢悠悠地说。战国时赵武灵王在此修筑了长城，隋文帝沿用北齐长城旧迹，以筑隋长城。后宋太宗太平兴国五年（980 年）在北齐和隋之基础上，又修筑现在岢岚境内现存的宋长城。长期以来学界认为宋朝没有修筑过长城，考察得知岢岚境内现存，从县城东山至王家岔乡，有 30 公里大部分保存较好的宋长城。附近散落有大量宋朝瓷片，有的地段还发现有使用火器的炮台。这一发现，极具学术价值，填补了中国长城史上的空白。岢岚古城文旅项目正在施工，已经扬帆起航驰向远方。

"于是怪事出现了。这几年，时常半夜三更的，一辆车驰来，在东城门停下，车上下来一个人，小车撇下这个人绝尘而去。这个人包裹得严严实实的，按亮手电就上了城墙。有时候是春天，有时候是夏天，有时候是秋天，有时候是冬天。一年四季，经常如此，有时候早，有时候晚，而且前后已经好几年了，许多人都看到过他。春天夏天秋天还好，可以在城墙上看看风月，赏赏夜景，也还说得过去。可是大冬天他也这样，风卷着雪花呼呼地刮，吹得人眼都睁不开，冻得人迈不开步子。可这人竟然一点儿不在乎，在城墙上走走停停，东看看，西摸摸，一会儿站，一会儿蹲，还使劲儿抠什么，还不时掏出一个小本子往上记什么。你说怪不怪？从东门到西门得走了有一个多小时，好不容易挨到了西门，人也差不多快冻僵了，这才哆哆嗦嗦地下了城墙……"

说这番话的人是我新认识的忻州电视台的一位朋友，他使用的是职业化的镜头语言，说完之后，呵呵地笑，让我猜这人是谁，我说猜不出，他拊掌大笑揭穿谜底："还能有谁？除了这个县的县委书记谁还会关心这座古城的复建质量？质量差一点点也不依不饶的……"

我求证赵利生，他说："白天施工，去了碍事，还扎眼，人家还得陪你，晚上没人，想看啥看啥，想咋看咋看，方便。一个岢岚就够书记忙的，还是忻州市常委，太忙了，白天根本也没时间，只好晚上去。也不是一回两回，大家也都知道。发现问题就批评，就要人家返工，一点儿也不客气。在岢岚县干了 8 年，一砖一石，一草一木，都如同他自己的孩娃，打断骨头连着筋，任何差错都能让他牵肝动肺！"

岢岚城依沟洼地势而筑，中间宽而两头狭长，其形如舟，载沉载浮，环山如凝固的浪头，扑扑簌簌，憋住了欧阳修的一声清呼。如今颓败，残垣断壁，仍然可辨北、东、南3座城门以及瓮城所在。城门楼子和城中央的钟鼓楼基本已经恢复。想当年，欧阳公闻鸡啼之声，而应晨钟之响，听马嘶人起，打理巡务。夕时鸦噪，暮鼓起处，牛羊从四山下来，哞哞咩咩之声从四座城门洞里，络绎不绝地流入黄昏。

我假装自己就是当年的欧阳修，在城中巡察，见城门洞底部，砌以的多为清一色斑驳石条，历千年沧桑而弥坚，以为当为旧物。我还惊喜地发现，因地形地物缘故，岢岚城墙残存的华彩片断，并不能被历朝历代的法理人情所约束或一刀切齐，而如同一个喝醉酒的率真的本地汉子，远离人文束缚，在野天野地里，跟踉跄跄歪斜行走，使之更接近了自然本色的烂漫，天地纯朴的原趣，一派没遮拦的法天贵真。

记载有说在明洪武七年（1374年）镇西卫指挥使张兴将全城包砖，但从遗存的片断看起来，似乎只是几座城门洞包了砖，其他城墙部分仍然裸土。或是包砖之后，城砖被荒蛮年代和不断更新观念的老百姓悉数拆了去盖猪圈羊舍。许多城池毁于此，也未可知，姑且置疑。

岢岚城墙的修复，也遵循魏晋风骨，只限于4座城门楼子的旧制还原，大部分残存城墙片断，也都原汁原味撂在原地不动，该是牛大还是牛大，该是羊小还是羊小，不乱原来的牛羊阵仗，只是保护性围拦起来而已。便连过去城墙上被穷人掏挖借居的窑洞也原汁原味，只是泥填了而已，灰抹的痕迹，历历在目，并不曾刻意于粉饰。

"这是真实的面貌！"康利生不无赞许，"过去城里的人们不懂这是文物，过去家里的孩娃任性使气时会说，不和你们住了，我到城墙掏个洞洞自己住去！现在住不成了。过去有好多人在城墙上掏窑洞住，竟然还有人在城墙上盖了一座二层小楼。为让这些住户从城墙搬走，县上费了牛大劲，讨价还价就是不走，说是书记亲自做了工作才走的！"

"书记的确是个好书记！"赵利生感叹，"我在县委宣传部10年，去信访局干了不到一年半，根本没想到能提拔重用我，没想到，事先没和我说，就宣布我当扶贫办主任，我一听，嗡的一下，头就大了，赶紧找他辞官，可他说，不能辞，就看中你了。那时我对人家都不大了解，你说他咋就看上我了？等有时间了，我再跟你细说。"

赵利生这么说时，正好路过他老家的一个集中安置点阳坪村，在四合小院式的搬迁新村，恰好遇上两个同村人。眼瞅着赵利生在我面前，在两个古稀老人面前，刹那间，活脱脱地由县扶贫办主任，变回邻居家的孝顺孩子，改回地道的乡音，亲热地与之拉呱，手挽着老人回家。两个老人手里拎着两个透明的塑料袋，一眼就可以看到里面的东西，一个装着生鸡蛋，一个装着熟鸡腿。过去，我只见过村里人挎个篮子，到城里卖自家鸡下的鸡蛋，以换油盐酱醋等调料，如今反过了个儿，他们不光住在城里，买城里人的鸡蛋，还吃起城里人的鸡腿来啦。这要是搁在过去，简直不可想象。

两个老人住的是现代化的四合小院，房间不大，但设施一应俱全，和城里的楼房一般无二，只是卫生间的抽水马桶上堆着一些什物，似乎抽水马桶从未使用过。眉开眼笑的两个老人，不是端茶，就是拿烟递水果，不离左右，追撵着赵利生一口一个"利利"地乱叫，还非要留我们吃饭，亲热得就好像他俩是赵利生的爹妈。

赵利生是个苦孩子，12岁就失去父亲，靠天天给学校打扫卫生勤工俭学才侥幸完成学业，比农村中同龄人更深更早就懂得了贫穷的可怕和生活的艰辛。但这些并没有使他忧郁和沉默，而是更加坚定了他金色的信念。他指点着几个地方，讲述他儿时的趣事，山风撕扯他的头发，想让他住口。可他还是说出了真心话："我就是个农民，农民子弟给农民做事，要上对得起天地时令，下对得起父老乡亲。"

上溯三代，我们谁又不是农民的后代呢？只不过，有些人忘记了根本，以为自己生下来就是城里人，以为农民天生就该是农民。农民若是想进城，想过好日子，就会撇嘴就会不屑地说，城里人是那么好当的吗？连个抽水马桶都用不惯，还是滚回村上你的茅坑去吧！他们从未想过，世界生态环境怙恶不悛的首恶破坏者便是这个舶来的马桶。

故　乡

调寄荆州亭（新韵）

山高沟深草远，林寡荆拦棘挽。河小水潲肥，人饮牛吃羊啖。

胡马贺兰以唤，狼悔鹰愁虎叹。造岢配成岚，古鉴今勘明盼。

人类发展如同一方巨大的石头放在山顶，日月、风雨、时光，交相轮流剥蚀的最终，巨石圆润了，轻轻一触之下，圆石便会开始从山上往下滚动，不去触碰它，也会或迟或早自己滚动起来。人只有轻轻一触，或推动、加快它滚动的份儿，却没有阻止它滚动的能力。它一旦滚动起来，任何一种人为的阻止或企图，都只能被碾压出一片血肉横飞和鬼哭狼嚎。

这就是时代，时代发展，不以任何人的意志为转移。

故乡是个在不断修正的词语，有人说人类的故乡是森林，也有人说海洋才是人类生命的摇篮。茹毛饮血的氏族公社，人的故乡只能是洞穴，农耕时代出现了村庄，封建时代村庄成为城镇，是为今天的故乡。朋友唐先武在一篇文章中写道：回首往事，检点过去，发现如今的人类故乡正在或即将成为一个过去式的乡愁符号，同时也成为一个猝不及防的无可奈何花落去的人生驿站。伤感也罢，依恋也罢，忧郁抑或乐观，无所谓也罢，有所谓也罢，既然已经——水到渠成，何不顺波流之？木已成舟，何妨乘舟行之？任何企图留在岸上翻转水流偏移行舟的，都是徒劳无功。只能因势利导，顺水推舟，借力修正，不可逆之。

报道说，2017 年 6 月 21 日，习近平总书记来到了岢岚县赵家洼村，看望了村里的 3 户特困户。总书记在赵家洼考察时指出，让贫困人口和贫困地区同全国人民一道进入全面小康社会，是我们党的庄严承诺，不管任务多么艰巨，还有多少硬骨头要啃，这个承诺都要兑现。

2015 年 11 月 27 日至 28 日，习近平在中央扶贫开发工作会议强调指出："军中无戏言。脱贫是有责任制的，层层签了责任状。军令状不能白立，立了就要兑现，只有脱贫验收了以后，县委书记、县长才能离开。除非不适应工作，需要换得力干部。没有这一条，谁都能拍拍屁股就走，那就变成流水宴、流水席了。一些干部确实优秀，可以就地提拔，但提拔了还得在那儿干。脱贫攻坚是全党全国重中之重的工作，要把这个任务派给最好的干部去做。"又进一步指示说："脱贫工作中，巡视督查要跟上，发现问题要动真刀真枪解决。要实施异地检验，脱贫成效不能由本地说了算。组织部门要把脱贫工作考核结果作为干部使用的重要依据，不能干好干坏一个样。对做得好的，该提拔重用的就提拔重用，该宣传表扬的就宣传表扬。对做得不好的，该督促的督促，该批评的批评，该问责的问责。"

过去赵家洼全村只有一口井，顾喝就顾不了浇地；没有动力电，没通公交车。全村原本 54 户人家百十余口，但凡年轻点、有文化、有技术的都搬走了，到 2017 年只剩下 6 户 13 位老人，要么年老病缠，要么孤老单身。要挖穷根，只能整体搬迁。

然而，2016 年 3 月，县里向 6 户人家提出易地搬迁扶贫计划时，故土难离的 13 位老人却异口同声回绝：不搬。观念有冲突，想法不一致，赵家洼成了块"硬骨头"。

啃下硬骨头，关键在干部。岢岚县委选调 92 名干部和 72 名新录用公职人员，全部充实到脱贫攻坚一线。陈福庆是其中一员，担任赵家洼村第一书记。见陈福庆住进村，刘福有笑话他："这个瞎沟，住的尽是七老八十的人，你来做甚？"陈福庆笑一笑，拿起扫帚扫起了刘家院子。王三女家的重体力活，挑水、劈柴、锄地，陈福庆也担了起来。老光棍汉李虎仁的生活有了照应，吃水不愁，米面不缺。天下大雨，陈福庆为每户人家的房顶铺上塑料膜；赶上春耕，送来地膜、种子。陈福庆的私家车成了乡亲们的"共享汽车"。王三女两个智障孙子被送进了忻州市特教学校，大娘想孙子了，陈福庆就开车带她去看；村里没有小卖部，谁家缺东少西，陈福庆一一记下，回城给买上；谁家有个头疼脑热，想进城看病，陈福庆招之即来挥之即去。实打实换，心连心了，老人们才坦言："怕住不起城里的楼、吃不起城里的菜，怕从此没了土地也就没了依靠，怕没个合适的营生养活不了自己。"

岢岚县委书记王志东和县委一班人，率队走进包括赵家洼在内的贫困村，为易地搬迁群众打气："十二五"期间，国家给易地搬迁补助是 5000 元；"十三五"易地搬迁人均建房补助 2 万元，又增了基础设施和公共服务建设补助，总共 3.88 万元；省里也同步推出了旧房拆除复垦奖补政策，后续还有产业就业帮扶，原村权益一切不变……赵家洼的老人们，最后终于怦然心动了。

"真是盖 18 床被子也梦不到这好事。还想啥？搬！"

2017 年 9 月 22 日，赵家洼完成整村易地扶贫搬迁。进城后刘福有跟保洁公司签了合同，月工资 1050 元，夫妻俩轮着做；曹六仁在玻璃棉厂干勤杂工，月工资 2800 元，压箱底的新衣服，现在天天穿着；王三女也做保洁，跟李虎仁住门对门，空闲了互相串门。

按照山西贫困人口医保政策，贫困人口到县、市、省级住院，个人目录内费用年度自付封顶分别为 1000 元、3000 元、6000 元，还有 31 种重特大疾病集中救治、52 种慢病门诊补偿及签约服务保障计划。岢岚县还将"双签约"

引申为"双服务"，每周三上门服务，老人们没了后顾之忧，个个都活得有滋有味，活出了老人的样子。

五十出头的张秀清，家有一儿三女，出了两个大学生，高中、大学花费大，结果因学致贫。搬迁之后，张秀清有了工作，天天在公司里扫院、剪杈、割草、浇水，几乎没个停。节假日也不让自己闲着，骑上摩托带上老伴儿，回赵家洼护林巡山。一年最少收入4万元。

2018年12月10日，冒着-25℃的严寒，马小飞开车近5个小时，再次回到岢岚。36岁的马小飞，是赵家洼村第一批走出去的年轻人。大学毕业后他凭着吃苦耐劳精神，几番拼搏，在内蒙古鄂尔多斯市开了一家文旅策划公司。弟弟马龙飞两年后也走出赵家洼，在山西各地拜师学艺，想要独立开家面馆。虽说各走各的路，可马家兄弟却一直惦念着家乡赵家洼。2016年，弟弟龙飞带着媳妇回到家乡，如今已在县城开起一家小面馆。

哥哥小飞手笔更大，2016年公司一创立，就设计出从鄂尔多斯到岢岚县的第一条旅游线路，2018年已达4000人次。马小飞还把和他一样远走他乡的46名年轻人拉进了"赵家洼"的微信群。这次他回乡，是要专门为赵家洼做一份旅游策划方案，他说："我是在赵家洼入的党，咱也要响应党的号召，建设好自己的美丽家园！"

写比做容易，唱比说好听，但冰冻三尺，非一日之寒。

如今的赵家洼村，除了几间房，已经全部复垦为田了。村民一户不落，都免不了撒下鸡鸣狗吠的过去，搬迁到城里、乡里所设的几个移民点，去过城里人的日子。搬出来，并不那么简单，没有了大田里的各种庄稼和小杂粮，以及房前屋后随时随地可以摘来新鲜的豆角、黄瓜、小葱什么的，举凡吃食都要花钱买，钱从何而来？还有，千百年形成的乡村生活的习惯，也不是说改就能改的，例如家家养鸡、养狗、养猪，农具什物摆放杂乱无章，坐便不习惯等等，都成了问题。

为了尽快解决这些问题，上下扶贫人等，都不得不开动自己脑筋，出主意，想点子，于是各种五花八门的劳动密集型企业在岢岚县城境内相继出现，什么箱包厂、玩具厂、锁具厂、家具厂、饮料厂以及爱心超市等等，都应运而生。

"脱了贫，还要稳得住，保证脱贫不返贫，授人以鱼不如授人以渔。"赵利生说，"首要解决生活来源，除了国家优惠政策各种补助，还要给每一户搬迁户提供一个人的就业机会，想方设法招商引资，扶贫办引来一个毛绒玩具厂，安排了几十号人员……"

我先参观了箱包厂，长条形的车间，无数台自动缝纫机，机声细碎而急促，无数个穿工作服戴工作帽的女工，随着她们双手熟练的运动，箱包的各个零部件如同母鸡下蛋一样出现在生产线上，十几道工序持续下来，一个个打着洋文的模样帅气的名牌箱包就组装完成，行销全国以及世界。然后去看毛绒玩具厂，生产线上，一只只模样活泼可爱的小羊、小熊被缝制出来，填充好毛绒过后，一个个神气活现，被打了包，装了箱，去各大超市货架上显摆，被选购后，登堂入室，陪伴中国的小朋友，有的还要漂洋过海去寻金发碧眼或黑皮肤的小主人为伴。这些产品上没有人写，也肯定没有人知道，它们的故乡就在中国岢岚，出自这些刚刚被从贫困中解放出来的农家子女手中。这些农家子女并不是天生只会挥舞镢头，摆脱土地束缚，给他们工作和创造的机会，他们手脑与城里人并无二致，同样灵巧美丽富有创造性，让你不得不赞叹造化的平等，自然的神奇，感慨脱贫带来的形式的升华和内容的脱胎换骨。

移民新村的爱心超市则是另一个套路，琳琅满目的货架上摆满各色商品，墙上的其中一条标语写着"积分改变生活，勤劳改善生活"，收人民币也收爱心卡，爱心卡可以当钱币流通，换取各种生活用品。户户有份，人人参评，评选工作由社区组织，张三家院内整洁卫生加分发卡，李四家里脏乱差减分不能发卡，诸如此类，细到鸡毛蒜皮，以羞耻心和物质奖励来促进脱贫户生活习惯的逐步转变，使他们尽快融入现代城市生活的文明河流之中。

"就和幼儿园管理一样，"康利生笑着说，"脱贫户几乎都清一色剩下了老人，孩子们都外出打工了，听说政府要给每户安排一个人就业，有的儿女也回来了。老人们就像孩子一样，老了人就懒，不收拾屋子，不打扫家，随地吐痰，乱扔东西，一把一把鼻涕往小区干净的墙上乱抹，家里有抽水马桶也不用，跟在野地里一样，出门找个角角落落就拉撒……一辈子的生活习惯，改变起来，的确不容易！"

马路边，望不到头的白色积木似的六层楼整齐排列，路边成伙结队坐着晒太阳的衰迈的老人们，有眯着眼想心事的，有扎堆儿拉呱的，还有吆三喝四打扑克牌的。更有几个小孩子趔趄踩滑板。不知是技术臭，还是故意，一辆电动玩具车歪歪斜斜地开过来，差点碾压了我的脚。不知道的人会以为这儿原本就是一个外形漂亮内在祥和的城里人的模范文明社区。

"国家超级爱农村的贫困户，"一个乡镇搞搬迁的干部半是玩笑半是认真地说，"有好多人都眼红贫困户了，这么好的房子，你看他们花很少的钱就住进去了，有时我都羡慕呵！"

这话让人震撼，过去这些被人瞧不起的农村贫困户，竟然惹得城里有工作的小伙子也为之羡慕了，就像过去农村人羡慕城里人，虽然不免有时代的悲情因素在里面藏着掖着，但不言而喻，一种新的价值取向正在国家扶贫政策的倾斜之下，潜移默化摧毁和改变着人们寻常旧有的认知，世代贫穷的茧子里终于孵化出了让人羡慕的有着亮丽翅膀的会飞的蛾子，这难道不是一种社会阶层本质上产生的飞跃吗？

"国家政策是好的，但总有个别人不识好歹，有的懒汉现在比城里人还牛，"乡镇干部说，"每天都有人临时应急招人去干活，有的是摘果子，有的是割蔬菜，都简单，钱多了才去，钱少了宁肯在这儿晒太阳，瞎拉呱，也不肯去干活！"

"岢岚的好多人都是从宁武、静乐四边过来的。"康利生说,"过去人们走西口,走来岢岚就不走了,找一条山沟悄悄就住下了,也不声张,许多人都不知道有岢岚这个地方。这地方好活人,只要人肯动弹,能刨挖,就能糊口,自古就有'刨个坡坡,吃个窝窝'的说法。大钱没有,小钱不断,人穷自尊心强!"

过去时常有胡马来犯,远离家乡的胡儿,因思念故乡,见此处所在,山不高沟深,林不密草肥,河不大水长,酷似贺兰山,便以贺兰呼之。后又专造了一个"岢"字并配同音"岚"字,易贺兰为岢岚。走西口的人,每每走到岢岚便走不动了,留恋这里的山水,往往会选择羁留于此,说明岢岚过去自然生态环境很好,究竟有多好?唐宋曾有四位诗人,李白、杜审言、邵雍、欧阳修,先后赞颂过岢岚,尤以杜甫的祖父杜审言之诗最为贴切,杜审言从长安出发来此,"自惊牵远役,艰险促征鞍",来在岢岚,耳听眼看,不由得不夸赞:"北地春光晚,边城气候寒。往来花不发,新旧雪仍残。水作琴中听,山疑画里看……"

我来岢岚近月,借四贤字句攒了一首七言统而概之曰:水琴山画少陵祖,云起烟生邵雍羞。边月剑花李太白,岢岚城疏欧阳修。岢岚幸甚,地处山西,却没有煤田。山西如怀珠之蚌,怀璧之匹夫,捧心之美人,给全国付出光电,自己却留下了破碎。更为难得的是,病珠之蚌旷古未悔,怀璧匹夫痴心不改,西施虽老风韵犹存。但过度采挖导致土地沦陷,裂缝空洞触目惊心,危及耕地、村落、人居环境,且资源日益枯竭。我曾写七绝一首感怀以上的幸运和不幸,诗曰:蚌轻生死随珠病,怀璧何堪伯仁情。四块玉夹千众肉,一朝要灭万年穷。

又调寄元曲《四块玉》曲牌两首,押中华新韵,合为一叠,专说过往时,挖煤的危险和艰难,以佐证今日与昨时的不同:玉瘦卿,璞肥众,万川怀璧金钱送。千山伯仁春秋贡。三晋倾,九鼎荣,百姓痛。珠光明,盈于蚌,蚌生珠若人罹病。杀鸡取卵如夺命。宝已穷,肉献烹,蚌寄梦。五律新韵赞之:表里雄文物,天生造化多。六朝归一帝,两晋纳三国。鹬蚌渔千驮,春秋猎万坡。病珠怜大地,怀璧痛山河。

综上所述,没有煤的岢岚县,堪堪儿,避免了这种塞翁失马的祸福转换,避免了因煤暴富也因煤塌陷的尴尬,给表里河山的煌煌山西,保全了一亩三分地的完好。故再七绝诗赞其厚重曰:残碑断碣埋沟壑,黑铁青铜杇垛楼。安得迄今风月留,只因天宝匮金瓯。

岢岚气候却不好,过去,动辄接近 -40℃高寒,风吹黄土漫天舞,从春天一直刮到冬天。无霜期年均只有将近百日,近2000平方公里土地,只有不到50万亩耕地,只能一边漫山里牧放牛羊驴马,一边广种薄收低产杂粮。遍山里25度坡以上,被农民起起落落的锄头,一代接一代开垦、种植、压榨、盘剥,已不堪重负。有些地方,水土流失,奄奄一息,已养不活一方人。岢岚成了贫穷的代名词,甚至一度被戏称为"可怜县"。窃自以为,举凡贫穷落后之地,生态环境必然恶劣,富庶之地生态环境必然美好,所以生态扶贫,当为至要。

较　真

调寄满庭芳(平水)

天地欣忧,江山荣朽,稼轩欲说还休。一轮清照,今古病风流。石压蛤蟆秀逗,黄州瘦,寒食生愁。沽唐宋,元明斟酒,酩酊醉阳修。

幽幽。人共狗,仰高楼月,谁应酸眸?恙深红尘羞,金粉全球。尧舜仍然桀纣,三国斗,不改周刘。先猪走,鼠春随后,未行已趋秋。

那天，与康利生结伴去王家岔乡采访，路经宋长城。

岢岚县境内现存38公里宋长城墙体，西起岢岚县青城山，东至荷叶坪山，高约4.2米，顶宽约1.6米，有些0.3米左右的女墙段落依然保存完好。宋长城历1000多年风雨依旧，随山就势，由无数薄层灰岩片石砌筑而成，石缝整齐交吻，墙面笔直坚固，残存墙面最高约3米，低处宽约1.2—1.5米，转角处往往筑有战台、烽火台。

朱连山乃宋长城中心地带，其海拔469.7米，由三尖山、严寨、禹家寨、大山寨和朱连山五座山头城堡组成。兵寨是营房，依山傍势而建，残存有大小石房60余间，透过残垣断壁，依稀可见兵道、壕沟等军事设施。兵寨旁开阔地为当时驻守宋军的练兵习武场所。

宋长城"上接关陇、旁通巴蜀、界连邓淅、屏蔽襄樊"，为历代兵家必争之地。中国长城专家成大林在岢岚考察后认定：岢岚境内的长城为北齐、隋、宋三代王朝修筑，宋代长城首次发现，填补了中国长城研究史的空白。遗憾的是，山水还在，古人去矣。

历史密实如荆棘草木，牛羊若不慎走入，峥嵘头角往往会挂于其中，挣之不脱，非得主人助之，方才能脱困。是是非非，自有时间公论，不说也罢。黄河流域昔多牧野之地，岢岚便是其中肥肥的一片，只是随着时光的流逝，能挂牛羊角的荆棘草木的繁茂，已经成为过去。

宋长城在王家岔境内，王家岔乡在岢岚县东、岚漪河北、荷叶坪南，海拔高度1500—2784米。地处森林茂密山高坡陡的峡谷，距城22公里。辖8个行政村、9个自然村。主要农作物有莜麦、山药、大豆、豌豆、胡麻等，全乡的支柱产业是以牛羊为主的畜牧业。林区盛产银盘蘑菇、蕨菜、毛尖茶和茯苓、泽泻、甘草、党参、黄芩等数百种中药材；还有国家一级保护动物褐马鸡，以及虎、豹、狐、獾、狍羊、野猪、山鸡等。近年乡党委、政府提出农牧立乡、科教兴乡，旅游经济强乡的发展战略，按照强基础、蓄后劲、调结构、促开放的总体思路，抢抓机遇，争上项目，加大了农村基础设施建设和生产条件改善的步伐。特别是交通、通信、教育、文化事业发展势头迅速。一言以蔽之，正在精心策划、科学运作，谋划开发宋长城。

这是王家岔乡的中国梦，也是岢岚县人民政府与山西六建集团合作启动实施的一项脱贫攻坚重点项目，总投资将达 53226.66 万元，分两期建设，3 年完成。这个项目可以直接带动王家岔乡、宋家沟乡 8 个行政村、390 余名贫困劳动力长期就业。辐射带动全县产业转型，使旅游业成为岢岚"6+3"产业中的一支劲旅。一期工程通过吸收贫困劳动力参与、为贫困户提供营商平台、组建旅游合作社、土地经营权流转等，直接间接带动了 260 户贫困户脱贫增收。景区除宋代长城外还有 3.6 万亩高山草甸，未来这里是一个旅游休闲宝地。

王家岔村一色青砖、灰瓦、木制的屋顶门头，院子外墙涂有黄色的稻草泥，流露着古朴的乡俗村情。王家岔乡按照"五有"标准，建起寇家村纯粮酿酒厂、王家岔油坊、酒醋联合生产线，启动实施蘑菇山货加工等项目，探索构建企业、合作社、贫困户相互依存的利益联结机制，引领贫困户由靠天吃饭向专产专业转变，复兴乡风民俗。全县已经有 90 个贫困村实现"五有"全覆盖；22 个企业、346 个合作经济组织作为产业经营主体，与贫困户建立起紧密、半紧密利益链接机制；2018 年纳入产业扶贫范畴的贫困户，户均增收 3500 元以上。

2015 年 9 月，李新旺出任王家岔乡任党委书记。李新旺明白王家岔乡的发展要依托自然资源优势，还得在发展产业上做文章。李新旺提出让大家"八仙过海、各显神通"。宋老酒纯粮酒坊项目是由朱家湾村第一书记张龙云引进的，原本要建立在朱家湾，但李新旺说，"眼光不能放在朱家湾一个村，得放眼全乡，朱家湾整村移民拆迁，寇家村水电相较而言更为方便"。于是改在了寇家村。办酒厂遇到最大的困难就是水源问题，地表水量会随着季节变化而变化，四五月份由于上游耕地春浇灌，导致下游水量不够。李新旺立刻调动人马清理淤泥、疏通管道，解决了水源问题。系舟山农业新技术推广有限公司董事长苏建林连连称赞："李书记格局大、责任心强，办事效率高，碰到困难不过夜，对投资办厂大力支持，我们都愿意和他打交道。"2017 年 11 月 13 日村民疯传："酒坊今天要分红啦，现场还发放红包哩！""那酒坊不是才盖起来不到 3 个月么，这么快就能分红啦！"

村东头二层土色小楼是宋老酒纯粮酒坊酿造工厂，周边彩旗飘飘，空气中弥漫着老酒的醇香味。县、乡领导，村干部、第一书记、驻村工作队成员，闻讯赶来的群众，虽然室外温度下降到 −10℃ 左右，但分红现场却热火朝天，农户脸上都绽放出温暖的笑容。工作人员对照花名册有条不紊地为大家发放分红现金，酒坊于 2017 年 8 月 20 日建造，村集体实现土地承包年收益 5000 元。11 月 13 日出酒，用了不到 3 个月的时间实现分红，涉及全乡 159 户贫困户，共计分红 102150 元。酒厂初见成效，李新旺又打起了"油菜花"主意。"以油菜种植发展观赏性农业，夏季油菜花盛开将是一大景观，秋季油菜籽成熟还可以榨油，油菜耐寒耐旱，适宜在王家岔这样高寒地区生长，可观赏、有收入，还能推动旅游发展。"

2016 年，李新旺特意请假去青海"取经"。回来以每亩补贴 200 元动员全乡各村老百姓大面积种植油菜。2016 年年底与县扶贫办商量整合 50 万元扶贫资金，在废旧宅基地建厂房买机器建立油坊，集油菜"种—产—销—加工"为一体。但产品销路不宽。2017 年，油坊与道生鑫宇有限公司签订合同建立"村企"合作模式，企业每年支付 7 万元的承包费，乡政府利用扶贫周转资金入股企业配股资金 25.8 万元，每年给贫困户分红 38700 元。

王家岔乡搬迁村朱家湾小组的脱贫户田贵莲，今年已经 45 岁，一家 5 口人，有 3 个孩子，老公长年在外打工，孩子一个已经出嫁，一个参加了工作，一个还在上大学。之前，田贵莲住在生态环境恶劣的朱家湾村，10 多年前举家搬来王家岔村租房居住，2018 年 11 月份正式随整村搬迁到王家岔中心村，户口也落在了王家岔村，成为王家岔村的一员。田贵莲家住在中心村的马路边上，她想开一个小卖部，朱家湾村驻村第一书记张龙云帮助她圆了这个梦。如今"田贵莲小卖部"已经开业，田贵莲天天忙得脚不沾地，日子过得惬意舒心。

走进田贵莲家就等于走进了她的小卖部，身材苗条得近似纤弱的田贵莲，面容姣好，衣着合体，落落大方却又略微有些拘束，一边和我们寒暄一边还要招呼院里小店的生意，显然来的顾客是熟惯的，她索性就人不出去，刚说了声"都是国家政策好"，马上又冲屋外喊了一嗓子："方便面在货架上，要多少你自己拿吧，多少钱自己算，放那就行了！"

"我一家 5 口，老公在外边打工，长年不回来，3 个孩子，都上了大学，一个已经嫁了人家，一个已经工作，还有一个正在上大学。供孩娃上大学，再苦也得咬牙！要不是国家政策好，扶贫队好，帮我办了这个小卖部，日子过得一天比一天宽泛，也难支撑！我除了这个小卖部，还兼着给外地工程队做饭，早上 5 点起床，做几十号人的饭，做完饭回来卖货，快晌午时还要去做午饭，做完午饭再回来卖货……没一刻闲，你看这蘑菇是我收下的，今年山上的蘑菇没有去年多，可是价钱上来了，一斤 300 多，这都是钱，比上不足，比下有余……"

田贵莲家的小院干净整齐，客厅里窗明几净，卧室被褥整齐，家具虽然看起来廉价、简陋，但陈设布置得井井有条，擦抹得一尘不染，十分熨帖温馨，让扶贫干部们头疼的搬迁村民不搞卫生的陋习，在她家里踪影全无，田贵莲似乎天生就是个城里人，却不慎生在村里。

"如果所有搬迁户都像田贵莲这样爱干净就好了，能给大家省不少心！"这一点让胖胖的乡扶贫办负责人赞不绝口，"有素质、有文化，还是中共党员，她的这个田贵莲小卖部，不仅帮衬了她个人的生活，同时也服务了村民，方便了外来务工人员的需求，一举三得！"

门不时被外力推开，怯生生地探进一个狗头，几回想进来，都被乡扶贫办的人给关回去了。屋外天寒地冻，便有些不忍，起身开门让狗儿进来，田贵莲也没有异议。狗儿大约破题儿第一遭见到这么干净整洁的房间，习惯了脏乱差的它，表现出明显的不适感和拘谨，小心翼翼地四处张望，不敢张狂，竟然温驯地蹲在那儿听我们拉呱。

"这蘑菇是银盘蘑菇，和五台山的台蘑一样好！这蘑菇还救过我孩子的命……那时候我孩子生病住省里的医院，天天得六七千块钱，一天两天可以，日子长了我实在是拿不出来，就回来拿上这些蘑菇到医院，送给看我孩子病的主治大夫，大夫不肯收，我就哭，她也是心软可怜我，说这是医院的规定，她也没什么办法，她只能尽自己的力量，尽量给我孩子开最便宜的药。还甭说，医药费从六七千降到了一两千，可是听说女医生的钱（奖金）也降了，她拼着不要自己的钱（奖金）救了我孩子的命！我一直想着怎么谢人家，你能不能写写她，替我谢谢这个女医生！"

"这个怕是写不得，"我说，"要真写了她，真名真姓，怕给她惹麻烦，医院知道也不会饶她，医院也是要创收的，你好心是想要感谢她，弄不好，反而会害了她。还不如心里记下这个人情，私下里谢谢她，不谢，心里感恩也就好了！"

"你说我这可咋办呀？"她眼神空落落的，"我这个人最怕欠人家的情，这一程子，也不知欠下了多少人的情了，一想起来心里就虚虚的，就软软的，就想哭，就不知道这辈子自己咋运气这么好，尽遇上些好人，不光有女医生，还有扶贫这些人，这些情，这些人缘，你说我咋报答哩？"

这是个通情达理懂得别人好的女人。

前不久的一天，是赶集的日子，打扮齐楚的田贵莲，拎了一袋蘑菇去集上售卖。顺着弯弯的山路刚转过一个山头，身后便有一辆满载着人的手扶拖拉机从她身后撵上来，超过她，然后远去。田贵莲眼瞅着拖拉机一个趔趄，突然就消失在路边的崖畔下。田贵莲急忙跑过去一看，只见拖拉机已经倾覆，随着稀里哗啦的响动，顺着陡坡一路翻进了沟里，伴着被扣在车斗里的哭爹喊娘的尖叫，血糊拉碴的吓人。

田贵莲惊得连声喊："救命呀！救命呀！"

路上车来车往，却没有人停下来理她。她回村寻人救命，寻了几个人，一听是谁，都摇头，都不肯帮忙。田贵莲急了，只好觍着脸求大家说："就算做好事，就算看我的面子，去救救他们吧！"这才有人跟着去了沟里，把血淋淋的几个人从车斗下拖出来送进县医院。

"你是不知道，我当时有多心焦，这可是人命啊，再咋有意见也不能见死不救！"田贵莲心有余悸，楚楚可怜，全然是一个小女人样子。她叹气又感慨地说："唉，人平时要是人缘不好，为人不好，出了事，都没人肯帮忙。活人，你说，这人缘得有多重要！"她又撇嘴表示不屑道："好在沟也不深，也就断胳膊、伤腿、破脸，没有死人，过几天也就好了。前些天我还看见过他们，他们还佯装没看见我哩，何必，我又不要他们感谢！"

"这活人，不能光顾了自己，得有个好人缘，得为人好，能帮人就得伸手。我想我得好好干，才对得起人们对我的好！"田贵莲若有所思，"我有个想法，不是说搬迁的脱贫户不懂得讲卫生吗？都是老人了，我想组织成立个社区家政服务队，上门去给老人们做做饭、洗洗衣服、拆洗被褥、打扫卫生啥的，国家不是按月给贫困村都发光伏扶贫收益吗？这些收益足够了，还能解决一些人的就业安排……"

写下以上这段文字，已是我从岢岚采访回家近月余。晚上我去遛狗，残雪皑皑，天上一轮朦胧满月，随时光走向清瘦，正向春节趱行。眼见的鼠年来也！西人以耶稣诞辰为公历春天的开始，中国人以农历春节为春天的生辰，本质相似，内蕴却有一拼：圣诞是神话，春节却是农话——与农时一起诞生的春天似乎更合自然的心思。夜空中分明已听得有《春之歌》奏响。这时手机屏幕亮了，我一看，是田贵莲从岢岚县发过来的短信："老师好，我的家政还没有办起来，想做成个事情有时真的挺难的。真的有点不甘心。最近还在写作吧？"

于是，春还未至，我便开始有些伤春了。以为因循守旧是人性中天生的缺陷，以为春终归还是要向夏秋冬走去的。有人说，中国有文字记载的历史，基本是相似的，因循守旧是人性中天生的缺陷。要想从历史发展循环往复的怪圈中一步一步走出来，就需要有巨大而深刻的思想认知。从雷同和重复的束缚中解放人类历史，走出周而复始的逡巡和徘徊，走出踟蹰和观望，走出因循守旧，是时下人类的当务之急。

谋　划

调寄江城子（新韵）

养殖甘苦似汪洋，断鸡航，漏牒羊。猪起檣桅，日月始得香。光景孖儿勤打浆，小舟满，大舱帮。

船长舵手有承当，众帆扬，我豚荒。鱼授渔予，普渡不茫茫。五百亩畦菠菜港，薹心绿，茼蒿黄。

上阕《满庭芳》翻成白话是这样的：天地人生喜乐如同江山四季的荣枯，也有季节变化，宛若宋代辛弃疾在《丑奴儿·书博山道中壁》所叹：少年不识愁滋味，爱上层楼。爱上层楼，为赋新词强说愁。而今识尽愁滋味，欲说还休。欲说还休，却道天凉好个秋。好像和辛弃疾同时代的词人李清照，风流辞章中总是叹病说愁，更似苏东坡被贬黄州所写《寒食帖》的自嘲。朝代过往如同沽酒，唐宋元明，也只是岁月壶中倾出的几杯淡酒，酣畅了《醉翁亭》中的欧阳修。夜色幽幽中一个人领着一只狗仰望周遭的高楼，谁该为此流泪？生态环境因为城市过度的繁华而生病，红尘滚滚病及南北极并殃及全球。尧舜是好人，桀纣是坏人，好人和坏人，如三国里的曹刘，还在互相算计互相争斗。猪年走了鼠年又来临，这春还没有出齐，便已经在向夏里去，往秋里行，回到白茫茫的冬。历史就是一个如此这般的轮回。

这番感慨缘自岚漪镇北道坡村的党支部书记王云的故事。

王云人到中年，身材适中，脸上总是挂着笑意，是个乐观的人。北道坡村是个典型的城中村，村里有户籍的人口 284 户 612 人，耕地只有 22 亩，人均不够半分地，2018 年以前村里没一家产业，靠种地养不活人，只能另谋生路。王云高中毕业后先当电焊工，后来一个人养鸡，养鸡有了点钱又养羊，养羊积累了一些资金，瞅准了机会又养猪，养了几年猪，赶上猪肉行情好，致了富。人们就说，王云，你脑筋活，点子多，不能一个人富了，就不管大家了，于是就选他当了村长。现在已经是支书了。王云心思缜密，爱谋事，通过市场调查，发现了岢岚镇蔬菜种植的短板。岚漪镇刘建新书记是个说干就干雷厉风行的人。

"宋家沟乡浦上村有架豆园区，每到七八月份架豆盛产期，价格非常便宜，而且不好卖，菜农每到这个时候，看到卖不出去的豆角非常心烦。盛产期一过价格噌噌上涨，有时候一个月就能翻几倍。我就动了心，想要建个冷鲜库。打听到山东寿光有非常成熟的冷鲜库贮菜的经验与技术，就向岚漪镇党委书记刘建新说了这个事，刘书记非常赞同，说寿光有一个人叫刘增社，你去了可以找他。我们去山东寿光找到刘增社，刘增社非常热情，第二天就带我们去看了冷鲜库贮菜几个点，冷鲜库老板听说我是山西人，也没有顾忌会抢他们的生意，就给我们简单介绍了一下冷鲜库贮菜的技巧与利润等，进一步确定了建冷鲜库的信心……"

冷鲜库 6 月份动工，10 月份竣工。冷鲜库的建成可为北道坡村带来每年 3 万元的租金收入。竣工时已经 10 月份，天气开始冷了，冷鲜库承包无人问津。

王云便结伴村里的一个名叫刘磊的年轻人承包了冷鲜库，先是储存了 10 万斤香菜。因为大家都没有什么经验，冷鲜库竟然没有安装专用变压器，结果中途制冷机坏掉，等香菜价格涨起来，库里的香菜已全部腐烂，香菜倒掉，血本无归，首战宣告失利。"办法总比困难多，"王云乐呵呵的，丝毫没有沮丧，"香菜收人家的成本高，菠菜自己种成本低，香菜赔了本，那就菠菜补！"

说起种菠菜，王云忽然就来了精神，从头说起："上次去山东寿光市通过刘增社介绍我认识了一个人，姓马，是山东寿光市牛头村人，当时这个老马就让我们回来试种几亩菠菜，我们回来后试种了几亩，还很成功。所以我就决定 2019 年扩大菠菜种植面积，自己种自己存。正月初三，人们还在过年，我就联系上了山东的老马，老马也是个热心人，他正月初七就乘火车来到了岢岚，当时就住我家里。我白天带老马出去，把岢岚县的东、南、西、北川的地，都看了个遍，晚上回家，就跟老马谋划交流怎样种植，怎样销售。正月十四，老马就给我和刘建新书记，当面算了一笔细账：种菠菜亩产 2000 斤、保底 1 元、一年 2 茬，加割菜工资，每亩可收入 6800 元，传统作物种植如玉米、土豆、谷子等，亩产最多也就是 2000 元左右。我和刘书记听了，都觉得这个项目划得来，就商量了一下，一起拍板，干！"

于是，在刘建新书记和葛镇长等镇领导的大力支持下，王云很快流转了岚漪镇坪后沟、梁家会等 5 个村 640 亩土地，每亩流转费 440 元，老百姓每亩地，比往年流转出去增收 300 元，园区长期用工 30 人，包括旋地的、播种的、施肥的、安装喷水管带的、装车的，每人每天 120 元工资，每天割菜工人需要 100 多人，每人每天能赚到 100—200 元不等。这个钱，有效解决了当地 50 岁以上中老年人很难找到工作和种大面积玉米、土豆等农作物收入低的尴尬局面。而且是一举多得，所以大家都信心满满，干劲十足。

4 月 7 日，王云率领大家伙在流转土地上，播下了第一批菠菜种子。同时联系了菠菜销售商签订了菠菜种植回收合同，公司保底价至少 1 斤 1 元回收。

采收菠菜时，公司以保底价1斤1元收购，但140亩土地只产出了4万斤菠菜，产量远低预期亩产2000斤。

王云猜想是否管理上不到位，或是种植方法不对头？第二批种植时便用了菜商自己推荐的两个技术员，将菠菜亩产提高到1400斤。遗憾的是采用这个种植法，在用人、用肥、用种子上都比山东老马的种植法要多，亩产投入高达1700元左右，投入产出不成比例，菜商每亩给王云2200元。300亩菠菜割完，王云和几个伙伴一算账，净亏损30多万。

"究竟是哪里出了问题？"王云百思不得其解。正在王云一筹莫展之际，一个神秘的人物来了岢岚。这个神秘人物姓赖，个子不高，人也年轻，看上去很精明。他来了之后东打听西打听，就找见了正在家里发愁的王云。他见到王云就说："你就是王云吧？我姓赖，已经找了你好久了，托了好多人，好不容易才找到你这里，总算是找到你了。你的菠菜保底价是多少？1元钱，也太黑了点！这样，保底价加倍，你的菠菜我全包圆了！"

说到这里，王云的声音忽然就高了八度，眯缝着的眼睛，也忽然瞪大，散发出熠熠光彩，方知此人原本天生一双大眼，只是生活艰难的谋划和日子困窘的思考，眯缝和缩微了他心灵的窗户。王云绘声绘色地说："我正一脑门子官司，忽然有个陌生人上门，瞌睡给我一个枕头，你说我是什么感觉？还以为来人是个骗子，哈哈，根本就不相信他说的话！"

7月7日，是王云他们命运转机的一天，王云一直都记得这一个日子。这天王云和他的合作伙伴应赖老板之邀，到乌兰察布市兴和县的菠菜种植基地考察，经考察得知，乌兰察布的菠菜质量虽然不及岢岚的菠菜，但每亩却能收入5500元钱。时至此时，赖老板也如实向王云道出了个中的原委。原来，由于岢岚水土中特有养料和特有清凉的气候的原因，岢岚种植出来的菠菜，枝叶嫩，口感好，隔两天，依旧挺括新鲜，在菠菜市场大受追捧，尤以深圳和香港市场为最。一时供不应求，相关方找了赖老板，点名要岢岚菠菜，方有了如上故事。

"问题是已经和以前的商家签了合同，单方撕毁合同，要负法律责任的，还要赔人家一笔钱，这可怎么办？"王云又犯了愁，"明知道人家设了一个套，可你不知道，是自己情愿钻进来的，想反悔，可没有那么容易。这个得好好动一番脑筋，不然里外都会吃大亏！"

王云和赖老板谈妥的合作方式，是共同投资，共同经营，共同分红，每亩年纯收入可达到4000元左右，菠菜种植面积因此扩大，资金回笼因此迅速，承包的冷鲜库也派上了大用场。收割季节，基地上，东边菠菜翠绿，西边菜心明黄，人头攒动，一派丰收景象。

我采访王云时，他仅支付基地130个工人的工资，就已经突破了110万。园区长期用工30人，割菜熟练工每天需要100多人，每人每天100—200元，周边村里闲散劳动力纷纷前来割菜。连在城里陪读的村民也在送娃娃上学之后，抽身割2个小时的菠菜，撸草打兔子，赚个几十块，给娃娃吃的营养餐也有了。菜商只收第一茬20厘米的菜心，割完菜心之后，新鲜的菠菜王云就让大家带回家里去吃。附近百姓的餐桌上，几乎家家都有新鲜菠菜可吃。

王云眯着眼眉飞色舞地说："割菜工，明年有望成为熟练工，用心点儿的明年就当技术工，收入也会越来越多。这商机是花钱买来的，也是谋划来的，所以得把握住机会，所以我谋划着还要往大里走，明年要继续扩大规模，种上他500亩菠菜、500亩白菜薹、200亩茼蒿。把乡里的闲散劳力全用起，脱贫户当然要优先，咱农民最拿手的营生还是种地！"

王云还老谋深算地告诉我说："从菠菜的种植到销售整个过程，免不了也需要其他相关产品，一箱菠菜需要1个泡沫箱、7个冰瓶、4张冰纸。泡沫箱一个8元，冰瓶一个0.7元，种植两茬菠菜需要大量的包装，从外地采购的话会大大增加菠菜的成本，所以我们抓住这个商机，引进了泡沫箱、冰瓶、冰纸的加工厂，预计每年可为村集体增加收入20万—30万元，还可以解决部分人的就业问题。现代种植业与传统种植业不同，种植过程从头到尾，都需要技术人员的指导，技术员过去都是从山东请过来的。我们正在考虑补上这个短板，如何培养我们村里自己的专业技术人才，这就需要吸引大学生返乡创业，实现人才回流……"

王云也不拿我当外人，还和盘向我托出了他解除上家合同时，也不得不以其人之道还治其人之身，因为对方行为不端在先，王云也不得不采用了对等的手法。并深深为之感慨："这就叫吃一堑长一智，老辈人常说的，害人之心不可有，防人之心不可无。城里人心计和套路比农民深，你不谋划人家，人家会算计你，拿着猪头找不到庙门，不仅是我，类似我这样吃了亏学乖了的人多了去了，农民脱贫不易的原因就在这里，摆明了就是要逼你学会谋划，不然你就得瞎，就得老是吃亏……"

北道坡村的地形地貌是否也像一只船？我不知道。但印象中王云挺像一个掌舵人。生活过早地教会了他谋划，但仍然不够，为了弥补自己谋划算计的不足，他谦卑低调得甚至不敢睁大自己的眼睛。他知道现在自己不是一个人，村子家底薄，输不起，不学习便会迷航或误导，赔工夫赚吆喝血本无归，而学习的结果，则难免见招拆招，好坏均沾，远离了土地的淳朴，眼瞅着一个正在向精明的城里人靠拢的新的陶朱公正在大踏步地向我走来。类似者又岂止一个王云，也不知是该喜还是该忧？

第二章

一穷重似千钧

　　遑论贵贱贫富，都是造物的杰作，都是地球上的公民。追求众生平等，是人类千方百计从弱肉强食的自然法则中突围的初衷，是国家之所以成为国家的原始定义，是社会之所以成为社会的根本……

历　史

调寄念奴娇（新韵）

　　醉翁出使，洛京低，骏马岢岚蹄地。后汉军城雄北宋，惊叹欧阳修寄。黄土高墙，关山坚壁，彪炳牛羊起。风流丘壑，何堪失落交臂？

　　似电若沫如戏，晨钟暮鼓，孵化时光骥。今日我来寻旧迹，沾染一团生气。履适袍宜，有三求四，树茂根深以。了然千古，扶贫能见真意。

　　秦汉时期是我国历史上地震灾害频发期，大大小小的地震频发68次，也有说118次。秦汉时期赈灾措施主要有4种。一是赈恤和廪贷，赈恤是无偿赠予粮食、日常用品等，也有直接赐钱的。廪贷，则是指假贷贫民，即是一种有息或无息的借贷，解灾民一时之需。第二种赈灾方式是减免赋税。

两汉时期因受灾导致粮食减产50%以上者可免去全年田租，不满此数的则按实际受灾程度减免。对受灾严重或者粮食生产本就不足的地方，国家组织粮食的运输和灾民的转移。为避免灾民流离失所造成社会不稳定，政府会主动安置流民，组织生产自救，包括免除赋税徭役、赐予钱物、假民公田让灾民耕种等。灾情严重时，皇帝还会开启山泽苑池任百姓采猎。

唐朝时又有新的发展。除沿用秦汉时期的做法，还建立了水利管理机构，水利工程虽然对地震没有直接减轻作用，但对地震伴生的次生灾害则有不可忽视的功效。《旧唐书·职官二》说："凡义仓所以备岁不足，常平仓所以均贵贱也。"此外还有正仓、太仓等其他仓储做补充赈灾之用。《汉书》曰："国家将有失道之败，而天乃先出灾害以谴告之。"

唐人深信自然灾害之发生与人的作恶有关，因而皇帝必须深刻反省，修政行德，以消弭灾害。皇帝带了头，太子、宰相等公卿也会仿效修政，以谢天下，以安灾民之心。在祈禳、修政的同时，政府向灾民发放粮食、食盐、布匹等救灾物资，赈济方式较之秦汉有所不同，除了无偿赠予和借贷之外，还有以工代赈，将粮食以低于市场价格的方式卖给灾民。不外乎的是养恤安民、掩埋亡民、赐民棺木、助民修屋、赐医药、赐耕牛、赐粮种、蠲免赋税田租等各种方式。

总而言之，历朝历代多赈灾济荒，鲜倾国扶贫。类似我们现在这样，倾国家和社会之力，上上下下，一门心思扶贫者，翻遍历史典章，未见有此记载。史无前例已经，震古烁今笃定。没在村里待过，没当过农民，没打过粮食，不可能使用"吹糠见米"这个生动传神的比喻，来强调评选贫困户必须是吹过糠皮儿之后的米，若非深知中国农村是个家长里短的人情社会，鳏寡孤独贫困户是村里的弱势群体，村里举凡有什么好处，多半会落入七大姨八大爷的手中，米没有选上，反便宜了糠皮儿，近水楼台让浮皮潦草得了月，则违背了扶贫的初衷，断然不容许。且不求毕其功于一役，不允许水过地皮湿，久久为功始终不渝，比拼的是真情真意真心。姑且抛却其他不说，无论如何，这都是一件涉及人类文明、人道、人权、改革开放红利的合理分配，关乎政党性质、社会原则、民生疾苦、国家鼎祚的莫大功德。

人多眼睛多，不同方位，不同角度，看问题难免片面，以为大象若非一柄可以摇来摇去的大蒲扇，便笃定是一根粗粗糙糙肥肥软软的圆柱子。鸡有鸡凿，鸭有鸭铲，七嘴八舌，说法也五花八门。如中央扶贫巡视组在一篇文章中所说"形式主义、官僚主义、弄虚作假以及消极腐败现象"，"大水漫灌"、跑偏走样现象……客观存在，如何"坚持举一反三，把巡视发现的问题和扶贫领域各类监督检查发现的问题结合起来，一体整改、一体解决"。

"压力的确大，五加二，白加黑，没明没夜的，工作任务追撵得人就没个躲处！"一位扶贫工作队女队长这样告诉我，"我扶贫两年已经到期，刚回单位没几天，领导就又和我谈话，说我们单位新派去的扶贫队长，还是个男的，去了没几天就抑郁了，只好让我继续上……"

一位县委书记曾经风趣地告诉我：上边有千条线，下面只有一根针，千丝万线，曲曲绕绕，都要穿入落实到这一根针眼儿里，说不忙那才叫个怪。这就是古人之所以会说，郡县治天下治，因为郡县是最基层。有人揣着明白装糊涂，以为对上边而言省里是一根针，对省里而言一根针则是市县区，对县里而言一根针还有乡镇，对乡镇而言一根针是各个村，对村而言这一根针是村里人，这不是闹着玩吗？

岢岚县历史悠久，古迹随处可见，不仅城老墙旧，还多有古树名木。多年前岢岚便为23株古树名木编了户籍建了档案并统一制作了保护牌。其中油松12株、侧柏7株、榆树3株、杜松1株，平均树龄约500年。树龄最长的是宋家沟乡闫家村已逾2000岁的一株油松，树形丰满繁盛，根深枝繁叶茂，胸径 4.25 米，高 20 米，干高露出地面 3 米，还有 2 米留在土内，树干分生 12 大枝，冠幅东西 25 米，南北 24 米。透过这些华彩片断的遗存，不难想见岢岚当年萧森壮阔的自然风光。

去阳坪乡石盤头村采访途中，远远地，便在河沟边见到一株大树，以为非柏即槐，但近前一看却都不是。此树粗有两人一搂，根如蟠龙外露向四下里伸逸，树皮暴突斑驳似龙鳞龟甲，枝若龙躯蟒体一般，遒劲而苍老，叶片小小的，落得七七八八，只剩三二。

这株树，想来北宋欧阳修当年来时不曾见到，因为它才生长了 200 余年，从年纪上入不了 23 株古树名木之列，但仍然被岢岚林业局列入了名木古树保护的行列。不同于松、柏、槐、银杏之类长寿树种，动辄上千年不止，这种在北方如同草民百姓一样随处可见的普通树种，太过古老的很是罕见，如此高寿且生机勃勃，愈加透着珍贵。

这是一株在北方随处可见的普普通通的中国本土杨树。

离这株古树不远，石盤头村的脱贫户张金玉和刘燕凤夫妇俩，长年累月地待在这个深山沟里，从不为独处荒山一隅而烦忧，日出，吆喝起牛群上山，或前或后跑着几只土狗，围着他，逗他穷开心，还帮他追撵牛群，把不听话的牛吠回来。无论有多少烦忧，荒山野坡，没个人烟，迎风抖抖地吼上几嗓子，任是天大的不开心，也会随着吼声远去，被山风吹撂到深沟里。薄暮冥冥的时分，散漫地踏着被夕阳拉长的牛儿、狗儿、人儿的影子，和太阳一搭儿往山下走，太阳下山，他回家。家里饭桌上或莜面，或白面，或土豆丝，或小米稀饭，或烂腌菜，还有他的妻子刘燕凤温情的嘘寒问暖声，已经等候他多时了。

阳坪乡对口扶贫的是个年轻女孩，她领上我们出了乡油路，便钻进一条深沟，沟里没有路，只有一条自然形成的布满盘缠石头的长长的河道，河道两边是高高的山，远远的山的崖畔上有牛羊的影子，或白或黄花，在阳光下闪着柔和的光斑。走到古树不远处，女孩便有点迷路，河道分为两条，中间是盘曲的很有意趣的大石头，左边通向山上，右边通向更深的沟里，不知走哪条路好。乡扶贫负责人便笑她，说，才几天没来就不认得路了。但似乎他也不认得，便扯起嗓门吼喊，想吼喊出一个人来问路。可石头缝里终于没有蹦出个人来。

康利生却是腿快，一个不留神，已经蹿上了崖畔，崖畔上有几间简易的丑窝棚，栅栏里堆满了金黄的玉米，四下里却是没有人。几个人手机在这里形同虚设。就想也真是难为女孩了，精准扶贫上这么一个住在深沟里的主儿，来一趟，也委实是太不容易了。

几个人面面相觑了一回，你一言我一语地打了个商量，决定继续往沟深处去。没想到走入深沟，拐了一个弯儿，眼前竟豁然开朗，崖畔上，隐约见几楹房舍，崖畔下，一个穿军绿野战服戴军帽的中年人已经等在那里了。他一边递香烟，一边寒暄着引我们上了山。

这就是张金玉。他家就在山上，也没有大门，开阔地上是木头搭起的一个牛圈，傍山崖挖出的几眼窑洞卷了砖，便是他的家。进门处的崖下，掏了一个简单的洞，洞里有一窝黑色的小精灵，一点也不怕生，睁着大眼睛好奇地看我，还蠕蠕地乱动。我惊喜地凑上前拍了几张照片。张金玉在后边就笑着说："我家狗子刚下的，你要是喜欢，等会儿，抱上一只走！"

"以前我家里没养过牛，这么说吧，世代都是农民，一直靠种地吃饭。"张金玉在牛圈里倚在一头犍牛身上，黝黑的脸上挂着灿烂的笑容，"我父母患有慢性病，都已 80 多岁，我和妻子没什么特长，日子过得紧巴巴的。2013 年我女儿张敏考上了大学，东家借西家挪，借钱送她上大学，欠下了一屁股的外债。2015 年村里党员干部和群众代表评议，我家被评定为贫困户。以前我总是抱怨命运不公平，把我生在穷村里，被定为贫困户又感到当贫困户脸上羞，心里不好过。包扶单位和村上干部送技术、送化肥、送种子，还送来了大米、食用油和床上用品。还成立专业合作社，让全村贫困户入社，争取来产业发展扶持资金。我就想这贫困户也不能天天靠着墙根晒太阳，等着别人送小康吧？

不能争穷比苦躺着当低保户，所以我就下决心要靠自己的力量脱贫。我先向亲戚朋友借款买了一头母牛和 30 只小鸡，第二年母牛产崽，鸡也开始下蛋。由于这是在山上散养的鸡，鸡吃的都是些活食，鸡蛋的营养丰富，鸡蛋销路也就好，就又买来 100 多只小鸡，散养在山上，让它们吃蚂蚱和草籽！"

"光是卖鸡蛋的收入就够我们一家人的零花钱了。"张金玉的妻子刘燕凤在一边笑着插话，她是个心直口快脸色红润风韵犹存的微胖的妇人。她告诉我们："就是忙不过来，鸡长大了，满山里四处乱下蛋，下在崖畔，下在石头缝缝里，下在草窝里，半数鸡蛋都撂在山上找不着，让山上的野物吃了。还有一群野猪也没少吃。这些野猪，不和人打照面，都是半夜里悄悄地来，能听见闹腾出的动静，看不到它们的影子，它们也怕人，一吓唬一吓就跑了！"

"我家的牛群也由一个发展成了二十来个。一头母牛市场价几万块钱不止，我只卖牛犊不卖母牛，留着下崽呢！上山放牛时我还兼着护林，不让牛群啃树苗，我是护林员。2018 年年底正式脱贫。别人也不小看你了，人前也能抬起头，说话也有底气，还获了好多奖……"

说话间有头牛尾巴一翘，开始拉屎，热腾腾的牛粪，一层一层堆叠得像被梯田盘绕而起的黄土丘陵，让人想起延安，想起南泥湾的大生产。延安时期和解放初期，似乎人人都有积肥任务。无论延安的官兵，还是 20 世纪五六十年代县城里的小学生，个个都得起个大早，挎个柳条粪筐，手持粪叉，去野外的马路上、大车店，笃笃地使了粪叉去拾粪。那时的所谓大牲口，诸如马、骡、驴、牛，屙的粪，名之为抛屎蛋子，且行且抛，冬天寒冷，粪蛋儿落地便会冻硬，挂上一层白霜。故赵树理说三仙姑：驴粪蛋，表面光，外面挂了一层霜。操持农事认真务实，土地也知恩图报，给人以香喷喷的绿色食品，喂养了延安和建国初期健硕的历史。

"这么多牛，每天得产多少有机肥？"我问。他笑着不屑地说："牛粪都填了这条沟了，现在种地，大家都用化肥，没有人要这牛粪！"土壤是人类生存的基本资源，也是农业发展的基础。自工业革命以来，人类改变了传统的种植方法，大量使用化肥、农药，以为可增加农作物的产量。但统计数据显示：经过数十年使用化肥、农药和除草剂后，农作物产量，不但没有增加，反而是大大减少了，还导致水源污染、土地流失、河道淤塞、海洋污染、生态变差、疾病丛生等严重的环境问题和经济损失。过量的化肥、过量的农残，能喂养出什么样的未来呢？因我当时不想破坏融洽的气氛，捺住性子没有说什么，但还是一直念念在心。明知这个责任不该个人来负，而是时代发展使然，却还是见不得此类现象。

故填《何满子·延安最守农时》词以记之：羊撒猪厮牛滋，马抛猴撂鸡拾。小米饭香成旧事，南瓜汤里情痴。兄妹开荒种地，延安最守农时。篡改基因青史，阉割造化芳姿。犬吠戊戌遗狗屎，天人已履深池。物我不嫌粪臭，东风犹恐花迟。仅此而已。

过后不久，我在张金玉的微博里听他唱了一首陕北民歌《牡丹花和放羊娃》，方知他还是一个不错的文艺爱好者，一个人包揽男女对唱，演绎得像模像样：

男：尕妹子就是牡丹花，美丽得赛过那朵云霞，你唱起歌来能醉
　　死个人，两只毛眼睛最会拉话话。

女：二阿哥虽是放羊娃，哪一点儿都不比别人差，你放的羊群大
　　得像云海，一颗笨心眼儿勤劳到了家。

男：我的尕妹子。

女：哎我的二阿哥。

男：我的牡丹花。

女：哎我的放羊娃。

合：咱俩的情缘天注定，相亲相爱是一家，相亲相爱是一家。

他的日子似乎已经齐活了，尕妹子是他妻子刘燕凤，牛群是他的致富法宝，高墙坚城是人文的，古树名木是自然的，他还缺什么呢？思绪如云团旋转开去，想起大宋时欧阳修出使岢岚，不知他是否来过这里？

土　地

调寄何满子（新韵）

未必别离在意，凛寒卿勿忧心。莫若放怀驰骋起，旷天达地寻金。赤兔青骢良骥，牧肥山野萧森。

骑射胡服作古，宇航飞箭而今。铸造刀戈犁斧以，岢岚脱困攻贫。千马不赢一匹，一穷重似千钧。

土地，也有牙齿，很钝、很尖利的牙齿，死死咬住人的脚跟，不肯稍稍放松。为了挣脱土地的束缚，走出贫穷，古今人等可谓与生俱始，便使尽了各自浑身的解数，从学、从医、从军、从工、从商……自陶朱公始，商场，便如同一个没有硝烟，却有血腥的战场，如果人不算计，不谋划，不预判，不抢鲜，不争斗，便寸步难行。以此类推之，三教九流，七十二行，几乎无不如此。斯文的货真价实，下作的弄虚作假，暴烈的打家劫舍，不一而足。

扶贫，可谓反过去之道而勇敢前行，改写弱肉强食的丛林法则，纠正优胜劣汰的进化法则，只因人是文明动物，人类社会业已进入文明时代，贫富不均和人压迫人的诸多不文明的现象，再也不能继续存在下去，仅此而言，便无疑是一个巨大的社会进步。

说回岢岚。岢岚绒山羊、红芸豆、马铃薯、沙棘、食用菌、生猪是为县里的六大传统产业，2018 年全县投入专项奖补资金 893.4 万元，通过合作社规划实施发展八大类特色产业种植园 9.6 万亩，带动贫困户 3412 户实施规模种植 4.4 万亩，户均增收 1690 元。在 8 个乡镇规划建设羊养殖园区 13 个，总圈舍面积达 13064 平方米，总预算 587.88 万元。通过引进新大象集团，引领 450 户贫困户走上养猪脱贫路。结合特色经济林项目新种植 6 万亩沙棘林，改造老旧沙棘林 5 万亩，带动 1752 户贫困户 4569 名贫困人口，户均增收超万元。2018 年该县晋粮一品公司以高于市场的价格将贫困户种植的红芸豆统一收购、统一深加工、统一销售，2000 余贫困户户均增收 900 元左右。以电商扶贫为抓手直接拉升贫困农民收入。

当土地所能够带给人们的东西不足以满足人们日益膨胀的欲求之时，产业的介入便显得十分重要。这是一种人类发展的无奈。但无奈也得继续，这是特定的历史时期发展的必然过程。总书记来岢岚时，临行时曾特别嘱咐大家说："深度贫困地区要改善经济发展方式，重点发展贫困人口能够受益的产业。"

2015 年 7 月山西省工会选派王志辉到岢岚县宋家沟乡吴家岔村任第一书记。初来吴家岔，村路坑坑洼洼，下雨天寸步难行，村委会房子破旧，村民吃水靠驴驮，手机基本没信号。村里基本都是老弱病残。王志辉扶贫的第一件事就是为吴家岔修路。在山西省总工会的支持下，王志辉协调乡政府、村委会和龙源风电，由龙源风电投资，村民出劳动力，把村到乡 7.9 公里公路全部硬化修建了村公路，并在省总工会领导帮助下为吴家岔村建立了移动信号塔。吴家岔村是山区，耕地难，留在村子里的都是老弱劳动力，王志辉协调山西省总工会为村集体购买拖拉机 2 台、地膜覆盖机 1 台、播种机 1 台、揉草机 1 台。农机具由村委会统一管理，播种、收割由村委会统一完成。村人笑说：活了一辈子，才知道种地也可以这么轻松。王志辉还争取资金 10 万元，为村民修建了能够储存 50 吨土豆的储藏窖，解决了村里土豆种植面积大、储存难的问题，很多村民因此增收。种地的事解决了，养殖的事王志辉又上了心。2016 年，王志辉推动村里成立东信绒山羊养殖合作社、鑫鑫养殖合作社，积极帮助筹措资金，购买 300 只绒山羊集体饲养，带动了 10 户贫困户每户每年分红 500 元，连续分红 3 年。2017 年合作社购买 46 头牛，带动贫困户 16 户每户每年分红 1000 元，连续分红 3 年。2016 年又筹集资金，为村里修建了老年互助照料中心 12 间，65 岁以上无劳动能力的老年人都住进了新房子。修建村委会办公室 5 间，村卫生室 2 间，并给村委会、卫生室配备了办公设施。

2017 年，王志辉还给岢岚介绍引进了山西晋岚生物科技有限公司岢岚县肉羊屠宰及肉制品项目。家住太原的晋岚生物公司老板刘四明是个有生意眼光也有情怀的老板，他没有说他的公司是王志辉牵线引进的，但他长久为之自豪的是，晋岚生物公司是和总书记一起走来岢岚的，是首家遵照总书记的嘱托来岢岚产业扶贫的公司，他说："总书记前脚走我们后脚就开工建设，我们公司依托的是岢岚绒山羊和岢岚柏籽羊这两大品牌，以及全县的 65 万只羊资源，2017 年 6 月基本建成，2018 年 9 月正式投入运营。项目的总投资花了有 1.1 亿元，设计规模是年屠宰加工羊 30 万只，开发、冷冻鲜羊肉及下货类产品达 100 种。"

"这么说吧，可以将每只羊的附加值提高到 1000 元以上。"刘四明自豪地说，"我们公司建的这个厂，可以帮扶带动岢岚县 1272 户贫困户每户每年增收 1000 元，3 年内联结贫困户养羊 9 万只，人均增收 2500 元，可以直接和间接地带动 650 人有事可做。我们通过订单养殖、保底收购等方式补齐了岢岚羊产业链中屠宰和肉制品加工滞后这两块短板，促进了岢岚羊产业由粗放型向精细化的转变，实现产业链条各个环节带动贫困群众增收的目的！"

"每回他们杀羊都要从外地请穆斯林阿訇来念经……"

来之前，赵利生这样告诉我。过去听说过，却没有见过，所以觉得新鲜。

相关资料说，穆斯林对肉食要求是以"养身益性、清洁卫生、合乎教规"为标准，所以"屠宰"过程非常重要，不可随意宰牲，为利而乱法，造成过失和伤害。首先宰牲者必须是穆斯林，应会念清真言，作证词和《古兰经》常带大小净，谨守斋拜。符合条件的妇女亦可宰。宰牲必须高声赞主，以安拉之名而宰，动物乃安拉的造物，人无权利以自己个人的名义宰杀。

营业执照上，山西晋岚生物科技有限公司成立的准确时间是 2017 年 4 月 13 日，地址在岢岚县岚漪镇之岢大线 4 公里处，法人代表为刘志伟。面积很大一片占地，厂房基调是白色的，外表给人一种祥和安谧的感觉，根本想不到里边在干什么。

千百年来，人超然于万物之顶层，弱肉强食，以杀生而养生，也有愧于心，不得不为自己的行为寻找一些尽可能体面的理由。这似乎便是人类的虚伪。

但不这样又能怎样呢？谁让上帝造出了这个既欲求物质又渴望精神，既想吃肉又不想杀生的生物呢？在相当长一个历史时期，似乎还无法平衡，只能继续含糊其词下去。

但不吃野生动物，近期以来，似乎已达成人类共识。

"穆斯林屠宰法，对牲灵给予充分尊重，比较文明，也是一种人道。羊害怕和痛苦时会分泌毒素，不让羊害怕，不让羊痛苦，就没有这种分泌物，宰出来的羊肉洁净、卫生，质量上乘，吃起来口感才好！"胖胖的刘四明一本正经地这样解释。

我半真半假笑着说："其实，也是人为了自己求一个心安，杀生毕竟不是好事，有许多心虚在里边！"刘四明会心地一笑，笑过，送我们离去。趁屠宰时间未到，我们还想先去看另一个具有同样性质的扶贫产业，然后再过来见识阿訇师傅念经宰羊的稀罕场面。

我们去的是岢岚的特色产业沙棘加工厂。

"这个公司的老板口才特好！"康利生先行笑着这样知会我。

果真也是，年轻微胖的老板一边带我们走入厂房，一边抱歉地说："因为调试设备工厂临时停工。"然后马上切入正题："世界顶级的药理学家研究认为，沙棘是世界上公认的含有天然维生素种类最多的珍贵经济林树种，维生素

C 的含量远远高于鲜枣和猕猴桃，被誉为天然维生素宝库。具有营养价值、生态价值和经济价值，尤其在三北防护林建设中起到了非常巨大的作用。沙棘可以治疗烧伤、放射病、心脏病、青光眼，对急性支气管炎、咳嗽痰多、消化不良、食积腹痛、跌打损伤导致的瘀肿、脏腑疾病导致的瘀血、妇科经闭血瘀等症状也有帮助，还可以降低胆固醇、防止心绞痛、改善冠状动脉粥样硬化、治疗慢性支气管炎……"

偌大的厂房，空无一人，静悄悄的，只有话语，声震四壁。

岢岚县在脱贫攻坚中，其着力点早已不是脱贫，脱贫容易，脱了贫之后，如何才能久久为继不返贫，才是县委、县政府的首攻方向，可谓耗尽了脑筋和精力。

"不解决这个问题，扶贫就是空的，没啥意思！"赵利生就是这么认为的，也是这么说这么做的。他不仅利用自己的朋友拉来前边说过的玩具厂，还鼓动撺掇邻居扩大再生产将鸡场养鸡规模从 5 万只扩大为 50 万只，以便安排更多脱贫村民干活。

赵利生的邻居名叫刘晋军，乃是浩天禽业有限公司的老板，他在岢岚县大涧乡沙麻沟村有一个现代化的养鸡场，养鸡场饲养着 5 万只优种鸡，喂的是绿色饲料，所产鸡蛋富含硒元素，很受市场的人们欢迎。赵利生倾诚相待，希望他扩产后多招收易地搬迁的脱贫村民。

我们去时，浩天禽业有限公司的养鸡场正在增建扩容，刘晋军亲力亲为，正在工地上给施工人员煮鸡蛋吃，上边方形的铁皮盘中热气蒸腾，煮着上百个鸡蛋，下边炉膛里还烤着一堆快熟了的土豆。天气已经很冷，风从山野吹来，吹得草木乱动，吹得人直打哆嗦。

他请我们围坐在温暖的火炉边，一边吃鸡蛋一边说话。"过去只听说，靠山吃山，靠水吃水，这回亲眼所见，靠着养鸡场吃鸡蛋就像吃土豆。"我戏之曰。人过中年面色沉凝的刘晋军大笑，又从炉膛中拨拉出几个土豆让我们吃，还弄来一盘子咸菜和几包榨菜。

"我就是岢岚县城里的人,"刘晋军是个豪爽的人,但有心思,神情显得有些落寞和无奈,惆怅地说,"原本已经说好的合伙人中途忽然说他的资金链断了,不想干了,你说我还能说什么?原本预算好的资金出现了个大缺口……"

但这并不妨碍他谈笑风生,底气是:"我也不怕,过去,办这个鸡场就是耍,够吃够喝就行。我这人,天生就不好意思的,来了熟人、朋友,鸡蛋就要白送,不要还不行,磨不开面子……利润是能看到的,一个鸡每天一个蛋,每下一个蛋,就有一个蛋的收入,能算到,也能看见,每一公斤鸡蛋,可以净赚4元多钱,利润也是实实在在的,它不会哄人,5万只鸡如此,50万只鸡,更是如此,这种投资,回本虽然慢一些,但是也没有什么投资风险……"

刘晋军这样说的时候,我注意赵利生神色也因此凝重,似乎也在为朋友的困窘担心,但苦于有心无力。离开时,我们都有些抑郁和沉默。

大涧乡孟家圪台的山上,凛冽的山风已经吹黄了沟沟岔岔,吹红了盈山累坡、成片成簇、艳丽而稠密的沙棘果实,满山遍野都晃动着采沙棘的村人。

岢岚县沙棘林拥有量堪为全省之最,沙棘品质高居全国之首。近年岢岚县大搞绿色扶贫,除保有野生沙棘外,还扩大人工沙棘种植面积,引进沙棘加工企业,2016年落地于岢岚县羊圈会村的山西山阳生物药业有限公司便是其中之一。

我试喝了一罐他们生产的沙棘饮料,味道堪称地道。但这家公司不仅仅做沙棘饮料,沙棘饮料只是他们的附带产品,主产是以现代化生物技术从沙棘中萃取精华生产保健品。如同水土保持要涵养水源一样,他们已经建设沙棘基地2000亩,使50个贫困户增收;2017年收购沙棘原料约5000吨,2000户贫困群众因采摘沙棘户均增收7500元。还吸纳了49名贫困人口进厂务工;以扶贫小额信贷模式与500多户贫困户签订协议,采取定额分红和订单回购两种方式实施帮扶,每年向贫困户支付4000元,连分3年红利,使村民从中得益。

只是时间已经不等人，匆匆告别，赶过去，却已经晚了。

最终还没有见识到完整具体的工作现场，只是透过供参观用的玻璃窗，瞄了几眼长长生产线上，曾经云朵般飘动在山坡上吃草的族类，被细细按部位分解成一个一个小块，装入一个一个小箱，咩咩地叫着被送去冷冻，被销售向四面八方，去丰富市场和人类的生活需求。

那天岢岚的天气很冷很冷。

牧　牛

调寄一剪梅（新韵）

岢雨岚风下暮牛，大者哞哞，小者哞哞，唤犊呼母共哞哞。风也悠悠，雨也悠悠。

耕地拉车业已休，瘦了柔柔，肥了柔柔，铜蹄铁角肉春秋。生亦幽幽，死亦幽幽。

那天，从烧炭山下来，在去毛泽东路居馆的途中，赵利生被一个电话唤走。我是和康利生去的毛泽东路居馆。科学家说金鱼只有3秒钟的记忆，但又有科学家经多项研究显示金鱼最少有24小时，甚至3个月的记忆。

那么人类呢？人类从生到死有一辈子的记忆，一辈子是多久？一百年三万六千天，比金鱼长久多了，但人类发展有文字的记载三千年，加上神话传说有五千年，考古发现从人类有记忆的那一天算起，得有十万年了。但翻开历史之后，你却发现，记忆并不能遗传，健忘如同金鱼一样是人类的通病，天地、日月、风物，在每一个新生人类的眼里都是新鲜的。

为了让人们长记性，所以才有了历史。

历史不仅是文字，还有器物和建筑。岢岚县的这座毛泽东路居馆，原本是岢岚县一位地主生前自己住的老宅子，现有正房 7 间，全长 20.73 米，进深 6.2 米，西房 6 间，全长 14.6 米，进深 3.73 米，东房 7 间，全长 12 米，进深 6 米。院中前后有两棵在北方很少见的槭树，生长得虬枝龙躯，枝繁叶茂，在秋风中黄了枝上的叶片，撒落满地。

这个从 20 世纪 60 年代保存迄今的毛泽东路居馆，1995 年被山西省委、省政府命名为"爱国主义教育基地"，并挂了红色的牌匾。

过去，秀才们描述穷人苦难是，做着牛马活，吃着猪狗食。这是形而下的说法，《圣经》是形而上的。牧牛放羊其实是一门不算高深但却需要真心真意的学问。《圣经》中有不少文字是把上帝比成牧人的，自然即上帝，上帝是个好牧人，人是具体的牛羊，众生是牛羊群体。

牛羊有肥瘦大小之分。但是，肥有肥的累赘，瘦有瘦的筋节，强有强的低劣，弱有弱的优势。《圣经》上说："为富不仁者想进天堂比骆驼穿过针眼都难。"

在牧人眼里，大小肥瘦无分强弱，都是需要他关爱的生物。好的牧人对众生一视同仁，会管好自己的牛羊，诱使大的照顾小的，小的反哺老的，肥的礼让瘦的，瘦的扶持肥的，形成无数个秩序井然坚强有力的羊单位，纵然狼来了，虎豹来了，也不会惊慌失措乱了营。

……

岢岚县岚漪镇刘家湾村的马牡生是从内蒙古特意回来支援家乡脱贫攻坚的。他说他在内蒙古以养马为生，淘了几桶金之后，带着银子回家乡，却没有养马，养了几群牛。

他的微信名，只有一个字：马！马却偏生养了牛。

牛耕田的过去，在岢岚县城随处可见牛羊，现在已经见不到。许多县城里的小孩，也不知牛长啥样。要看牛，得去城外的偏僻处寻，往沟沟岔岔里走，向草密云深处找。

《岢岚州志》载，岢岚古称娄烦，有"娄烦骏马甲天下"之美誉。

养畜是这个边塞古地的传统，让我奇怪的是现在仍然以农牧立县的岢岚，遍地牛羊，也有驴，却不见了马的踪影。细想却又释然，全世界马的品种约有200多个，而4000年前被人类驯服的野马，如今存世的仅有普氏野马一族，我在新疆去过普氏野马养殖场，不止一次见过它们。有66个染色体的普氏野马，在野化方面只有过短暂的成功，已经失去了长期独自在野外生存的能力。比普氏野马少了2个染色体的家马，处境也好不到哪里去。

马在古代与牛相类似，曾是人类不可或缺的役用伙伴，或曰工具。它们曾经是人类盛赞的对象，香车宝马、肥马轻裘、金戈铁马、高车怒马、高头大马、骐骥骅骝皇马、骏马等，溢美之词几乎成为它们的代名词。它们矫健有力的身影曾广泛活跃于皇家园林、城市、乡村、田园、驿道、战场、围场，以及风花雪月之所，是农业生产、交通运输、军事活动、交际场合的骄子。但它们的生死和命运取决于灵长类的需求。随着时光的流逝、生产力的发展、科技水平的提高、动力机械的发明和广泛应用，马的作用越来越小，踪影也越来越少，已经悄然退出了人类社会生活的舞台，被时光无情地抛弃，如今主要用于马术运动和生产乳肉，在落后国家或地区，充当役用动力。

人类历史和字典，随处可见马的身影，大唐杜甫诗曰："胡马大宛名，锋棱瘦骨成。竹批双耳峻，风入四蹄轻。所向无空阔，真堪托死生。骁腾有如此，万里可横行。"李贺咏马诗多多，有诗："大漠沙如雪，燕山月似钩。何当金络脑，快走踏清秋。"还有诗："此马非凡马，房星本是星。向前敲瘦骨，犹自带铜声。"而在吃货们的杯盘狼藉之中，却流传着香驴子臭马的说法，马肉大板丝子，难吃。只有肠子还被人惦记并津津乐道：伊利马肠子闻名天下。

随着时代发展，功利主义越来越猖獗，自然离人们越来越远。

"岢岚过去是出好马的地方，娄烦骏马甲天下，现在还有人养马吗？"我曾问赵利生，土生土长的赵利生似乎对这段历史比较茫然，但有没有人养马他知道。也许自从娄烦变成岢岚之后，马匹在岢岚便养得少了，到了赵利生这一代人，几乎已经绝迹，所以在赵利生的记忆中，只有牛羊没有骏马。在没有战火和硝烟的年代，牛羊成功地驱逐了骏马，取代了马匹的地位。但这不同于劣币驱逐良币，牛马同属良币，只是各有优势，用项有所不同而已。

既然和平年代已经无人养马便只能去看牛了。

于是康利生带我冒着霏霏小雨出城去寻。先在城边寻见了瘦而筋节的马牡生，眉眼间透着精明的马牡生联系上了他的牛群，牛倌儿说牛群还在山上，牛这种东西它不怕雨，如果下雨了，牛群就停住不再走动，站在原地上淋雨，该吃草的还会吃草。下山得牧人往下赶。

马牡生说："那就往下赶，一会儿的工夫，我人就过去了。"

马牡生让我和康利生等，他跑去买了一堆熟肉还有两瓶土酒，不无炫耀地说："除了给他们工钱，隔三岔五还要送吃喝，时头八节都要过，今年中秋我给他们送了一堆月饼。今儿个下雨得送点酒肉……"

冒雨，先去看了他在城边圈养的老牛、瘸牛、小牛。十几头不方便上山的牛，在圈里大睁眼睛看我们，就像我们大睁眼睛看它们。不平等限制交流。一头漂亮的小牛犊，无拘无束在院子里撒欢儿，也不往野外跑，它妈在圈里。也不怕人，初生，尚且不知人的种种厉害。

翻了一座山，下了一道沟，爬了一面坡，越了一道梁，冒雨走了半个多小时的山路，终于在一个沟坡上见到了马牡生的牛军团。好大的一群牛，头头高大英武，膘肥体壮，个个摇头摆尾，挨挨挤挤，散漫在露天的牛栏里搔首弄姿。

马牡生像个牛元帅，也不嫌牛栏里被牛蹄和牛屎践踏濡染的黑色肮脏，大踏步跨入牛栏，逐一巡视他的三军牛健儿，还不时向跟在身后的两位牛将军发号施令，或悄声嘀咕什么，似乎已把随行而来的我们忘在脑后，无暇和我们交流说话了。牛散漫地接受主人的检阅，眼里全是漠然和不敬，显然不喜欢主人。

这些原产瑞士西部阿尔卑斯山区，兼具奶牛和肉牛特点，已经被中国化的西门塔尔牛，想来起先也是耕田拉车的好手，但后来有了拖拉机和收割机，便不幸沦为人类的菜。

毛色黄白花或淡红白花，头、胸、腹、四肢、尾多为白色，皮肤粉红色。牛角细向外上方弯曲，乳房发育良好。生长速度快，日增重达 1.35—1.45 公斤以上。成年公牛体重平均 800—1200 公斤，母牛 650—800 公斤。公牛屠宰率可达 65% 左右，脂肪少而分布均匀。

无一例外，这些牛，都是人类的食材。

用马牡生的话说："耐粗饲，好养活，长得快，膘情好，上百头牛就是上百个活动提款机，需要时随时都可以提款变现。上市场上卖活牛是个钱，牛还能活，人也省心省力。杀了卖，比活卖，还要合算，能杀出一堆好肉，肉好吃，中国的涮锅子，外国的牛扒，都是它们！"

傍山，一字排开有十几间牛棚和围栏，都是县里乡里统一修建管理。云遮雾绕的四山上，还有别家的一些牛群，络绎不绝地下来。天天栉风沐雨，放牛人的肤色已经接近非洲人，只有脸上的微笑，泥土一样淳朴。牛栏圈舍相对洁净，依然弥漫着一股牛粪味道，并不觉得臭。

一条土狗的身影在山上出现，我问："狗怎么上山了，难道是上山吃草？"一个恰好走过来的牧牛人应声笑答："是锻炼身体！"

说话间，山上的狗儿忽然就从山坡上跑下来，在牛群中闲逛并横在了路上，那个答了我话的牛主人坏坏地笑着，不怀好意地走过去，一鞭子抽下去，抽出一声惨叫，可怜巴巴的狗儿，痛叫着在人的坏笑声里跑远并消失。

牛群闲适，若无其事，认真倒嚼暮色，反刍起又一个偷生的日子。

这时牛毛似的小雨也几乎小得感觉不到了。

两位脸色黝黑、穿着迷彩服的敦实汉子，背着手和我们说话，裸露的皮肤都是黑的，只有牙齿雪白。马牧生的牛群是他们代为放牧的，牛群离不开人，他们一年到头吃住，都得和牛群在一起。家里有事时就得央告人来顶替，他们才得以回家看看。

说起老板的为人，他们没有二话。马牧生就在旁边吞云吐雾，神情间对两位牛将军的应答似乎也表示满意。交谈时雨悄悄停了，天悄悄黑了，怕雨再次下起来阻隔归路，在浓浓的暮色里，我们告别了牧牛人和黑黢黢的群山，作别了安详地咀嚼着草料的牛群，和两条一黑一花的相依为命的狗儿，还有满山茫茫的雨雾。

"好得差一点点也是不行的，谁也能惹，就是不能惹他们！"

归去途中马牧生道出了实话："上百头牛让他们放，我人走了，这心还搁在这山上。不是我不放心，是放牛也不易，要是他们懒一懒，不想往草好的远处走，就凑合在老地方转悠，牛吃不饱，几天下来，膘就垮了。你心里是知道的，嘴上还不能说，天地良心，都要靠他们自己。还有小牛犊子，几十头，你记得住数儿，记不住样儿。给点好处，就用你牛群里的好犊儿，换了他家不好的犊儿，这也是常有的事儿……"

又说："牛不怕雨，小雨不怕，大雨也不怕，遇上大雨，全体就立住脚就地不动，等雨过去了才会走动。一个牛群里，只能有一头公牛，如果有两头或是多头，就会打架，打到见血，把公牛赶走，就留下一头。我家牛群里的公牛厉害，体量大，力气大，别的牛群里的公牛都不敢惹它。关键是它对母牛也好，护着它们，不让它们互相欺负，更不让外边的牛来欺负它们。牛有组织纪律，就和我们人一样，有组织纪律就不怕外来欺负。狼根本奈何不了它们，也吃不了它们，因为牛比人还要懂得团结。它们在山上露营睡觉，外圈都是壮牛，牛头一律冲外边，屁股冲里边站着或是卧着，里边是老牛幼牛。也没有人教它们，它们从小小就懂得，天生就知道！"

放 羊

七言（平水）

岢岚骏马魁天下，曾甲娄烦卷大风。

古往牛羊绒肉厚，而今誉响更敲铜。

多沟少水风还硬，满谷连坡牧野雄。

莫欲江山人受冻，山羊贡献岢岚绒。

　　追求众生平等，是人类千方百计从弱肉强食的自然法则中突围的初衷，是国家之所以成为国家的原始定义，是社会之所以成为社会的根本。遑论贵贱贫富，都是造物的杰作，都是地球上的公民。

　　富人怕贼偷盗抢，怕天下大乱被分而食之，穷人家无长物，不怕贼偷盗抢，无虑天下大乱，天天能睡安稳觉。真理是简单的，剥去种种粉饰的铅华和美化的油彩，可以这么说，国家不是一个空泛概念，由执政纲领和执政者组成，大小行政者都有维护国家安全的责任和义务，不履行责任和义务又贪恋其中，是人格的卑劣和下作。

　　上溯三代大家都是农民出身，大凡富人原本是穷人出身，许多穷人祖上也曾经富过。富人和穷人，城里人和乡下人，真正分野也不过百年。俗话说得好，富不过三代，穷不过两代。有一天，富人会变成穷人，穷人也会变成富人，风水轮流转而已。

　　理解并不困难，国家有缩小贫富悬殊的责任和职能，社会各阶层也有帮扶穷人的义务，穷人也有理解国家和社会的连带责任。个人觉得扶贫较之当下许多言不由衷、花拳绣腿、走台作秀式的泛民生关怀，来得更加自然和实在。

　　治病于未病时不可得，救之于已病之身犹可为之。民生则政生，民病则政病，救民生其实就是救国家，救公务员，救自己，救未来。只有和衷共济才能持续发展。毋庸讳言，人都这样，没有时想有，有了之后，想要更多，这是人类的无奈。

西汉大文学家司马迁曾在《史记》一书中这样明白地表述人类历史的复杂性："农不出则乏其食，工不出则乏其事，商不出则三宝绝，虞不出则财匮少。""渊深而鱼生之，山深而兽往之，人富而仁义附焉。""天下熙熙，皆为利来；天下攘攘，皆为利往。"

贫穷的解药在于利生，革命的真情为了解放，理想的布袋为了放下。

这似乎是自然的因果，也是人类的宿命。

高家会乡的党委书记郭靖宇是大学生村官出身。

2018年高家会工作重点是"两豆一羊"，两豆是芸豆和土豆，羊就是羊。高家会乡自然、地理、气候适合种土豆，但缺乏优良品种。驻村帮扶单位山西省统计局协调到大同考察学习，确定了晋薯16号、冀庄薯12号为高家会乡大规模种植的薯种。贫困户种植马铃薯按照每斤1.2元的价格，政府补贴1元，农户自付0.2元。派发生物肥1袋、地膜1捆，共计补贴金额400元/亩。种植面积覆盖全乡11个村贫困户，每亩可增收1200元。贫困户种植的马铃薯由鑫源绿业有限公司以高于市场价0.03元的价格收购，深加工后投入市场。同时建设马铃薯保鲜窖2座，剩余的贮存于保鲜窖反季节销售。实现了集体收入破零与群众致富双赢。

中午在乡干净整洁的食堂吃自助餐时，郭靖宇动情地说："2018年国庆刚过，优种繁育基地500亩土豆亟待出土、归仓，农民都忙着自己地里的秋收，拿钱雇不到人。时令不等人，怕土豆烂在地里，我真急了，穿上迷彩服，动员全乡130多名乡干部，一起抢收土豆。渴了喝凉水，饿了吃盒饭，连续5天，收回90多万斤优种。第四天是扶贫日，我顺势就把脱贫攻坚冬季决战动员大会开在土豆园，这可是个真正的现场会，很鼓舞士气。这件事让我高兴了好几天！"

郭靖宇还组织成立了佳鑫红灯笼农民专业合作社开业，7 个村 120 余名群众参与了灯笼制作，首届"红红的灯笼，美美的节"主题灯笼展，腊八节亮相岢岚舟城广场，一周销售了 2000 余对灯笼，累计销售 8000 余对。

高家会农业园区建设项目也是一个亮点。

2600 余亩的优质谷子园区、800 亩的土豆优种种植园区、500 亩红芸豆种植园区，15800 余亩小杂粮产业园区，共覆盖群众 2107 户 5261 人。养殖土鸡致富是郭靖宇当大学生村官时积累的宝贵经验。乡里实施养殖土鸡圈舍和鸡苗补贴，万只土鸡养殖庭院项目实施。还引进箱包配件加工、拉链加工、尚晋家具厂等企业，解决了许多脱贫户的就业问题。

"历朝历代有哪个国家农民种地不纳粮的？俄罗斯？阿尔巴尼亚？越南？朝鲜？你给我找找？他们国家就知道欢欢向农民要钱，少一分钱也不行。农业税全免，有吗？"采访中我发现，不止一个农民这么说。10 个人有 9 个，不约而同又会来一句："都是国家政策好！"感觉这几乎成了套话。究竟是套话，还是真话？

说了套话之后，还怕让人以为是套话，又会急忙辩解说："别以为农民好哄，心里头啥都知道，好赖都分得清清的。人心都是肉长的，免了农业税让你白种地，还给你这补助那补贴，派上人手扶助你让你脱贫，天下哪有这样的好事？还不欢欢地顺竿子往上爬，还在那里一边晒太阳，一边搔痒痒，你当你是谁？你还真成了猴子啦！"

好政策的确是给了农民扑扑闹闹奔小康的心劲。

同时，也不能不感动于我们中国的农民的智慧和质朴，他们的确分得清好赖，他们心里知道："不给你这个好政策，你又能咋的？你还不是得款款地熬煎受苦？"

"套话未必假，"记得赵利生曾说，"套话也有真话！"这话我也同意。

社会复杂城里套路深，就像刘姥姥在大观园，装糊涂不能让王熙凤看出来，狡黠淳朴若土地，本色让人无话可说。这里一个欠了很久的情，新中国成立多年，农民仍然生活在贫困中，长久的渴望已经使他们陷入麻木状态。从土地和贫穷的束缚中解放如同痴人说梦，像城里人一样过日子只是个肥皂泡。他们在排遣贫穷带给自己的苦难时，如同消受别人的飞来横财一样快乐。善良和豁达，无奈与自嘲，使他们不畏贫穷，甚至以贫穷为乐，以苦难为朋友，他们在互叹苦经时，也是达天知命的，诙谐有趣的，几近于时尚地这么说：命苦不能怨政府。

高家会乡西会村的梁瑞峰就是这样。梁瑞峰和李富贵同属于县里刚表彰过的自主脱贫红旗示范户。他的脱贫手段是种地和养殖，也就是放羊。

人类是天生地养的景感生物，不光会受到人的影响，近朱者赤，近墨者黑，也会受到驯养物的影响，养马人的性情往往像马，纵横驰骋，豪情万丈，不安于现状。也会受到地域的影响，《国语·鲁语下》有语："沃土之民不材，逸也；瘠土之民莫不向义，劳也。"大意是居住在肥沃土地上的人，因为生活富足安逸，而往往放荡不羁，成材的人相对较少，生活在瘠薄土地上的人因为苦难而向往正义，勤劳培养优秀品质，安逸会使人走上邪路。

"沃土之民多逸，瘠土之民多劳。"据此，有人认为岢岚人与羊，有着天生的缘分，并认为迄今岢岚人的性格仍带有羊化特征：勤劳善良，老实忠厚，因循守礼，纯朴简单。说有记者采访一个放羊孩子，问孩子放羊做什么？孩子说卖钱，记者又问，卖了钱做什么？孩子说，卖了钱娶媳妇。记者追问，娶媳妇做什么？孩子说，娶了媳妇生孩子。记者穷追不舍，问要孩子做什么？孩子说，放羊。千百年来，周而复始在放羊生娃的圈圈里转来转去。

现在，已经有了本质上的改变，岢岚的孩子们，除了读书，就是进城打工，我所见到的牧牛放羊的，不是孩子他爹，就是孩子他爷，只有老人，却不见一个孩子。

我们走去时，梁瑞峰一家老少，正在村里的场院上收秋，手扶拖拉机带着脱粒机，突突吼叫，并喷出粮食。场院里堆满谷个子、高粱、玉米、秸秆以及各种皮皮屑屑。谷雨沉甸甸地从空中落下。我有七绝平水赞曰：连天水粉斑驳色，玉米高粱谷子秋。掷秕抛糠匝满地，颗颗尽是土豪金。

得知我们的来意时，梁瑞峰带我们回家，人未进门院里的狗已在狂吠，这狗是梁瑞峰的帮手，身兼看家护院和辅助放羊的职守。宽阔的院子里全是金黄的玉米，三面都是羊的圈舍，房客是大大小小的羊，上百只不止，你一声我一声地交谈，见了我们有短暂骚动，即刻就安静下来，又开始了彼此间的闲扯。

我发现进屋后狗就识趣地闭上了嘴，离开时又叫，声音柔和，像在为我们送行。人走后狗便形单影只地卧下，接着落寞地闭嘴，与成群打伙的羊儿成鲜明对比。狗叫，不是为了显摆自己尽忠职守，更不是在顽强地刷存在感，而是因为太过寂寞，想要热闹一下自己。

梁瑞峰原属王现庄乡石盘头村，撤乡并镇村民分别并入城关、阳坪乡、西豹峪乡，梁瑞峰家按政策安置在阳坪乡。几年后梁瑞峰把家自行搬到西会村。他瞅准了西会村土地的平整、离城近，还可以淘沙卖沙。他在西会村卖了六七年沙子。父母弟弟也相继搬到西会村。79岁的父亲种着十几亩地，养着四五十只羊，还有两头驴。三弟是乡村教师。父亲不符合贫困户标准也从没抱怨过。2019年母亲生病住院，兄弟几个给老人的钱都被老人退了回来。

老人的自尊自立由此可见。

我们来时，梁瑞峰和妻子王玉莲，正在打谷场脱胡麻。寻常日子王玉莲主内，家里的活都是她一个人忙碌，梁瑞峰主外，如果不是今天要脱胡麻，他早就赶着一群羊出了坡。

2015年脱贫的梁瑞峰，今年已经48岁，高中文化；妻子王玉莲，47岁，初中文化。孩子初中毕业考取忻州第十中学时，梁瑞峰高兴又犯愁，五寨实验学校读书花费已然不少，再去忻州，真拿不出钱来。只能先借点高利贷，高利贷加上向兄弟们借钱，买了七八十只羊，10多年来，西会村沟沟岔岔都被他跑遍，然而，贫穷仍然像附骨之疽一样黏着他。

旧账未清新债又欠，助学贷款只解决了两个孩子读大学的费用，生活费、路费等其他费用还得自筹。羊群成了他唯一的希望。

2014年梁瑞峰被纳入贫困户序列，政府为家庭中的每个成员代缴了共2000余元的多种保险，还有种植补贴、合作社分红。但农民也有尊严和自尊心，觉得日子要想过好还是得靠自己。所以这几年披星戴月，地越种越多，羊也越养越多。2019年，羊的存栏数达到了200多只。欠债还清，儿女大学毕业。

有人说，少养些羊，少种些地，该歇歇了。

相熟的就打趣带揶揄：天天赶着几十万块钱满山跑，赶出去，再赶回来，潇洒！

梁瑞峰讪笑，农民，不劳动干啥？仍然故我。

20世纪80年代，岢岚从辽宁盖县引进绒山羊24只，与本地青背山羊杂交，历经30年精细培育，形成了全国牛羊业第三个人工培育的新品种——晋岚绒山羊。绒山羊肉质、产绒的量与质俱佳。10年间岢岚完成了绒山羊为主的养羊业量扩张，并建立起加工体系和防检疫体系。1998年3月经省地专家组论证，岢岚县出台了全省第一个以羊为主的畜牧业产业化建设规划，初步形成龙头带基地、基地连农户的产业化开发雏形。畜牧业收入占到农民人均纯收入的70%左右，畜牧业反哺农业，以牧补农。20多年来，换届不换发展养羊的目标，换人不换发展养羊的思路，养羊业成为支柱产业。

梁瑞峰是岢岚绒山羊养殖好手，羊是他脱贫致富供养儿女上学养活老小的衣食父母，他不是用羊铲和鞭子放羊，而是在用自己的心放羊。

"别以为我养的羊多，我也不过就200多只羊。"梁瑞峰说，"养羊是我家祖传，老父亲放羊出身，是我们兄弟几个的师傅。我四弟养的羊比我还要多。我养山羊也养绵羊，山羊卖绒、卖肉，绵羊卖崽。打扫圈舍、喂水喂料、打针接生、剪羊毛梳羊绒，都是自己干……"

2019 年，梁瑞峰花 2 万多元钱把房子的门窗、墙壁、地板翻了新，还装上了暖气片，自己烧暖气。痴心不改，一年到头，不是放羊就是侍弄地，还是忙得飞飞的。别的农民有农闲时候，梁瑞峰没有。为啥？苦怕了，为了多省几个钱，为了多挣几个钱，不肯放过任何一个空当或是机会。过去，个人地少，种的玉米不够羊群吃还得掏钱买，秸秆也得拿羊粪换。近年村人外出打工多种地少，田撂荒了，梁瑞峰觉得心疼，就租了几十亩地发力种，玉米种了 20 亩，加红芸豆、高粱、土豆、谷子等，足够羊群吃。玉米秆红芸豆秸秆堆垛冬天喂羊。

"得跟着草情走，走 20 里地，我在那儿盖了几间房，那个地方草好。饮了不干净的水羊会生病。有毒的草认得不会吃，认不得的吃了就会中毒。最怕它们吃庄稼，主家会恼，还有刚打过农药的，羊吃了立马就会死。羊吃沾露水的草，会胃胀气、拉肚子，清晨不放羊。温度过高也不能出去，羊中暑最不容易治。缺少盐分和水，羊的膘情就上不去。水和盐都要适量，水量不够会得积食病。羊舍得按时消毒，羊吃草回来身上带着细菌，都要消毒，按时清理圈舍。羊生了病、中了毒，小病都是我给它们治，我备有各种药，大病才找兽医……"

俗话说：公羊好，好一坡，母羊好，好一窝。这话不假。公羊必须精心饲养管理，常年保持上等膘情，体质健壮，精力充沛，精液才旺盛，羊子孙才能发旺。公羊阉了就是羯羊，羯羊成不了头羊。头羊不安分，谁要是往头里跑，它就不乐意，抵架，赢了是头羊。头羊肥硕英武帅气霸道，它选择去哪儿别的羊都得跟着，这就是羊群效应。

放羊人如同上帝，鞭子和羊铲，是沟通的语言，决定羊群的生死。

梁瑞峰放牧的地方是森林地带，山上遍布高大的落叶松、秀气的云杉、长满松塔的油松和漂亮的白桦树，还有挺拔的白杨等等。我问他有没有柏树，他笑说柏树有也少，养不出柏籽羊。不过那地方除了杂草好，植物主要还有蕨菜、蘑菇、黄花菜、刺玫瑰，这些东西都是营养价值很高的野生植物，山羊吃了长膘，肉质丝毫不比柏籽羊肉差。

"有个地方草长得太高，羊在里边吃草人看不见，只能从草动的样子判断吃到哪个地段了。羊自己也看不见，瞎约莫往前吃，吃着吃着，羊自己就没了。晚上回圈，发现羊少了好几只，心想，也没看见过狼，怎么凭空就少了这么多羊？狼吃山羊也不是那么容易的，山羊能跑善跳，什么崖畔都能上去，狼上不去。山羊不怕狐狸，还敢追着拿头角抵它们。山羊玩性大，碰见好玩的地方舍不得走，我见过好多次，一只一只山羊挨个爬上崖头，扑通扑通，一只一只跳下来，再爬上去崖头，扑通扑通再跳下来，一次又一次，狗日的自己耍哩！

"于是就戴了头灯去放羊的地方寻，漫山里，喊不应，也寻不见。挺灰心，我就坐下来吸烟，天上全是星星，鼻子里全是味道，香香的草的味道。寂静里我定下心，耳朵忽然就听见地底下有细细的咩声，循声一寻摸，这才发现，羊都掉在积年雨水冲刷出的水圪洞里啦。这些水圪洞口口不大，下边大，还挺深，口口被草盖得严严实实，羊吃草时，瞎眉拙眼就跌进水圪洞里，爬不上来，只能乱叫，可不静下心来细听，根本听不见。我就赶紧去找人来帮忙，拿绳子吊住个人放下去，把几只羊全都从水圪洞里救了上来。好几个圪洞都有羊，有的羊嗓子都叫哑了，见了人那叫个亲，头往人怀怀里拱。好在里头没水，有水就淹死了！

"头羊是馋羊，馋羊就是馋嘴的羊，个子大，犄角长，头硬，膘肥体壮，身体好，鼻子灵，见了好草好水就不要命，嘴馋嘛！稍微不注意，它就能带上羊群，给你钻进庄稼地，海海一群羊散开，头羊钻在庄稼地里找不见了，管了这头管不了那头，场面不好收拾，不吃饱不出来。羊鞭羊铲必须事先招呼它，不给它可乘之机，让它不敢动歪心。头羊闯下祸，也不要怨头羊，要怨放羊的。头羊毕竟也是羊，又不个是人，知道个人三里四的，是不是？羊哪有不馋庄稼的？哪有见了庄稼不伸嘴的？庄稼比草好吃，羊胎里带来的，哄不了它们！

"我这一群羊，是拿国家扶贫小额贷款和补助款买下的，起先也只有十来只，十来只也有是头羊的。但这头羊也不能当一辈子，羊生羊，羊顶羊，就有新头羊了。头羊也不是羊们投票选出来的，身量大的，力气大的，犄角大的，才能当，是争出来的。也都不管是公的还是母的，只服比自己头硬的。羯羊不行，羯羊是肉羊，不能打，是随群的货。为啥？因为羯羊的那个东西没了，成了个太监，没了东西威风也就没了。也有特殊时候，羯羊又猛又大也有当头羊的。我这群羊里还没有过，听说，别的羊群有过，得好生对待才听你的话！

"母羊发情时，会情绪不安，比如鸣叫、爬墙、抵门、摇尾、食欲减退等。不是所有公羊都适合当这个爹，得选好公羊。母羊孕期尽量在圈里，碰撞容易流产。有时候，母羊自己恋爱，偷偷怀孕，我不知道，羊羔小小的就流产了，心疼，但也没法子。对孕羊我特别当心，这些年我的羊群年年都在添丁进口……从几只发展到上百只，靠啥？光靠自己的当心和饲养得法也不行，我不是说套话，这还得靠政策，政策说不让你养羊了，你还能发展？"

"不能！"他神色毅然，自问自答，似乎得了多大的洋理，不容人和他辩驳，不容人和他争论。这是个村里人常说的有主意的人。我们只有听的份儿。他话里有许多土话，有许多言外之意，意思有了，但话语没说全。必须做相应的文字加工，否则形不成有意思的文字。我不想让艺术高于生活，本作品类似者不止一处，丝毫不带隐瞒地一并交代在这里，我就轻松了。

吃　喝

七律（平水）

秋寒酝酿岢岚醴，烟壑晴山五色濡。

风起金银梁壮晋，云扬场院谷肥珠。

赈灾积善千年有，济困倾情万古无。

文化添酶运管酵，梦圆汾酒大江湖。

人是铁，饭是钢，一天不吃饿得慌，两天不吃脸发黄，三天不吃行踉跄，四天不吃体大伤，五天不吃人乖张，六天不吃抢粮仓，七天不吃人吃人，不吃人时死光光。生命脆弱。不吃不喝，生命可以维持多久？正常情况 7 天，生命力特别顽强的也不过 10 多天。过去，粮食增产是通过对土地过分使用实现的。古代先民们种植过多达数千种的农作物，现在只有大约 150 种被广泛种植。玉米、小麦、水稻约占 60%，大多数农作物品种处于灭绝边缘。

一方面是农作物品种日趋单一，一方面是世界人口以每年 9100 万的速度增长。

害虫抗药性越来越强，世界农药品种约有 500 种以上，只好不断加大药量。作用于害虫的农药仅 10%—30% 左右，大部分脱靶，进入大气和水体约为 20%—30%，残留土壤中的约有 50%—60%，土壤变得越来越贫瘠。化肥和农药使森林和近海生物也受到威胁。

世界上大约有 2 亿公顷森林被开垦为耕地，大约 3 亿以上的人以此为生。森林和草原是另类生长的麦子，是粮食的根，是生命的原创。地下水位下降形成大面积漏斗，造成沉降、塌陷、机井报废，海水入侵。人类陷入了一个又一个恶性怪圈，为提高粮食产量绞尽脑汁又往往适得其反，地膜覆盖栽培技术促进粮食增产的同时又造成白色污染。

可供人类守望的最后一片麦田正在丧失。

归根到底也不过三句话，俗了说"粮食是不可须臾或缺的活命的东西"，文了说"民以食为天"，官了说"粮食在国民经济中具有不可替代的基础地位"。平善的老百姓若有吃有喝断不会滋事。怕的是没吃没喝。大唐白乐天诗述"是岁江南旱，衢州人食人"尽人皆知。北宋末年靖康之乱时人肉价钱比猪肉还便宜。明代万历年间山东大饥，蔡州人吃人，惨不忍睹。清同治三、四年间皖南人肉卖到三十文一斤，后涨价到一百二十文一斤。还有以吃人肉炫示凶暴的，十六国时有前秦苻登，以敌兵之血肉为士兵"熟食"。唐末秦宗权军中不带米面，把人肉用盐腌起来，以为军粮。还有以吃人肉来治疗疾病，如鲁迅笔下的人血馒头。

二战以来每37年世界人口就增加一倍，世界谷物产量可以养活60亿人口。但世界仍然有4.5亿人挨饿。粮食供应受到前所未有的沉重压力。中国政府免除全部农业税、扶贫、脱贫、整村搬迁或是移民搬迁的真正原因，是从土地束缚中解放农民，同时也从锄头下解放土地，使前者走出贫穷，后者走出贫瘠。如果把这个被当成寻常政治口号来看、来喊、来麻木不仁对待的"金山银山不如绿水青山"放在这个历史背景下，便会焕然成一个动人心魄的道理了，成为一句警世通言与醒世恒言：没有绿水青山就没有吃喝，没有吃喝人就会吃人。

岢岚县水峪贯乡的娘娘庙村，距县城最是偏远，穷困也是远近驰名的。

运管所娘娘庙村扶贫工作队第一书记高福生说："运管所的扶贫点原先不在这里，2017年轮换时，王海波乡长找了我们刘锁柱所长，要让运管所到他们乡，结果分到了娘娘庙，离县城62公里，村子破破烂烂，心都凉了，是王乡长把我们哄来的，但来了你就得想方设法踏实干……不能丢了运管所的脸，也不能丢我们几个的人！"

高福生说这话时，王海波乡长就坐在他的对面，这个理着寸头的中年男人，斯斯文文的，他一边啃一个洋芋，一边脸上挂着讪笑解嘲说："呵呵，这个点先是县文化局负责，文化有了，物质没有，得换个有物质能力的单位。运管所的刘所长是我多年的老朋友，我先和他说，说我们这里多好多好，要说哄，也是有点，但主要还是信任。他们运管所是硬单位，人也都是硬人，你看这3个人，领队的是工会主席，保障后勤的是办公室主任，个个全是硬人……"

这的确是3个硬人，也只有2年工夫，破破烂烂的娘娘庙，如今已经发生了很大的变化。村舍整洁，只有3个学生的教室内，坚持回村任教20年的老师正在讲课。孩子的心思在隔壁，隔壁屋里有县教育科技局定时送来的营养餐和水果。我和老师说话的当儿，胖胖的小学生过来奶声奶气地问他们的老师："老师，现在能不能吃个苹果？"

过后，我在博客发文，写到我在这里的所见所闻，并在结语中这样总结说：德不孤，必有邻。如今娘娘庙村已经成了汾酒厂高粱种植基地，下面这份合同可谓来之不易，过程的曲折，感动的都是一毛钱关系没有，八竿子打不到一起的人，遥遥助力者来自一个素昧平生的名叫王平的人，而在王平的背后，是一个汾酒集团。这从另一个侧面展示了在今天的中国社会中，扶贫已经成了一个姿色端丽仪态万方的绝代佳人，不仅倾人国、倾人城、倾人情，更是成了一个闻扶贫而心动的大江湖。历代的赈灾救荒有之，举倾国之力扶贫者，旷古未见。

秋寒如水，正在酝酿岢岚的丰收酒，沟沟里有寒烟氤氲，黄土高原起伏的丘陵沐浴在一片晴朗之中。风抛扬起天上的金粒银屑，那是山西的红高粱籽粒和金黄的带壳谷颗，如云的糠屑皮壳被风吹到一边，从空中如雨洒落在场院的便是饱满圆润珠光宝气的果实。

这是我们来时看到的真实画面，运管所的几个汉子正在场院里帮助娘娘庙村的村民们收秋扬场，场院里色彩纷繁人影晃动云雾腾腾，一派忙碌而喜悦的丰收景象。村里到处都晾晒着黄的玉米红的高粱金色的谷子，衰迈的扬不动场的老人在看守着它们。场上的所谓壮劳力，也都是一些体弱的妇女和依然有点力气的花甲老人，青壮年只有运管所的几个人。

高福生说："都打工去了，村里只有老汉和婆姨，我们运管所的人就是壮劳力，你看，那扬场的就是我们的人！"

这是一个回避不了的问题，不仅娘娘庙村如此，岢岚如此，忻州如此，山西如此，放眼全中国几乎无不如此。水峪贯乡娘娘庙村位于岢岚西山深处，距离县城62公里，距水峪贯乡政府所在地17公里。全村114户，308口人。现常住只剩下62户，113口人，多数是老弱病残。运管所驻村工作队从2017年驻村扶贫以来，首先设立工作队办公室，全村建档立卡贫困户52户135人，对于贫困户，按照一户一策，进行合理规划、制定帮扶计划、落实帮扶干部的工作任务，夯实了责任，组织召开村、组评议和村民代表讨论，确保不落一户、不漏一人，一个不少。截至2018年年底，基本实现了脱贫摘帽的目标。

运管所驻村工作队办公室里，整洁而且有序，几张桌子上，几个橱柜里，几乎全是各种装订整齐的登记册、来自不同部门需要填写的表格、各种上发下发的五花八门的文件及材料，这些文件都被有条有理地摆放着。工作队除了要天天处理村里的各种烦琐的婆婆妈妈的事情，还要填写来自各级部门的络绎不绝的表格、接待来自这些部门的检查。

所以高福生无奈地苦笑着不胜感慨地告诉我说："一个字：忙！"

"我们刚来时，这个村子简直不能看，房子破破烂烂的，又脏又乱，我们来了首先是改变娘娘庙村的村容村貌和环境卫生。我找刘所长要钱，刘所长又找上级部门要钱，反正没钱是办不了这个事的。最后运管所投入资金20余万元对全村院落、围墙进行维修粉刷，对主要街道进行了硬化，并动员全体村民在全村范围内进行大扫除活动。使环境卫生整治活动家喻户晓，确保屋前屋后的干净整洁，全村的环境卫生得到明显的改观，面貌焕然一新。现在，人们来了，觉得这村子干干净净的，还可以，也就是一个印象、一句话，为一句话、一个印象，我们几个人，天天吃不好，睡不好，费了大劲，但觉得值！"

运管所驻村工作队还积极配合村党支部组织举办党员培训班，从自己办公经费中挤出 3000 元资金为村委会改善办公条件。2017 年春耕备耕季节，挤出 1.2 万元办公经费为贫困户购买复合肥 6 吨，地膜 200 公斤。2018 年县运管所筹措资金 12 万多元为群众免费提供高粱种子、复合肥等，免除了群众的后顾之忧。驻村以来投资 1400 余元，为村里购置了机井水泵及配套设施，解决了全村群众吃水难的问题。

每年到七一、端午节、中秋节、春节，所长刘锁柱都亲自带队购买米、面、油等物品送到老党员、贫困群众手中。依据时令，夏季来临之际为群众送去防晒凉草帽、防暑用品及营养食品；秋季为困难群众送去白菜；冬季为贫困户送去防寒棉衣，为村里唯一孤儿小学生及老师送去衣服、学习用品。一年来共为群众送去价值 3 万余元各类慰问品。

贫困户袁茂生妻子因脑梗下肢残疾无法行走，刘锁柱所长亲自联系残联给袁茂生妻子送来轮椅和拐杖，让群众感受温暖。

2018 年运管所扶贫工作队投资 2 万余元在娘娘庙村建设了"扶贫爱心超市"，采取发放积分的形式，鼓励村民参与院落卫生洁家净院养成良好生活习惯、参加义务劳动、参与扶贫工作等来挣取积分，以积分来换取爱心超市物品，扶贫先扶志，引导村民融入美丽乡村的建设。

爱心超市里的商品全是村里生产生活的必需品。高福生拿起一把树剪说："这剪刀，是我们买来让村民们上山剪沙棘用的。沙棘的枝子硬，一般的树剪几天就剪坏了，我们选的这个树剪，是农艺师专用的，贵，但是质量好，耐用，不容易坏。我们刘所长说了，咱们运管所，不买就不买，要买就买最好的，剪两下就坏了，让老百姓骂，丢不起那个人！

"2017 年侯县长来娘娘庙村调研时，提出了种植高粱，发展一村一品的项目，我们也觉得村里的气候和土壤特点，适合种高粱，就召开村民大会听取群众意见。刘锁柱所长两次到汾阳市运管所并通过兄弟所沟通协调，和汾酒厂洽谈高粱种植事宜，于2018年3月份带领所驻村工作队和乡、村两级负责人亲自到汾阳酒厂高粱专供基地考察洽谈，签订3000亩高粱种植协议，扶持贫困户达到52户。以不低于市场价1元的保底价秋后回收高粱，2018年贫困户仅高粱种植一项户均收入8000元。这是我们运管所工作队在娘娘庙村这几年所做的最大一件事，这件事顺民情合民意不说，还普惠农民，不仅促进了村民的致富增收，更主要的是给村里找下了一条脱贫不返贫的长路，除非人不喝酒，汾酒厂不酿酒，否则，只要年年种高粱，娘娘庙村就穷不下了！"

运管所驻村工作队，长期以来，坚持一对一、多对一地帮扶，精准帮扶。还不时组织帮扶人员和一些外单位和学校的志愿者定期深入贫困户，"送一句问候、讲一篇故事、扫一个房间、聊一会儿家常"，抢收秋粮、收拾杂物、整理家具、打扫卫生，讲解健康文明的生活理念，实现"精神脱贫"。2017年夏还组织了10多位老党员走出了家门，去参观毛主席路居馆、宋家沟、明家沟新农村建设，感受宋家沟整治后的美丽乡村，也感受美好的自然风光。

在县运管所驻村工作队书记刘锁柱、第一书记高福生、工作队长赵永新的带领下，3名队员严守政治纪律、组织纪律、工作纪律、群众纪律、生活纪律和廉洁纪律，特别在村容村貌整治、精神扶贫、一村一品项目帮扶方面取得成效，赢得了群众的信赖和支持。

"我最大的感受就是，不管你遇上什么事，去求人帮忙，只要你说是扶贫，几乎没有单位和个人说不的，都会尽量帮忙。王平这个人也是，是刘所长托人，人又托人，人又又托人，才找上的。你说找他的人一天有多少？一开始根本不理，后来听说是扶贫的，马上就热情了，不仅热情了还优惠我们，你是没看见，我们送高粱时，拉高粱的车队也是特别免费的。我们运管所驻村工作队的人亲自押车，吃在车上，睡在车上，走到哪里都是一路绿灯，收费站都不收我们的费，大车不让走的地方警察给我们开道。到了地方，王平还亲自请我们吃了饭，把我们感动的！人说了，感动啥？你们也不是为自己！这话说得让人寻思，的确，都不是为自己，难道是为国家吗？真就有这么高的觉悟？国家让干事是完成任务，但这个事可不是光是为了国家，是自己天地良心，为穷人做好事，不光是为国家，也为自己，求个心安！"

古往今来、历朝历代、任何国家、任何民族、任何社会、任何主义、任何时代——如同鲜花离不开蜜蜂、稻田离不开青蛙、森林离不开啄木鸟、天空离不开彩虹、大地离不开江河、江河离不开鱼虾……都将都会也必须拥有属于自己的信仰、自己的楷模、自己的风流。如果信仰缺失，取向混乱，人心必然不古，社会必然浮动，风流必然匮乏。古今中外，概莫能外。

贫　穷

五律（平水）

格物知情性，循时守本真。

江山生草木，社稷绿茵陈。

日月无尊贱，春秋有富贫。

曦微扶夜起，天地共芳晨。

我在以前一个中篇小说《长牙齿的土地》中曾这样描述，长了牙齿的土地，死死地咬住庄稼秆儿不让其长高，甚至干脆咬紧牙关，拒绝让种子发芽钻出土壤的腹腔……那是因为土地被酸化被板结了。贫穷是这片土地最尖利的一排犬齿，像咬橡子那样咬烂了人们的自尊、信念、良知。无望于从贫穷的束缚中解放自己的现状，使人熄灭了理想的小九九，得过且过的思想因此滋生，懒惰如杂草，在心灵的田地里悄悄蔓延，活一天算一天地怨艾、愚昧、迷信、苟且、破罐子破摔甚至吸毒。岢岚县大街上，便有一所岢岚县社区戒毒康复中心，康利生的妻子，恰好就是岢岚县公安局所属缉毒局的一位英姿飒爽的女警，每天都在与毒品、毒贩、吸毒人员做顽强的斗争，而这恰恰也从侧面证明了贫困带来的因万念俱灰而染上的可怕的陋习或副产品。康利生不止一次跟我念叨："不是本地人也许不知道，从外表上看，岢岚这个地方是穷，但是地广人稀，很好活人，肯动弹就饿不着。养成坏毛病，人懒自尊心还不懒，张金玉所说的，村里有些贫困户，天天靠着墙根儿晒太阳，就等着国家给他送小康，发补助款、救济粮，饿不死，不怕穷，穷得起，心里压根儿就没指望这辈子能富，觉得有吃有喝有太阳晒，就挺好。这也不能怪他们，过去没个好政策，他们心已经死了。也就是这几年，国家扶贫政策刺激了他们，给了他们一个机会，一种可能，就有了致富的冲动！"

20年前嫁入岢岚黄土坡村的四川省仁寿县的川妹子刘玉英，和武家沟村的颇有名气的驴友向导李富贵，就是这么两个给点阳光就灿烂，戳根竹竿就往上爬的脱贫户。岢岚县电视台也就是现在的融媒体中心副主任刘俊斌，是刘玉英所在黄土坡村的驻村第一书记兼工作队长，这是个身材细高面貌清瘦的年轻人，话不多，但人很实诚，也很有自己的想法。那天的天气很冷，大风呼呼地吹，我们站在高高的黄土坡上，一边闲聊，一边等待刘玉英到来。

黄土坡村位于县城东24公里处，全村户籍人口152户344人，常住人口59户147人，其中建档立卡户51户128人，未脱贫1户4人，这里山大沟深、土地贫瘠，村民主要以种植和养殖为经济来源。融媒体驻村以来，除入户走访、宣讲各种扶贫政策外，还为村民们建了一个小康路上黄土坡微信群，及时发布各种信息。免费发放和维修户户通设施；免费发放锄、铁锹等生产用具，脸盆架、脸盆、毛巾、油漆布、床上用品等生活用品；逢年过节还要节日慰问；协助岢岚中学开展帮扶活动等。时不时还要雇专业理发师为村人理发；给住户照全家福；帮忙销售农产品，去城里代买日用品，给马学亮销售土鸡蛋；

为贫困户曹秀岗捎带着取货物等。日子久了，熟了，铁了，村民使唤刘俊斌比使唤自己的儿女还理直气壮：

"俊斌，你给我复印个身份证，还有户口本，急等用……"

"俊斌，给大娘挑上一担水，家里一点水也没啦……"

"昨夜差点没冻死，俊斌，给大爷劈点柴……"

"电视台驻村以来，干了不少事。我给自己私下定的原则是，要么不干，要干就干好，看到的困难要上手，听到的困难要落实，不能含糊。刘玉英就是我们挖掘出来的。这个从四川嫁来黄土坡村的女子看起来柔弱，可比当地的男人还能吃苦耐劳，天天起五更睡半夜的，套着骡子耕地、种地、收庄稼。晴天上山剪沙棘，雨天上山扳蘑菇，晚上还要戴上头灯下地收秋。她懂道理，识大体，对公婆孝顺、热心助人，会干事还能成事，我们总结她的事迹上报县、市表彰，忻州市妇联把她评为脱贫攻坚最美女性，成了黄土坡村的致富带头人。"

我们背后是布局有些粗枝大叶的村舍。村子周遭是群山和遍布在群山上的大大小小的沟壑，几乎所有的山坡上、沟壑里、崖畔中，都有艳丽的红色或黄色的火苗在闪烁，那是挂了果的带刺的沙棘。不时有骑摩托车的村民从坡下飞驰而过，几条落寞的村狗，在路边游逛。

我想当然在等一个白白净净的四川女子出现。

可是走向我们的却是一位黝黑的脸上皮肤明显被寒冷灼伤的女子。从刘俊斌嘴角露出了一个柔和的笑意，我知道她就是刘玉英。20年黄土高坡的生活，虽然诸多艰辛，但只要稍加注意，抹点化妆品、胭脂口红，避开寒风和紫外线，并不足以全然改变一位年轻女子靓丽的青春外貌与柔软的四川口音，但刘玉英似乎已经忘记了自己，对自己漫不经心甚至有意为之，任凭青春逝去，容颜憔悴，毫不怜惜。她微笑着，从容不迫地伸出手来，大大方方地和我握了一下，手不大但粗糙有力，显然是个性格坚定的女子。但再坚定也是个柔弱女子。

"我爱人今天一大早就上山采沙棘去了！"她说。微笑融化了刘玉英脸上被紫外线晒黑的皮肤，眼睛里似乎有一刹那透露出她南国女子温润如玉的过去，但丝毫不能淡化她脸上被严重灼伤的毛细血管以及笼罩在她周身的那种沧桑感。四川口音被她有意无意地掩盖得几乎一点也听不出来，凭她的样貌和地道的岢岚话，谁敢说她不是一位土生土长的岢岚女子？

刘玉英家的小院干净整洁，院子里有一处空置的羊圈，很久没人住的正房门窗破败。杂物和农具、柴草却摆放得利利索索。4间低矮的南房，房间陈设简陋，堂屋大柜漆面斑驳，只有炕上的被褥干净整齐。两扇向阳的窗户有阳光照进来，阳光恰好照在端端坐在炕头上的婆婆身上。她脸上安详的神情，报道着老人心情的泰然。

刘玉英的婆婆丁福娥已经84岁，因患脑萎缩双腿失去行动能力，天气好的时候刘玉英经常会搀扶着老人到外面去晒太阳。见了人老人就会嗫嚅："我拖累媳妇了，3年了不能动……"说着眼里就会流下浑浊的老泪。刘玉英拉着老人的手，神情不似儿媳妇在孝顺婆婆反似婆婆在哄顺媳妇儿："妈，快别这么说，有你咱这才像个家呀！东西没了可以买，老人买不到，有老人在就有福气在……"

说起来，刘玉英也是个苦命人，14岁母亲因病去世，她和父亲、姐姐生活在一起。为了生活，她很早就出去打工，恰好遇上了现在的丈夫白润林，白润林比刘玉英大7岁，是个朴讷实诚的人，对刘玉英呵护备至，一来二去，两人对眼了，恋爱了。

1995年，21岁的玉英嫁给白润林并一起回到了黄土坡村。刘玉英也实话实说："当时对他家的情况完全不了解，不知道公公婆婆都已经60多岁，公公患高血压、冠心病，没有劳动能力；婆婆患胃溃疡、脑血栓，行动不便，全家人的生活全靠丈夫种的几亩山梁薄地维持。刘玉英家在四川也是农民，但四川是天府之国，压根儿就想不到天下竟然还有像丈夫这么困难的一家人，气候和生活的艰难都远远地超出了她的想象。

人性的脆弱和欲求的丰富开始考验这个女子。

人都是想过好日子的，离开的想法从油然而生的那一时，一直伴随着她，稍有疏忽便如蛇一样跑出来，呼呼地吐着红色的芯子，想要吞噬掉她选择了的日子。然而，打消她这个念头的，是婆婆的爱。

"那时家里穷得连一个月不到10块钱的电费都交不起。"刘玉英叹息着说，"可是婆婆对我真好，把我当亲闺女一样疼。怕我吃不惯山西面食，经常会给我在蒸莜面的时候蒸上米饭，他们吃饭从来舍不得炒菜，给我炒从山上采来的蘑菇、摘来自家种的菜下饭，让他们一起吃，他们就是一口也不吃，只让我一个人吃……你们说我怎么能一个人吃得下去？吃着吃着，眼泪就哗哗地流出来了……

"婆婆见我哭，就哄我，像哄小孩子一样，有这样好的婆婆，你说我怎么能忍心，怎么能忍心一走了之呢？不就是受苦受累吗？可我一点儿不受气，一家人相处得好。这个村里头的人也对我好，对我这外地人，从不另眼相看，我家有困难，大家都会主动帮助。女儿满周岁时我带丈夫、女儿回我老家，父亲让我考虑去留，我就和父亲说：他家老的小的对我很好，我已经决定了要和丈夫一起撑起这个家。我还年轻，现在苦些累些不怕，相信我们的日子不会永远是这样的。"

1999年儿子出生后，为了改变家里极度的贫困，刘玉英让丈夫借了村里一个石磨，泡上豆子，试着做了两锅豆腐，先送给乡亲们品尝，赞叹声坚定了刘玉英的信念。刘玉英说服全家人让丈夫借了650块钱，买了一台电磨。从此，无论寒暑，每天早上4点，刘玉英就起床磨豆腐，7点匆匆吃口饭带上干粮出门，晚上12点睡觉是常事。

"一年四季都这样，春天得送粪、耕地，夏天要锄地、上山挖药材、扳蘑菇、采毛尖茶，秋天收秋、打场，冬天上山剪沙棘。婆婆身休不好，我下了地、上了山，家里卖豆腐、看孩子就全靠老人了。一年到头只有两天不出工：一天是腊月二十三，按岢岚的乡俗，小年这一天连骡马都要歇一天，更何况人了；还有正月初一，也要歇一天。丈夫放羊。自身繁殖加上政府的补贴，羊从4只养到了100多只……"

2004年公公脑溢血病逝，婆婆不能动了。4个月后丈夫在宁武的二舅去世。多年来，二舅一直是大舅的眼睛，弟兄俩都是光棍，大舅不仅没视力，还患脑梗卧病在床……

刘玉英懂得婆婆的担心，于是果断提出："让大舅到黄土坡来吧！"

大舅来了之后，两个瘫痪在床需要照料的老人，一双正在成长的儿女，一大群羊喂养放牧，几亩薄田的春种和秋收……都压在了身高只有一米四八的刘玉英和丈夫的肩头。日子就是这样地无情。

刘玉英每天要生两面炕火，给婆婆和大舅两个老人轮流喂饭喂水，端屎倒尿，洗洗涮涮。大舅脾气固执，长期生活贫穷和困难使他的性格变得乖戾，饭端迟了一点儿，就会因为想多了而生气，就会因嫌弃自己而过分地苛责别人，而内心却在悄悄滴血。刘玉英为之黯然伤心，但还是忍了，一忍再忍，久了也习惯了，习惯了也想开了。

连村里人都看不下去时，刘玉英云淡风轻一句话："由他说去哇，咱该咋照料他就还咋照料他，不能和老人计较啊！"

2016年，大舅走完了自己贫穷辛酸的人生，刘玉英整整侍奉了他3年。这位老人临死是否忏悔过自己对刘玉英的无端伤害？我想，虽然表面上没有，但暗里一定会有，他是怀着被生活深深伤害了的怨毒离世的，他的一生几乎没有什么可以留恋的，他只能像一根干枯的玉米秸秆一样，孤独地支棱起他的乖戾，离开这个悲惨的世界。

"这是常人难以做到的！"刘俊斌为之感慨。

刘玉英却轻飘飘一句话："自家的老人嘛，那还能不管？"

2011 年黄土坡村委换届，刘玉英连续三届高票当选村"两委"委员，2017 年被县妇联任命为黄土坡村的妇联主任。刘玉英用自家的骡子为村里苏春娥、李根林等老人上山驮柴，解决过冬取暖问题。经常为吴贵明、李福生等五保户担水、劈柴、清扫院落。还组织黄土坡村的女人们成立了秧歌队。

2017 年，她承包村民闲置的 50 亩耕地，种植大豆、莜麦、胡麻，还引进油菜、藜麦等新品种，收入增加。但她从不为自己花钱，嫁过来 25 年，她穿的最贵的一件衣服是去年女儿花 270 块钱给她买的一件外套。

她家养的羊也发展到了 100 多只，为了配合乡里发展旅游，羞于自己家一大群羊在村里抛撒羊粪，竟然忍痛把羊卖掉了。对于一个女人来说，得有多大的心胸才能如此，但刘玉英却做到了。

她利用自己的资源帮助乡党委和驻村工作队把黄土坡村扶贫工作开展得有声有色。前不久代表岢岚县委接受中央办公厅抽查，受到中办领导一致好评。全村扶贫工作扎实推进，已有 20 户贫困户顺利脱贫。刘玉英勤劳致富没有评上贫困户。也就是说，她懒点就能评上了。遗憾的是她就是懒不得，天性不容许她这样。是吃亏了吗？

"我不是精准贫困户，"刘玉英对此，却本能地不以为然，她对人们说，"但我是自主脱贫户，靠自己的力量脱贫，我觉得这才是光荣的，让国家去帮那些不如我的人，你看这山上山下，沟沟坡坡，到处都是宝，人只要勤劳，就能致富、脱贫，说到底，还是得靠自己！"

第三章

敲英雄骨，利草民足

如果把大千世界的万物比作一群羊，那么，人类便是这群羊里头那只名副其实的头羊也就是馋羊。这只馋羊，千百年来，馋天、馋地、馋权、馋利、馋色、馋味，已经海吃海喝了将近五千年。大多数人类，似乎还没有想明白，其中也包括我自己，还想继续馋下去，吃下去，不让吃，几乎不可能也不人道。怎么办？只能让他们吃得节制点、文明点、生态点、吃相好看点。明知养牛养羊养猪等，均会对地球生态物理环境造成相应损害，但还是要吃。有需求就得有供给，有供给就会有生产，有生产就会有破坏，无奈就在其中。

黄　土

调寄行香子（新韵）

角挂吴钩，蹄踏春秋。拓荒牛，开太平畴。美日月丑，善众生羞。万世封侯，肉风尚，乳风流。

敲英雄骨，利草民足。鬃扬起，尘卷云舒。趋晨遣暮，误踩鹁鸪。被时人妒，字儿写，画儿书。

北京社稷坛铺有五色土，东青、南红、西白、北黑、中黄，以五色对应五方。"文革"时改为单一的黄土种植棉花，"文革"后恢复。五色黄土居中，是因黄土高原位于中国中部偏北，东西千余公里，南北750公里，面积约62万平方公里，海拔1000—2000米，是中国最大的黄土堆积区，也是世界上黄土覆盖面积最大的高原，属于黄河流域。土地位置的固定性，亦称土地的不可移动性，是土地区别于其他各种资源或商品的重要标志。汽车、食品、服装以及可移动的资源如人力、矿产等，由产地或过剩地区运送到供给相对稀缺或需求相对旺盛因而售价较高的地区。但无法把黄土高原移动到南方，南水可以北调，南土却不能北调。

黄土也是土壤，颗粒细小，土质松软，含有丰富的矿物质营养成分，利于耕作，盆地和河谷农垦历史悠久，是中国古代农耕文化的摇篮。除少数石质山地外，黄土厚度在50—80米，最厚达150—180米。地质地貌、气候水文、土壤植被等，相互联系、相互作用、相互制约，使得土壤植被类型变化，造成土地的自然差异性。这种差异性会随着时间逐步扩大而不是缩小。作为自然的产物，黄土与地球共存亡，具有永不消失性。无数个大大小小的城市、乡镇、村庄、人畜、禽兽以及各种动物、植物等等，世代繁衍生息于黄土高原的千沟万壑之中，长此以往自然形成了地球上最大一个生命聚集的群落。作为人类的活动场所和生产资料可以永续利用。这种永续利用的前提，是在利用中维持好土地的功能，才能实现永续利用。这得天独厚的万丈黄土中，蕴藏有丰富的煤炭、石油、铝土、铁矿、稀土等储量巨大的矿藏。这些矿藏一经开发便会永远消失，不会再生，而土地也随之会塌陷失去利用价值。

岢岚县王家岔乡黄土坡村，只是这个巨大生命聚合体中的一个小小细胞而已。按照自然界良性的生态守则，生物与生物之间是互为因果的，相生相克的同时，共存共荣才是最终的目的。万物之中唯有一种生物，长期违背了这个自然生存的神圣法则，这个生物便是人类。

有史可据的是，黄土高原至少经历了三次滥伐滥垦高潮。秦汉时期，大规模"屯垦"和"移民实边"，使晋北陕北的森林遭到大规模破坏。明王朝在黄土高原北部陕北和晋北，大力推行"屯田"制，强行规定每位边防战士毁林开荒任务，对生态造成严重破坏。清朝奖励垦荒，陕北、晋北、内蒙古南部，黄土高原北部和鄂尔多斯高原，数以百万亩计的草原，被开垦为农田，土地大面积沙化，水土流失加剧。

曾几何时，位于黄河中游属黄土丘陵沟壑区的岢岚县，297万亩国土面积中，水土流失面积竟然达到了193万亩，占到总面积的65%。总人口7.4万人，人口密度每平方公里37人，相对很小。耻辱啊，何以这么大一片黄土地却养不好这么少的几个人？原因是长期以来，广种薄收，乱垦乱挖，人们砍掉沙棘，开成薄田，种植小杂粮，结果日子越过越穷。国家政策与时俱新，岢岚县委、县政府也知耻而后勇，退耕还林，让土地休养生息。注重生态环境的保护，大力绿化，反哺自然。因地制宜，根据沙棘适应性强的特点，将之作为水土保持先锋树种大力种植推广，在保全现有成片沙棘3个5万亩和6个1万亩的优势之下，确定了"开发沙棘资源，发展岢岚经济"的战略思路，始终不渝坚持"以沙棘治流域，以流域养畜牧，以畜牧促农业，以农业带各业"的指导方针，不遗余力，脱贫攻坚，终于摆脱了长期以来戴在头上、拿在手里、舍不得摘的经济贫困地区的帽子。

莫说是平头百姓落后，天天晒着太阳喝着茶水等国家送小康，这种"等靠要"思想，便连头上戴着纱帽翅儿的公务员，过去也有。脱贫和扶贫，是无情的也是有情的，它无情地绑架和关闭了闲官庸吏们浑水摸鱼，懒政怠工的平台，有情地给了长期匍匐在大地上被贫穷牢牢束缚在田地上的农民，一个勤劳致富顺竿往上爬的机会和平台，在意识形态领域筑起一道意味深长的风景线，这道风景线别名叫：反哺。

土地日益贫瘠化意味着自然生态环境的恶劣，贫富不均意味着人文社会生态的失衡，二者都是生态。精准扶贫，反哺弱小，把城里人的地位和身份从优越感中解放出来还原成普通人，把农民从土地和贫穷中解放出来反哺自然，缩短农户和非农户的剪刀差，是双重人道。

精准扶贫就是要城里的机关干部放下过去放不下的身段。我注意到，电视台也即刘俊斌嘴里所说融媒体的副主任，黄土坡村第一书记兼扶贫队长，自从来了黄土坡村，如今已经是个全然放下了过去身段的人。不是作秀，而是真秀，枝头花好，原本，就是秀出来的。

刘俊斌在黄土坡村，所包贫困户是袁拴成。头一回去袁拴成家，把刘俊斌吓了一跳，他家院子里有闲置的两间大房和一间小房，能嗅到一股浓烈的臭味，开门看时，两间房内堆满油亮的黑枣样的东西，仔细一看，原来竟然是臭烘烘的羊粪。让刘俊斌难过的是，这些羊粪竟然是袁拴成家里唯一的财富。袁拴成下身瘫痪多年，已经完全丧失了劳动能力，家中日常活计，只有妻子一人操持。几亩薄田收成又少，生活极度贫困。面对这么多白给都没人要的羊粪，袁拴成两口子都有点犯愁。刘俊斌也十分犯愁，不知怎么出手帮扶他。

他四处打听，翻阅相关资料，发现羊粪经过发酵腐熟后，肥效快慢结合，是养花最好的肥料。于是便上了心，自己花钱，从网上购置了有机肥发酵剂，兴冲冲地在袁拴成家院内开始了羊粪发酵。袁拴成的妻子张改兰听说羊粪发酵后能变成花肥，可以卖钱，也大感兴趣，忙东忙西，袁拴成更是喜眉笑眼，帮不上手就在边上出谋划策。

便连苍蝇也从四面八方逐味而来，嗡嗡嘤嘤地凑热闹。

经过几日艳阳下翻堆，酷暑天的厌氧发酵，院子里黑色的臭烘烘的羊粪，终于在苍蝇的绕飞之下发酵成了一袋袋花肥。随着花肥销售成功，苍蝇也落地变成白花花的银子。对花朵来说它们粒粒是黄金。

尝到知识就是财富甜头的刘俊斌，邀请县畜牧局畜牧师李贵才来黄土坡村给村民授课，讲解牲畜饲养知识，学习科学养殖。邀请县农业局农技师胡存喜讲解农作物种植知识，增产增收。邀请前南沟亢双志老师教群众利用废旧塑料包装条编织篮子、筐子，废物利用。工作队还尝试种植油葵、美葵2亩，喜获丰收，为黄土坡村的群众种植做示范。

农民一旦掌握了知识，土地，就会从愚昧中被解放出来。

黄土坡村沙地多、坡地多，适合种植黄芪，曾经有过种植史，刘俊斌便鼓动刘玉英种黄芪，为让刘玉英放心，他们合伙种植黄芪6亩，目前长势良好、符合预期。为创建马氏茶叶品牌，刘俊斌还和刘玉英深入大山移植白毛尖和黑毛尖的茶叶苗，使野生茶走入小茶园人工种植，种茶、制茶、观茶、卖茶一条龙，使黄土坡村的传统毛尖茶大放异彩。

贫困户赵天明身体残疾，儿子赵三毛也受伤不能干重活，工作队员了解到赵三毛会做面皮、碗托、凉粉，就积极鼓动其试做一些去旅游区卖，工作队免费赞助玻璃柜一个，上面粘贴"面皮、凉粉"等漂亮的字体，诱导其向专业卖小吃的方向转变。赵天明每天骑着三轮车走村串户叫卖，中午也不休息，凉粉、面皮颇受工人、游客欢迎。

刘俊斌还利用方便面、水杯等物品同群众交换群众认为没有用处的旧物品，现已收集完整旧农具、生活用品等150余件，他带我去看，堆了一屋子，里边几乎什么都有，泛着陈旧的气味，其中不乏一些非常有意义的物品，为下一步开设黄土坡村民俗馆奠定了基础。

2018年为全乡8个行政村分别配置打印复印一体机各一台，以方便群众不用进城便可以复印各种证件。利用"爱心超市"激励评分等措施，发放洗漱用具用品、床上用品，组织理发，让群众家中和个人卫生不断转变。连从来不洗脸的李福生都主动洗起了脸，说："我不能拖了大家的后腿。"这种羊群效应，比羊铲和羊鞭，管用多了。

"真心才能换真心，这话一点儿不假！"刘俊斌说，"人心都是肉长的，你对村民好，村民也对你好，他们经常给我们送山上自己采的苦菜、茶叶、蘑菇等土特产，你不要还变眉煞眼的。我们就收下，给他们一些别的物品，总之是不能白吃。问题也是有的，黄土坡村的水资源丰富，水质又好，想给黄土坡村开个矿泉水厂，组织人去参观五寨万通纯净水厂后，因为资金问题搁浅。黄土坡村山上盛产野生银盘蘑菇，想在周围山上人工种植，从山上移植过来，可惜没成活……"

这让刘俊斌为之怅惘。

中午我们在他们的住处吃饭，做饭的是电视台样貌端庄秀丽的贾彩岚，贾彩岚是电视台节目主持人出身，放下身段之后，切菜、洗米、煮饭，麻利如同厨娘，说话做事和刘俊斌一样不显山不露水，丝毫看不出她也是岢岚县融媒体中心的副主任。趁着贾彩岚做饭的当口，我随刘俊斌七拐八绕，去了黄土坡村的一个小卖部。小卖部货架上摆满了商品，可谓琳琅满目，却不见店主出来招呼客人，只有店顶头大玻璃窗后有一双眼睛。进了里间屋方才看见，挨窗户的炕上坐着一个上身魁梧端方的中年男人，衣服穿得整整齐齐，两条腿裹在黑色的老棉裤里，搬得动，自己却不会动弹。

"煤砸的，"他说，大大方方，并不忌讳我的询问，"过去在一个煤矿挖煤，出了事故，砸坏了神经，好多年了两条腿没有知觉，不听大脑指挥……"他说话的当儿，面前的电视监视器上，影影绰绰看见走进一个人，他转了眼就说："喂，俊斌，你帮我收一下货……"

这时刘俊斌已经悄然不见了。

于是他大张嘴巴往窗外看，只见一个穿工装的人扛着箱子正往里边走，就解嘲地呵呵了两声说："啥也得让人帮忙，我就会看监视器，来人买东西也是他们自己拿，选好货自己过来给我付钱。有没有不给钱的？说没有也有，但是，少！"

店主名叫曹秀岗，今年 55 岁，低保贫困户，因残致贫；家里只有两口人，妻子高秀英，53 岁。全家主要以种地、经营小卖部为生。曹秀岗身残志不残，日常经营小卖部，同时还经常上网看新闻、查资料，他家是黄土坡村第一个通互联网的家庭。刘俊斌和曹秀岗聊天时，得知他有创业的想法但苦于没有合适的项目，刘俊斌便和岢岚电商联系，和曹秀岗合伙开起了网店。刘俊斌负责技术指导、货物发送，曹秀岗负责在网上和客户沟通联系。

他们发布的第一款产品"时光豆子"，在网上受到了广大网民的广泛关注。"时光豆子"原料其实是红芸豆，由晋粮团队研发、北京御食园食品股份有限公司生产，可开袋即食。红芸豆在岢岚县种植面积约 13 万亩，得益于高寒山区独特地理条件和无污染的自然环境，色泽鲜艳、颗粒饱满，营养价值极高。两个人信心满满，准备逐步把黄土坡村的蘑菇、茶叶、杂粮等精加工、精包装，让这些土特产洋气十足，走向全国，进一步带动群众增收致富。

时光变成豆子便开始了新一轮的滚动。

聊够多时，我告别店主，走出里屋，看见那个穿黄色工装的人的背影，正忙着往货架上摆商品，以为是店主的儿子或是送货人，没想到来人扭过脸来，却意外地发现，原来竟是换了衣服的刘俊斌。

"怎么是你？"我问，忍不住笑，并实话实说，"呵呵，看你这身穿着打扮，在店里忙里忙外的样子，不知道的人还以为是店主人的儿子呢！"

刘俊斌笑笑，丝毫没有责怪我的意思。他脱下工装，进里屋，让我搭一把手，把店主从炕上扶起来，扶上一个轮椅，让店主坐着轮椅自己去验货，这才放心地和店主打了个招呼，带着我回去吃饭。

黄土地多牛羊，尤其是岢岚这等地方，天苍苍，野茫茫，风吹草低见牛羊。这些天牛羊看多了，就想给它们造个像，调寄《行香子》新韵，填了首《牛马礼赞》，以为放在上面似乎很合适。

沙　棘

调寄满庭芳（新韵）

黄透丘陵，碧熟沟谷，赤染嵬画峦图。岢岚平仄，押上水鸫鸪。填满林韵草句，酸溜溜、绝色丰腴。堆玑字，羞红粱峁，玛瑙攒金珠。

国扶。借众力，勤劳盈篓，汗血同濡。自丹田吞吐，浩叹呜呼。赋比兴浓歌舞。今胜古、好汉江湖。沙棘数、攻贫脱困，百姓谢千夫。

五色土，无论青、红、白、黑、黄，颜色性状虽然有所不同，但都逃不出是土壤，都是一个自然的有机组合，都具有各自的起源和发展历史，都是一个具有复杂和多样性程序和不断变化的构成地球的实体，没有它们就不会有地球，没有地形地貌，没有生命的根。

它们不是死物，而是地球上活生生的一个最基本的单元或曰元素，承载着长满绿色森林或是终年积雪的白色群山、承载着布满草木和溪流以及生物的无数条沟壑、无边的丘陵、干旱的沙漠、适宜人类居住的雨水充沛的盆地和丰饶的平原。蛛网也似密布其上的是蓝色的海洋，澄澈的江河、湖泽、井泉、地下水，万物万类与人类共存其上，生生不息。

土壤是矿物、空气、水和有机物的生命的聚合体。土壤有机物和腐殖土可以快速分解作物的残余物，使土壤变成相对稳定的粒状聚合体，减少土壤硬化和泥块的形成，增进土层排水、渗透以及保存水分、养分的能力和容量。改良土壤的外在结构，有利于耕作、增加土壤的水储藏量、减少土壤的流失、改善根作物的形成以及收割。

过量使用化肥农药，导致腐殖土减少和下降，土壤结构破坏，有机物死亡、土壤酸化、板结，生态平衡、有机物失调、流失，土壤贫瘠化，却是近些年发生的悲剧性情节。全球土壤流失率比土壤补充率高 10—40 倍，美国的流失率比补充率高 10 倍，中国高 30 倍，印度高 40 倍。每年全球耕地流失的面积相当于美国印第安纳州面积的大小。人类 99.7% 的食物来源于耕地，每年全球土地流失导致 1000 万公顷的耕地消失和超过 37 亿人营养不良。

40 年的土壤流失已导致全球 30% 的耕地被破坏。60% 土壤流失进了河流、小溪和湖泊，导致河水、小溪和湖泊污染，淤泥不断堆积造成河水、湖泊频频泛滥。生物多样性下降，生态的自我修复功能逐渐丧失。土地养活人的能力下降，人口却还在增长，截至 2018 年 8 月 22 日，全球 200 多个国家人口总数为 7577908055 人，中国以 1394102196 人位居第一，使贫瘠化的土地雪上加霜不堪重负，不长庄稼却生长贫穷。

这一点，每一个现存的地球人，都难辞其咎。

既然已经认知了每一个人都难辞其咎，改变便是必须的。便有大大小小睿智的头脑或曰杞人忧天的先行者想出了许多主意，并身体力行地试图挽回或改变这个不和谐不如意的生态现状。致力于水土流失的修复以及生态环境的保护便是个中的手段之一。

尽可能地不去扰动它们，尽可能地还它们以原生的状态，尽可能地把人口密集的啃啮减轻，不要让不间断的残酷的垦殖在吞噬土地肥力的同时，也吞噬了人类自己的生命。那就是玉石俱焚的恶性发展。如同退耕还林一样，整村搬迁，移民搬迁，都在直接或是间接解放土地，使土地远离人类咬嚼，暂时缓一口气，以便进行自我的恢复。

万物都有生命，给它们一个歇息的机会，它们还能缓过劲来。

岢岚如今收秋，已不单单是有限的沟沿谷畔，而是周遭群山上的坡梁岭峁，不是收粮食而是剪沙棘。满山都是采沙棘的人。这无疑是岢岚独有的最动人心魄的冬收景色。

11月的天气，时令已经立冬，大田里的庄稼多已入院进仓，只有少数田地里还撂着没有来得及运走的金黄色的谷个子。日月轮转有序，季节变换循常。我住的那个城市，立冬还肃杀红绿，大雪来临，没有如期下雪，却把吊着的最后一口悠然色气，也完全绝杀掉了。抛光最后一片叶子的乔灌以及高大草棵的干枯的枝丫，如同大地被剔净了丰满血肉，镂空出根根神经纤维的肢体，铁丝网也似纠结出荆棘的姿态，切割网络枯萎的天空。这个景象能使人产生丰富联想，让人想起西汉时，身长貌美，擅跳翘袖折腰舞的戚夫人，这个春天一样艳丽夏天也似温润的女人，很得男人的欢心。不幸的是她的男人是个皇帝。戚夫人亦称戚姬，秦末定陶人。她男人是汉高祖刘邦。刘邦原本也是一个普通男人，却撞大运得了天下。刘邦受封汉王后，戚夫人进入后宫，得到汉王刘邦宠幸，生下刘邦的第三子刘如意，被刘邦封为赵王。戚夫人要求刘邦废黜吕后之子刘盈的太子之位改立自己的儿子刘如意为太子。刘邦也想改立太子，可是大臣们不支持，只得作罢。刘邦死后，刘盈即位，吕后成为皇太后，立刻把戚夫人抓起来，让人剃光戚姬的头发，用铁链锁住双脚，一天到晚让戚夫人舂米。舂不到一定数量不给饭吃。舂米是个累人的活。形似棒槌的，名为杵，如捣药罐的，被称为臼。舂米就是用棒槌砸谷子，谷子是春夏自然生长的产物，秋收后的颗粒，晒干后要把米糠砸掉，砸出能吃的白花花的米。可以这么比喻：冬天像个捣米的杵，把秋天放在臼里，使劲儿捣，要捣出春天和夏天藏在秋天的谷物里头的那些诱人的色相和香喷喷的气味。

原本这是一件美好的事情。可是戚夫人不胜苦累，心里有另外的想法，一边捣米，一边流泪，一边唱歌："子为王，母为虏，终日舂薄暮，常与死相伍，相离三千里，谁当使告汝。"

吕后知道后大怒，觉得戚夫人和他儿子，还想东山再起秋后算账，还不甘心失败，痴心妄想，就决定斩草除根。她先把戚夫人的儿子如意设计害死。然后让士兵将戚夫人的手足斩断，眼珠挖出，熏聋两耳，药哑喉咙，投入厕中，名为人彘。戚夫人成为中国宫斗死得最惨烈的皇帝老婆，吕后也成为历史上最没有人性的恶毒女人。

自然有灵，地球似人，可以是男人，也可以是女人。

想想看，如果把这么一个有血有肉，英俊魁梧似男人，如花似玉若女人的地球，活生生地砍去四肢，挖出眼珠，熏聋两耳，药哑喉咙，凌迟了，碎剐了，还投入肮脏厕中，名为人彘，地球的遭遇比戚夫人身受的更加不堪，做这事的我们岂不就像是那个天下最没有人性最恶毒的吕后吗？不要以为我这个联想太怪诞，太牵强，比喻永远不准确，但事实比这个联想更残酷。故而，便有了下边这首词。我调寄《河传》新韵曰：杵冬春米，吊悠悠一气、绝杀生计。捣碎巨细，以土豪金凋敝。母沦奴，儿鸩毙。莫非人彘春秋济？汉帝江山，吕后安能闭？草木古今，戚懿又焉得替？水土荣，荣社稷。

秋收结束而冬收却刚刚拉开序幕，我在刘玉英家里那间破烂的闲房中看到的就是几筐红红黄黄的沙棘，刘玉英原本是一大早就要随丈夫和骡子上山剪沙棘的，为等我们至少已经耽误了她几筐沙棘的收获，我们前脚走，心有戚戚的她，后脚就可能带着什物出门去，上山去剪沙棘，补回耽误了的工夫。如同鲁迅所说，浪费别人的时间，如同谋财害命。

还有我的下一个采访对象李富贵，山里的手机信号有一搭没一搭的，好不容易联系上他，他却吼吼地说他现在不在家里，在离村不远的山上采沙棘呢，要见面你们就上山来吧！

手机里分明听得他一边说还一边喘粗气，也听得大风在手机边上胡乱吹口哨。无奈，李俊斌和贾彩岚，便只好穿上保暖的衣服，带上我和康利生去山上寻他。

李富贵又名李三，小名贵贵，是岢岚王家岔乡武家沟人氏。

我问康利生："为什么叫武家沟？莫非姓武的人多？还是有什么别的说道？"

康利生笑说:"一个姓武的也没有,村里的人都是从5个山沟沟里的自然村搬在一起的,谐音武家沟。"

"这岢岚到处都是沟,到底有多少条沟?县里统计过没有?"我又问。

康利生幽默地说:"岢岚县太大,沟太多,还真不知道一共有多少条沟。没人有这个闲心思,也没有人花这个闲工夫!"

顺着村路走了没多久,便看到靠山的路边,停了一辆小手扶拖拉机,车斗里横七竖八堆满了艳丽的沙棘,像些浑身缀满玛瑙的光屁股胖小子在筐里堆堆叠叠地睡觉。却没有人,往山坡远远一瞭,却见一个围了红头巾的女人,在山坡的沙棘丛中一嘟噜一嘟噜剪沙棘,还冲我们扬了扬手,似乎喊了一声什么,似乎喊的是"随便吃"。

没有听清楚,只是拍了几张照片。贾彩岚尖起手指捏起一嘟噜,拿在手里拍了一张照,摘取几颗送给红润的嘴里,即刻蹙起眉头,咂舌道:"真酸!"

我也取了几粒入口,感觉比小时候吃过的沙棘要酸。

刘俊斌在边上笑说:"要想不酸,得结了冰以后,结了冰,就不这么酸了!"

翻过一道山梁,便下了沟,满沟白色的卧牛石,或大或小,是发山水冲下来的,不知已经冲下来多久,棱棱角角都几乎要被水流磨圆了,突然沟里没有水了。石头被长久地撂在原地,再也没有足够把它们挪一个窝的水流,它们只能留在那里,被风吹、雨淋、太阳晒,表层开始剥落。我注意观察过岢岚的沟,几乎每条沟都是类似情形,过去几乎沟沟都有水流漫漶的痕迹。水流漫漶出的干涸的滩地,是溪流曾经丰沛的唯一的见证。

但给后来人们的印象却似乎天生就是如此。

我曾这样描述过泥土中的石头:愚昧,是这片土地积千年之牙垢的臼齿,钝重而坚实,不经意便可以嚼烂任何一种新生事物和新型人物,并且能够将其不露声色地消灭得无影无踪。浑厚浊重的土地,在贫穷、愚昧这两排牙齿的监护下酣然沉睡了几千年,人们从这里挣脱出去,又回到这里来,便为的是要敲掉贫穷和愚昧这两排犬齿和臼齿。

人们艰难地试图从自己的大脑里挖掉那两排牙床，这绝非是为了否定人类的过去，只不过是为了不再重复昨天发生过的事情。社稷坛中的五色土，每一种颜色，都是古老而又鲜活的，可以长玫瑰，也可以长蒺藜，还可以长一副咬人的牙齿……害怕有一天自己也会变成那样一颗牙齿，咬住生活的脚跟，让观念世界和生命一同在腐朽中凝固。唯一的希望是升起一轮新的太阳，这轮太阳是山的牙齿咬不住的。

真的咬不住吗？谁又能知道呢？痴迷和虚妄是激情使然，风一吹就醒。过去如此，现在还会吗？肯定还会。但我不会了，我已经像大地一样古老，像石头一样干燥，已没有潮气和水汽只剩暮气了。这显然不仅是一种自嘲。

贾彩岚发现，这条沟岔里的水流，却还有细细的一痕，她欢喜地指给我看，她的欢喜感染了我，我和她一起看，不注意几乎看不到的溪沟浅浅的裂缝里，有一道细细的清澈的溪流在悄悄流动。几苗青草傍着她的手指，玲珑的溪流的边缘，已经结了白色的薄薄的冰凌。

风凛冽地吹着，云朵被大风吹跑，天空被吹出一片宝石蓝。沟沿谷畔，有牛羊在有一搭没一搭吃草。臭蒿和树棵在山坡上高高大大地站立着随风震颤。藏在臭蒿和树棵里艳丽如花的存在，便是沙棘。这景象让我想起我的一位朋友，他的老家世代居住在黄土高原的一个山沟里，他格外带劲地向我转述他爷爷对沙棘的印象，并力图用语言把他爷爷的生动印象立体打印出来：秋天，酸溜溜满山遍野，红八！

字典上没有红八这个词组。八，似乎有大坑的意思，如果非要硬译，就是红坑。这意象未免太立体，太鲜明，有朋友肯定能意会。就在离"红八"不远的地方，停着一辆三轮摩托车，拖车的斗子里堆满了半车艳丽的沙棘。布满砾石的河沟里人徒步行走都困难，是谁有本事把一辆三轮车开进这个布满石头地雷的地方呢？

正当我们几个围着三轮车，吃惊地议论的时候，却见远远地那个"红八"里，倏然间闪现出一个身影，远远的看不清爽，待到近来些时，方才认出那是一个人，一个背着一只很大的柳条筐的人。这个人正在从远处悠悠然然，向我们这边慢慢走过来。

"看，来人就是李富贵，"康利生说，"李富贵是武家沟村的红旗示范户，家中6口人。现任武家沟村护林员、清洁员。护林巡查、清洁卫生也认真，从不参与赌博、吸毒和封建迷信活动，夫妻和睦，邻里乐和。父母年迈要抚养，还要供养两个孩子上学，种田维持不了生计。给驴友们当向导的，就是说的他，一个人编写的旅游解说词，拐根棍子，背个登山包，拿个电喇叭，全套装备都有，哇啦哇啦……"

说话间近了，刘俊斌和我们几个人连忙上前，帮忙把满满一柳条筐沙棘从李富贵肩上取下来，倒入三轮车斗，一嘟噜一嘟噜红红黄黄的沙棘，也就是酸溜溜，在阳光下珠光宝气烁烁闪闪，似乎不是什么凡物。以为并不高大的李富贵一定得歇缓上半天才能开口说话，殊不知竟然丝毫没有累和喘息的样子，扯开嗓门语声朗朗地道："天不早了，找我有啥说的？说哇，说完我还要忙哩，再磨蹭就黑下了！"

李富贵的直爽，把我们几个人都逗笑了。弄明白了来意，李富贵立马就转换角色，变成个专业导游，咳嗽一声，拿捏声调，开说，根本容不得有人打断："我是荷叶坪专业领队李富贵，我已经当了好几年的驴友专业向导了。知道啥是驴友吗？驴友就是几个人结伙自驾游，来了岢岚地界，要上山、要看景，可他又认不得路，咋办？就要找个熟悉情况的向导，在荷叶坪，专业向导就我李富贵一个人。"

李富贵是个可人儿，他毫不掩饰自豪，认真夸奖自己，以广招徕，说："荷叶坪的风景点只有我李富贵熟悉。我是铁了心要吃这碗旅游生态饭了，我已经在网络'水滴信用'正式注册过了，注册的是：荷叶坪高山草甸农家乐山庄，农家饭、土特产、导游，这个高山草甸农家乐山庄，就在我自己的家里。我当专业导游，我爱人她负责招呼客人吃喝，吃的全是土饭，一条龙服务。不要小看我的这个小店铺，2018年我一年内接待驴友30多人次，挣到了小一万元。来过岢岚的驴友几乎都认识我这个人，说起李富贵，没有人不知道的！"

他还毫无愧色地炫耀自己的精明："看看这些沙棘，都是山上生山上长，谁采了归谁，一分钱也不和你要，你还要拿去卖钱，这个还算不过来？商家早就等上了，还上门来挨家挨户地收，好不好？好！就是价钱不好！他想便宜点收，我还想贵点卖哩！所以我不和他们打交道，我直接拉到厂里去卖，不让中间商赚这个差价，我这一晌也就采了两车沙棘，让他这么一差价，至少得有一车就给差没啦，太亏！哎呀，不和你们多说了，有啥事以后再说，我还得采我的沙棘去哩！"

说完，也不管我们是否同意，便背起腾空了的柳条筐向前走去。目送李富贵微微有点佝偻的身影匆匆远去，我们几个人相视无语。瞅着三辆车里沙棘快要满载的车斗，我忽然开始为李富贵操心，空车进这个地方已经不易，重车出去又将如何？怕是出去时很多凶险呢！

但我后来知道自己的担心是多余的，李富贵是带了修路工具的，他是有备而来，空车是一边修路一边进来的，自然还会循着修好的路顺利出去。几天后，我又见到李富贵，证明我的担心多余。这个世界只要认定路，并带好修路的工具，没有什么地方去不了。

他兴高采烈地带我们参观武家沟村的他家。他家与别人共用一个院子，院门一侧大书：荷叶坪高山草甸农家乐山庄。进了里边才是他家的几间房。他爱人是个身材健硕的妇人，笑眼欢眉，生得整齐而且精神，有城市婆姨的风范，两手湿淋淋的正在盆子里洗什么东西。

过后通过微信，李富贵发给我一篇署名"本报记者赫在荣、通讯员李富贵"的通讯《野猪吃大餐　山民泪涟涟》，大意：近年，封山育林、退耕还林、封山禁牧，生态环境迅速改善，管涔山成了野猪的乐园。以往野猪少胆子小，现在成群搭伙胆子也大，龇开獠牙敢扫荡村子。野猪嗅觉好，能分辨庄稼哪块好，专挑好的吃。嘴头和獠牙能搜出积雪2米底下的核桃。村民进入梦乡野猪便出动，天一亮就回巢。庄稼被糟害得惨不忍睹基本绝产。这些受糟害的村子基本上都是纯农业村，有个别村民因为野猪生活跌入了谷底，希望得到政府的关怀。云云。

这是一件亦喜亦忧的事，受糟害的毕竟是少数。

世　界

调寄满江红（新韵）

燕语莺歌，色香里，楚吴见惯。关山雪，银花飞短，晌时残瓣。往岁琼瑶沟壑断，如今暧昧丘陵满。用心勘，火起地球南，烹危卵。

金粉算，繁奢悍，森林濿，江河憾。让自然歌缓，养春秋懒。华宝物珍惜款款，牛羊草木生生伴。暖岂岚，未觉羽绒寒，多情黯。

2019年对北极来说是又一个可怕的年份。北极地区的北极熊数量减少了约40%。一种在北极地区生活的长着巨大独角和獠牙的独角鲸，正目睹它们的冰雪庇护所一点点减少，这个天然冰雪庇护所可以帮助它们躲避捕食者虎鲸。格陵兰岛冰川融化导致每年海平面上升约0.7毫米，如果以目前速度继续融化，这个上升速度可能会进一步增加。到21世纪末海平面将比1986年至2005年间高出近1米。在南极洲，随着冰雪消融，企鹅将走向灭绝。

2019年是有记录以来最热最干燥的一年，风借火势产生火龙卷风，在数十公里外喷出余烬，从而引发新的大火。澳大利亚第三大岛屿袋鼠岛上约5万只考拉至少已经死亡过半，不少侥幸生还者也受到灼伤。数万只蝙蝠在高温下从澳大利亚北部的天空中纷纷坠落。

新南威尔士州西北部的野生动植物天堂麦夸里水鸟栖息地也受到火灾的影响。新南威尔士州巴特洛上百只袋鼠试图扑灭火焰结果丧身火海。9 月以来澳大利亚新南威尔士州有近 4.8 亿只动物在野火中被杀死，哺乳动物、爬行动物、鸟类或被直接烧死，或因栖息地丧失而死去。4.8 亿只是一个保守的估计。2019 年 7 月以来至 2020 年 1 月 6 日，澳大利亚林火灾害已致 24 人死亡，近 2000 栋民居被烧毁，过火面积超过 600 万公顷。全国 6 个州共有 1470 多万英亩土地被烧毁，超过了比利时和海地国土面积之和。新南威尔士州有 1300 多所房屋被毁，890 万英亩土地被烧焦。死亡 24 人中有 18 人来自新南威尔士州。澳大利亚的烟灰甚至飘到了 2000 公里外的邻国新西兰，新西兰被血红的朝阳唤醒。

同时，中国也有相关报道说，因为全球变暖的缘故，绿色植被在中国北方，得以大面积迅速恢复。但这并没有误导了人们，使一些人因此而幸灾乐祸，以为地球变暖对中国来说是一件难得的好事，世界离我们那么远管它作甚？因为中国已经今非昔比，中国人已经今非昔比，便连僻处大山深处的人们，也在以人类的身份，关心着地球变暖的问题。

11 月，岢岚已经下了一场小雪。县烟草公司驻甘沟村的扶贫工作队队长郝乐带我们去宋家沟乡甘沟村采访。1982 年 9 月出生的郝乐是五台县人，大学毕业。2002 年 11 月参加工作，2005 年 7 月加入中国共产党，现任岢岚县烟草专卖局副局长。这个年轻的副局长是"甘沟村帮扶工作队"的队长，丝毫不带通融地要求我多穿点衣服，他说山上海拔高，已经冰天雪地，冻脚冻耳朵，风像刀子一样，呼呼的能吹到你的骨头里，能冷到你心上，去了以后就知道我说的不假。我尽可能把能穿的衣服，里三层外三层全套在身上，还穿了羽绒服。

郝乐说，宋家沟乡甘沟村离县城 35 公里，距黄石线 5 公里，全村 61 户

142 口人，耕地面积 1456 亩。坡地占 90％以上，畜牧业以养羊、养牛为主。村两委班子齐全，村支部 3 名，村委 4 名，有党员 12 名。全村 2017 年贫困建档立卡户 27 户 61 人，其中五保户有 7 户 9 人，低保户有 9 户 26 人，一般贫困户有 11 户，只有 2 人在村。老村里的人基本上都搬空了，剩下的都是养牛放羊的养殖户，已经没有几个人了。

说起许多村，除了鳏寡孤独残疾和大病等意外导致的贫困，有一些人穷，完全是因为自己懒，勤快人过日子基本上过得去。郝乐表示同意，但说："也有很多不是，什么情况都有，比较复杂。比方说，你们要找的这个吕如堂，村里人都说他命不好，流年不利，时运不济，家中接二连三地出事。他妻子患甲状腺癌，半个月就要去太原看一次病，现在看病，钱少了不行。生活已经穷困潦倒，偏偏还雪上加霜。吕如堂全家从甘沟村搬迁至宋家沟中心集镇，享受易地搬迁补助政策，获得旧房屋和宅基地回收补偿款 2 万余元，总书记视察宋家沟时在村里讲话的照片，就挂在他家的墙外。从山沟沟里搬到了地理位置优越的宋家沟村，等于从此之后在城里有了个新家，还没有举债，这让老吕非常开心。然而这时一场意外从天而降，他女儿出了交通事故，当场死亡，儿媳妇也在这场车祸中左眼失明。这让吕如堂全家的生活分分钟陷入水深火热。因此，精准识贫中，吕如堂理所当然被定为精准扶贫户，享受国家优惠政策。我还主动协调有关部门为他处理了 8 万余元费用，不然，他根本就渡不过难关。"

郝乐又说："啥地方都有懒人，所以我们扶贫，主要是扶智扶志，精准扶贫不是养懒人，授人以鱼，不如授人以渔。拿钱和物质扶贫只能救一时救不了一世。"

郝乐也向忻州市烟草专卖局申请专项扶贫资金，向 27 户贫困户发放了慰问电器。

整村易地搬迁时村民周反明一家祖孙四代 6 口人，只分到了 85 平方米保障性住房，显然不符合国家一个人不少于 25 平方米住房面积的政策，周反明全家人有意见，郝乐与扶贫办协调，增加了50平方米居住面积。

政策不允许一个学生辍学，村里荣计平儿子已经辍学，郝乐为他儿子申请了教育帮扶，让其在宋家沟乡重返校园。还为种植大棚蔬菜的吕玉明、党初钓、党建军、党明信等人联系乡农业专家提供种植技术，帮助他们销售蔬菜。

郝乐笑着说："扶贫工作做好了，群众满意了，就会说国家政策好。在群众眼里，扶贫工作队根本就不是人，是国家，牛吧！"

去甘沟村走的全是山路，满坡的荒草长得比人还高，我寻思什么草会长这么高，近了才发现是臭蒿和荆棘，臭蒿和荆棘连牛羊都懒得去吃，所以才能侥天之幸，长得这么茂盛这么高。荒草里有牛的身影在影影绰绰移动。走进甘沟村前，路过一排畜舍，以前也是村民的房屋，现在成了畜舍。

瘦瘦的目光坚定有礼的村支书，和身材敦实面貌红润的吕如堂，已经在这里等了我们一锅烟工夫了。我与村支书握手如仪后，吕如堂憨笑上前，伸出双手，我在男人中也属有把力气的双手，经他勤劳的双手轻轻那么一握，感觉就像被裹入两块粗糙的砂岩之中，只觉得扎手挂肉，松开后还听得见嫩皮屑被刺刺啦啦挂掉的细响。

记得告别时我们又握过一回手，感觉是，厚实有力如同熊掌，粗粝毛糙似锉刀。拥有这样一双大手的男人的经历，可想而知，虽然生活坎坷艰辛，但却没有任何意外和困难可以打倒他，因为这是一个最是能扛的死硬的岢岚汉子。

畜舍里关着一群光眉俊眼的黑驴，我们从栅栏外往里边探头探脑地正看，不想已经惹怒了旁边单间里关着的驴头太岁，这个雄性勃发的俗物即刻就发出嗷噢——嗷噢——野性而嘹亮的，充满威胁的长声吼叫。吕如堂在一边半真半假开玩笑地说："这是一头公驴，怕你们抢他女人，这家伙跟皇上一样，圈里的这些母驴，全是它的女人！"

男主人不在家，女人打开栅栏放驴，驴起先还怕人，畏缩在圈里不肯出来，待领头一头驴昂然而出，后边的驴子们才鱼贯尾随，络绎出来。好大一群驴,至少有几十头,慢慢悠悠地走了半天,方才零零落落,如同驴抛粪蛋子似的走完。

女人捡起地上的泥巴扔它们,还操起一根秸秆,在后边追撵着,把驴群往山沟里边赶,驱赶下,驴的黑色的身影很快就远去,与花色的牛群、白色的羊群,混在了一起,并在野天野地交相辉映,慢慢消失在山岰里。"不用人跟着放牧驴儿吗?"我问。吕如堂笑说:"不用人管,吃饱了,晚上它们自己会回来,因为它们老公在家里等它们呢!"

先去了甘沟村支书的家。郝乐连村支书的老伴也熟,村支书的老伴竟然是我省城朋友荣利生的亲姐姐,于是更添了些亲切。吕如堂似乎不想谈自己的往事,只是有一搭没一搭说些闲话。村支书只好先开口叹息着说:"老吕在甘沟村有90亩土地,全是25度坡以上的田,收成看天气,种一半荒一半。没水,吃水得到几里外挑。他老伴长年有病,农忙之余,老吕还要到城里打工。但就这,在甘沟村也算是幸福人家。为啥?因为甘沟村的常住户都剩下些鳏寡孤独。不过老吕近年实在不顺,是哇?没有精准扶贫,这道坎儿他根本过不去……"

吕如堂坐在沙发上,只是个点头,只是个抽烟,只是个叹气,只是个苦笑。知道不说又不行,终于说:"车祸发生后,政府就给了我临时救助款26000元,被选成贫困户以后,老伴看病大部分都可以报销,乡里还照顾我当护林员,每月能收入800元,加上退耕还林、粮食直补、能源补贴等……没有国家帮扶,你说我这日子咋过,想也不敢想……"

说着说着,真情流露,眼圈已经红了。但又忍住。

吕如堂56岁,初中文化,中共党员,曾任宋家沟村两委成员,兼职甘沟村护林员。户籍人口2人,他的妻子周三桃52岁。两个女儿一个儿子现在都已成家。吕如堂在甘沟村有30亩土地,但尽是坡地,没有平地,半坡地里全是石头,耕种石头咬犁刀,种些山药、大豆、胡麻、莜麦,还经常遭受野猪、野兔的侵害。那时,除了要养妻子和两女一儿,吕如堂还要负担堂弟吕亮虎的生活费用，吕亮虎两三岁时父亲就不幸去世，又在一次生病中，几天几夜高烧不退，虽然捡了一条命回来，却落下一个浑身肌无力的后遗症，完全丧失了劳动能力。吕亮虎一直由吕如堂的父亲抚养着，2014 年吕如堂的父亲去世后，时年 34 岁的吕亮虎，便由吕如堂主动承担起了照顾的责任，吕亮虎成了吕如堂家里一个编外的特殊成员。

生活来源是 25 度坡上的 30 亩薄田，这些薄田世世代代地被先人们耕种，长年累月被超负荷地榨取，已经日益薄瘠，兼之水土流失严重，表面腐殖的熟土层已经流失殆尽，形如鸡肋，弃之可惜，食之无味。用吕如堂自己的话说就是："瞎了舍不得，种上又打不了几颗粮食。好在还有一把力气，就去城里打工，略有积蓄，日子过得不富裕，但还平实安宁。"

当时孩子还小，甘沟村没有学校，孩子要到县城上学，吕如堂就临时搬到县城。人走后村里的两间房，日晒雨淋没人管，也塌了。等把孩子们都安排着上完学，成了家，吕如堂以为自己可以喘一口气的时候，意外和变故却接踵而至，让这个坚强的农家汉子几乎崩溃。

2017 年 5 月，甘沟村整村移民搬迁到宋家沟中心村居住。按国家规定一个人不超过 25 平方米，吕如堂和老伴儿 2 口人分了 2 间，加上叔伯兄弟吕亮虎，共分 3 间房，过上了和城里人一样的日子。但是吕如堂还没有来得及认真体验一下宋家沟新农村的生活，变故就已经开始了。2017 年 7 月吕如堂在城里边给人盖房子时不慎出了事故，他的左脚被砸断了三根脚趾，只好住院治疗。就在他住院期间，儿子带着媳妇和大女儿开车来医院看望他，没想到路上却出了一场严重车祸，大女儿因伤势过重当场去世，儿媳妇也因受伤导致一只眼睛失明和下颚粉碎性骨折。随后又雪上加霜，老伴儿被查出患有甲状腺乳头状癌。女儿离世、儿媳妇重伤、妻子患癌、自己骨折，光几个人的治疗费就成了天文数字，欠下了近 20 万的债务。

阴阳相隔的女儿，眼睛失明的儿媳妇，以泪洗面的老伴，阴影笼罩的家，纵令是与生活已经死缠硬打了一辈子的吕如堂，亦觉心如刀绞，前路昏昏暗暗，欲哭无泪。但吕如堂知道自己是家里的顶梁柱，他要是垮掉了，这个家就垮了，他只能咬住牙，和命运死扛。

"我老伴，一见有记者采访我，几乎每回都要人家写咱县委的王书记。的确，我们全家人都很感激他。王书记听说了我家发生的事情，来我家慰问，没有二话，当时就打电话协调民政局、合医办给予政策帮扶，叮嘱在场的乡政府负责人，'一定要安排好老吕的生活！'。他怕我想不开，安慰我，鼓励我，走了，还不放心，过两天一个人又来了，看我的生活，问我需要什么，有事立马解决，连个圪吭都不打。好几个月，他经常来，一直到我家里生活正常了，我养上了牛，他才放下心来。我老伴说起这个就要哭，女人嘛，唉，真心感谢他！"

2018 年春，县里在甘沟村原址盖了 1000 平方米集中养殖圈棚，吕如堂听说肉牛市场行情稳定，就想养牛。养牛成本大，虽有养殖补助但远远不够，吕如堂早年在外打工，是有见识的人，在村里威信很高，就动员村里搞过养殖的 7 名贫困户以入股的形式通过贷款，一起买牛搞养殖，吕如堂洪声对大家伙说："国家帮扶，咱再动起来，日子才能好起来。就养西门达尔牛，价格不贵，适应咱这气候。按照扶贫政策，每户可申请到的 5 万元扶贫贷款，能买 3 头牛，每头牛政府还给补助 3000 元。一年内小牛就可以出栏，3 年不仅回本，还能见到效益。风险一起承担，3 年之后肯定能还清贷款！好日子风吹不来，说干就干！"

宋家沟村贫困户自发成立的第一家养殖合作社源利合作社在老村甘沟正式成立揭牌。吕如堂租用养殖场圈舍 5 间，享受购牛补贴 3.6 万元，自筹资金 11.7 万元，贷款 20 万元。采取统一管理、集中养殖的办法，每家轮流抽人上山照看，剩下的人就能腾出精力干自己的活儿，养殖、种地、打工都不耽误。吕如堂殚精竭虑，全身心投入，时至今日，合作社已经存栏 47 头牛，还售出十几头小牛。贫困户还有荣计平、党存付、吕鹏飞、吕亮虎、吕晋龙、吕如堂、潘仲生、吕福堂、田鸡换，户均年增收 7000 元。吕如堂已经在盘算："养得多才能挣得多，今年出栏的小牛买草料钱还有剩余，我思谋拿这钱再买十几头牛，扩大规模。"

说完话便和壮实如牛的吕如堂出门上山。残雪在沟沿谷畔冲我们大翻白眼。

以为山上会很冷，没承想上了山之后，晴暖无风的天气，竟然一点儿不冷。大山上一间简陋小屋就是吕如堂的住处，炕上堆满了方便面。门前有一条狗，笼子里还关着一条狗。

吕如堂憨厚地笑着说："怕你们来了它乱咬，我把这条金毛关起来了，这条狗是捡来的流浪狗，那条土狗是我自己从狗娃养大的。它俩是我在山上的伴儿，它们帮我拦牛，没人时我和它们说话。我老伴和二媳妇在城里带我孙子，儿子在外边打工。山上就我一个人，累是累，但心里高兴。我隔三岔五骑摩托车回城看看。"

过了一会儿又喜笑颜开神神秘秘地对我说："我家墙上挂着总书记来宋家沟的相片，不瞒你说，要说我这人时运不济，没福气，接二连三地家里出事，都是害死人不偿命的事。要说我有福气，也还甭说，真有福气，我和总书记不仅握了手，还搭上了话呢！"

说话间，吕如堂已经把狗从笼子里解放出来，狗儿欢天喜地地围着郝乐蹦跳。我对郝乐笑说："这山上可不像你说的那样冷，我穿衣服太多了，还觉得有点热呢！"郝乐逗狗不语。吕如堂却认真道，往年这时候，山里早已是冰天雪地，而且一冬也不带化的。前天一场花花雪下来，太阳一出来就化了，这些年不对头，年年都是暖冬啊！

今非昔比，僻处大山深处的人们，也在以人类的身份，关心着地球变暖的问题。康利生说："福祸相倚，冬天不冷，对岢岚也许是个好事，对全球却是一个灾难。"漪镇北道坡村的支书王云在微信上也发表看法说："小时候岢岚有句俗语'十月的雪，赛如铁'，如今农历十月还在下雨。冬天在慢慢变暖。不要以为气候变暖，对中国西北地区植被恢复有利，就以为全球气候转暖，未必说就是坏事。"这种说法难免使人产生困惑，但良知在不时提醒人们，忧心还是大于喜悦。我曾这样说过，别以为人可以主宰万物，别以为自然生态可以任人损害，自然界的每棵树、每根草、每滴水、每个生物的手里，都攥着人的呼吸，它们纤细美丽的手指时刻都扼在人的喉咙上，它们温润驯良的牙齿随时都咬在人的命脉上。谁是强者？谁是弱者？谁应该忧心？不言自明。

气　候

调寄满庭芳（新韵）

戊子之年，月逢乙卯，日值己未明前。鸡啼阳起，犹料峭春寒。烧炭山头借火，晴烟吐，共老农言。蜿蜒里，夕岚浮岢，路宿大情堪。

延安。赶考去，宋长城罕，西柏坡宽。迄今七十一，四季纷繁。岢岚是个好地方，东升志、行入云端。脱贫见、相谈甚欢，铜板铁琵丹。

全球气候变暖严重影响动物们的生存环境。

生活在俄罗斯偏远东北海岸生活逾千年的数万只海象，随着全球气候变暖导致的海冰面积不断减少，再加上人类的侵扰，可供它们栖息的地方越来越少，它们不得不拥挤在一个极小的岛上，仅一个海滩就挤满了10万多只海象。有些海象为获取生存空间不得不挪动重达1吨的身体笨拙地爬上巨高无比的悬崖，许多海象滑落摔死，尸体堆叠悬崖下惨不忍睹，悲剧此时此刻仍在继续。人类在哪里？联合国发布重磅警告："人类必须把全球变暖程度，控制在1.5℃

以内。否则，到 2040 年，地球将面临大危机。"如果海水温度升温 2℃，澳洲的大堡礁整整 1500 公里的珊瑚礁会枯萎死去，全球 99% 以上的珊瑚将消失殆尽。

2015 年新年伊始，习近平在云南考察时强调："像保护眼睛一样保护生态环境，像对待生命一样对待生态环境，在生态环境保护上一定要算大账、算长远账、算整体账、算综合账，不能因小失大、顾此失彼、寅吃卯粮、急功近利。生态环境保护是一个长期任务，要久久为功。"生态环境保护，与林业生态建设，可以说是环环相扣、息息相关。

岢岚县林业局成立于 1977 年，国土面积 297 万亩，林业用地总面积 176.3 万亩，有林地 53.9 万亩，疏林地 6.7 万亩，灌木林地 69.76 万亩，未成林造林地 10.48 万亩，宜林荒山 34.1 万亩，无立木林地 1.28 万亩，苗圃地 0.1 万亩。全县森林覆盖率由"十一五"末的 16.01% 提高到 18.51%，增加了 2.5 个百分点；绿化率由 35.5% 提高到 41.99%，增加了 6.49 个百分点；林木蓄积量 2898852.1 立方米。郭芮是老林业，数字如同手掌纹，了然于胸。

他说："我们林业局搞生态扶贫，从退耕还林首期就开始实施了。给你说几个实在的数字，数字枯燥但是含金量高，金子都花在农民和荒地身上，这就是生态扶贫，生态补赎人对自然的欠款。我们第一轮退耕了 11.15 万亩，已经到期的有 6.7 万亩，2018 年实补的有 4.45 万亩，每亩 90 元共 400.5 万元，真金白银都给到农民手里了。2014 年退耕还林 0.7 万亩，每亩补助 400 元共计 280 万元，也一分不少都发放到户了。2017 年实施退耕还林每亩补助 300 元计 750 万元，这虽然是一笔小钱，但对农民脱贫也是起了一定作用的。"

中国故事说，范增让项羽设鸿门宴，让项庄舞剑杀沛公，项伯为救沛公挺身而出与项庄相对舞剑。今天北极熊、帝企鹅、海象、袋鼠、考拉……无数动物濒临生死危机，为之舞剑者何在？又有谁在怜惜？鸿门宴上项庄之剑，差一丢儿就能取沛公性命，但最终项羽一念之慈救了沛公。以利益分善恶的因果关系从古因袭到今，鸿门宴还在继续。范增和项庄还欲杀沛公，生态环境就是沛公，环境保护者是张良和项伯。范增把沛公的玉斗——橄榄枝以剑击破："唉！竖子不足与谋！"然后就走了，就不伺候项羽了，因为他觉得项羽太心软了。

郭芮说："还有，全县 11 个乡镇 88 个整体搬迁的自然村的撂荒地，我们实施特色经济林营造 6 万亩，2018 年、2019 年两年任务并作一年实施，涉及 4737 户 11842 人，补助 1800 万元，其中贫困户 1894 户、5305 人 25600 亩，补助资金 768 万元，贫困人口人均可增收 1448 元。不要小看这些钱，对农民来说，都是大钱，能派上不少用场！"

2018 年全县所有林业工程全部由 74 个扶贫攻坚造林专业合作社实施。这是有明确的针对性的。人工造林 8.06 万亩，沙棘林改造 5 万亩，总投资预算 7448 万元。按照劳务费必须占到工程总投资的 45% 计算，将产生劳务费 3351.6 万元，按贫困劳务费占到总劳务费的 86.5% 计算，预计贫困社员可获得劳务费 2899.1 万元，贫困社员户均获得劳务费 16547 元。可带动 1752 户贫困户、4569 名贫困人口持续增收。这 74 个承担造林任务的扶贫攻坚造林专业合作社，有 700 户贫困社员，每户可通过生态扶贫贷款获得资产性分红 2500 元。

岢岚的气候变迁是蝴蝶效应之一斑，连僻处山野一隅的人们都有所察觉有所警惕，由此可见，近年来中国生态环境保护的宣传是功不可没的，是不遗余力的，是深入人心的。不惜冻毙自己也要为人类抱薪的诸如联合国之类的人和组织，只能充满忧虑和哀愁地发出这样委婉的诉求：也许我们没有办法说服所有人，但至少，我们自己，可以在力所能及的范围内，做一点小事。保护它们，就是人类的自救。否则，时间会把我们欠下的对不起，变成还不起，又会把很多对不起，换成来不及。永远不要等到"末日悲剧"来临，才追悔莫及。

郭芮抽了一口烟又说："生态管护保障脱贫，是指护林员，我们在原有 514 名护林员的基础上，2018 年又新增了 24 名，有针对性，全是贫困护林员，人均管护工资每年 1 万元，可保障 1073 名贫困人口稳定脱贫。另外，我们还继续为这些招聘的贫困户护林员交纳农民养老保险 2000 元，保证 60 岁不担任护林员后能领到养老金不返贫。这也是实实在在的。"

不让郭芮说是不可能的，他一生都在倾情投入的事业，就是种树，就是退耕还林，就是生态扶贫，所以他说起这些来，如同常人说居家过日子，开门七件事，柴米油盐酱醋茶。

"在前期示范改造的基础上，推出了沙棘林改造辅助农民脱贫项目。2018年在神堂坪、西豹峪、李家沟、水峪贯、阳坪、岚漪镇等 6 个乡镇实施沙棘工业原料林改造项目 5 万亩，全部由合作社实施完成。通过'企业 + 基地 + 贫困户 + 退耕户'的模式，带动贫困户除劳务增收以外，还可通过入股分红、出售沙棘果等获得资产性收益。改造后的 5 万亩沙棘林，按照每亩 400 元的收入计算，可创造 2000 万元的经济收入，全县农业人口人均可增收 299 元。2019年下达我县各项林业重点工程共计 13.04 万亩，任务全部完成。贫困户参加扶贫攻坚造林专业合作社的造林绿化劳动获取劳务费增收，合作社盈余按盈余的60% 和劳动天数分配，林业精准扶贫贷款每户 2500 元收益分红。以上这些，包括贫困护林员的工资按季度，贫困户脱贫增收、退耕还林补助，我们都打卡发放到农民们的账户上，一分不少，从不拖欠！"

又比如这首反腐败的诗，其鲜活生动和准确形象，胜过当代万千骂人的话：婆娑园中树，根株大合围。蠹尔树间虫，形质一何微。孰谓虫至微，虫蠹已无期。孰谓树至大，花叶有衰时。花衰夏未实，叶病秋先萎。树心半为土，观者安得知。借问虫何在，在身不在枝。借问虫何食，食心不食皮。岂无啄木鸟，嘴长将何为？白居易告诫世人，不要以为树大根深就可以幸免虫灾，物必先腐而后生虫。只要大树有腐败之处，生虫便是必然因果。此虫是从树心开始蛀食的，不食皮，不啃枝，花开纷繁，却已有恙，果实累累，业已病入膏肓。就算有啄木鸟，嘴有那么长吗？能啄虫于树心之中吗？大树能容许这么做吗？

只能徒唤奈何。

这样文明的讽刺比起当下动辄的狠话和骂人更加有力量。即时的燃烧是散漫而毫无章法的，也是粗糙和短命的。斟酌的燃烧是为了更好地燃烧，燃烧得更持久，更有质量。不是说斯文的词句就不好，只有直白地说，或是骂人才是自然，审美是有共性的，否则它们就不会存在了。只要有了生态意识，每个人都能做很多事，你可以不植树，但可以不砍树，爱惜树，节约用水，低碳出行，宣传环保，等等。那天我采访岢岚林业局郭芮时，聊的是全球自然背景下的生态扶贫，世界就是一个生态世界，在这个生态世界里每一个人都是生态人，如果每一个人都能管好他自己，做一个好的合格的生态人，对自然世界就是贡献。

生态好可以使好人不再受穷，生态扶贫是根本，很重要，改善自然的生态环境和人文生态环境，是万年大计。没想到郭芮忽然就笑了，说："你还真不用说，你只是这么张嘴一说，我们这些年来，可一直都在这么做。"他的话让我吃了一惊。

别人开门是为了吃喝，郭芮张嘴就是树木，因为树木意味着水土保持，没有水土就没有庄稼，没有吃喝，这一点许多人不明白，但郭芮明白，明白了一辈子。"我们还引进了山西曦晟源科贸有限公司在岢岚县建设沙棘原料林基地，计划分5年对全县野生沙棘进行提质改造；组织当地劳力采收沙棘叶、沙棘果，预计年收购沙棘叶100吨、沙棘果5万吨。同时还在岢岚建设了沙棘育苗基地，针对性地组织贫困农民每年培育留床苗1000亩，增加他们的收入，为全县及周边县市新造沙棘林提供优质苗木。还引进了山核桃种植有限公司，拟利用田家崖至雷家坪沿线村庄25度以上坡耕地建设万亩核桃林，带动当地群众增加收入。"

2019年12月26日和27日，连续两日，岢岚县举行了第四季度招商引资引智系列活动，来自北京、广州、河北、河南等省、市及山西省39家企业主要负责人，省林业科学研究院、山西大学等扶贫、农业相关学术领域的专家、教授，相约宋家沟、相聚吴家庄。书记、县长近年16次赴广东、山东、河北、湖北、贵州、上海等地招商引资，本次"请进来"招商引资引智活动是继前三季度招商引资后的持续发力，27日项目推荐签约仪式上达成合作意向23亿元；完成订单5100万元。全年先后邀请109家外地企业来岢考察，累计全年共达成合作意向63亿元，签约14个项目50.1亿元，开工11个项目13亿元。

忻州市委常委、岢岚县委书记王志东在项目推荐签约仪式上热情致辞。

"现在的问题是，容易造的林都造完了，剩下的难度加大。全县剩余的40万亩宜林荒山多为土石山区，特殊的地表结构极大地增加了造林绿化难度。今年岢岚县被省里确定为全省集体林地限期绿化试点县，计划以每年6万亩的进度将于2025年剩余荒山全部绿化完。这个不容易，但大家还是有信心的，信心就是生态脱贫的合作联社。乡镇林业队伍老化亟待更新，合作联社的管理有待加强。为进一步壮大扶贫攻坚造林专业合作社的发展实力，初次在全市范围内尝试组建合作联社抱团发展，也没有什么前例可循，边运行、边摸索、边规范，至今没有出台规范完善的合作联社管理办法。省级配套资金亟待解决。2017年6.09万亩、2018年8.06万亩造林任务，计划投资每亩800元，实际到位500元，省级配套300元至今未到位，2019年省级投资至今未到位，这个影响群众的积极性，需要尽快兑现。"

上回我和赵利生、康利生从烧炭山上下来，在毛主席路居馆见到王志东。这位相貌堂堂谈吐儒雅的县委书记心思缜密、深谋远虑、不显山不露水，给我留下了深刻印象。他身在岢岚，眼光却放远到全国和全球。兵熊熊一个，将熊熊一窝，帅雄雄一队。

窃以为，以《三国演义》为例，以为风流的类型可分为四种：一种是本真本色的风流如率性而为的猛张飞，一种是假理想之众手营造出来的风流如忠义千秋的关羽，一种是终生都在克制人之欲求努力装好人的当众摔阿斗的刘备，一种是前三种兼而有之的综合体，如鞠躬尽瘁死而后已的诸葛亮。古今风流，大同小异，难逃此四类。从来都是，四者各有优劣，各有好坏，众人的喜好程度和褒贬态度也有大大的不同，但共识是这四类人都不失为风流人物。

细细揣度，悉心感受，以为风流者，不是非常人而是普通人，只因超越了人性弱点，所以才能为寻常人所不能为、不欲为、不敢为。风险者能做的常人也能做，只是选择了不做或不屑做而已。我有打油诗曰：风流是个谁？风流在哪里？风流不是无本之木，更不是无风之树。可以是你，可以是我，也可以是他。风流不问出处，同样出自娘胎，因为这是人类唯一的出处。只因价值取向的有所不同，高贵与平庸才得以区分，生与死才有了云泥之判。

这话不假，我之所以有了岢岚遍地是风流的印象，似乎根源在他。

我们之间的交谈，我过后博文中只用"相谈甚洽"4个字一笔带过。何以如此，因为他不希望我写他，让我把更多的笔墨留给基层的干部和群众，他说他们才是脱贫攻坚的主角。分手时他若有所思地说："这里是毛泽东生前路过和住过的地方，这里有我们共产党人的初心所在，我们在这里见面是有意义的，值得记忆。"这话意味深长，行旅如流水，人生路经之处，生命流过的地方，细数，又何止千千万万。

过后郭芮发了一堆材料给我，材料大同小异，说的都是生态扶贫的事。他说话中没有记牢的数字，我替他加上了，他没有表达明白的地方我替他表达了。他以实践说出，没有用话语说出，但县林业局已经干了多年的事，是近年以来岢岚县委、县政府上上下下的意图。从县委书记到一般人，人人心里似乎都有一个戥子，好的项目都往扶贫项目上偏移，几乎所有好事，都一股脑儿给了扶贫攻坚，这种持续发力的生态扶贫是谁教他们的？怎么比我这个老环保还敏锐？还自觉？我有想法也不过一说，而人家已经身体力行多年，不能不让人心服。

生态扶贫还有下文要继续表达，这里就不多说了。终点在哪里？

岢岚县针对"一方水土难养一方人"的问题，创造性地实施整村搬迁，一年完成 115 个村 9582 人整村搬迁，搬迁村数和人数为过去 10 年的 2 倍。该县持续深入实施退耕还林奖补、荒山绿化务工、森林管护就业、经济林提质增效和特色林产业增收五大项目，在一个战场打赢生态治理和脱贫攻坚两场攻坚战，生态绿化 43.42 万亩，带动 4397 户贫困户户均年增收 4676 元。在县委政府的带领下，5 年来，全县 116 个贫困村全部退出，8524 户 20245 人稳定脱贫，贫困人口减少至 23 户 49 人，贫困发生率由 31.8% 下降至 0.08%，实现了整县摘帽。完成了这个任务，还有下一个任务。如同这个毛泽东路居馆，只是路过，只是又一个新起点。前行者没有终点，只有远方。

但每一步前行都会离远方近一步。

地　球

调寄山坡羊（新韵）

五洲并蒂，四洋共济，联合国筑同心体。救呼吸，拯危急。

豪夺巧取随人意，消费透支亡毁已。公，为我你；私，爱自己。

地球已经存在了 44 亿—46 亿年，这是个什么概念？相对人类十几万年的进化史而言，人类只是地球上一位初来乍到的房客，面对陌生的地球充满了无穷无尽的好奇心。有文字记载的人类文明史充其量也不过 3000 多年，算上神话传说也不过 5000 多年，个体无非百年的人类生命历程相对地球漫长的存在而言，只是一个又一个转瞬即逝的匆匆过客，宛如宇宙中一颗又一颗殒落在浩瀚太空的流星。

新生的每一个人类的具体生命都与人类整体生命相似，对地球与生伊始便充满了人类诞生之初的好奇心，以知识或曰科学的方式堆叠成金字塔的模样，仍然浓得化不开，仍然还在穷尽机心地认识和探索地球上的一切，并在为每一个偶然的发现，忍不住孩童般发出胜利的惊呼，似乎在验证恩格斯"我们不要过分陶醉于我们人类对自然的胜利，对于每一次胜利，自然界都报复了我们"的说法。

随之而来的大量事实，似乎也证明了恩格斯的预言，灾难的潘多拉的盒子已经被我们在无意打开，并进入倒计时阶段。人类如同许多物种一样是在气候环境适宜的时候诞生的，如果气候环境不合适了，人类就会如同史前远古生物恐龙一样彻底灭绝。

前边说，多达数千种农作物现在只有大约150种被广泛种植，大多数农作物处于灭绝边缘。为防止人类赖以生存的农作物物种灭绝，早在2008年，挪威就在距离北极1000公里的斯瓦尔巴群岛冰土层中建造了一个"世界末日种子库"。已经有来自世界各国1400多家种子银行的1亿多粒农作物种子被送进来永久保存。但是前不久，极端天气引起北极气温飙升，末日种子库隧道入口被淹。幸运的是水没有漫到粮仓里，珍贵的种子仍然安全储藏在−18℃下。地球变暖会造成种子库入口洪水，种子库整个地基会下沉，967216种农作物种子可能会毁于一旦。在各种灾难面前，人一边感叹，一边庆幸，暗自窃喜没有发生在自己身上。但如果人类继续如此，地球变坏将无法逆转。歌德说：大自然从未犯错误，犯错误的是人类。

犯错误的是人类，改正错误的，也只能是人类。

无论是有意的还是无意的都在此列。岢岚县属中温带大陆性季风气候，平均海拔2783米，境内寒冷干燥，温差较大，冬季漫长，秋季短暂，夏无酷暑，无霜期短，年平均气温只有6℃，降雨少，种植业生产条件较差，但境内山多坡广，森林覆盖率较高，牧草资源相当丰富，适宜养殖山羊。那天赵利生带我去看了一个正在建设的岢岚10万亩柏籽羊养殖基地。

岢岚柏籽羊只能散养坡放，这样，它们在秋季，时常能在山坡上吃到天然野生柏籽，所以它们的羊肉肥瘦相间不肥不腻，且带有柏籽的天然清香，无羊膻味，常吃还有调血理气、安神补心的功效。但因养殖条件严苛，肉产量并不多。这个项目，一是可以让更多人有机会吃到正宗柏籽羊，还助力于岢岚脱贫攻坚，每有一个用户认养柏籽羊，公司都会为认养者选定的岢岚当地贫苦户，捐助一笔爱心款。基地建有专门的羊圈舍，健康监测，疾病预防，有专业的养殖人员来管理，特定时间将羊放出吃新鲜草料。羊舍建在柏树林，绿色无污染。

"柏籽羊肉岢岚最正宗，"赵利生驻足远望并这样告诉我，"别的地方也有养柏籽羊的，但味道就差下了，不是说能吃点柏籽就是柏籽羊，这是特有的气候生态环境决定的。晋粮一品公司已开始柏籽羊认养活动，个人或是单位都可以认养，要缴纳认养费用，交了费用就会在养殖基地拥有一只属于自己的柏籽羊，认养费的一部分是用来帮扶贫困户养殖的。"

养殖基地，位于岢岚柏籽羊肉原产地保护区，自然景观优美，绿色植被覆盖率高，属于典型的黄土丘陵。中心区周边分布有成片的柏树林地和以青草、香毛草、针茅、沙草、蒿草、鸡冠草、草木栖、地榆、飞燕草、百里香、车前草、益母草等为优质草种的天然疏林草地，以柠条、榛子、胡榛子、沙棘、枸杞、山刺玫等为主的山地灌木，以岚漪河流域的山间泉水、溪流为水源地。采用天然放牧为主舍饲为辅的方法。自然放牧以柏叶、柏籽为主要饲料，冬春季节，酌情补饲，补饲料为适量青贮料和青干草。母羊产后、公羊配种期，补充部分精料，精料以当地盛产的玉米、莜面、黑豆、麻饼为主。一年 12 个月或是两年 24 个月，柏籽羊的体重需要达到 30 千克至 40 千克，方可出栏。不言而喻，这样的前景相当诱人。

"现在天气太冷，还看不出好来，"赵利生有些遗憾，"等天气暖和了你再来看，从我们站的这个地方望出去，满山坡里，崖畔上下，绿的是草木，白的是羊群。高些的是过去的老树，柏树长得慢，枝繁叶茂，但不甚高大。低的是近年新种的柏树，归林业局管。年年都有扩大柏树种植面积造林工程，为羊肉质量基地也会积极配合，原始老林子不会划到基地里。基地要重新造林。羊吃秋季柏树籽才叫柏籽羊肉。羊粪养柏树，柏籽养羊肉，上层是柏树，中间是灌木，低层是药草，立体植被。生态能良性地互相养活，才能可持续经济发展！"

前总理温家宝在"低碳生活、每周一素"提案中倡导健康素食。呼吁国家领导人带头每周一素，两会人员每周一素。他还具体提到控制饲料添加剂，征收甲烷排放费，限制各种肉类加工，扶持植物蛋白及有机种植，推广素食企业，降低一次性垃圾排放。以釜底抽薪的方式遏止全球气候变暖。因为他明白，生态破坏之所以屡禁不止，环境污染之所以仍在持续，其根源是人类需求与贪婪所致，民以食为天，也即是说：生活方式将决定人类命运。这个方程式是：生存观念决定生活方式，生活方式决定生产方式，生产方式将决定人类未来命运。

如果把大千世界的万物比作一群羊，那么，人类便是这群羊里头那只名副其实的头羊也就是馋羊。这只馋羊，千百年来，馋天、馋地、馋权、馋利、馋色、馋味，已经海吃海喝了将近五千年。大多数人类，似乎还没有想明白，其中也包括我自己，还想继续馋下去，吃下去，不让吃，几乎不可能也不人道。怎么办？只能让他们吃得节制点、文明点、生态点、吃相好看点。明知养牛养羊养猪等，均会对地球生态物理环境造成相应损害，但还是要吃。有需求就得有供给，有供给就会有生产，有生产就会有破坏，无奈就在其中。

人类这个馋羊角色，一天不自觉终止，供需就得继续下去。

明知弱肉强食野蛮，但不幸的是，人类文明在现阶段，似乎也只能滞留在头羊也即是馋羊这个水平。这也是不以人的意志为转移的。这就是充满矛盾的人类文明暂时还脆弱地经不起认真推敲的原因。故我有七绝平水曰：披星戴月牧春秋，柏肉香羊药嫩牛。藜麦沙棘芸豆养，岢岚遍地尽风流。以为在现阶段岢岚能够做到这样，似乎就足以称之为遍地风流了。

何况，我还发现了一个有趣的佐证。那天我吃饭时，康利生拿保温杯给我倒了一杯饮料，颜色微黄有酒味，喝了一口，果真是酒，味道醇香。"这是藜麦酒！"康利生说，"是用我们岢岚种的藜麦，由我们岢岚的小酒厂酿造的，我觉得这酒不错，在家里我平常就喝这个！"

"什么是藜麦？"我好奇地问。

康利生笑着说："你真不知道这个东西？这个植物是从美洲引种的，有一段时间在市场火得一塌糊涂，非常火，已经火过去了，不过我们岢岚现在还在种！"

过后我问了"度娘"，方才知道藜麦原来大有来头。藜麦原产南美洲安第斯山区，有5000—7000年食用和种植历史，以其独特营养价值养育了印加土著居民，被古代印加人称之为"粮食之母"。藜麦颜色有白、黑、红等几种颜色系，白色口感最好，黑、红口感相对差，籽粒也较小，营养成分相差不大。

藜麦被称为"粮食之母"，是古印加民族的主要食物，在4000米以上空气稀薄山区食用藜麦的信使能连续24小时接力传递150英里，古印加军队携带油脂裹成的藜麦丸铸就了强大的印加黄金帝国。藜麦还被用于治疗疼痛、炎症以及骨折等内伤，田径运动员使用藜麦古方提高运动成绩。藜麦是祭奠太阳神及举行各种大型活动必备的供品，每年种植节都由在位帝王用金铲播下第一粒种子。印加的土著人骄傲地这样告诉人们："我们从不得病，因为我们吃祖先传下来的藜麦。"

联合国粮农组织认为，食用藜麦这种单体植物，即可满足人体基本营养需求，并推荐藜麦为最适宜世界人类的全营养食品，同时，还将2013年宣布为国际藜麦年，以促进人类营养健康和食品安全，疗天下之饥馑。

"你见过，没注意，长得像黍子，比黍子高。这家伙收晚了就自己撒籽，全撂田里了。"康利生解释，"岢岚种的藜麦，质量好，熬小米稀饭扔一把进去，煮出来的稀饭味道香，颜色也好。就像岢岚的杂粮，有人离不了就有人种，都快成岢岚的传统农作物了。藜麦酒口感佳，有营养，受欢迎，就是有点小贵，别的什么的，都还好。"

我想，联合国粮农组织推荐的东西一定入了挪威冰土层中"世界末日种子库"。地球气候变暖如果不能逆转，挪威的种子库如果有一天真的被水毁，至少我们还可以在岢岚这个地方，随便哪一个农民的家里，找到这种世界上最古老的"粮食之母"藜麦。更何况还有诸如此类的岢岚谷子、莜麦、燕麦、黍子、荞麦、胡麻、蚕豆、黑豆、芸豆、沙棘、晋粮一品的柏籽羊肉、康凯的贝贝小南瓜、王云的菠菜、王功的苹果等好东西，似乎也是一种等而下之的安慰。鸡蛋不能放在一个篮子里。除集中存放仓库，为策万全之计，还要把种子分散存放到人们家里。

梗　概

调寄陌上花（新韵）

民情利诱，君心义动，能持多久？凤翥龙腾，蛇绕虎揪鹰扭。莫嫌鼠兔潜窟洞，如若避凶防守。狗叫鸡唤后，牛耕驴驮，马驰骡走。

以杀生养寿，也无薄厚，从未怨他糊口。互补天人，病了地球谁咎？支吾儿女什么梗？先醉一壶冰酒。但噬脐恨晚，女娲劈腿，自然悬肘。

世界上任何事物都不是孤立的，所有人都生活在现实生活中，人的所有行为举止言谈都受着社会特定历史阶段的约束，如同在球场上踢足球，只能在球场上踢，出了界就犯规。也即是说人的自由只能是相对自由，而不自由却是绝对的。球场大小和游戏规则也略有不同，如何在有限球场和有限的时间内踢出彩，要看具体球员具体本事。上到皇上，下到小吏，都一样受时空限制，违规受罚，违时下场，概莫能外。史记记载，秦始皇每天要读120斤竹简，可见治国之累人。但老子却偏说：治大国若烹小鲜。

多么轻松自如。小鲜何物？小鱼也！

这让我想起一个故事。内蒙古奈曼旗西湖水库形成于元代，已有500多年悠久历史。西湖水库中有26种鱼类，日本前首相田中角荣访华时向周恩来总理提起，他当年在奈曼旗驻防时曾吃过西湖的红尾鲤鱼，鲜美无比，至今难忘，故而想请总理安排品尝此鱼。周总理当即安排下去，奈曼旗的西湖鲤鱼便及时摆上了中日友好的国宴，田中角荣赞不绝口，此鲤因此蜚声国际。1990年朝鲜领导人金日成寿辰时也索要过此鲤，此鲤作为中国给金日成的寿礼，远赴朝鲜，成为金日成寿筵上的美味佳肴。

这个故事说明，小鲜在周恩来手里，被烹饪得色香味俱全。

但问题来了，食材若欠佳，能烹炒出美味来吗？显然不能。所以，食材很重要。遗憾的是，时至今日，如同黄河鲤鱼一样，奈曼旗的西湖鲤鱼，也就是小鲜，也就是红尾鲤鱼，已经远不如从前那么鲜美了。我们的吃喝穿用，都如同小鲜一样失落在过去的岁月里。没有小鲜怎么办？只有一个办法，那就是找它回来。这是一个思维转换，需要的不仅是想象力，还要有相当大的耐心和实际操作能力。岚漪镇乔家湾村的扶贫工作队长康凯，便是这么一个人。

扶贫攻坚是一件费心费力又枯燥的事，可是在康凯眼里，扶贫如同烹小鲜，种子穷搜天下，食材购自四处，调料寻摸齐全，煎炒烹炸，随机应变，把劳神劳力又乏味的扶贫攻坚烹饪成了一道色香味俱佳的小鲜。我去位于岢岚县城东3公里处的乔家湾村看望他时，康凯正在出门见山的村委会广场边的畦田指导农民如何割菜花。紧挨公路的广场边竖有一根银色旗杆，五星红旗在旗杆上被大风吹得猎猎招展。康凯告诉我他每天要升红旗，升完红旗就侍弄菜花。菜花不打农药，不上化肥，施农家肥，寻常看，如花似玉，炒上吃，美味可口。

康凯担任扶贫工作队长的这个村，由乔家湾和王家沟两个自然村联合组成，全村 171 户 377 人，62 户建档立卡贫困户，142 个贫困人口。2017 年整村脱贫。2018 年通过国家第三方抽查验收。这个村依山傍水，山是岢岚山，水是岚漪河，出门就是国道，汽车不间断地络绎驰过。康凯驻村以来，最想做的一件事就是让村民走上自主致富的道路，这就需要技能。村里家家院里有果树，康凯家访，免不了人家拿个梨给他吃，吃遍这全村之后，结果他发现了一个秘密。有 3 个人家院子里的梨好吃，这 3 个人是王功、郭秋平和根虎。

我们聊天时，他颇见吃货本色地使用夸张的语调大声对我说："特别好吃！"

遗憾的是梨树的主人没有人能说清这梨是什么品种。但这难不住康凯。2018 年 9 月初，康凯揣了几个梨，上省城太原去山西省农科院寻求鉴定，省农科院现代农业研究中心副主任、省现代农业产业技术体系水果产业体系首席专家牛自勉研究员给出 3 个鉴定结果：一是此梨有库尔勒香梨亲本成分，目前在山西及国内没有发现同质品种；二是专家牛自勉对这个梨在今年没有受冻惊叹不已，因为是年山西梨树因倒春寒冻花减产 80% 以上，此梨不怕冻让专家大感兴趣；三是牛自勉博士爽快地答应明年清明节前后要亲自来乔家湾考察。

又深入了解到，郭秋平和根虎家两棵梨树全是王功从自家梨树上采穗枝，给他们两家义务嫁接的。王功，现年 76 岁，1973 年毕业于山西农业大学果树系，一直在岢岚县林业局任技术员，退休后回老家乔家湾居住。职业习惯使然，平时不喜欢与人往来，喜欢独自在院内栽种苹果、梨、李子、葡萄等多种树木。每年果实成熟都会免费让村人来品尝。

王功少言寡语但也是个热心人，村民但凡有修剪和嫁接果树需求时，都会不计代价义务服务。康凯又到岢岚市场上找卖水果商贩对王功梨估价，水果贩子们给出的价格是此梨售价每斤可以卖到 5 元以上。王功从气候和土质上说，此梨除北川三井村、神堂坪村、岚漪镇大巨会村、后沟村和东川的宋家沟村之外，在其他地方都可以放心栽培。这让康凯太兴奋。

王功说，这么多年，自己研究种植的初冬苹果和梨树品种都非常适合像乔家湾这样的高寒山区，基本上可以实现十年九收。他这些年最大的心愿，就是能将自己晚年研究出来的这两个新品种，在更多村民院落里种植，让村民们能从中得些实惠。这更让康凯有了信心。

2019年春，康凯带领工作队和村民，利用三棵树春剪枝条接穗，同时联系绛县昊甜苗木有限公司嫁接小梨树苗，当年成活800株。10月24日这800棵树苗全部运回乔家湾。一部分栽种到村人的庭院与街边，街边的每一株树苗下都有户家的姓名和管护者的姓名，竟然是精准扶贫的翻版精准种树。一部分包裹起来过冬待来年春天种植到村子四边园田。

康凯神情落寞地仰天叹息说："不知你有感觉没有，大米越来越不好吃，不能光图产量高，不顾人们的口感，过去许多好吃的东西都绝种了，现在的什么吃食都不如过去的东西地道好吃了。我们乔家湾村近年来的想法和做法，就是想要种回、找回过去的那种好味道。"

"物以稀为贵。"康凯致力于世界一流的绿色种植，他说，"一般梨树要好多株在一起才能结果，可是我发现王功院里的梨树，只有一株，却能开花结果，自花繁殖。以杜梨做本让育种站嫁接了800株，村民都种上。还有从日本引进的贝贝小南瓜，这么小的一个，栗子味道，顶级品种。要么就不种，要种就种最好的，绿色的，世界一流的粮食、蔬菜和水果。"

眼见为实。于是我们出门去王功家看那株神奇的梨树。这些年雨水好，岢岚连年丰收，玉米堆得到处都是。穿过整洁的村街时，见有上门收粮食的商贩，几个村民围着商贩在砍价。在他们的脚下和周遭竖立的许多鼓鼓的麻袋，像些挤在一起后仰身子拔河的胖小孩。

康凯和我一见如故，见解有共识，我说："现代社会文明，无论形式和内容，正在不可避免地使人类疏离自然，疏离自然的色相、自然的品质、自然的味道、自然的灵魂，这需要人类警惕。在自然面前人类已经输不起，已经输得太多了，得悠着点儿发展经济，悠着点儿消耗资源，悠着点儿审视自然原本的色相，品味自然原本的味道，过长远的滋润日子。"

"我们这里种出的东西，在别处种不出来，别处他没有我们的岢岚山和岚漪河！"康凯悠悠地来了一句，眼里全是感情，调门与赵利生、王云和我说时一样。说话间我们已经到了王功家。院子靠墙处是梨树，院中间还有一株并不高大的苹果树。还有几株别的什么树。

康凯说："看来不仅仅是我个人感觉，举凡人都有察觉和兴叹，如今的水果，包括蔬菜和粮食，多半已经失去了原本该有的味道，粮食不香了，玉米不甜了，西红柿不绵了，尤以水果为甚。市场上的水果琳琅满目，五光十色，色相酷肖，只是形式愈益徒具而已，样貌上十分地高大上，但原本粮食的魂儿，蔬菜的概念，水果的味道，自然的纯粹的精神和丰满的品质，已经被化肥和农药与各种黑心科技悄悄偷换掉了。西瓜不是西瓜，橘子不是橘子。"

说着就发出一声叹息。瘦削的王功盘腿坐在炕上，戴了助听器的耳朵，已经聋得不起作用。康凯只能龙飞凤舞地在纸上借助笔与他交谈。他告诉我们：梨树是十几年前，别人培育的一个品种，当时他觉得这个品种性状不错，就带回一个枝做了改良和嫁接，已经不属于以前人家那一个品种。农科院找不到与之相似的梨子品种，是因为这个品种根本就没有上市推广过。康凯大笑着对我说："你看，这不摆明了就是说，是个新品种，是我们王功的品种！"

王功老伴儿欢眉笑眼洗了几个梨，我开玩笑说，如果是自家梨树上结的梨，那我们就吃一个！王功老伴儿赧然道："今年梨树开花时，忽然就下了霜冻，把花都冻掉了，梨树没有结几个梨，是外边买的。不过还有自家苹果树上结的苹果，这个苹果花不怕冻，你们尝尝！"

形式徒具的水果，以色相欺骗年轻人，年轻人没有吃过原先的蔬菜和粮食以及水果，以为不过如此。却骗不了吃过的人，吃过的人多半已进入老年，但在吃的经见上，却沦落成那个寓言里的天真孩子：不是这个味道！如同揭穿说，水果没有品质，皇帝没穿衣服！

王功见了苹果，如同见了久别的孩子，忽然就来了精神，说："这个苹果是我当年费好多功夫培育出来一个品种，当时还请市里的专家做了评审，定名为忻州红，还得了个科技一等奖，专家们都说好，让我请中科院的专家评审，可我哪有那个本事，就没有报上去。但吉林、内蒙古、宁夏都有种植，现在估计也都没有了吧？我院里这棵苹果树怕是唯一一株了。"

扶贫不仅是扶贫，还要纠正犁头上的偏移，种植上的不仁，味觉上的麻木，乡愁上的淡漠，淡漠是味觉的沙化，是文明的阻碍。非常庆幸我们的社会中还有康凯这样富有激情和见识的人，有了这一点点不满和共识，才会有渴望与改变。乡村是人类农耕文明剩下的最后防线，正如水土是地球的根本。消灭贫困不是消灭田地和粮食这些人类的命根子，不是简单地把乡村变成乡镇，将村子变成农场。如果过度追求形式、数量、外表上形式上的完美，扭曲个中内容、降低实在品质、不惜丧失灵魂，并非现代社会之福，而是不能承受的未来之痛。

我过去喜欢吃水果，近些年不爱吃了，觉得水果味道已经大同小异，多数水水的，寡寡的，非甜即酸，已经吃不出我小时候吃过的那些水果原本的滋味。王功的忻州红，瞅着个头不大，但色彩艳丽如同涂了胭脂。我拿起一个咬了一口，觉得不脆，有点儿小酸。吃在嘴里不水不绵，还有些紧致的感觉。细细嚼着，味蕾忽然被一股酸甜而鲜香的滋味唤醒，那是一种浓烈的响亮，如同一记在无边寂静中倏忽破空匝地的裂帛似的鞭声，好似一道雪崩般从铅灰的云层中始料未及暴泻出来的炫目的光亮，让我即刻尝回了童年时那种久违了的熟悉味道。

激情意味着希望。我与康凯的共识是：什么是现代文明？现代文明是人类文明发展的必然结果，但现代文明只是一种高级的人类文明的发展形态，并不是要一囫囵消灭古老的美好，消灭优秀的传承，消灭人对自然、食物、乡村的记忆。科技可以改变粮食、蔬菜、水果的味道，可改变不了人的味觉，改变不了人的内心世界的自然属性，改变不了人是景感生物的现状，所以也就改变不了人们对美食美味，对良辰美景，对风花雪月，对青山绿水，对悠悠岁月、闲适光景、惬意乐事的向往和怀念，有向往和怀念就有寻回来的必要。

我吃了一口，又吃了一口，吃得满嘴惬意，满心欢欣鼓舞。吃完后我想把果核丢掉，王功老伴儿笑逐颜开地在一边说："就丢在地上，给我家小狗吃，它最爱吃苹果！"我丢在地上，小狗立马就蹿过来，叼起吞入口中，还得劲地嚼出了几声香甜而清脆的响声，把大家都逗笑了。

我们过去对不认真种田的人有一句劝诫的老话，"人哄地皮，地皮就会哄肚皮"。我无数次地想，是谁在天天拿一堆塑料水果哄我们的味觉器官？是谁薄情寡义偷走了我们食物的味道？让我们味觉不得不因之退化，让我们的审美功能受到如此巨大的挫伤？从康凯身上我忽然认识到扶贫不简单。扶贫可以很简单，只要把"鱼"和"渔"全部授予他们，似乎就可以把农民从土地从贫穷中一劳永逸地解放出来，似乎是对的却是错的。错在哪里？错在我们的许多礼义廉耻观念与仁义道德信条的亘古不变没有与时俱新。

离去时天色已经昏暗。王功的老伴儿送我们出来。暮色苍茫中康凯笑着大声说："哈，光顾了王功的梨，怎么会忽略了苹果。明年也要育种 800 株，抢救这个苹果，不叫忻州红，就叫岢岚王，王功不就是姓王吗？"我说："好，这个苹果让我吃回了儿时的味道，肯定会受欢迎！"赫拉克利特说，人不能两次踏进同一条河，因为河水是流动的。以此类推，我们脚下的土地已经不是原来的土地，贫穷也不是原来的贫穷了。江河里没有了小鲜，土地里没有了蚯蚓，贫困已变得不那么纯粹。得找回小鲜、让蚯蚓成活、抽掉贫穷中的人为因素。

这就需要如康凯这样的思考，寻找和认知许多相关根错，并从根子上尝试有效纠正。换种说法，扶贫如同烹小鲜，得有味道有质量有温度有色香，让农耕升华却不改自然本色。忽觉这话说得太深太大太寡太矫情。如果简单说，这就是个人类终将变美好的梗，具体梗在每一个人身上。例如，必须破解"小人利诱，君子义动"这个说法，以利诱小人，义动君子，还能维持多久？这样历千年如新的人类聪明，如果还不反思，那么，再过千年，还会故我。

现　在

三字诗

牛反刍，嚼翠薇。

尽其秣，得所肥。

人反思，辨是非。

责深微，智高飞。

现在，人类已经分成两大阵营，一大阵营以联合国为代表，以致力于构筑人类命运共同体的中国为忠实盟友，追随者几乎是世界上所有国家和人民。另一个阵营以老特为代表，怀疑这是联合国在忽悠人类，追随者是少数国家和一些盲目乐观自以为是的人。真实如同三伏天的太阳，是怀疑的乌云遮不住的，何况连乌云都变成了烟霾。1914年周恩来在《春日偶成》诗中写道："极目青郊外，烟霾布正浓。中原方逐鹿，博浪踵相踪。"这是周恩来最早的诗歌作品。诗中"烟霾"是军阀割据的战云，是人间炊饭的灶火，与今日灰霾天差地别。

按照联合国经济和社会事务部的数据，截止到2018年11月18日，全球人口总数已经接近76.58亿了（具体为7657855870），按照中国人口时钟显示的数据，中国人口也突破了14亿人，占到了全球人口总数的18.3%。数据显示中国仍然稳坐世界人口第一把交椅。

占全球人口总数 18.3% 的中国，不久前已经在国家领导人"构筑人类命运共同体"的旗帜引领下，成为世界人类组织联合国的忠实盟友以及支持者和追随者，这无疑是生态环境的幸运，也是全球人类的福音。人类羊群在自然世界草场上，在漫长岁月不经意的啃啮下，在长久等待牧羊人或曰救世主出现的情形下，把这片草场糟践得已经不成个样子，以为会有牧羊人，或者救世主，带羊群去一片新的草场，但最终却发现，这个世界上根本就没有牧羊人或是救世主。于是羊们在失望之余，站起来变成了人类，开始当家做主，并重新审视自己和捉襟见肘的生存环境，开始思考人类何去何从的未来，于是才有今天这样的世界格局。

所以，虽然在地球村这个最大的人类院落里，还有袒腹露背、自以为是者，抽着一锅小兰花，口沫横飞地对此说三道四，但已经无碍天高地厚的人类大局，向好向善向"建设持久和平、普遍安全、共同繁荣、开放包容、清洁美丽的世界"的一往无前的脚步已经开始迈出。

时刻把自己自觉地置身于一个地球人、社会人、生态人的这个原本属性中，看问题的眼光，包容世界的心胸，以及做事的格局，就大了，就高了，就能引发人的热情了。

我觉得康凯就是这样一个人。

"我的贝贝小南瓜是从日本引进的，一粒种子 4 块钱，种下去长出来，一株秧苗能结七八个南瓜，1 个小南瓜，如果我卖 1 块钱，就能挣 8 块钱，收入翻倍了。如果我卖 2 块钱，4 块钱的成本就可以收入 16 元，卖 3 块钱，三八二十四，你说 1 亩地我们可以种多少株？收多少个小南瓜？我们施有机羊粪、牛粪、人粪，能变废为宝，还好看好吃能美化生态环境。一举两得。你是没见过没吃过，我们的贝贝南瓜小馒头，那叫一个好看好吃……"

康凯扶贫的乔家湾村属于岚漪镇，岚漪镇全镇人口 4.1 万，在岢岚县是个人口大镇。岚漪镇行政建制村 38 个，其中贫困村有 21 个，占 55%，全镇有农业人口 1.73 万，其中建档立卡贫困户 1568 户，贫困人口 3521 人，占全镇农户人口的 20%。可谓贫困面积大、贫困程度深。2017 年习近平总书记肯定了易地扶贫搬迁的做法之后，岚漪镇四沟三山之中常住人口不足 50 人的山庄窝铺，从大山中搬出来的故事，为康凯津津乐道，谈及这一点时他提到一个我熟悉的名字：刘建新。这个名字王云提到过，而且王云还介绍了刘建新给我认识。

这个刘建新身上，既有康凯的思路，也有王云的谋划，更有一份他俩都没有的做事的雷厉风行，说话的爽快磊落。刘建新理个寸头，人不胖不瘦，不高不矮，话不多，但只要说起话来，便一套一套的。目光敏锐而坚毅，似乎什么都不畏惧，这点让我印象深刻。

刘建新是岚漪镇的党委书记，他利用一个多月的时间一户不落地走访了山庄窝铺，发现真正急切想搬迁的户不足 5%，而 95% 以上的户并不想搬迁。原因总结起来竟然有 9 种，一是感情型，舍不下，故土难离；二是钱短，想搬搬不起；三是没有固定收入，怕搬容易，难以为继；四是习惯使然，住不惯大楼房；五是在村里懒散惯了怕进了城不适应；六是种养大户离不开野天野地养畜；七是孺子牛型，儿女在城，收入不高，全靠在家种地接济子女；八是候鸟型，习惯冬天住城，夏天回村，搬迁后，土地复垦，从此回不了村，种不了地；九是算账型，左算右算住在村里合算。刘建新特别制定 3 条硬规定：一是群众不自愿不主动的一律不搬；二是不得随意开口子胡应承欺骗群众；三是不许留任何后遗症。因为工作够细准备周全，结果仅用了 40 天时间，岚漪镇 13 个村 568 户便拆迁完毕，真正做到了让村民们搬迁搬得心情舒畅，两年任务一年完，县委、县政府还因此在岚漪镇开了一个现场促进会。

刘建新说："难吗？难！关键是，搬出去后，要让搬迁户稳得住、能致富。镇上安排 131 名搬迁户全部就业，每个劳力平均可收入 2 万多元。加上土地收益、退耕还林，年收入户均达到了 2 万元以上。光是镇上引进的扶贫锁具厂，就吸收了 40 余户贫困劳力。复垦土地全部种上药材后，全镇药材种植面积达到了 2150 亩，还种植了经济林 1500 亩，这都是给贫困户的收入。我们岚漪镇集体经济 1 万到 5 万元的有 3 个村，5 万到 10 万元的有 6 个村，10 万元以上的有 15 个村，村村有了集体经济，户户生活得到了保障。说难也不难！"

"不论干什么，光是硬不行，还要讲策略。"康凯说，"岢岚县的书记就是这么一号人，手下的人也都是这号人，能干活还有头脑，没头脑的，那叫瞎干。我们书记常来，他来时事先也不通知镇领导和村干部，就一个人，悄悄地，说来就来。没有他不知道的，村里谁家鸡丢了他都知道，什么也瞒不住他。见面了我就和他聊，聊我的梨树、菜花和贝贝小南瓜，他也喜欢，说，'生态项目，好好弄，有啥困难找我！'"

康凯所说这类人我还认识一个，那就是岢岚县水峪贯乡的乡长王海波。在娘娘庙村我和王海波有一面之缘，这个人外形与刘建新恰恰相反，满脸络腮胡刮得黢青，外形粗犷内心却十分细腻，脸上笑模悠悠，用老百姓的话说，是个喜兴的人，没有什么事能让他发愁。

王海波天生地养就是个岢岚人，而且他家就在水峪贯乡。想来他的经历，并不是岁月如歌，往事也并不如烟，不能时刻或忘的他，如同赵利生那样，说起自己的经历，还不能遗忘坏的尽量挑好的说，反凿凿据实而言之："我的童年是就在这里度过的，我知道这里的条件有多苦，百姓有多穷，易地搬迁是解决水峪贯乡深度贫困的根本途径。可是故土难离，原本的生活习惯要改变，对老百姓来说，是一件大事，也是一件非常难下决心的事。"

去娘娘庙我已经知道，水峪贯乡是岢岚县地理位置最偏远、生活条件最艰苦、生产条件最恶劣、产业基础最薄弱、群众收入最低的乡镇，是典型的"一方水土养不了一方人"的地方。2017 年 7 月，乡里因地制宜，根据精准脱贫规划，开始了易地搬迁工作。搬迁村里干部群众都不太愿意搬。华咀渠村距离县城 50 多公里，全年平均气温只有 8.2℃，村庄和田地都在山谷圪梁上，农业条件恶劣，不搬委实已经不行，但磨了一个多月嘴皮子，全村常住人口 11 户人家，竟然没有一户愿意搬迁。是真的不想搬？摸透了农民的小心思，许多人可能会笑，但打个颠倒谁也未能免俗，想搬，更想要上新房不腾旧院，所以要拿捏要看。但是岢岚即迁即拆即垦的这一个做法和经验堵住了人们又想分新房还想占住旧院的那点小心思。

王海波找到村主任张亮才先从正面来了个通常的激将计："村看村、户看户，老乡看的是队干部，亮才你是党员干部，你先搬做个表率，咋样？"村主任张亮才经不住乡长激将，却又表示为难，实话实说："乡长，你说，我进城了，养的 100 多只羊、3 头牛咋办呀？"

这是实际情况。的确，怎么解决？一时之间，王海波也拿不出什么好办法。但他还是坚持天天到张亮才家聊天，聊家长里短。张亮才见乡长这样，终于不好意思，同意拆迁。他把拖后腿的羊卖掉，买了 30 多头牛，入了县乡给养牛专业户统一建好的圈舍，做了养牛专业户。村人见村主任先搬，也就跟着搬，你搬了，他搬了，剩下自己打狼了，赶紧都搬了。

"说不定下午他就来了，"康凯说，"我要向他汇报一下王功的苹果，昨晚我睡不着考虑了一下，既然王功的苹果这么好，不发展不推广，就不对了。可是这个事情也不是一件小事情，得有人支持。我估计，书记一听这个眼就会发亮，这个人的头脑是化学的，反应快，你刚一开口他就知道你要说什么，比你想得还远。人是有魂儿的，在我们岢岚县，书记就是魂儿，魂儿好了，人就精神了，精神一好了，身体就健康了，四肢就灵活了，做事就有谱了！"

还有 50 岁的则补塔村民贾换荣家里 3 口人，早年老婆离婚出走，80 岁老母亲和刚刚考上大学的儿子和他一起生活。他也养了 100 多只羊，每年可收入 2 万到 3 万，觉得日子还能过下去，不想离开小山村。贾换荣起先对王海波的态度是有些抵触的。但他心里想的什么，丝毫也瞒不住王海波。王海波就单刀直入地问他："山大沟深，村里交通不便，一到冬天，下上几场雪，路就断了。手机没信号，你就不怕老母亲有个病病痛痛？你儿子将来大学毕业了，会在城市里发展，交通不便回来肯定少，儿子娶了媳妇有了孙子，你就不想和他们一起住？"

"咋不想？"贾换荣说，"想哩！"

王海波问："想，咋就不搬？"

"唉，娘，老病，儿子，不想回村，还是听你的，搬！"

话是开心的钥匙，话说对，锁就开了。

搬迁后贾换荣分到一套75平方米的楼房，只花了几千块钱，就和老母亲搬进了新居，旧房子即刻就被拆除或退耕或复垦。但事情并没有就此了结，不久后贾换荣又去找王海波，说政府安排他在锁具厂工作，可是自己年纪大，学不来技术，工资又不高，不乐意。王海波就四处托人把他安排在县保洁公司，扫地谁不会？月工资2000元，老贾这才完全满意。

那天外出采访回来时，康凯和村里另一位年轻的女干部，已经在餐厅门口等候多时，神情间显得神秘而又得意。我们一起围着餐桌坐下，康凯说了一声"摆上来"，女干部就端上了一个铝的笼屉，揭开来一看，是些玩具一样大小的美国兵头戴的哪种绿色贝雷帽似的小南瓜。康凯笑着伸手揭开了南瓜上边那一个绿色的小盖，一股诱人的香气扑鼻而来。

康凯高兴地对我们说："这就是贝贝南瓜小馒头，特地做了给你们品尝的！"

小化沟村条件比较好，对搬迁也有抵触，包村乡干部碰了几鼻子灰，都想撂挑子，王海波说："扶贫搬迁就是想让老百姓往上走，往高走，往好走，要是不抓住这个千载难逢的好机会，他们肯定会后悔一辈子。我们是在做好事，是干部也是战士，大家都不能当逃兵。"

王海波也亲自出马做工作。他劝小化沟村正值壮年的苗治平出去闯一闯，学个手艺做个买卖："你3个儿将来要娶媳妇儿，就咱这村谁家的闺女愿意来？"苗治平瞅着 3 个儿子就拧起眉，觉得乡长说的全是大实话，当即就同意搬迁。如今在保德县经营铝合金门窗生意，年收入 10 余万元，3 个儿子都结了婚，买了房买了车，提前步入了小康水平。他这样说："幸亏王乡长这人有耐心，会说话，树挪死，人挪活，要不是听他的，我哪有今天！"

王海波也有发脾气的时候，水峪贯乡，流传着王海波拍案而起的故事，人问他，他却笑说是人们瞎传。我想，寻常事不会使王海波动肝火，能让王海波这种人拍桌子瞪眼睛的，一定是触及了什么红线。他虽然好脾气但却是个有原则的人，心里也有触碰不得的底线。

我外出采访的时候，康凯却买了肉，剁了馅，在精心制作他的南瓜小馒头。为此他还不得不请女干部出马帮忙。南瓜小馒头有点像冬瓜盅，是有馅的，北方人把带馅的东西称之为包子或是饺子抑或是盒子，而上海人习惯于把带馅的也称之为馒头。先在绿色拳头似的南瓜上边开个小口，掏空里边的瓤儿，把调香的肉馅塞进去，再盖好南瓜盖儿，上笼屉用大火蒸熟，趁热拎过来上桌，所以才有了这喷香的一幕。

"快吃快吃，必须要趁热吃才有味儿，凉了就不好吃了！"康凯说。原味已经足够袭人食欲，兼之康凯的贝贝南瓜小馒头，的确是色香味俱全，吃的人不禁连连叫好。

"你这贝贝南瓜小馒头，色香味俱全还新奇，不知道的人，还以为是个什么玩具。如果在饭馆里请客，点上来，能当一道主菜，还能一人一只专吃这个，这一个就能把人吃美了。馅还可以更多种花色，荤的素的海鲜的中式的西式的，还有各式甜品馅料，会更好吃！"

"我的想法是做快餐，"康凯笑道，"每天早上，人们走过来，15 块钱一个，油纸一包，拿上边走边吃边聊天说话。它的好处是不容易凉，也不噎喉咙，还营养丰富，非常适合上班一族的需求，还能吃个新鲜美味。"康凯若有所思说话的样子让我不由得想起牛。

在月明星稀的晚上，牛会将日间吃下去的草料，从胃里反流回嘴巴里，做三番五次的咀嚼，只为了消化。消化过后便成了身体的一部分，教科书称之为反刍。反刍动物是一个兴旺家族，属哺乳纲，偶蹄目，反刍亚目，多为善良的食草动物，如骆驼、鹿、长颈鹿、羊驼、羚羊、牛、羊等。它们具有复杂的反刍胃，能反刍吃下去的食物，故称反刍动物。人类虽然没有生长复杂的反刍胃，却有更加复杂的大脑，反刍方式虽然有相似性质，但内容却大相径庭，古往今来，举凡善于反刍的人类，多是思想厉害的角色。

第四章

交给时间去验证

国与家没有什么两样，家里有许多无奈，国也会有。政党是人的组合，人有许多烦恼，社会、国家、政党全有。不如意事常四五，不公平能消除多少就消除多少，欠下的能还多少就还多少。这只是一个开始。对不对，姑且先写在这里，交给时间去验证……

血　雪

调寄八声甘州（平水）

怅几无遗类辙轮生，尘扬粪于途。祸起胡越毂，羌夷接轸，殃及池鲈。救蟹者遭攀落，岂止是呜呼？慎独良知处，忏悔江湖。

不忍沧桑苛责，缘烟波世故，买椟还珠。劝牛羊罢秣，反胃里呕刍。塞翁愚、糊涂视听，伯仁疑、一兔累千狐。风云暗，唐僧失众，妖怪多徒。

南极洲的温度首次达到 20.75℃，这个又创新高的温度足以让全世界的相关科研人员感到惊恐不安。然而人类却一如既往地安之若素，飞机、航船、火车、汽车仍然载满各国游客前来观光旅游。几天后，乌克兰沃尔纳德斯基研究基地，又在位于南极洲最北端半岛附近的加林兹岛，发现了令人毛骨悚然的一幕：一道道血红色条纹，覆盖在南极冰层皑皑的积雪之上，如同大地遭受重创后，被擦伤撕裂而使之裸露出来的猩红的毛细血管。像极了一场空前惨烈的人类厮杀过后，淋淋漓漓的鲜血在结霜的平原，汇成的一个个大小不一形状各异让人恐怖的血坑。粉碎的肢体在横飞的过程中，斑斑血迹以抛物线的形式，在雪白的大地上溅射浸染出无数条纤细的血色的条纹。空气中似乎弥漫着血腥的气息。

与此同时，准确地说是在 2019 年 11 月 21 日，农历十月二十五的晚上，一场飘然而至的小雪，将沉睡的岢岚搅入怀中，让它梦回"燕山雪花大如席"的过往，那时远比北平气候更加酷烈的岢岚，早已是冰天雪地的光景，按照中国二十四节气的排列，第二天就是小雪的节气，在悠悠曾经的岁月里的这一天，是北方普降瑞雪的日子，小雪卧羊，大雪杀猪，时令不仅是科学的推算，更是人类经验的总结。

这一天，是岚漪镇的王云忧心他的菠菜会受冻的一天，也是牛羊养殖户们诸如张金玉他们担心降雪牛羊吃不上草的一天，也是我担心大雪封山会影响我采访吕如堂的一天，更是岢岚偏道沟村支书张明拴一大早便冒雪往山里去的一天。让大家没有想到的是，岢岚县城的雪花在飘落的过程中，落到温暖的地面上即刻就融化了。

但是出城之后张明拴发现，宋家沟一带的山川村庄却白茫茫一片，雪中的村庄睡眼惺忪，还没有醒来。张明拴徒步前行，皑皑白雪上留下了他长长的一串新鲜的脚印。雪中的村庄格外醒目，肃然整齐的院墙、错落有致的房屋，袅袅上升的炊烟，加上一两声鸡鸣狗吠，让他找回了童年往事的温馨。路过村上的井台时，张明拴发现了一个佝偻的身影，正在水井边的自来水管上接水，过去是要用辘轳从井下汲水的，这一点不同唤醒了张明拴，哦，童年已经与岁月一同消逝了。

眼前是村里的亢虎虎老人。张明拴熟稔地打个招呼，就拿过水管接好水又帮老人把水挑回家里。安顿好老人后他才放心地来到村委会大院。办公室西厢房共 6 间，包括阅览室、爱心超市，正房是一排窑洞，住着党三蛋、荣贵成等 6 个五保户和 3 户无房户。

正在台阶上聊天的几个老人，看见张明拴过来，就像见了救星。

为首一个老汉就抱怨："你来得正好，我这个灶火又流烟，明拴，你看看咋回事？"

另一个老汉则少气无力地说："明拴，我估计又是感冒了，你那里还有感冒药没？"

张明拴一一作答，看灶、拿药、扫雪，去 80 多岁的王金全、温改拴老人家里看望他们家雪天是否暖和。让张明拴想不到的是中午时分雪就融化了。

同样是雪，岢岚的雪与南极洲的雪，却天然有所不同。

公元前 4 世纪，古希腊哲学家亚里士多德就曾经在《自然诸短篇》中记录过这种雪。在终年被冰雪覆盖的北极，探险者发现洁白的雪地上盛开着一片片一朵朵红色的玫瑰，白色山峰上经常会有从上到下的一缕缕深浅不一的红线，或一片片红色的补丁，在阳光的照耀下雪白雪红，瑰丽夺目，被罗曼蒂克地称之为迷人的西瓜雪。

几千年来，这红色的雪一直困扰着人们，有推测可能是某种矿物或岩石散落的红色氧化物污染了白雪。但红色的雪总在晚春和夏季出现。对红色的雪有较详细研究的历史记载是 1818 年 5 月，4 艘打算对北美位于极地海岸线进行详细测绘的英国舰船，因恶劣天气不得不无功而返，船员们绕过格陵兰西北海岸约克角时看到白色悬崖上血流如注，好像上面发生了流血事件，他们努力采集了一些血雪带回英国，研究人员把雪融化，融化后看上去像红葡萄酒，静置后上面的液体变得透明澄清，下面有一层红色沉淀物。

但研究人员并没有仔细分析沉淀物就断言那红色的沉淀物是红色的土壤，红色的雪是红色土壤被风吹到了冰雪上造成的。也有说红色物质更可能是铁质流星的碎屑。

把红雪像宝贝一样带回来的船长约翰·罗斯对研究结果大为不满，他在航海日志里描述了来自不同人的不同说法，其中一位植物学家推测很可能是一种生长在冰雪中的红色藻类导致。不幸而被他猜中了。两百年后，科学家对西瓜雪进行了充分研究，用大倍数显微镜观察，发现确实是一种藻类，单细胞的、厚厚的细胞壁有些透明，透着里面的红色。科学家用超声波等方式把这些细胞打碎，测定它们的细胞液，发现细胞液中含有大量糖分和油脂类物质，这些物质如同防冻液可以降低细胞液结冰。

在人类体内，同样有一种能防止血管在心脏中结冰的物质，那就是激情。激情使张明拴离开自己的汽车修理厂，从城里回到了偏道沟村。激情使张明拴这样解释他回村的动机："偏道沟村位于宋家沟乡，距乡政府 12 公里，距县城 25 公里，常住人口 33 户 61 人，党员 16 人，这些常住人口里，最年轻的是今年 47 岁的养殖户李富平。现在留在村里的，大多是我的父辈，他们看着我长大，现在他们老了，儿女都在外边打工，身边也没人照顾，老人们活得确实恓惶。我觉得一个人不能光顾自己富，能为他们做多少事就尽自己本事做哇！"

就这样，2017 年 6 月，在县城开汽车修理厂的张明拴，在激情燃烧下，冲破亲朋好友不解和阻拦的坚冰，向政府主动请缨回老家偏道沟村当起了村支书。从此之后，他汽车的后备厢里和空着的座位上，从城里去村里时，载的是大米白面、油盐酱醋、常用药品，从村里回城时，拉的是土鸡蛋、玉米、豆角、白菜等农产品，俨然一个流动的杂货铺。

他带领大家在村东新建集中养殖畜圈 1100 平方米，人畜分离，让村人活得像个正常人了。集体种植黄花菜 30 亩，总投资 7 万元，他个人就出资 1 万元。他从县城金鑫合作社争取到 102 亩中药材种植项目，带动 40 户贫困户户均分红 450 元，集体收入 5000 元。他亲自跑腿帮助村民办理自助贴息贷款 85 万元（5 万元 / 户）。他利用自己的人脉资源常年帮农民出售土鸡蛋等农作物，出运费帮助村民出售土豆 10 万斤，夏天给村民家家户户送西瓜、送防暑饮品，中秋节送月饼，给五保户、贫困户送饺子……在漫长的岢岚的冬天来临之前，他就提前张罗着给村民送保暖衣、门帘，为村民联系拉煤，累计达 35 吨。大雪封山后，路断人行，有相当一段时间村人不能出门，有了足量的燃嚼就可以让老人们不受冻馁之苦了。

燃嚼，这两个字几乎可以囊括古往今来的人类生活，燃者柴炭，嚼者吃食，是人类生存生活的必需品，也是人类文明的标志性产物。随着这种产物的内涵与外延的不断更新换代和升级变化，因之而产生的污染物也日新月异，不断累积，有形的固体垃圾、液态垃圾、烟气垃圾，几乎充斥了天地间所有的角角落落，也波及了冰雪积年不化的南极与北极。

充满诗意的雪玫瑰，或曰西瓜雪，在史前是否就已经存在？不可考，但它的出现无疑是妖异的，是有某种警示意义的。南极地区温度不断升高，红色藻类丰富了南极的生物种类，红雪吸收热量，热量又会加速南极地区冰雪融化，推动全球变暖趋势。全球变暖带来的冰川融化和干旱洪涝，导致澳大利亚的山火肆虐，亚马孙雨林大量燃烧，无数动植物因此死亡，干旱伴生的蝗灾相继出现。随着气候变化人类可能会看到更多类似事件，例如西班牙的泡沫海水入侵，以及沿海蓝色荧光凝结成的"眼泪"一样的东西。

2020 年，连岩面高达 8844.43 米，号称地球第三极的珠穆朗玛峰，终年被皑皑白雪覆盖，峰顶冰雪厚达 3.5 米，时常发生雪崩、暴风、暴雪，然而，这样恶劣的环境条件，珠穆朗玛峰上竟然长出了绿色植物，并且是耐寒性能较弱的草类植物，这说明了什么？这些大自然绚烂的景象，貌似都在对人类发出这样的警告：全球正在持续变暖。

相信张明拴在读罢这篇新闻后，也会有一时的怅惘，但他会觉得这离中国还远，离岢岚还远，还轮不到他操心。因为他要操心的身边事已经够他忙的了。2017年11月29日张明拴的车在回村的路上被一股强大的力量抛了出去，这种野蛮的力量来自一个意外，这个意外的车祸，使张明拴四根肋骨断裂，他只好在医院里痛苦地躺了一个多月。

然而，这个意外并没有让张明拴为自己的选择后悔，伤痛犹然未愈，才一个月后，张明拴没事人一样，又出现在偏道沟村委会的办公室里，笑呵呵地给大家发慰问品，安置村民们过年。说不疼是假的，但不把过年这事给安排好了，张明拴心里觉得对不起大家。

紧接着，等着这个伤痛之人的，便是2018年整村提升，3个月时间里全村修建、拆除房屋2700平方米，他忍着病痛天天坚持城里村里来回跑，他知道自己想要什么，也知道自己在追求什么："一个人富不算富，全村人富才是富，人活着，不图别的，图个心安！"

现在，世界各国人类包括张明拴以及所有人，在为了图个心安的同时也许还多了一个不安，因为我们所有人，无论你在什么地方，都逃不出是在地球之上。与生俱始，每个人来到地球上，都会消耗掉地球的一座资源山，然后给地球留下一座垃圾山。这两座山，使每个人都欠下了地球的情，为了后代儿孙，这个情必须还。不然南北极玫丽的西瓜雪、西班牙蓝色的眼泪、珠穆朗玛峰绿色的草，就会向人轮番进攻和讨债，灾难就会无情地报应在我们子孙后代身上。一个人做不了什么，但所有人都做，就会形成一种力量。比方说，尽量不去惊扰那些不该人类染指的地方，除供科学考察研究而外，寻常人不去南北极旅游，等等。

因为连导游都说：这种颜色微红或粉红色的闻起来有新鲜西瓜气味的雪，除了被人们称之为"西瓜雪"而外，还被称之为雪藻。始作俑者是一种雪衣藻，这种藻类隐藏在世界各地的雪地和山区，在冰冷的水中苦壮成长，冬天在冰雪中冬眠，夏天来临雪融化时藻类就会开花，散布出红色的花朵状的孢子，像极了夏日饮品冰沙上浇的西瓜汁或者草莓汁。藻类呈现血色是含有一种让南瓜和胡萝卜变成橙色的色素。色素吸收阳光，保护藻类免受紫外线伤害，让藻类在没有基因突变风险的情况下享受夏日的阳光。导游强调，这是温度骤然上升、冰川剧烈融化的恶果，藻类增多会导致冰雪更多更快融化，更多藻类如玫瑰一样盛开，海水会淹没陆地。

150年前，印第安酋长西雅图，曾大义凛然意味深长地说，"地球不属于人类，人类属于地球"。换句话说，地球不需要人类，人类需要地球。西雅图还无可辩驳地正告人们说："大地是我们的母亲，大地的命运，就是人类的命运，人若唾弃大地，就是唾弃自己。"

正如我早就说过的，大气不在乎被污染，青山不在乎被伐秃，江河湖海和地下水也不在乎被弄脏或是被蒸发，物质生生不灭，形聚形散，无损它们一根毫毛。万物也不在乎被殉葬，生死和荣枯，于它们很混沌。地球不在乎被毁灭，毁灭与重生，对它是件平常事。别以为人类在居高临下悲天悯人地拯救地球，其实是在拯救人类自己！

四面八方的游客静静听着，并小声议论或大声询问，然后他们会从容继续各自的旅程，并向散布在地球各处的亲朋好友用不同文字书写一张明信片：终于在南极看到了苏格拉底赞美过的血雪玫瑰！

镰 斧

调寄水龙吟（新韵）

七十亿个人屠，使得万物沦刀俎。心生猛虎，山吞水吐，咀珍嚼腐。砥砺舌牙，返猿归祖，吃穿今古。脑瘦肠肥肚，龙蛇跋扈，红鼠兔、青鹦鹉。

鸭绿鹅黄歌舞，幸狼狐、堪怜羔牯。戏词佚谱，诗文八股，百家粪土。六艺离身，大千失乳，渔阳鼙鼓。宦官阉五谷，星河探爪，地球孤注。

支撑地球村这个生态世界的，是一种始终不渝的发自人类本能的真心的爱，互害不如互爱，残杀不如拯救，这个世界之所以迄今没有崩解，盖因于此。人类智慧，是自然赋予人类以防患于未然的装置，但它是双向的，可造福人类也可自毁人类，引爆它的往往是轻率和孟浪，狂妄和自大。南北极游客人数1990年时每年不足5000人，现增至大约3.5万人。碳足迹惊扰了天荒地老的南北极，动物和生物穷途末路。人类科学研究和探索的双刃剑，是否已经到了要悠着点刺出的时候？刺向自然生态的利剑每每在出鞘之时，也悬在了人类自己的头上。如今的地球已经千疮百孔，患有脑膜炎、心律失常、肝昏迷、肺脓肿、肾囊肿、卵巢肥大、白血病等等。绝非危言耸听，达尔文进化论被现代人质疑的同时，却衍生了新的物竞天择，弱肉强食，适者生存的法则：你不改变恶劣的生态环境，生态环境就会恶劣到你。你不关心被破坏被污染的自然生态，那么大气污染、水污染、土壤污染、粮食污染、食品污染就会消灭你。

中共中央总书记习近平说："当前我国已经进入环境风险高发与环境意识升级共存叠加的时期。面对资源约束趋紧、环境污染严重、生态系统退化的严峻形势。"重新回顾习近平对于生态文明建设的论述，意义重大。怀揣党章，高举镰刀斧头，岢岚县委、政府，自觉与党中央保持一致，在各项工作中始终把生态文明建设摆在突出位置，在脱贫攻坚中始终把生态扶贫放在首位。我手边便有《生态扶贫典型材料》一份，与老林业郭芮所说的情况对照起来看，更能加深生态扶贫的印象。2018年岢岚县摘掉贫困县帽子后，给自己主动加压，坚持摘帽不摘责任、摘帽不摘政策、摘帽不摘帮扶、摘帽不摘监管，上下发力，下足了绣花的细功夫，努力打通脱贫攻坚最后一公里。岢岚县两轮退耕还林工程共完成 15.5928 万亩，累计发放补助 2.46 亿元，涉及贫困户 3500 余户补助 8000 余万元。2019 年全县共兑现退耕还林补助资金 4801.6 万元，涉及贫困户 3552 户 1338.6 万元；户均 3768.6 元。

今年 61 岁的王引梅是西豹峪乡甘钦村建档立卡贫困户，丈夫早年意外身亡，留下她和儿子生活在一起，她自己常年患慢性病不能劳动。2005 年以前退耕 24.71 亩，现在领补助的 12.71 亩，能领 1143.9 元。2015 年又退了 2.5 亩，补助 1000 元。2017 年退了 17.25 亩，能领 5175 元，仅退耕还林一项她家一年就可领到国家补助 7318.9 元。这对贫困户来说是很大一笔收入了。现在儿子在外打工可以挣些钱，加上退耕还林补助，他一家的生活已经有了保障。她这样说："是国家给的退耕还林补助支撑着我家度过了最艰难的日子。"

从 2017 年扶贫攻坚造林专业合作社实施，合作社数量由 2017 年的 48 个增加到 74 个，今年又组建 30 个合作联社抱团发展，贫困社员由 2017 年的 775 名增加到了 1982 名。3 年共完成生态修复治理任务 27.19 万亩，带动了 4900 余名贫困人口人增收 3200 余元。

例一：阳坪乡石窑坪村的贫困户白宪明和韩巧莲两口子是永绿合作社成员，2017 年加入合作社，除抽空回去种几天地，从不落工。春季 2 个月多点就挣了 1 万多元。2018 年妻子生病不能参加劳动，白宪明一个人在合作社挣了 9000 多元，2019 年挣了 6020 元。

例二：60 岁的贫困户李来兵平时靠种地为生，年收入四五千块钱，生活极为贫困。2017 年父子 3 人参加合作社劳动，春季 3 个人挣了 28200 元劳务费，2018 年 3 人挣了 30000 多元，今年挣得不多也有 11700 元。高兴得李来兵逢人便说："过去想受苦挣些钱也没个劳动处，参加合作社真好，不用出门就能挣到钱。"

例三：阳坪乡赵二坡村贫困户郝永军，俩孩子一个上高中，一个在晋中实验中学上学。2016 年以前他和老婆在外打工，既辛苦也挣不了多少钱。当年底他加入普惠扶贫攻坚造林专业合作社，2017 年两口子都参加合作社的劳动，一天也舍不得误。一年下来两人一共挣了 23000 多块钱。2018 年他们两口子挣了 26000 多元。2019 年郝永军既给合作社打工又开着自己的车为合作社拉人，和妻子一起又挣了 34000 多元。他说："合作社对我们很好，给我们发了保温壶、迷彩服，天热了还发下火药和白糖，到了年底还给了我们常年参加劳动的人每户 6 斤猪肉和 500 元的红包。我们参加合作社后不用出门就能挣到钱，还可以照顾老人孩子，再也不用去外面受罪了。"

2019 年全县聘用护林员 557 人，其中贫困户护林员 409 人（比 2018 年增加 14 人），占到 73.4%，人均管护工资每年 1 万元，可保障 1095 名贫困人口稳定脱贫。另外，继续每年为护林员交纳农民养老保险 2000 元，保证 60 岁不担任护林员后能领到养老金不返贫。无老来之忧。

例一：齐兰成，58 岁，岢岚县宋家沟乡宋家沟村村民，全家 3 口人，夫妻身体都不好，女儿上学。2016 年以前，齐兰成以种地为生，收入屈指可数，孩子上学开支大，日子过得捉襟见肘，全家生活极为困难。2016 年 10 月，岢岚县开始从建档立卡的贫困人口中招聘生态护林员，经过本人申请、村推荐、乡考核、扶贫办认定，齐兰成成为一名生态护林员，并于 2016 年 12 月培训后正式上岗，到 2017 年，他领到了工资 9600 元。护林员工资解了这个家庭的燃眉之急，护林员角色让这个家庭日子不再那么拮据，孩子上学生活费也有了保障。在家务农的收入加上这笔工资改善了他家的生活现状。

例二：张武斌，36 岁，岢岚县王家岔乡寇家村村民，全家 1 口人，父母去世，留下他孤身，至今没有成家，他身居寇家村下属自然村张家西沟。这是典型的山庄窝铺，极度贫困地区。张武斌基本没有经济来源，生活穷困潦倒，对前途感到极度悲观，一度有弃家出走的想法。2016 年 10 月，岢岚县开始从建档立卡的贫困人口中招聘生态护林员，经过本人申请、村推荐、乡考核、扶贫办认定，张武斌成为一名生态护林员，张武斌重新燃起了生活的希望，担任护林员有了稳定的收入，生活有了保障，彻底从贫困状态中解脱出来。张武斌以青春年华坚持居住在深山老林守护绿色，是当代护林员的一个典型。

岢岚县共有林业用地面积 176.3 万亩，占国土总面积的 59.3%，其中有林地 75.59 万亩，森林覆盖率 26.03%。近年来，在黑峪、东沟等村进行林下育苗 200 亩。林下种植蘑菇 300 亩。2019 年在雷家坪、西豹峪、犁元坪等村种植中药材 2000 亩，由 4 个合作社承担实施，使资源变资产，资产变股金，农民做股东，拓宽农民增收渠道。

前边说过岢岚是沙棘资源大县，2018 年实施沙棘林改造项目 5 万亩，新植特色沙棘林 6 万亩，让贫困户通过入股分红、出售沙棘果等获得资产性收益。聚合了宋家沟功能食品、山地阳光、山阳药业、芦峰食品四大沙棘龙头企业之力，对沙棘原料及半成品以保护价订单收购，生产销售七大系列 30 余种产品，年产值达 3 亿元以上。这些企业每年可向本地农民收购沙棘果 3 万余吨，农民直接收入 6000 万元。

岢岚县神堂坪乡 8 个林业专业合作社组成联社，实行股份制合作经营。完成沙棘林改造 6750 亩，91 户贫困户已通过合作社获得劳务收入 74 万元，户均收入 8130 元。同时，神堂坪乡政府与鸿泰农林科技开发有限公司签订协议，以 3 元/斤收购沙棘叶加工茶叶和提取微量元素，目前已回收 2 万余斤。有效解决贫困户发展方向不明，脱贫能力不强，抵御风险能力弱等实际问题，最终实现整体脱贫目标。

岢岚县水峪贯乡芦子河村的吴文俊是通过收购沙棘致富的带头人，谈到采沙棘，他说："村常住人口约 30 余户 60 多人，贫困户 15 户左右，今年光是采沙棘一项有收入大几千元的人家，如：贫困户白三仁，一人光沙棘就卖了 5200 多元；贫困户白二子两口人采沙棘 3200 多斤，收入将近 5000 元；贫困户陈再平两口人采沙棘 5500 多斤，收入 8000 多元；贫困户王二维一人采沙棘 4500 多斤，收入 6700 多元；贫困户刘埃科一人采沙棘 4000 多斤，收入 6000 多元，还有好多……这小果果长在山里不起眼，给我们村里带来的收入可不少。"

这份材料，有血有肉有实例，省了我不少事。显而易见，镰刀斧头高高举起，人与自然在一个坑里同气沆瀣，相互对立转为互相依恋。你退耕还林，林便荫庇你以示感谢，你种了沙棘，沙棘就地还你金钱。你护住草木，草木拿药材和牛羊奉献。天人共存，自然不是刀俎，两好搁一好，人类不是鱼肉。反之又如何？我调寄《卜算子》新韵曰：一旦操刀砧，万物沦鱼肉。咀二吃三嚼百十，九九零松口。社稷六朝肥，造化七夕瘦。恶水穷山掠五千，四四八收手。九九是久久，四四是事事。人就是猪一样的把式，咬住土地不松口，以杀戮自然为要，怎么得了？

生　活

调寄江城子（新韵）

红尘阵里是非多，艳婀娜，美婆娑。金粉扑灯，都乃羽裳蛾。泛彩崇光花影错，香罹祸，色生魔。

劝君莫捅马蜂窝，土石坡，唱山歌。韵味咿呀，任尔句蹉跎。词寄曲怀诗咏哦，蓝春水，碧秋波。

我们只有一个地球，迄今为止，移民太空只是一厢情愿，并没有发现另一个星球，可供人类开始新生活。古往今来，草木山川、飞禽走兽、花鸟虫鱼以及各种微生物，还有传统意义上耕地的农夫、牧牛羊的牧人、撒网的渔夫，和化出去被称为上中下九流的人等，都生活在这同一个地球上。过去觉得地球大，是因为那时的人还小、还少，现在觉得地球小成了一个村，是因现在人大了、也人多了。2020 年这个星球上的灾难可谓纷至沓来，气候持续变暖，森林大火此起彼伏，在非洲各国肆虐已久的蝗灾，隔山隔海，对中国影响似乎不大，但人类命运共同体是共祸福的，中国人也无不为之操心和郁闷。新冠病毒以燎原之势迅猛感染全球，始料未及，就发生在我们身边，还能说与人类无关吗？说是因为吃野味而引起的大自然的报复虽显证据不足，但说病从口入与人类生活方式有直接或间接的关系却丝毫不错。

生活方式将决定人类的未来命运。

生不能选择，但活有相对自由，合二为一，便是生活。动物以生存延续后代为本能，人以生活体现自我存在价值。要生活就得讨生活或营生，讨得好或营生得好，生活质量就好，好的是富人，不好的是穷人，贫富因此产生。过去人贫富悬殊没有城乡差别，因为大家几乎都是农民出身。农户和非农户是后来发生的故事。非农户至少与富裕有所勾连，农户多半是贫穷的代名词。过渡性的判断标准近年已被改革开放潜移默化，举全国之力倾情扶贫、脱贫攻坚，是对这个不公平施以根本性的也是粉碎性的最后一击，农非分野从此可以休矣。

这对长期被束缚于农业户口和城市户口的农非人口，无疑是物质和精神的双重解放。人们从此多了一项与生俱有的平等权利，农民也从生存走向了真正的生活。功德无量和意味深长的是：这还仅仅是个开头。这个开头，源于科技发展的日新月异，源于村村通公路的交通的便捷，源于农村手机信号的无所不在。一言以蔽之，源于中国改革开放带来的经济繁荣和社会文明。今天的农民与那些过去意义上的农民，已经不可同日而语，举凡我采访过的农民，虽然他们的脸是黝黑的，手上有牛粪，身上有尘土，手的大小厚薄肥瘦不同，但毫无例外的是，人人都持得有一个手机。手机的品牌五花八门，却都可以像城里人一样上网，浏览天下大事小事，城里人知道什么，他们就知道什么，科技填平了信息上的最后一道鸿沟。

我在水峪贯乡大化村采访农民张荣时，提出去他养牛的地方看上一看，张荣养牛的地方在麻地沟一片山间洼地里，他不在时是爱人冀二亮和他大儿子、儿媳在看管牛群。年已63岁的张荣，拿着一个手机，不断收发信息，左支右绌对我说："养牛也没啥，就和你在别处看过的是一个样。我还有事哩，要不这样，我们加上一个微信，我发一段视频给你，比人去了还要好看些，你一看就全知道了……"

张荣是县里表彰的自主脱贫先进典型，人生得清瘦，夫妻俩都是初中文化，说话有几分文气，是村民眼里有两把刷子的人。59岁的妻子冀二亮比张荣小4岁，患有骨质增生、甲亢，常年吃药，除了操持家务，农活基本干不成。还要养两个儿子，张荣一个人种30亩坡地，起五更，睡半夜，拼死累活，也仅仅够维持家里的基本吃穿生活用度。谈到过去的贫困日子，张荣倒是不怨不尤："大化村这边的出路不好，地也不肥，收成上不去，加上我俩身体不行，不穷才怪哩！"

2014年村里的民主评议会上，张荣家被纳入大化村建档立卡的贫困户，致贫原因是缺资金，接受政府的各种救济和补助。"贫困户不是荣耀是个激励，"张荣说，"贫困户是能得政府的好处，但这好处是政府让你发展生产的，不是让你吃喝玩乐的。等政府救济、靠政府扶助、要政府钱物，不生产劳动、不付出汗水，谁也脱不掉贫。"

"当时生活比较困难，自己也没有一技之长，想搞养殖但是缺资金，单靠种地收入太低。"张荣是被乡扶贫干部从麻地沟一个电话叫回来的。他匆匆而来开了门，让我们坐在落满了尘灰的沙发上，便开始和我们说，还不时看手机，回几条短信，也不知魂飞何处。

"两个儿子结婚花费又大，我又曾两次受过外伤，一次腰椎骨折，一次是膝盖骨粉碎性骨折，好长时间动弹不得，我这人又性子要强，怕万一落下终身残疾人没了用项，你说我这两个秃头儿子，那可咋办哩？这伤给我造成的心理打击太大了，简直没法和外人说。

"那段日子我是又灰心又无奈。好在后来恢复得还算不赖，除了刮风下雨酸疼外，大小营生还能干动，太重的就干不成了。也是我命好，2016年县乡出台了贫困户养殖可以享受部分资金奖补政策。我听后是激动无比，为啥？重营生我是干不下来了，可养牛这营生，还能做呀！过去有养牛的心思可没钱，现在国家有政策了，不是正好吗？我是立马就找村里和乡里的扶贫干部，把我想养牛的想法和包村乡干部一沟通，乡干部向上一反映，乡党委乡政府非常重视我这个想养牛的贫困户。可以说是马上就联系了几家大一些的养牛场，免费组织我们到养殖场参观，而且，我们只要有意向，就可以购买，养牛场还免费送货上门。

"我当时与家人一商议，便用自己攒下的几个钱，又和亲朋好友借了一些，真的是毫不犹豫，花了 9400 元就买了一头成年的母牛。有了大的，就不愁小的，配了种之后，当儿女一样伺候，当年，母牛就生下了一头小牛犊，那叫一个高兴！"

麻地沟原是大化村一个自然村，由于居住环境恶劣，村民陆续都搬走了，荒废的破房烂窑，很快就被离离荒草吞没。张荣却总惦记麻地沟那几孔废窑，心想这地界人住不得，要是因地制宜发展养殖业可是个好地方，四山里全是草木，自生自灭不如让牛吃。但因为家穷经不起折腾迟迟不敢行动。驻村工作队和村两委干部知道情况后，先通过健康扶贫政策和结对帮扶解决了他伤腿的医疗保障和生活费，后又鼓励其继续发展养殖业，养牛。

张荣感慨地说，2016 年是自己先小打小闹一回，尝到甜头了。2017 年来真的了，通过政府的金融扶贫贴息贷款，张荣从信用社顺利贷到 5 万元，再次买了 5 头成年母牛，开始扩大自己的养殖业。他还鼓励自己儿子贷款 5 万元，和他一起入股养牛。政府帮扶加上一家人的共同努力，仅仅一年多时间，牛就出栏了 9 头牛，收入 6 万多元。打小生下来就从来没见过 6 万元的张荣，知道这钱不能乱花，还得再投资，就又陆续筹款，前后投资了约 20 万元。

张荣养牛用心，牛群里的每头牛，毛色、脾性、特点，他都了如指掌，这头淘、那头乖，大个的这头已经 3 岁了，小点的那头刚满了 5 个月，花头那个货刚断了奶，黑花牛犊与花背母牛是母子俩，他全都门儿清。"我家养的全是西门达尔乳肉兼用牛，这牛好养活耐粗饲。自己花钱买了13头，其余都是母牛生下的小牛。今年又出栏3头，比种地强多了。养牛父子兵，一家老小，齐心协力，有了小的，就不愁大的，有了9头，就不愁有十几头，还真是的，大生小，小长大，一生二，二生四，四生八，这么多年下来，已经存栏28头，价值达45万元左右。牛养到五六个月就可以出栏，价格合适就出售，不合适继续养。今年预计还要生产牛犊16头左右，年收入估计能达到10万元以上。去年年底我还申办了养牛合作社，计划让村里的村民，有想养牛的贫困户和我一起养牛，走全村共同脱贫共同富裕的路子。"

县扶贫办修筑提供的麻地沟牛舍足有300平方米，张荣全家人居住在这里，终日与牛群在一起，条件虽然简陋了点，但张荣却知足惬意，说："咱庄稼人也不怕个苦。也没别的什么乱七八糟的想头，只想把牛养好，养多点牛。"今年，张荣在圈舍旁修建了青贮窖，用于贮藏青草。明年，他准备和儿子整修圈舍，中间走廊，两面各一个食槽，便于清洗、给料。

大山怀抱中的麻地沟村就他们一家人住，乡政府还专门给他们一家子修建了一口12米的水井，足够人畜饮用。全家人早上5点起床出粪清理圈舍，早饭后割草备料，接着放牛。牛在哪里人就在哪里。牛在山坡上人也在山坡上，牛吃草人就吃干粮，或用开水泡面吃。他说："我们一家人已经很久不在家里吃午饭了。人吃好吃不好另说，得先让牛吃好。"

麻地沟也有网络信号，放牛时找个圪梁就上网，人在深山，国家政策、天下大小事，上网就能知道。张荣心里头明镜似的，知道国家是只了不得的金鸡，给你时不时下一颗政策的金蛋，赶趁着沾上一沾，摸上一把，立马就能变现。他说："过去瞎在这深山沟里，天下发生了啥也不知道，啥也不懂得，啥也害不下，现在一上网，啥也知道啦，啥也懂得了！"

不过张荣说他最爱看的还是养殖视频，养牛需要技术，也需要筹划。60

亩草玉米养现有的牛还行，想继续扩大规模，就得先要多种玉米，牛多了再种，就迟了。养羊和鸡，是下一步的事，牛养好了，就要上鸡羊，让麻地沟充满鸡鸣、犬吠、牛哞、羊咩的声音，满山牛蛋子撒欢、崖畔羊羔子吃奶、坡上狗崽子乱跑、鸡娃子可世界圪转，那才叫个生活。

他舒眼展眉，开心惬意，面朝远方对自己也对别人说，"千年等一回，国家政策才下了这么一颗金蛋，要是还害不开，捉不住这个机会，非得悔青了肠子，也瞎了这好政策"。

过后，他给我发来一个视频，点开来，只见大山深处一片草色青青的沟坡上，一群头角峥嵘、俊眼光眉的美牛与美羊，只只毛色鲜亮，膘肥体壮，头头心情闲适，模样懒散，正在山坡上边晒太阳边散漫地吃草。牛群闲适有趣的镜头和画面，让我联想起那些喜欢梳洗干净打扮整齐然后上街显摆和遛弯的阔绰而肥胖的性情豁达乐观的城市大妈们。

我看见张荣正盘腿坐在草坡上守着牛群用手机上网，还假装记性不好问那些牛说："你们这些牛，天天和我一起饮这井里的水，知不知道我上初中时学过的一篇课文，吃水不忘挖井人，你们知道下一句是甚来？"牛儿忙着在山坡上吃草没有时间也不屑搭理他。只有大风从坡上刮过，吹得蒿草扑朔迷离地乱动。我想现在的农民与过去的农民真是不可同日而语，简直大相径庭。过去的农民只是生存和活着，而今天的岢岚农民已经开始在认真过生活了。

复　兴

调寄贺新郎（新韵）

休怨团身蟆，仰头鹅，鸦争鹊跃，燕宣莺播。蚕吐绵薄非求死，鹰怕青云寂寞。羽衣磨，霓裳须索。千古风流犹未了，勿情堪，谔谔输于诺。龙水惰，虎林挫。

人生坎坷多沟壑。起宏声，山回唤鹤，谷吞莲座。渔猎牧樵耕凿货，莫让环球走火。地狱错，天堂连坐。世界岂能失善恶，奈之何，措大无真我。朝日落，晚霞破。

农耕文明是千百年来人类与自然共同选择的产物。万物生长，人工杂交，自然优选，粮食的多样性，生物的多样性，人的身体健康，得以保全。自然的每每就是最好的。人的急功近利，好大喜功，见异思迁，使农业走上了过度依赖化肥农药增产粮食的道路。

然而人们渐渐发现，每一样农业科技的应用，都不期而然地带来了可怕的副产品，土地板结、河流污染、粮食污染，农业生态陷入了恶性发展的怪圈。化肥和农药滥施，使土壤酸化，土地板结，泥土中失活了蚯蚓，稻田里灭绝了青蛙，只有庄禾一枝独大，萋萋芳草焦黄枯萎，没有了花香鸟语，听不见虫鸣蜂喧，化肥使土地受伤，农残使健康受损，一切都让人始料未及。超级杂草畸生，超级害虫肆虐，生物链被损害被畸变被摧毁，这还是自然吗？这还是生物多样性吗？这难道就是我们向往的现代化农业吗？让人不能不感到心慌气怯。

"天地生人，有一人应有一人之业；人生在世，生一日当尽一日之勤。勤劳是中华民族的传统美德，同时也是干事创业，实现伟大复兴中国梦的根基。众人拾柴火焰高，伟大复兴梦是需要全国人民共同努力。谁说老百姓就不能有大作为？谁说老百姓就不能为实现中国梦做出大贡献？岢岚县李家沟乡水草沟村的孙越峰就是其中的典范。"

我援引这段话，是因为文中提到了"伟大复兴"。习近平在阐述新时代中国共产党的历史使命时说，实现中华民族伟大复兴是近代以来中华民族最伟大的梦想。诚如霍金先生忧虑的，近些年来，人类的行为越来越像害虫。但是物极必反，人类现在能够做的也必须要做的是，发扬光大人类的元素，有效去除或削弱生物的自私和贪婪的遗传密码，让自己重新变成益虫。自然赋予人类美感，人类生命与自然息息相关，总有一天人类会返璞归真，走有机农业发展的路线。科学成果应用于市场，在人类的安全与科学的遗憾之间：安全总比遗憾好。

孙越峰何许人也？"孙越峰是个回乡大学生，他毕业后，和大家一样，也是留在大城市里打工，温饱没问题，觉得自己没有根，在城里打拼心里没有归属感。"赵利生对这孙越峰颇多赞许，"用孙越峰的话说，挣多少钱，心里也没有个依靠。后来他看到国家不断出台政策，先是免了农民的所有税收，后来又让农民脱贫致富奔小康，政策一直向农村倾斜，他就明白，国家其实什么都知道，想振兴农村经济了，得抓住这个千载难逢的机遇，回农村好好干一番事业。加上他每次回老家，看到村里的田地，没青壮年耕种，全荒芜了，心里也不是滋味。他不时想，难道大学生毕业就得留在城里？又想到父母已经年迈，也得有人在身边守着。谁说大学生不能回村种地？我还非要回村种地去！这是个有想法有主意的人，他还真就辞掉城里的工作，回岢岚，回他老家水草沟村种地去了！想法和做法，种地和种地，大学生就是大学生，大不一样。这个我就不和你多说了，眼见为实，你去一看就知道了！"

印度正举国走有机农业道路，印度锡金全邦开始全面禁止农药化肥，已经成为有机农业之邦。他们的农民认为，土壤与人体一样有生命力，化学品杀死了土壤的生命，使粮食有毒了，使人们得病了，但土壤是有自我修复能力的，只要不使用化学品土壤还会恢复生命，这样对粮食好，对人好，对未来更好。

李家沟乡在岢岚县北，离城 28 公里。全乡 11 个行政村 1937 口人分布在 133 平方公里的沟壑里，生产、生活都落后，建档立卡的贫困户有 318 户 924 人。2018 年整乡脱贫，水草沟村也是。2019 年全乡贫困户人均可支配收入可望达到 9500 元，比 2018 年人均要多增收 1240 元，贫困发生率由 2014 年年底的 43% 下降为零。乡里的耕地面积共有 31840 亩，作物是玉米、高粱、谷子、马铃薯、胡麻等，产量少，经济价值低。脱贫攻坚调整产业结构，种植板蓝根、黄芩、柴胡等中药材 4000 余亩，带动 152 户贫困户增收。乡里的石佛河村和潞安集团合作，把油用牡丹种植面积由 800 亩扩大到 1000 余亩，带动全村 17 户 36 人增收。乡里的胡家洼村与山阳药业集团合作，种植沙棘 2000 余亩。乡政府还委托了正永清养殖场在全乡实施千户万只鸡工程，贫困户每人 18 只，人均增收 600 余元。还有范家塔村实施一户一头猪工程，户均增收 1000 元以上。全乡养羊数量达到 1.2 万只，人均增收 640 元。全乡养羊 50 只以上，且养殖时间稳定在 3 年以上的 50 户村民都实现了自主脱贫致富。

"这水草沟村，是不是过去水草丰茂？"我去时在路上免不了顾名思义。康利生摇头："这个，还真不知道。不过，这个水草沟的耕种条件，在岢岚算是比较好，滩地多，地比较平些，沟沟里也没多少水。草也没见就比别处多，看惯了，觉得都一个样。"

水草沟村距乡政府 7.5 公里，距县城 37 公里。总耕地 2434.02 亩，林地 832.5 亩，实际播种面积 2327.98 亩。全村户籍人口 77 户 149 人。常住人口 38 户 78 人，占总人口 52.3%。2014 年脱贫 3 户 11 人，2015 年脱贫 4 户 11 人，2016 年脱贫 7 户 7 人，2017 年脱贫 20 户 52 人，2018 年脱贫 1 户 3 人，目前贫困发生率为零。村里人均收入由脱贫攻坚开始时的 2400 元左右，增长为目前的 7500 余元，增幅达到 212%，现在是李家沟乡的"乡风文明红旗村"。

"脱贫攻坚，精准扶贫，时时事事，都有扶贫干部在村里，打架斗殴、刑事案件、黄赌毒以及邪教黑恶势力活动几乎都没了。"陪我们去水草沟村的李家沟乡的扶贫工作站的刘峰人称独臂站长，对李家沟乡的乡情了如指掌，他的故事下文专说。"龙走蛇蹿，人人忙着扑闹日子，自家盘算，个个人都不甘落后，乡风、村风、民风，都有一定程度的复兴。"

我查了一下，复兴，汉语词语。出处多多，汉代韩婴所作传记《韩诗外传》似乎是最早的："拨乱世反之正，天下略振，宗庙复兴。"南朝梁钟嵘《诗品·叙论》："勃尔复兴，踵武前王。"宋秦观《李固论》："然西汉易亡而复兴，东汉难亡而易绝也，何也？"明冯梦龙在《东周列国志》第五十七回："复兴伯业，司寇屠岸贾见赵氏复盛，忌之益深。"现代有鲁迅《书信集·致尤炳圻》："我们还要揭发自己的缺点，这是意在复兴，在改善。"还有已经病故的作家王西彦在小说《病人》中所说："如果要想使国家进步，非先复兴农村不可！"

"孙越峰，他今年40岁，全家4口人，家就安在水草沟村，是村里的种植大户。"刘峰说，"这是个孝顺父母的人，被评为孝亲敬老光荣户。他大学毕业，有文化，水草沟人少、耕地多，在国家开发银行山西省分行的帮扶下购买了拖拉机，耕种土地面积增加，2018年年末，孙越峰家年收入达到了8万元左右，在水草沟村名列前茅，实现了自主脱贫。"

2019年，孙越峰除种植自己的50亩耕地外，还承包耕地80余亩。他开着拖拉机，利用农机具带领大家脱贫。在他的带动下，水草沟村已发展种植大户10余户。孙越峰说话不多，说话慢声细语的，有文气，爱笑，脸上总是笑模悠悠。村里很多人都得到过他的帮助和关心。他履行护林员职责、参加县残联救助活动，对水草沟脱贫、增收和村里的道德品质提升，都起到了好作用，村里随后也出现了张贵荣、马黑女等率先小康示范户和致富能手。

那时，我的所见与众人所见略同，农村青壮，进城打工，十室九空，村里空壳，自然贫穷，造化含羞，美景不再，乡愁难留，未来堪忧。当时我赋了五律新韵五首曰：

其一：十乡八九旷，少壮已离心。村废悲千古，楼成苦万金。父兄劳市井，母子诉街邻。笼鸟腾田旧，房奴换野新。其二：西方乐济贫，造化乱经纶。守望联邦畔，牺牲率土滨。前龙尝百草，后鼠试基因。跳蚤衰国运，青蝇破齿唇。其三：炎黄老杜鹃，楚汉照无眠。籽设基因锁，颗收买路钱。杀虫绝羽角，灭草败林泉。一穗肥十万，牛皮鼓大千。其四：鸦衔海洛因，妄食弱三秦。贱我神农碧，优他美利春。多娇失本色，浩媚泯天真。盛世人啼笑，基因逆庶民。其五：离乡成远客，百姓泪沾襟。乱草侵堂室，苍苔易主宾。钩蝎封院落，啮鼠策君臣。豆角无人管，颗颗鸟兽珍。以为自己有见识，殊不知只见森林不见树木，一叶障目不见泰山。光看表面就匆忙下结论，自以为是，失之于主观片面。这里也有个循序渐进的认识过程。

到村里，寻见了水草沟村身穿迷彩服的年轻支书孙永华，和国家开发银行山西省分行驻村工作队的队长李杰。李杰是个年轻人，肤色略黑，微胖，戴眼镜，少年老成，说话有板有眼，显得器宇不凡。

然后，我们一起结伴来到了孙越峰因种地而在村里集体租住的院子，院子里有一群气宇轩昂的公鸡，正在院子中自由嬉戏，不时发出一个长长的喔声。孙越峰的窑洞里，空无一人，便让人去寻他，我们几个人坐下，互相之间也都不计生冷，先就你一言我一语地聊上了。

国家开发银行山西省分行强化责任担当，扎实做好驻村帮扶，发挥职能优势，大力开展金融扶贫。分行历任领导高度重视扶贫工作，多次带队来岢岚县深入基层调研，到贫困户家走访慰问，了解需求和期盼，现场解决困难和问题。10年来，累计向岢岚县政府项目授信11.78亿元，累计信贷投放8.72亿元，重点支持了基础设施建设、脱贫攻坚以及文化旅游等领域，发放生源地国家助学贷款10542人次，6352万元，帮助3500多名贫困学生顺利入学或完成学业。扎实开展驻村帮扶工作，累计投入驻村帮扶资金576万元，在产业发展、基础设施、人居环境、教育扶持等方面取得明显成效。

李杰娓娓道来："在人员紧张的情况下分批次派驻共计12名业务骨干，到李家沟乡李家沟村、水草沟村驻村帮扶，克服水土不服、饮食不习惯、生活条件差等困难，严格执行五天四夜驻村工作制度，待五个白天，睡四个夜晚，周五晚上才能回太原，星期一上午必须回村。大家都把贫困村当自己的家了，把贫困户的事当自个的事了，和当地的群众和干部打成了一片。"

李杰他们来水草沟村扶贫最得意的一笔就是："自2010年以来，国开行通过各种渠道筹集驻村帮扶资金576万元，投资74万元补贴购置农机具21套，装载机 1 台，为农村农业生产现代化铺平道路。"

"现在我们水草沟村，全部机械化还不敢说，但从种到收到脱粒，至少一半以上实现了机械化，"年轻的"80 后"村支书孙永华喜滋滋地插话，"在我们村的带动下，李家沟乡也基本实现了农业机械化种植以及规模化生产。我们的农机具要给全乡服务，只要需要，我们二话不说，就去给他们帮忙。拖拉机、播种机、收割机，我什么机都能开！"

"牛啊，农业机械化，再加上绿色农业，你们现在的这种做法就是中国农村的未来发展方向。"我有意诱导他们，"你们先行一步，你们已经在做的事，就是中国农村未来发展的方向和发展希望啊！"

"还投资 9 万元，对李家沟、水草沟两村农田路拓宽、修复。争取老区项目帮扶资金 30 万元，在水草沟村建设土豆保鲜窖 1 座，给贫困户每年至少增产 3000 元。投资了 94 万新建了李家沟村党员活动室、日间照料中心。投资 20 万元，用于卫生院、文化大院硬化，护村坝、人畜饮水工程。投资 80 万元，修通水草沟至七里坪 1.5 公里村际公路和硬化村内道路。投资 20 万元用于李家沟村寄宿制小学基础设施以及道路绿化。捐赠 5.3 万元资助 28 名贫困学生完成学业。"

我笑着说："这些刘峰站长已经说过了！"但李杰还是不肯停嘴，坚持说下去。"此外还捐赠李家沟寄宿制小学电脑 30 台，配套电脑桌、课桌、阅览桌、书柜、投影仪等物品。投资 10 万元为全乡 122 户贫困户发放了优种红芸豆种子，投资 5 万元建立爱心超市。对两村 61 户贫困户慰问救助 6 万多元。今年帮助两村销售生猪、牛肉、土豆等小杂粮 7 万多元。两村 61 户贫困户全部达到国家标准，实现了全员脱贫。"于是，我明白这是个做事执着的人，而且已经倾情投入。

李杰，而立之年已过，正奔不惑而去，有危机感。他是国家开发银行山西省分行法律合规处一级经理。开行系统 2010 年度十佳评级人。山西省工会优秀工作者。2019年组织安排他任李家沟乡水草沟村驻村工作队长。驻村期间，放低身段，融入泥土之中，如果不是一口纯正略带京味的普通话，几乎可以与村人比地道。第一书记轮换空档期，主动补位，举凡扶贫队长该干的事，一件没有落下过。2019年年底，获水草沟村优秀党员和开发银行山西省分行优秀党员称号。

正说着，孙越峰窝着一脑门子白毛汗回来。大家便都齐齐地闭了嘴，听他说话。孙越峰反而有些腼腆，说起别人来还好，聊起来自己的事，反觉口羞，不似李杰的谈锋健，也不如孙永华的嘴巴爽利。我问他，你一个大学生，不好好在城里发展，为什么非得要回村来？

他说，考大学就是为了改变农村户口，过城里人的日子，回来家里不会答应，也会遭村里人笑话。他也只能随大流。天天在城里打工不容易，时不时还会遭城里人白眼，心里觉得不踏实。如果农村还像过去，农皮披到死，种地交工粮，啥也不让干，会回来吗？

"现在国家政策这么好，我已经看明白了，不抓住这个机会，往后想回就没现在容易了。回来几年我已经尝到不少甜头了，你说，在城里能这样吗？估计也肯定不能！何况，从城里回来的人，也不止我一个，"孙越峰说到这里，临门一个飞脚，把球踢了出去，"你问他，他一个城里的大老板，咋也跑回村里来啦？是不是，永华？"

"怎么说起我了？"孙永华扬眉笑道，"不过，还真不用说，我之所以没评上贫困户，是因为我个人勤劳，自己奋斗去了。我要是不离开村子，肯定能评个贫困户。这话不该说，但道理就是，不奋斗就穷！"

我问他："对呀，你在城里奋斗得好好的，咋就跑回村里来了？难道村里比城里还好？"孙永华嘿嘿良久，先是笑而不答，最后在我的一再逼问下，才慌不择路地应答，却还要端正神色，说："种粮食不上税，各种国家贷款补贴，也没户籍限制，城里村里没两样。没根的城里人想回村，还回不了哩，这么好的国家政策，不欢欢回来，那才叫不开眉眼。自己富了，还能领上一村人致富，这是多好的事啊！"

孙永华，1989年11月出生，2014年11月入党，岢岚县李家沟乡水草沟村党支部书记。中共忻州市委2019年7月1日表彰的全市99名优秀共产党员、优秀党务工作者、先进基层党组织名单中有他。

我们离开时，村里的牛羊正在从山上下来。夕阳即将落山，通红的一轮，欲下不下之时，烧燎出漫天云霞。云霞从西边的岢烟岚云里涌出、流开，溅溅有声。

灵 长

调寄山坡羊（新韵）

青红略雨，雀蝉唱霁，这边吟罢那儿续。汉唐西，宋元低，清词丽句斜阳去。天宝如花人似玉，昨，今古系，明，何以继？

人类自谓万物灵长，以为万物皆备于灵长巧取豪夺，没有活出灵长的样子，反从自己恃强凌弱的历史中掏出个大大的小来。这是一件让人类觉得很没面子的事。血红的南北极西瓜雪也好，蓝色的大海的眼泪也罢，绿色的珠穆朗玛峰的小草亦然，导致这些妖异的艳丽横空出世的始作俑者，就是人类。这是无法推诿的。"一宿蓬筚庐，一栖明光殿"的剪刀差，社会财富分配不均，"胡为相叹羡"根本就不可能，尽管时空已经不同，但不满却永远一样。

己所不欲，勿施于人，人所不欲，勿施于自然。

不患贫而患不均是人文生态共识，也是自然生态共识。别以为人类可以主宰万物，别以为自然生态环境可以任由我们人类损害，自然界的每一株树、每一根草、每一滴水、每一个生物、每一毫升空气的手里，都攥着人类的呼吸，它们纤细美丽的手指，时刻都扼在我们人类的喉咙上，它们温润驯良的牙齿，随时都咬在我们人类的命脉上。

正当而立之年的高建祥，穿一件红色上衣，头发多日不理，显得有点不修边幅。他凛然一躯，体型魁伟，足有一米八以上，搁在石器时代肯定是个灵长类中茹毛饮血的好手，生在青铜年代说不定还会是一员封疆裂土的骁将。不过，生在现在也丝毫不落人后，他是岢岚县委、县政府 2019 年 10 月表彰过的"自主脱贫率先小康红旗示范户"。

他坐在我的面前，如同一座小山，神情从容不迫，面色沉着而冷静，丝毫没有露怯的感觉。但他似乎天生朴讷，翻来覆去就是几句话："人不能长不大，光是吃喝玩乐，吃国家的救济粮，领政府的补助款，不能这样。得自己下力气，得干活，得勤劳致富。我自己种玉米和黑豆，我的猪不吃买来的猪饲料，里边我也不知道都搁了些啥东西。

"我的猪不吃猪饲料，吃的是我种的黑豆和玉米。我把猪粪全上进我的玉米和黑豆地里，我的玉米和黑豆不用化肥。我的玉米和黑豆是最好的，吃我的玉米和黑豆长大的猪，肉也好吃。我家一杀猪，人们就来抢购。我的猪不愁卖，价格比别人家的还贵，还没杀，就有人预订了，杀上一头两头，肉还热乎就被人抢光了，根本不够卖！"

我注意到高建祥家小院里，堆满了金黄色的玉米棒子，玉米棒子太多，连苫布也遮盖不住。简陋却结实的猪舍就砌在院墙正面，里边有翘起的红色的蒲扇和小碗大小的沾满玉米屑的白色的猪嘴不时拱出来，同时露出两只眯缝着的相形见小的黑溜溜的猪眼，冲屋里的人们不时窥探着。猪圈使院子显得相对狭窄和局促。

就在高建祥所坐沙发旁，放着一个秸秆编成的半人高一腰粗的带盖的篓子，篓子上写着 5 个黑色大字：杂交玉米种。

"过去日子穷，但是，好吃懒做不待动，光知道瞎害瞎耍！"他自嘲地笑了一下，但并不惭愧，也不后悔，因为如今村里的年轻人，要么进城打工，要么留在村里啃老，天天打麻将，都不好好干活。"村里的乡里的外边的扶贫的都和我说，都来帮扶我，说得多了，就觉得不能这么混了，能干点啥，就干点啥吧，我就开始种地和养猪！"

高建祥的媳妇儿是个小小巧巧的女子，从我们进来开始，她便只是怯怯地冲我们礼貌地笑了一下，给每人倒了一杯水之后，便安静地倚靠在里屋的门框上，娴雅地听我们和她丈夫说话。我注意到她脸颊一侧的皮肤上似乎有一块黑青，不时掩饰地用头发遮盖一下。

莫非我们来时小两口子在吵嘴打架？她的丈夫像是个有脾气的人。

问不出什么时，我们便冒雨去院子里看他的猪。

时间已经是 11 月中旬，该下雪的日子岢岚忽然又下起了雨，雨不大，从早上出发便一直在下，且一直没有停。我们走到院子里时，雨似乎下得更绵密一些了。苫布罩不住的玉米已经被淋湿淋透了，泛着水光。泥泞的没有硬化过的院地上，雨水积聚成活泼泼的小洼，泥土的气息伴着猪舍里酸臭的味道，委实不怎么好闻。但好在是露天的，空气在雨水中流动得非常快，风携带着农耕的味道，在旷野里宣说着乡村的无奈。

但舍里的几头肥大的猪，没有这么幸运，它们不安地挨挤在一起，长长的大嘴哼哧不已，头颈和耳朵不住晃动，想要拱出些什么妩媚的姿态，来接受我这个陌生的灵长类的检阅。它们吃黑豆和玉米长成的白色而肥胖的身体，和在毛下隐藏着的粉红色的柔嫩皮肤，在所有灵长类的眼里，包括未能免俗的我，只是一堆过油肉和红烧肉。

我想起一个故事，非洲食人部落袒胸露腹的女人，看见自己的天真无邪的孩子，在和关在笼子里的白人俘虏嬉戏时，大惊失色，马上从俘虏的身边抱走孩子，一边严厉地教训孩子说：不能和食物玩耍！

当然，以上故事有搞笑和幽默的成分。但曾几何时的灵长类，诸如此类互相仇视和虐杀的故事，似乎远比这个故事更加残酷更加骇人听闻。灵长类的发展史是一部无休止的战争史。第一次世界大战，发生在 1914 年 7 月—1918 年 11 月，是欧洲历史上破坏性最强的战争之一。大约得有 6500 万人参战，1000 万左右的人失去了生命，2000 万左右的人受伤。第二次世界大战爆发于 1939 年，历时 6 年之久，先后有 61 个国家和地区参战，波及 20 多亿人口。战争双方共动员军队 1 亿多人，战争死亡人数达 5000 万，直接战争费用 13520 亿美元，财产损失高达 4 万亿美元。

瑞士计算中心曾经用电子计算机进行过 85 万次运转计算。计算结果认为，从公元前 3200 年到现在，大约 5000 年的时间里，世界上共发生过 14513 次战争，夺去了 36.4 亿人的生命。"无战争年"累计只有 292 年。据美国人士统计，从公元前 1496 年—公元 1861 年 3357 年中，世界上共发生过 3130 次战争。中国大约 4500 年有文字记载的战争，共发生过战争 3791 次。这个数字的背后是生灵涂炭天下大乱。

但长久以来，竟然还有某些历史学家认为这些灵长类之间的相互战争，是灵长类文明发展的主要推手之一，仍然有人热衷于挑起第三次世界大战。纵观一整部中国灵长类文明发展史，几乎每一页都充满着战火纷飞和鲜血淋漓。历史的字里行间，是一些不是故事的故事，不是情节的情节，不是小说的小说，不是纪实的纪实，不是文学的文学。有血腥和野蛮却没有丝毫的浪漫和诙谐。现代灵长类会为过去感到羞愧吗？会更加珍惜现在这来之不易的世界和平吗？会更加热爱宇宙这个唯一的地球家园吗？

害怕打湿了我的衣服，高建祥从屋里拿出一把雨伞给我。

在已经 11 月的岢岚，在这个小山村的静谧的冬季，前些天下的小雪已经化得精光，只有淅淅沥沥的小雨下个不停。从遥远的古战场收回散漫的目光，重新聚焦在一头大猪身上，这头白色大猪肥胖的脸上，竟然画着一幅黑色的军用地图，一直从脖子延伸到躯体上，似乎在提醒灵长类称雄争霸的目的。这头已经变种了的乌克兰大白猪，傲慢而心虚地窥望我，小眼睛里充满了内忧外患的猜疑：不会是来吃我的吧？

我忘了是在哪个村，也是采访一个养猪专业户，丈夫不在家，只有女人在，女人面有难色，说什么也不肯让我看她院子里的猪圈，因为她养的都是母猪。她不无夸耀地告诉我，好几头猪都怀上了，娇气得很，有的还在坐月子呢，怕让你一看，弄了动静，动了它们的胎气。

乡扶贫站的负责人，笑着劝她给我看看，就算卖他一个面子。

女人这才不好意思地叹了一口气，正色说："你跟上我，悄悄进去，不要说话。这个圈里的猪是下了猪儿子的，你可以看一下它的猪儿子们，就看上两眼，然后赶紧些出来。"我应下，她开了一个圈门，眼前黑乎乎一片，适应了光线，方才见圈里躺着一头肥大的母猪，似乎睡着了，一动不动。女人扯开我脚边一个蒙着块黑布的大筐，说："快看，这是一窝子小猪。"

果真筐里 10 多只黑色的小猪在蠕蠕地动弹，眼睛还没有完全睁开，见了光发出细细的哼声。也就匆匆瞄了那么两眼，手机还没来得及拍个照，圈里的大猪已经惊觉，睡在圈里纹丝不动，可是喉咙里忽然就发出几声刺耳的充满威胁气息的尖叫。女人匆忙盖上黑布，悄声对我笑着说："看，护儿哩，怕抱走它的猪儿子哩，快些，咱们还是快些出去吧！"

出来也没有细问女人，母猪为什么不给小猪吃奶？一窝下了几只崽子？过去总以为母猪生下小猪后，小猪会时刻趴在母猪身上吃奶，上回问王云已经让他笑过。王云说，母猪顺产后，一般在一小时左右放一次奶，放奶时，母猪会发出舒服的特殊的叫声。以后放奶的间隔时间也会逐日延长，最后停在每日8—10次左右。

小猪老叼猪妈的乳头不放，猪妈一来是受不了，二来也没奶，三来母猪得有时间养奶，四是猪妈睡迷糊了，一翻身，能压死好几只小猪。喂奶得按时间喂，喂奶时把小猪放进去，吃完再拿出来。一只小猪只能咬一个奶头，放奶大约也就几分钟，吃不上就没奶了。

"一窝生几个小猪，要看母猪有几个奶头，"王云饱有经验，"10个奶头一般不会生11个猪儿子。我养过的猪，最多一头生了14头小猪。"

良性的自然生态就是这样要求的。听着觉得新鲜，觉得这猪怎么比人还聪明？在这一点上，人应该向猪好好学习：一亩地好好养3个人，偏要生七八个，多施化肥和农药让粮食增产的结果，是土地和粮食都生了病。一间屋容不下10个人同时抽烟，却都要抽，于是空气和人都病了。什么叫法天贵真？这就是！比喻，虽然未必恰当，但意思，尽在里边藏着了。

离开时已经快晌午了。康利生把车驰上乡村公路。他说："还有一个你想要采访的人，我都联系了好几天了，托这个人那个人，就是联系不上他，这回我们正好路过他家，可以一并去看看，省得以后专门来了。"我说好。透过雨雾，看见前些天的阳光下，远远的苍郁的山头，有一队花色各异的牛群的模糊的剪影。牛一头跟着一头，分成两个队列，一边在崖边走，一边专心而哑默地吃草。

它们彼此间很少交谈，对明天或是后天等着它们的事情也漠不关心。它们只关心眼前的草，用灵巧有力的长舌配合肥厚的口唇，把草卷入口中，略嚼得一嚼，还没有完全嚼碎便很快吞咽进胃里，因为这时，舌头已经卷入了一蓬新草，得给口腔及时腾地方了。

好在它们有一个大而多囊的胃。老北京讲究立秋吃爆肚，爆肚满的店在菜市口一带，爆肚冯在前门外门框胡同和篦街都有店，我曾在外门框胡同旁边一个连锁店小住了几日，专门吃过两次字号百年老店制作出来的爆肚，色香味俱佳且肥而不腻，吃了满脑门子的臭汗和满心的喜欢。

被称之为牛百叶的牛肚是最好的爆肚食材。

也许就是因为这个原因，注定了要被人类养大后消费的牛们很少用大而圆的眼睛去正面注视主人。它们对来人和主人的事漠不关心，主人为何匆匆而去，留下来人看护它们，牛群根本不关心。它们只想养好自己的下水。

大约一个小时后，牛主人略显佝偻的身影，气喘吁吁，出现在岢岚县委会议室门前，会议已经进行到一半，大门紧闭，里边传来讲话声和掌声。牛主人嗫嚅着向神情严肃的守门人说着什么，守门人为难地摇头。牛主人脸黑乎乎的，大约有几天没洗了吧？脚上的鞋裂开了口子，沾满了牛屎。你听，马上要发奖，不敢放你进去，县里有规定，开会的人得按时，迟到了不能进。

牛主人嗫嚅良久，怔忡良久，然后一跺脚，就走了。

"念到他时，大家还鼓了半天掌，可是没人上台领奖。"康利生轻描淡写，"县上开这么个会也很不容易，有奖杯和奖状，还发两万块钱，40多个人，花了300多万。钱来得不容易，是咬了牙的。竟然有个模范不来领奖，将心比心换谁都会不高兴，咋，是看不起这个奖和这个钱？嫌少？说书记当时脸色就不好看可没说啥。过后一问，山上没信号，派人去寻，寻见，人也来了，守门的又遵守规定不放他进会场。怨谁？怨他？怨守门人？书记笑了，人说，还打了个唉声！"

说话间，到了山洼村，村容村貌也还整洁，只是雨中的村街油光水滑，遍布泥泞。踩着泥泞，问了几个人，好不容易找见院门，却因为院子里积满泥水，进不了院里。只好隔空喊话，喊出了一个胖胖的中年妇女，是牛主人的爱人。女人也吼喊着回应我们："不在家，在山上哩，在山上放牛哩，山上没有信号，电话也打不通，你们进家喝口水吧？"

立马就四处寻砖头要搭个垫脚让我们进院回家。我们也大声吼喊，说不进去了，就几句话，等以后再约！女人吼出一串手机号码让我们记下，说："记下这个号码，下回你们要是有事来寻他，先给我打个电话，我去山上放牛，把他给你们替回来，你们说话。"云云。

我们走了。终于没有见到牛主人。但这又能怪谁呢？在这个广大而又充满玄机的世界，在这颗相对变小了的星球上，人与人见面也需要机缘，灵长类与灵长类之间，想要凑在一起说点什么，捏咕点什么，似乎也需要得到自然的批准，否则，还真不好见。冥冥之中，莫非真有什么前定？在牛毛细雨中我以"微雨"为题调寄《山坡羊》新韵如上。

家 国

调寄破阵子（平水）

暗室无需神待，生情即起莲台。去去来来岂能悔，尔贪伊痴酒添杯，嗔拳打娘胎。

造化春秋交泰，自然日月忧怀。是是非非无以改，物珍类宝已告危，还想扮婴孩？

岢岚最高峰除与五寨、宁武交界的荷叶坪，还有与兴县交界的黑茶山。黑茶山呈南北延伸之势，屹立于吕梁山脉中北部，主峰海拔 2203.8 米。70 多年前，一架迷途的飞机，不幸撞上了雪花纷飞大雾弥漫的黑茶山，机上的王若飞、博古、叶挺、叶挺的妻子李秀文及其五女儿叶扬眉和尚未取名的幼子阿九，以及邓发、黄齐生、李少华、黄晓庄、赵登俊、魏万吉等 13 名民族英雄与 4 名美国机组人员全部遇难，酿成了震惊中外的空难事件。

从此之后黑茶山因此名扬中外被载入史册。

李家沟乡坐落在沟壑纵横之中，是典型的黄土高原地貌，也有两座山：一为牛头山，一为霸王山。2017 年 10 月 17 日，是全国扶贫日，也是国际消除贫困日。李家沟乡扶贫站的站长刘峰，7 点 20 分开车从乡里出发，要赶在 8 点前到达县城开县里召开的扶贫会议。

黑色的乡村公路像一条菜花蛇伸向远方。这条路，刘峰已经走过无数遍，所有弯道和路上的坑坑洼洼，都是他所熟悉的。车子在刘峰手里像一匹听话的马儿，随着方向盘的转动飞驰，轮子的每一记颠簸，车身每一下震颤，都是刘峰事先就预料到的。车行至马蒲塔村到李家坪村那座桥上，刘峰还丝毫没有察觉危险正在迫近。一个不留神，突然一辆车弯道超车，斜里将刘峰开的车侧剐了一下，刘峰的车蓦然被一股野蛮的突如其来的外力抛起来，轻飘飘的像一片风中的树叶，被甩到空中，坠落入七八米深的大桥底下，刘峰根本没有机会也没有时间看清什么车撞了他，随着车体砸落地面，轰然一声大震，就失去了知觉。

刘峰醒来时已经在医院的病床上了，虽然他幸运地与死神擦肩而过，但等待他的是锁骨远端骨折的诊断和一场伤及筋骨的手术，以及漫长的恢复治疗过程。在湖北宜昌挂职的乡党委书记朱鹏华天天打电话询问刘峰的病情。刘峰明白关心包含着情谊和工作的双重含义。

手术后15天伤口拆了线，第17天他就不顾家人和医生的劝阻，毅然从太原回到了岢岚。第18天就肩膀打着钢钉、纱带吊着胳膊出现在了李家沟乡政府。面对同事们意外的眼神、惊讶的询问，刘峰只是淡然一笑说："一边工作一边养着也是可以的。"

刘峰病中的小20天里，办公桌和电脑桌，已经堆满了各种表格。有的已经落满了厚厚的灰尘。刘峰单手拿起这些文件和表格，小心翼翼地吹去灰尘，把它们整理在一起。这些文件和表格，连通他的血脉和心跳，他熟悉它们，就像熟悉自己的身体，每一个数字都是活生生的，背后是一个个人，一张张焦苦无奈的黢黑的贫困户的脸。

因为扶贫工作站的工作既辛苦又烦琐，没有多少人愿意做，所以大多数扶贫工作站站长都是光杆司令。刘峰受伤以前也是光杆司令一枚，受伤后，不能打字、制表，乡里就给刘峰找了一个帮手，原荒沟村包村干部吴永忠。吴永忠刚进入扶贫工作站工作，两眼一抹黑，许多方面不懂。刘峰就一点一点地教，吴永忠就跟着一点一点学。

刘峰告诉吴永忠，填写在表格里的每一组数据的摸排和汇总，都是不小的工程，为了保证数据采集的精准性，每次向村干部安排任务时都要千叮咛万嘱咐，为了将采集回来的数据及时有效地上报，得花大量时间比对、核实，确保每一个数字都扎扎实实，不留丝毫疑义。吴永忠心领神会，倾情投入，两个人很快就配合默契，工作起来如同一个人。

填报户籍人口分类表时，需要了解的内容多、时间紧，刘峰和吴永忠就干脆跑到村里去填表。樊家洼村主任乔喜才，写得一手好字，就是不会用电脑。每次都是他填写好纸质版表格，工作站再帮他填写电子版的。有时候，不止村干部，包村干部也存在不理解政策、概念不清、标准不明的情况，刘峰要解释到对方听明白，填表时不会再填错。

吴永忠和刘峰住在一个宿舍里，他从来没见过刘峰午休。刘峰的电话常常被打爆，除了向上级部门咨询、汇报外，他还经常和驻村扶贫工作队、村两委主要干部沟通，更多的是向贫困户进行信息核实，为贫困户解答疑难。刘峰说，他这不是耐心，而是一份责任，必须将搬迁户安置妥帖了，工作才算完成，结局完美才是最终目标。

2018年填报的贫困户信息采集表中，"致贫原因""帮扶责任人"两项有两个村几十户都没填。刘峰只好打回去让重填，有的村干部非常不满意：不就是一个表吗？填来填去还不是一张表！这是不是有点形式主义？形式到这个份上，是不是还有些猖獗？

刘峰笑着说："你别小看这几个小空空，填对了，才能实实在在地帮到这些需要帮扶的贫困户；填不对，谁知道他们是因为生病变穷了，还是因为岁数大了没有劳动能力了。该给他们送医送药啊，还是该政策兜底。这几个小空空里，填的不是数字，而是爱心。什么形式主义？没有这些形式的存在，又哪里会有这么多贫困补贴？哪里会有这么多人脱贫？扶贫是一项大工程，怎么可能简简单单就完成了呢？涉及老百姓的切身利益，如果不进行量化，如何保证扶贫的精准性?"数字可以量化,但这种心系百姓的精神,却难以量化。

表格中"大病、慢性病名单"也是一个需要随时摸底、随时更新数据的表格。每周的星期四,县医院都会轮流对全县 12 个乡镇的贫困户进行疾病鉴定,很多时候还要邀约省里的专家来坐诊。鉴定完毕后,县医院将鉴定结果反馈回乡镇卫生院。刘峰每周都要和李家沟乡卫生院对接,及时为新鉴定出疾病的贫困户送上政策服务,及时将线下线上的资料更新。他更新的不是数字而是吹糠见米的认真,是贫困户因此得以走出贫困的一张张笑脸。

2017 年,李家沟乡辖人口 1936 人,但是对各个行政村填报回来的户籍人口分类表进行汇总时,刘峰发现少了 300 多人。这 300 多人是人口自然减少了,还是村干部摸底工作不精细漏报了呢?刘峰多次催促,村里也多次上报,可表上数字和以前统计回来的数据总也对不上。解决类似问题,刘峰的办法只有亲自协助村干部完成,工作不是走过场,百转千回,也必须把最真实的情况反映上去。在这个世界上只有真实和真情才能打动人心。

李家沟乡所有村子的村民都知道了刘峰是专门负责填表的。水草沟的村干部孙永华看见刘峰就说:"哎呀,我看见你就发愁哩,那表就没个填完的时候。"李家沟乡 11 个行政村的村干部多次和他开过此类玩笑。范家塔村民赵某埋怨刘峰:"你承认下给我定个贫困户,咋又说了不算了?"刘峰详细告诉他贫困户评定的条件和程序,赵某听到自己的情况一条不符合政策就走开了。没想到刘峰再次去范家塔时赵某又埋怨刘峰不让他当贫困户。不等刘峰开口,周围的村民就纷纷说:"你都没写过申请,真够条件,人家卡你做甚了?"

李家沟村村民马桂花,丈夫离世多年,儿女都已各自成家,2007 年起,69 岁的马桂花外出做家政服务七八年时间,年近八旬了只好回村养老。4 个儿女日子过得不宽裕对其供养有限。看着同村年纪相仿、境况相近的老人都享受了扶贫政策,不愁吃喝、不愁医药,马桂花老人心里有苦无处诉。跟同村人说吧,大家都会反问她:你那时候咋就走了呢?跟儿女说吧,儿女也都抱怨她:

不该外出打工。马老太处境尴尬，心中郁闷，跟村里人叹苦经说，唉，这事弄的，就是因为不想拖累儿女，才自食其力出去打工，早知道国家会有好政策，打死也不会出去打工。现在老得没力气干不动活了，回村养老反落下个不是，儿女穷得靠不上，又没脸找人家国家说，真是白瞎了一片当娘的体谅儿女的心思。命里也就是个恓惶人，苦水一把一把的，只能往自己肚里头咽，日子过得恓惶的，还没个地方和人说！

刘峰无意中听到马老太叹苦经，便把这事放在心里，通过几次走访了解，发现老人的生活的确清苦，而且各项条件完全符合精准贫困户的申报条件，就让马桂花写了申请书递交到村委会。经过村委会的委员评议、公示等相关程序，正好赶上2016年动态调整，马桂花被识别为精准贫困户，享受到了政策兜底帮扶，马老太跟人说：靠谁也不如靠人家国家！

石塔村村民杜小月的信息中没有体现残疾证号，刘峰发现后就和包村干部商量，等残疾证办下来再将杜小月列入残疾贫困户行列，等待过程中，杜小月的生活、医疗将无法得到改善。杜小月精神残疾属实，能不能先报长期慢性病，然后抓紧鉴定办理残疾证，办下证来再改为残疾。大家都觉得这个办法最能帮到杜小月，就遵照规定先行照此办理。一个月后杜小月的残疾证办下来了，刘峰将她的残疾证号填入线上线下相关资料中，填写时，眼前浮现的是杜小月喜出望外的笑脸，填写完，刘峰这才松了一口气。

表格到底有多少种？每周至少两种，两年来，刘峰填过的表格有百余种：干部成绩汇总表、整改情况统计表、整村搬迁情况统计表、精准攻坚一月彻底清零问题整改台账表、广惠园新村安置房对象统计表、九类重点情况统计表等等。光是他给村里设计过的表格就有50多种。整天与这些表格打交道，却并没有被这些表格淹没，还能探出头吸口气。

因为，他知道哪里该胳膊用力，哪里该腿使劲，哪里该心上发功。

为了准确填报整村搬迁未确定为搬迁对象摸底表、新旧政策衔接摸底表和无房户摸底表，即便是做够了铺垫工作，但是整村搬迁未确定为搬迁对象摸底表还是摸底 10 多次才成功报送县脱贫攻坚指挥部。农村虽然不大，农村工作所面临的问题却很复杂。

比如，问题比较典型的后牛栏、胡家洼、樊家洼，不少村民"十二五"期间享受过移民搬迁政策。部分搬迁户领取了每人 4200 元的补助，在广惠园购置了移民房，部分搬迁户却将移民房指标转让他人，或让儿女居住，自己仍然住在村里。这类情况是政策不允许的。

"十三五"期间整村搬迁时，必须通过整村搬迁未确定为搬迁对象摸底表将曾经享受过"十二五"政策的村民进行识别登记。通过 10 多次的摸底、登记、核实、再登记，终于从全乡滤出来 23 户 56 人。户籍人口分类表分六类：贫困户、边缘户、脱贫户、中等户、富裕户、干部户。边缘户不好确定，把握尺度困难，包村干部摸底不准，报回来的人口总数与户籍人口总也对不上。通过多次走访摸底才搞清楚，原来还有空挂户，全村人谁也不知道，派出所就给上了户，导致下村摸底数字不准确。光是为了这一个表格，前后用去一个月的时间才做到真正摸清、摸准，最后准确上报。体现的是认真。

一个人的耐心会不会因为春秋的更替、心境好坏，而发生变化？或者出现不同？当然会的，只是常人不愿去深究，不愿去发现。刘峰之所以能做到这一点是因为他心中有情。

易地搬迁周报表涉及 9 个自然村签协议多少户、搬了多少户、拆了多少户、分散安置户多少、集中安置户多少、腾退面积多少等 10 多项内容，内容烦琐，数字的动态性很强，且需要每周报送。就这样报了半年，这份表格的旅程才算结束。这是需要付出巨大耐心的。

李家沟乡整村搬迁院落情况汇总表涉及近 60 项内容，每一项内容都与老百姓的生活实际密切相关，都极其细致。房屋现状分自住、出租、闲置三种情况，大房结构分砖混、石窑、石口土窑、土窑四种情况。其中，砖混分有无门窗两种情况，石窑和土窑又分有无门窗、是否坍塌三种情况，石口土窑分有门窗住人、有门窗不住人、无门窗三种情况。附属房屋又分土石木结构和砖混结构，这两种结构又分有无门窗两种情况。彩钢房分有保温层和简易两种情况。地基分废旧和有形两种情况。院落分土院和硬化院两种情况。围墙分砖混、片石卵石、土坯、栅栏四种情况。大门分铁质、角钢镶木板、木板、木栅四种情况。厕所分有顶和简易两种情况。菜窖分土制、石制、土石混合三种情况。水井分使用和废旧两种。猪圈分砖制、石制两种情况。房前屋后树木分杨柳榆槐用材树和杏李等果树两种情况。杨柳榆槐用材树根据树木胸径分五个标准进行补偿，杏李等果树分幼树、初果、盛果三个标准进行补偿，就连鸡窝都在测算补偿的范围之内。凡此种种，都需要进行实地摸查登记，大村落分三个小组，专人进行摸底，三张摸底表汇总在一起以村为单位汇报回乡里；小村子一并统计、汇报；九个整自然村的汇总表全部提交回来再进行乡汇总，汇总完毕，核准情况再上报。脱贫攻坚产业项目库填了十几遍，村里报回基础数字，乡里议定，再填报表。

用纷繁复杂来形容这些表毫不为过，用反复填报来描述填表的过程，也无丝毫夸张。鸡毛蒜皮，一丝不苟，不仅是工作责任，还有一个小九九：不让农民吃一点亏，也不让国家受一点损失。过去常说，书中自有颜如玉，书中自有黄金屋，这小小表格与那些书本虽然有所不同，但真的有颜如玉，真的有黄金屋：饥有温饱保障，老有养老补贴，病有大病医疗，民生疾苦，国家关爱，以及各级扶贫工作队上上下下的倾情帮扶辛劳付出都在其中，让易地搬迁户得到黄金屋，让贫困户笑逐颜如玉，这是表格的神奇功能，也是刘峰的责任和担当。

熟悉刘峰的人都知道，这个人似乎从来没有因为工作产生过负面情绪。他总是像一杯温水，和他接触，既不会烫痛，也不会让人感觉寒凉。其实这只是表象，要想维持一种恒定不变的温度，心灵的马达需要更强的电力，没有百分之百的滚烫就不可能有百分之百的恒温。

回到乡里没两天，他又入户慰问。范家塔村贫困户王贵才患有精神残疾，无法通过劳动养活自己，是个五保户。2014 年，王贵才被识别为贫困户，刘峰成了他的帮扶责任人。通过政策兜底，王贵才的生活有了保障，再没为看病吃药犯过难。药没有了，刘峰帮着买；需要报销医药费，刘峰帮着跑腿。刘峰还经常和王贵才拉拉家常，帮助王贵才收拾屋子、打扫庭院。王贵才再也不是过去的那个样子，精神病原本就是心病，心病还得心来医，心的怨怼被刘峰的心熨平，如镜的心湖中，天光云影映照，微风徐兴，病，也就翻不起波澜了。

刘峰去看望王贵才，距离上次入户已经一月有余。对于王贵才的生活，刘峰已经不怎么担心了，他不放心的是王贵才的精神状态，怕他东想西想，想到的全是不开心的事。刘峰出现在王贵才家门口时，王贵才见他的胳膊吊着，就上前去关切地问刘峰说："啊呀，你这是咋的了？咋成了这样？"得知刘峰手术做完，还不到 20 天就从太原回来，回村来就忙着来看自己，王贵才的眼睛不由得就湿润了，他握着刘峰的手，心里过意不去地连连说："你说你都病成个这，就歇着哇，来看我干甚了？看我干甚了！唉，你这人呀！"

手术后两个月内，刘峰不敢吃饱喝饱。上卫生间对他来说变得既烦琐又痛苦：穿衣服，每天早上都得穿二三十分钟才能把所有的衣服慢慢套上，把所有的扣子扣好；一只手洗脸，一只手吃饭，一只手叠被子。受伤的臂膀只要稍微碰一下，疼痛就会立即传遍全身。睡觉的时候，左胳膊不知该怎么放，平躺着疼，翻身更疼。不知情的人看到他从背后拍一下他的肩膀和他打个招呼，他总会龇牙咧嘴疼上半天。远在太原工作的妻子心疼他，让他回家哪怕休息上一周也好。刘峰告诉妻子，工作正好可以分散注意力，工作起来就忘记疼痛了。妻子对他这种奇特的止痛法无言以对，只能默默流泪，默默牵挂。其间，当护士的妻子抽空从太原来看过他六七次，每次都忍着泪为他洗洗涮涮、带吃带喝，叮嘱他注意事项。

他既不能开车，也不能坐车。有时候进城开会，坐上同事的车，路过坑坑洼洼稍微颠一下，钢板和骨头就会来一次剧烈碰触，疼痛从肩膀蔓延至全身；坐公交车更可怕，不小心被碰一下疼得要命。为了让受伤的臂膀尽快康复，刘峰3个月没敢回家，就住在乡政府，该加班加班，该早起早起。3个月后，遵照医嘱，刘峰解开绷带偶尔活动一下左臂膀，还是钻心地疼痛。5个月后，刘峰才可以比较正常地吃饭、洗脸、上厕所、睡觉。但他同时发现左胳膊上的肌肉有点萎缩，他开始尽量多地使用自己的左胳膊。八九个月时，左手还是抬不到头顶上，但他已经非常知足了。前不久县中小企业服务中心副主任、长塔村驻村扶贫工作队队长高焕明不小心拉伤韧带，一瘸一拐去下乡，有人问："你这一瘸一拐，咋不好好躺两天？"高焕明笑说："这点伤和刘峰比起来可不算个啥！"

每周星期一早上，刘峰都要步行半小时从父母家走到县扶贫办开例会。他一只手可以拎包、打电话，却没办法开车。相识或不相识的人，都会主动停下车来让刘峰搭。这个吊着胳膊还要工作的人在所有人眼里都太能扛了。伤筋动骨一百天，整个冬天过尽，刘峰都没回过一次太原的家。担任扶贫工作站站长以来，扶贫办所有例会他都没有缺席过。

他感觉，缺席会议不是他丢了任务，是任务丢了他，他会难受。

刘峰每次开完会回乡里都要挨个给有车的同事打电话，问问哪个还没走顺便把他捎上；要是大家因为有事都早走了，他便只能右手提包尽力护着左臂膀去坐公交车。虽然足够小心，一次乘公交车时还是被一个乘客碰了一下，疼得他差点掉下泪来。同事们听说后，每周星期一，总会有人等刘峰开完会后，和他一起去乡政府。这让刘峰为之感动。

整村搬迁是岢岚县解决深度贫困的一次探索。

2017年和2018年整村搬迁115个村，李家沟乡需要整村搬迁的有9个自然村275户村民。搬迁工作赫然摆在李家沟乡政府的全体干部面前的时候，大家多少有些后顾之忧。如何说服老百姓愿意搬离住了许多年的家？如何安置住房？搬出去以后如何保障他们的生活来源？刘峰用了一个多月的时间测算，最后出台了15个大类59个具体项目的补偿标准方案。

自己写的曲儿还得自己填词。刘峰也亲身参与了每一户的实地丈量和入户测算。丈量过程中，有一部分老百姓要求留一部分住宅和牲畜圈舍，想在原住址继续养殖，刘峰就给他们讲政策：整村搬迁是为了到适宜生产和发展的地方去生活，半走不走的工作做不成，也没有办法全面开始新生活；至于牛啊、羊啊，也不必担心，每个乡都会在整村搬迁的同时另建养殖场。实地丈量、测算的时候，有些老百姓希望刘峰他们把不属于自己的地方也丈量到自己的范围内，刘峰一方面给这些人讲政策，一方面联系村负责人进行核实，一把尺子量到底。

2017年刘峰荣获岢岚县脱贫攻坚"一奖双模"创新奖。工作之余，刘峰喜欢望着远处的霸王山，山上的梁梁峁峁已经日夜不息地注视了他21年，他的目光也将山间的沟沟壑壑逡巡了许多遍，目光相遇，他发现山的目光，是那样地悠远。他仿佛觉得，自己就是山上很多棵树中的一棵，是山下路边一处供来往旅人歇缓的阴凉。将一件小事做好很容易，把每一件小事都做好却不容易；认真完成一项工作容易，总是认认真真地做一份工作却不容易。很多奇迹都出自平凡，很多伟大的人物之所以伟大，就在于他们对每一个细节的重视和坚持。

黑茶山是山，因叶挺、王若飞十几位英烈而名存于史。霸王山也是山，却不为人知。因为这个默默无闻的人，天天填脱贫表格，让我们知道了。填寻常人不齿的不能承受其枯燥的表格，却能始终不渝甘之如饴，以近乎痴狂的认真对待之，是刘峰最难能可贵处。莫非刘峰从这些扶贫表格中看见了什么？听见了什么？没有神灵监视，暗室从不欺心，任何影响扶贫质量的数据，他都不能容忍，只有深知扶贫数据重要性的人才能如此深情。

　　生情而又为之倾情，使他从庸常的社会人，自觉做回了生态人，他的自然机能似乎变灵敏，景感联想使他从中感受到被解放的土地和贫穷正在天人共济的绿色胎动。似乎有一个全新的中国婴孩正在或已经降生，这个婴孩，是顽固如同石头般的城乡差别的逐渐根除，是不堪重负的土地的休养生息，是穷困的渐行渐远和贫富剪刀差的弥合伊始，是从落后的小农经济向现代化绿色农业大踏步前行的序曲，是创建人类命运共同体首先从中国农村消灭贫穷的一次大胆的实践，是返土地以自然、还民生以人权的一个前无古人的中国特色的尝试。

　　国与家没有什么两样，家里有许多无奈，国也会有。政党是人的组合，人有许多烦恼，社会、国家、政党全有。不如意事常四五，不公平能消除多少就消除多少，欠下的能还多少就还多少。这只是一个开始。对不对，姑且先写在这里，交给时间去验证。

第五章

走出人类才能创新命运

在地球村里，有两种生态，一种是自然生态，一种是人文生态，也就是社会生态。因为人无可辩驳无可逃离，首先是个生态人，其次才是社会人、经济人、官场人、城市人、农村人，工农商学，三教九流，概莫能外……

蝴　蝶

调寄行香子（新韵）

铁骨铜花，寒蕊芳魂。迎三春，归大千真。良币驱劣，鼎祚扶贫。史旷其载：吹糠见，米如金。

朵怀香孕，瓣傲枝珍。倚天地，率土之滨。在汾河畔，念岢岚人。也暖晴开：牛羊懒，啃茵陈。

我前后去了4次岢岚，从岢岚采访回来时，已经是2020年的1月，春节在即，想着时间还宽裕，何妨过了春节再行开笔。2月21日中午还与老友陈为人夫妇、张石山兄、毛永林兄、陈建祖兄、徐学波兄以及新友光真兄、植安兄、高华兄鼠年小聚小酌。和为人贤伉俪也就隔了几场雨雪的日子未曾相见，与永林却有些时日不见了。石山兄多年不见，建祖、学波更是暌违良久。青头人都已华颠飞雪，衰秃了额鬓，因此感慨人生似飞沫、若飘风、如发博、像电邮，转眼就是白头。前一天恰好又吃长寿面过了个农历生日。

故七律平水两首，发感慨说：

其一：今天子鼠猪年别，昨日华巅落岁愁。淑鹤为人间雪疏，石山建祖旷云稠。学波契阔永林久，摩诘暌违锡水休。闪电浮生如发博，积梁光景霎时邮。其二：桃红柳绿斟春酒，果熟瓜香厚九秋。混混蒙蒙羁白虎，潇潇洒洒骑青牛。风风火火奔波鲤，晃晃悠悠荡树猴。行到山穷穷拾遗，醉翁亭里醉阳修。

就在前两天，也就是 19 日，我还与景平兄应候良学、宋耀珍之邀，走去天街小雨，喝茶聊天，并与良学、耀珍、石头小酌，相谈甚洽。半醺，回家后遛狗，一夜无话。翌日网上见天街小雨的微博，石头有诗曰：无人处乃我去处。花开一时，我也如此。心生欢喜，故七绝新韵曰：天街小雨润石头，含翡衔糖翠已休。春透焉能寒万水，千山宝气起阳秋。

20 日忽然收到李洱兄寄来的厚厚一包书，打开来看，果真就是他获十届茅奖的上下册两本《应物兄》，翻开来，便见赤条条的正在洗澡的应物兄，如同博古架上那一只定格在引吭高歌状态下的野鸡，满脸都是须须索索的坏笑，冲我说：一本薄书换我两本厚书，你小子真值了！我说：与时迁移，应物变化，虚己应物，恕而后行。放下布袋说穿了是一种自我妥协。你从延安拾粪拾回来的现在，与过去还是一脉相承，变化的只是皮相，阳秋如故。

我投桃之时，已知你必应物，因为你就是韦应物，真也罢，韦也罢，必须适时应物而营生，看见有什么东西，从书中呼之欲出。说话间，从现代感极强的封面上，忽然就跳出四个核桃大的卦象大字：《儒林外史》，周易语"象者，言乎象者也"。此书极像现代版的《儒林外史》，明明暗暗，各臻其妙，会心者常能一笑，值得细读。

想起前时所填写的《定风波》新韵，十分应景儿，故附于后：时运如潮客似船，码头苟利亦徒然。百姓扁舟千渡畔，登岸，无非三五入凌烟。易代改朝人未换，翻案，万年谎话一真穿。马屁爱腌孤瓣蒜，堪叹，谁都不想学啼鹃。

有评论称此书"文学史将证明，对于汉语长篇小说艺术而言，《应物兄》已经悄然挪动了中国当代文学地图的坐标"。以为此评甚酷。文学史属于人文范畴的生态，与自然生态相类似，任何一部新作品，只要是有点分量的，如同石头击水，都能大小巨细多少地击破文学现状的波面，或是挪动文学地图的坐标。这种现象在自然界名之为：蝴蝶效应。

"一只海鸥扇动翅膀足以永远改变天气变化。"美国气象学家爱德华·罗伦兹1963年这样说，又形象比喻，"一只南美洲亚马孙河流域热带雨林中的蝴蝶，偶尔扇动几下翅膀，可以在两周以后引起美国得克萨斯州的一场龙卷风"。不容置疑的是任何一个地球村人，都是自然生态环境中的一员，不管承认与否，都有一份与生俱始的责任和义务，每一个人举手投足之间，都可能产生不同程度的蝴蝶效应，历史已经无数次地证实，绝非危言耸听。

猝不及防袭来的新冠病毒就是一个现成例子，病毒沉睡或封印在蝙蝠体内或自然界任一角落，天荒地老，根本就没有能力自行生发。只因人类有意无意的行为唤醒了它，从而引发了蝴蝶效应并触动了多米诺骨牌巨大的连锁反应，迄今还在继续。新冠病毒初起之时，如萍头一缕飘风，被发觉后立马就有人发了哨还有人吹了哨。哨声划过夜空如同一道稍纵即逝的闪电，被掐灭后又如暗夜一灯，只照亮了周围有限的人群，使社会未能及时启动相关防范机制，并同时失去了剪灭它于初起之时的良机。以至任其坐大，山雨未来，风已满楼，"封城"武汉、肆虐天下。社会生态是个精密链环，任何一环的偏差，都能生发放大蝴蝶效应。

所以，我们不能怨怪武汉，武汉为全世界先行顶了一个造化的雷。这是一场蓄谋已久的自然的报复，机缘凑巧，不幸而先罹落于武汉人身上。在造化的秤盘上，分分厘厘都有自然的计较，定盘星一个偏移，保不齐下一回落在哪里。灾害的池塘蓄满了之后，累积的溢流每每是无序的，但总要先从短板处倾泻，而这个短板是世界各国人类社会普遍的短板。

从来没有无因之果，也没有无根之木，南北极冰雪融化，水、火、地震、瘟疫、旱涝等等，是造化用来宣泄对人类不满的老辣手段，会轮流不断地使用，下一个轮到谁？是美国吗？英国吗？法国吗？德国吗？还是一网打尽全世界？全地球？全人类？不敢去想了。

细看新冠病毒的造像，多么像一枚一枚人类帮助造化制造的，用来二战时布防江河湖海的水雷，人类制造它们的目的就是为了杀戮同类。看啊，那种冠冕堂皇、如花似玉的羞人嘴脸，羞的也只能是人类。但千万不要惊慌，此消彼长，百草荣生，万木葱茏，阳气上升，阴气下降，惊雷滚滚，暖气腾腾，万元归阳，万物复苏，各种蛰醒后的微生物滋生并讶然：什么玩意儿趁我们蛰睡之时为害人间占了我们的地盘？一起灭了它们！个中必有病毒的克星，一毒独大的局面必然改观，互相制衡是自然规律，估计惊蛰过后即是小毒溃逃之时。

我以《这是一朵让人类含羞的花朵》调寄《望海潮》新韵这样说：龟蛇忍辱，狸蝠蒙垢，衔冤黄鹤高楼。芳草锁江，晴川闭牖，奈何多少英流？楚尾起吴头，自然连渊薮，造化恩仇。弹冠瘟虫，聚华佗扁鹊曹刘。三皇五帝春秋。猎狮熊象虎，吃肉穿裘。生猛鲜活，幼吸嫩吮，大千物类全收。蝗嚼鼠餐急，又猴攀杨柳，遍地貔貅。只待东风病去，良药是含羞。

但我还是乐观的，以为新冠病毒感染率高，会引发或加重各种原本就有的旧疾，但其实就如同流感病毒感染初起之时，因为是破题儿头一遭，所以很容易引起人们的恐慌情绪，司空见惯的今儿，谁还会把流感病毒当回事儿？若新冠注定要永远伴随人类左右，人类难道就终日活在恐惧之中吗？当然不会，以为恰恰相反，会活得更顽强，应对得更恰当，而人体的免疫功能，也会因此而大激发大增广，治愈者的血清自带抗体，科学应用之，必战而胜之。

我发微博发表看法说：举凡大疫，最怕自乱阵脚，以为全国各地情况有所不同，应因地制宜，因疫施治，不可以一刀切，严防死守时，内紧外松，忙而不乱，秩序井然，要有长远打算。万万不可谈虎色变，夸大其词，肆意制造紧张气氛，万事俱废，攀比式层层加码，你关街铺、我关小区，你封路、我断人行，百业凋零，大有从今往后日子不过了的阵仗，病毒犹未灭，人先吓死、愁死、饿死、穷死、苦死、憋屈死，人人自危。领导干部须有"诸葛一生唯谨慎，吕端大事不糊涂"的良吏能吏之操守。你的一举一动一颦一笑将决定胜负。

武汉有我许多老师和朋友。一城两江三镇四桥五湖是武汉的标志。湖北古为楚地，秦灭楚后，楚国人成了秦人的俘虏，是为楚虏。这场疫病的起因，是管不住嘴巴，沦为病毒的帮凶，自己把自己俘虏，并关入屋子，成了真正的楚虏。六欲吃当先会贻害自己，也会累及他人。武汉得病，天下连坐，七情所系，各地驰援，成本巨大，亡羊补牢，不划算啊！

疫情吹哨人李文亮逝世，牵动亿万人心并因此上了热搜。三更上床，心有戚戚，辗转反侧，一夜没有睡好。早上起来想要写点什么以寄哀思，脑海里不断重复浮现吹哨人和鸡毛信这两个似乎风马牛不相及的故事。20世纪50年代一部名叫《鸡毛信》的电影，讲述一个名叫海娃的三边少年将一封插着鸡毛的重要信件送到八路军手中。窃以为这个故事取材于晋察冀边区放牛娃王二小的真实故事。以为吹哨的目的与送鸡毛信相类似，不同的是，一个是在抗日战争时期为救抗日军民拼死送鸡毛信不幸牺牲了个人性命的放牛娃，一个是在大疫初期因擅自吹响警示哨声而被责难并不幸被瘟疫夺走了年轻生命的眼科医生。悲夫！

人类本身就是一个难以超脱生死的限制词，千百年来，人类生死的故事，千差万别却又大同小异，雷同的故事，雷同的情节，雷同的主题，雷同的生死，无数次重复出现，也就不可避免。但细节常新，细节是魔鬼也是天使：两个处于不同时空的人，先后成为两个内容不同而主题相同的故事中的主要角色，究竟相同在哪里？不同在哪里？有什么更深刻的内涵在其中，则要自己去寻觅了。天使和魔鬼凿刻的细节是人类进步的一级又一级历史阶梯。

危险猝然袭来时，首先发现的羊儿发出了一声惊呼，只因喊的是狼来了，只因袭来的狼披了羊皮，便被以造谣生事惊扰羊群罪责难。曾几何时，维苏威火山爆发，毁灭前的庞贝古城，如果也有人示警？恐怕招来的也只是时人的嘲笑和讥讽。悔恨定格成永恒，与吹哨人的遭遇相类似，只是后者更加惨烈。蝴蝶效应在不动声色地宣说着混沌真理的意味深长。

所以，不妨让我们一边悼念李文亮，一边歌唱王二小。

据当时晋察冀军区一军分区司令杨成武回忆，王二小牺牲时才 13 岁，晋察冀边区文艺战士方冰和劫夫含泪创作了这首全中国的著名儿童歌曲《歌唱二小放牛郎》：牛儿还在山坡吃草，放牛的却不知哪儿去了。不是他贪玩耍丢了牛，那放牛的孩子王二小。九月十六那天早上，敌人向一条山沟扫荡，山沟里掩护着后方机关，掩护着几千老乡。正在那十分危急的时候，敌人快要走到山口，昏头昏脑地迷失了方向，抓住了二小要他带路。二小他顺从地走在前面，把敌人带进我们的埋伏圈，四下里乒乒乓乓响起了枪炮，敌人才知道受了骗。敌人把二小挑在枪尖，摔死在大石头的上面，我们那 13 岁的王二小，英勇地牺牲在山间。干部和老乡得到了安全，他却睡在冰冷的山间，他的脸上含着微笑，他的血染红蓝蓝的天。秋风吹遍了这个村庄，它把这动人的故事传扬，每一个老乡都含着眼泪，歌唱着二小放牛郎。

人是社会人更是生态人，所处社会背景和生态环境，须臾不能或离。大疫期间诸多关心和牵挂使我不时走神。信心满满正在试图征服宇宙的人类，的确被这个不起眼的病毒教训了一下，一时间，手忙脚乱，张皇失措，人仰马翻，乱成一团，世界因此而露怯。但还不足以把人类打回原形，不同体制的优劣反而在疫情中暴露无遗，云泥立判的当下，也让人如堕五里雾中，一时无从辨识。正在擦干血迹且行且珍惜的中国，适逢其时，在国际社会从未如此炙手可热。被病毒彰显优越性的同时，随着各国人潮的纷至沓来，即刻又陷入了另一个尴尬。

庆幸的是，黄土高原的阻隔和寒冷似乎使病毒望而却步。在没有疫情的情况也在严防死守的诸如岢岚等许多山西省的县市，感染病例一个没有，奇迹般地保有了一片净土。中国特色的扶贫攻坚的脚步声，并没有因为大疫而停顿沉寂，铿锵声中，还在紧张而有序地进行。

不经意间，小区院里的草地变绿了，迎春花开了，柳树发芽了，春天真的来了。虽然小区的大门还是紧闭，每一个出来的人仍然戴着五颜六色的口罩，长街上人影依旧寂寥，但喜悦已在蒙面人的眼角眉梢随春天悄悄滋生。我有五律平水记之曰：大疫共情猜，春天寂寞来。攻肌千把火，入肺万枚雷。旧戴非新冠，新花是旧魁。随风虫落地，象起毒成灰。

汾河畔上春意已经在闹。现在的岢岚，晴坡暖沟中，如云的牛羊又开始啃青了吧？故又以"迎春"为题，调寄《行香子》新韵，两首合一叠，遥遥寄远如上。

春 色

七绝（平水）四首

其一

一杯酒嫩千千事，三碗茶柔万万丝。

九九虽然差一九，两仪四象已星移。

其二

花花草草怨春迟，燕燕莺莺惜相知。

窗外鸟鸣金粉志，红尘懒起翠低眉。

其三

昨驰惊蛰雷奔鼓，今驱龙蛇请伏羲。

社戏莫开《西厢记》，鸦声犹唱《打金枝》。

其四

塞寒依旧添裘衣，晴薄关山暖不肥。

善感东风怀醋意，怕人梳弄柳依依。

以色列物理学家戈德拉特博士创立约束理论原想突破约束，遗憾的是物极必反。1989年深谙中国国情的邓小平在会见泰国总理差猜时便为中国定位说："中国地多还不如说是山多，可耕地面积并不多，另一方面实际上是个小国，是不发达国家或叫发展中国家。"1997年中共十五大已把可持续发展战略确定为我国"现代化建设中必须实施"的战略。

习近平总书记明确指出："我们既要绿水青山，也要金山银山。宁要绿水青山，不要金山银山，而且绿水青山就是金山银山。""山水林田湖是一个生命共同体，人的命脉在田，田的命脉在水，水的命脉在山，山的命脉在土，土的命脉在树。"习近平的两山论和山水林田湖是一个生命共同体的说法，与邓小平所说山多地少以及2003年7月28日中共中央前总书记胡锦涛提出的科学发展观重大战略思想，一脉相承，而且指向更加明确。如果说前者只是"约束性"的未雨绸缪，那么"十二五"规划对"约束性增强""约束性指标"的特别强调，便是"约束"经济发展战略在中国乃至世界率先发起的划时代的绿色变奏。习近平有关"我们在生态环境方面欠账太多了"的感慨，道破了生态危机的忧思和生态文明建设的必要性。

正如《求是》杂志的编审孙珉所说："没有人喜欢约束，但是，如果这个约束关系到我们的未来，它就是一个不得不接受和适应的现实。不管你喜欢与否，今天，约束性增强已经不再是一个警示，而是体现在国家和政府的规划中，成为生活中实实在在的内容。"

单一的不可再生的资源经济的快速增长注定是不长久的。这便是资源经济之所以被世界各国称之为"资源诅咒"的原因。大到国，小到家，抽象到人类，具体到个人，如同持家过日子，需要执政者头脑清醒，目光远大。岢岚县委书记王志东便属于个中呼之欲出者。

岢岚东邻宁武、静乐，西与保德相连，南靠兴县、岚县，北依五寨、河曲。岢岚从字面上，便可见出是一个山多、风硬的地方。汉代建城迄今 2200 多年历史的岢岚小城，因踞晋阳屏障要塞而兵家必争。矗立在城中央的正在修复的鼓楼，北、东、南 3 座城门、瓮城，以及残垣断壁的片段。有城，有山，有水，有树，端的是灵气逼真。古人相关"山大水小、山高水细"的描述也入木三分。但依我所见，岢岚的山大而不高，水小流细却是真的。在那个举全国之民之力以挖掘地下埋藏穷极所有也要上位的时代，因矿产资源极度匮乏而经济发展低迷的岢岚，无奈地戴上一顶国家级贫困县帽子，也是那时再正常再合理再自然不过的选择。

然而时代已经不同，脱贫攻坚的重担，恰逢其时压在了王志东肩上。那时笔者虽然还没有认识王志东，却有山西新闻网 2018 年 8 月 10 日的一篇长篇通讯佐证：记者见到的县乡干部有一个共同特征，红脸汉、泡泡眼，有的眼里充满血丝，略显疲倦。只要谈起工作，立马来了精神，头头是道。县上干部讲了一个故事，省委党校一位和王志东熟悉的老教授在岢岚讲学，问起书记在不在县里？陪同老教授的人很诧异，刚刚不是在楼道问候过您吗？老教授感慨，2013 年我来讲课时他还很年轻，几年时间就老了，一下子真是还没认出来。记者抵达的第二天早上，是 7 月 16 日，周一。大雨中，几十名干部 8 时 30 分齐刷刷准时来到脱贫攻坚指挥部，两个乡被通报批评，限期整改。一周任务清单落实到人头。随后，兵分数路，直奔乡下。他们把这种做法叫做天天到现场，就是问题发现在现场，现场解决问题。

岚漪河咆哮如雷，沟壑间云遮雾罩。时而雨泼，时而雨歇。多半天跑了 4 个乡 6 个村，有岚漪镇第三沟村、刘家湾村，阳坪乡赵二坡村，宋家沟乡安子村、偏道沟村，神堂坪乡新民村，塌房漏雨的情形没有，村民们和泥搬砖，见天收入 100 多块。几乎村村都有新变化，王志东说，眼里有情况，脚下有办法，和乡亲们在一起心安。几个村的群众大多数认识年轻的县委书记，聚拢过来，你一言我一语，反映情况。偏道沟村有小两口在珠海打工，回来处置老房子要下天价，村里人都看不惯，王志东跟村党支部书记商量，开个村民大会，让群众做做群众的思想工作。工地涉及的材料问题、资金问题、补偿问题，王志东一五一十给予解答。有意思的是新民村 64 岁的肖根才老人，用补助的 2.4 万元翻修了旧窑洞，干完保洁，有时在村里广场上唱个道情跳个舞，老伴儿嫌他丢人现眼。他拉着王志东的手想要讨个书记的面子书记的说法。王志东对老太太说："看病医保，吃饭低保，保洁月收入 800 块，是老来福。吼一吼，精气神就出来了。"话一出口，老太太便舒眉展眼，笑了个云开日出。

他带领县委一班人，坚持六环联动，破解七难，一年间整村搬迁 115 个村，交账交卷，撕开一道口子，蹚出一条路子。这场改变贫困群众命运的大迁徙，省委、省政府和市委、市政府给予空前支持，方方面面汇聚力量，基层党组织引领群众架桥开路。"这不是一个人的攻坚，是党中央号令之下的千军万马。"王志东如是形容，"挂图作战，我们要一个一个堡垒去攻克。"

全县风清气正，一场又一场的硬仗，实则就是干部能上能下的"竞技场"，在脱贫攻坚第一线提拔重用干部 270 人次，突出培养选用优秀年轻干部，先后选拔"80 后"科级干部 166 名，其中正科级全日制本科一把手 8 名。因之，匡正了用人导向，打破了论资排辈，有的正职当了副职，有的主动要求让贤。

脱贫摘帽，志在必胜，锥处囊中的赵利生，便是在王志东暗里不动声色的冷眼旁观中、明里有意无意的详察细考下，脱颖而出的一员脱贫攻坚的骁将。用赵利生话说，"没想到，事先也没和我说，就宣布我当扶贫办主任，我一听，心里嗡的一下，头就大了，赶紧找他辞官，可他说，不能辞，就看中你了"。谋升迁跑官要官者，在王志东这里是没有市场的，他只看重那些肯做事不谋官的德才兼备者，这类人无意于升迁，只想实实在在做点儿事，偏要委以重任，不是要你当官，是要你更好地为国家做事，这就是王志东的用人策略。

乡村振兴，好戏连台。王志东如数家珍，最大的移民新村广惠园从外省引进了多个劳动密集型企业，有一技之长的劳动力可以实现就地就业。宋家沟新村，一座年处理5000吨沙棘的加工基地已经建成，联姻18个沙棘造林合作社，分批培训的600多人，将逐步上岗。与此同时，羊肉深加工项目、光伏发电项目等，也给贫困农民带来实实在在的收益。在文旅富民、文旅兴城又一个战场上，宋家沟新村文旅扶贫有了突破进展，更加坚定了县委一班人咬紧牙关、拼搏奋斗的信心和决心。岢岚古城恢复、宋长城建设文旅项目从纸上谈兵到落地生根，"一体两翼"乡村文旅构想从决策之前的严谨审慎到开工之后的雷厉风行，他们打造的是文旅1.0版，即无中生有，年内游客人数超过10万，明年打造2.0版，后年为3.0版。他认为扎扎实实，埋头苦干，狠抓落实，干好应该干的事情，当好施工员、泥瓦匠，功成不必在我，建功必须有我，就是作为。他说在危难时刻挺得上；风险面前担得起；遇上矛盾解得开；遇上梗阻疏得通就是担当。连轴转，紧着干。白天现场，晚上会场。无数个不眠之夜，县委三楼常委会议室的灯光穿越夜空，照亮了中心广场由毛泽东、周恩来、任弼时和知识分子、武装民兵、工青妇、老人、儿童等代表各阶层的11尊单体人物铜像组成的大型群雕。1948年，为实现全国解放，党中央、毛主席离开延安，东渡黄河，转战西柏坡的途中路居岢岚，并留下"岢岚是个好地方"的称赞。为了让这个称赞更加名副其实，马拉松的接力棒传递到王志东手里，在他领跑的脚步下，广惠园扶贫车间机声密集，柏籽羊养殖区通水通路，晋岚生物科技公司开工在即，时光豆子滚向全国……卡脖子的麻团纷纷破碎。

打基础，谋长远，需要久久为功，踏石有印。脱贫攻坚是大战场也是大考场，作为硬性规定，县委要求包乡县领导三天两夜住村，其余帮扶力量五天四夜住村。从县委书记做起，去了哪里、做了什么、进度如何、解决了哪些问题，有着详细台账，每周一在脱贫攻坚例会书面公布。在攻坚一线的省、市、县、乡184支驻村工作队和4054名干部到岗到位由指纹签到系统记录，做到一周一盘点、一旬一督核、一月一验靶、一季一考核，锤炼出一支拉得出、冲得上、挺得住、打得赢的攻坚铁军。随着整村搬迁的全面告捷，战略重点转移到整村提升和风貌整治。就是要画出最新最美的画，打磨出留得住的乡愁和山水田林路村的生命共同体。县委一班人马，经过了铁马金戈冲锋，黄钟大吕操练，铁琶铜板演奏，接下来需要下绣花功夫，这个比搬迁更难，153个村，要绣出美丽乡村的环境，绣出青山绿水的生态。

让王志东感触更深的是源于群众内心的精神动力。高家会乡上村武黑女，不等不靠，不屈不挠，供养2个孩子上学，侍候3个老人，养羊种地两不误，还帮衬比她更穷的人家。从甘沟村搬到宋家沟新村的党建军，一家培养出2个博士，县乡干部集资帮助两个孩子完成学业。虽然贫穷，但有骨气。众人同心，其利断金。王志东讲述这些故事，并看作是全县脱贫摘帽的丰厚精神资源。下乡路上，王志东这样告诉记者："我们县委常委班子12人，正好一个班。只有冲锋在前，才能领好全县8.6万人民群众干成事。一任接着一任干，有了岢岚的今天；一级带着一级干，为了岢岚的明天。从整村搬迁、整村提升、整沟治理，硬仗一场接着一场，遍布全县的100多个村庄有的正在危房改造，有的正在修葺残垣断壁，有的正在街巷整顿，有的正在景点建设，与乡村振兴遥相呼应，城乡一体化的蓝图已经绘就。"

然而也不是所有人都对他们的做法赞许，尤其是对整村搬迁的做法和即搬、即拆、即退、即垦的岢岚做法，说三道四，大撇其嘴者，也不乏其人。

一年前，恰逢一场久旱之雨不期而至，翌日总书记要来岢岚视察。夜里，王志东既喜又忧，辗转反侧于床榻，如同小学生要向老师交考卷似的，深怕自己的考卷入不了老师的法眼，心里头，难免忐忑不安，像住了一窝小兔子，三瓣嘴，红眼睛，吃了萝卜吃青菜，就是吃不下饭，睡不着觉，定不下来心。好雨知时节，当春乃发生。翌日习近平总书记冒着"润物细无声"的喜雨来到岢岚县赵家洼村和宋家沟新村，旧村新貌，形成强烈对比，给总书记留下了深刻印象。总书记当即肯定了岢岚县整村搬迁的做法，并随即指出整村搬迁是破解深度贫困问题的有效举措，使王志东从中感受到更深的信任与更富挑战性的责任。他说："摘不下贫困帽子，就对不起脚下这块红色土地。"恰好又应了杜工部后两句诗的意境："晓看红湿处，花重锦官城。"红色土地，被雨水打湿，便是红湿处。为什么要这么说？这里边有故事。

王志东任岢岚县委书记时年方37岁，上任后，他用8个月时间，走遍了全县的山山水水、沟沟岔岔、犄角旮旯。最远的则堡塔村，要翻越3座大山，花费3个多小时，狭长的壕沟有1.5公里长，七上八下住着30多人，到了地方已经是深夜。则堡塔村人，那时，还不大认得他，见了他，只当是个远路的行脚客，却不改稀罕，不改天生的古道热肠，热接热待，让他进家，上炕，喝水。家是黄土挖出的窑窑，本真本色本土。也有烂泥糊出的房子，已经是村上的好人家。炕，是大土炕，连席子都没有，好人家也只铺得有一块斑驳的油布，也不知用了几代。水，是苦碱水，喝了让人闹肚子。窑里没有电，只有幽幽的灯盏，泛着昏昏的光亮，小小的一团光亮，忽忽悠悠，穿不透窑洞里黑黢黢的夜色，灯影里，影影绰绰，模模糊糊，照不见村人们憔悴的脸色，也看不清穷苦人扑朔迷离的心思。

王志东心里觉得不是滋味，心想这哪里像晋绥边区的腹地，老区人民保卫过延安、支援过前线、喂养过革命，付出过巨大牺牲，建国多少年还过着如此窘迫的贫穷日子，这欠下的情欠下的债是还的时候了，再不能让这些流过血、流过汗的老区人流泪了。许多的过意不去让他良久无言。同行者只好打手电照了个亮儿，照照王志东充满内疚神色的脸，照照村人被苦难和紫外线烧烤得挂了厚厚釉色的脸，再照照村人多数能识的自个儿的脸，村人们这才知道这个年轻的来人竟然是新来的县委书记王志东，不由得男男女女老老少少的脸上就在手电的光亮下笑眼欢眉，便连黑黢黢的窑洞也顿时充满了扑朔迷离的亮色，一时间，你一言，我一语，七嘴八舌，话语稠得像老酒，烈得也像老酒，一股脑地泼溅，差点把窑顶掀翻了。

黄土高原大概类型为黄土和土石两种，黄土深可万丈相对厚重，土石如犬牙交错相对贫瘠，二者在岢岚都有，比例似乎是各占一半。最新的科研成果证明黄土高原是大风堆积尘埃的结果，黄土高原如同凝固的沙丘，山是漫坡的浑圆的，因之又被称为黄土高原丘陵区。千沟万壑是水土被雨水长期切割搬运的残余造型，所以又被称之为黄土高原沟壑区。

岢岚的村庄多数都散落在丘陵与沟壑里。王志东通过调研发现，几乎所有的村子，都深受路、电、水短缺的困扰，得病要拿自己的身体和生命来熬，上学得去邻近的学校靠两只脚板早起晚归地跑。由于生态环境和诸种生存要素的缺失，在王志东没有来之前，仅仅在 10 年时间里，已经有 63 个偏远的自然村凭空消失了。曾几何时，这些自然村都是因为水草丰美，才得以呼朋引类，聚集起三五人群，形成了自然村，百年甚或几百年上千年对土地的垦殖和耕种，已经榨干了山上的土，沟里的水，水土俱穷。加上与时俱生的水涨船高，没有路也没有电更没有学校，孩子打小儿就入了放羊、娶媳妇、生娃、放羊的周而复始的怪圈。

从贫穷中侥幸解放出来的可能几乎没有。人类在社会进步文明昌盛的同时，不慎露出了大人类的嘴脸，充斥着诸如"索取""征服""掠夺""发展至上""政治第一""国家至上""民族主义""金钱万能"，甚至连"人类意识"

也等而下之，以致使国家民族人类世界步入了社会发展无以为继，陷入了地球变暖海平面上升未来陆地消失人类毁灭的窘境。

这个地方已经养不活人，不搬走就只能等死。这样的地方究竟有多少？为了心中有数就得下苦摸清底数。王志东一次又一次，不拘白天晚上，只要时间允许，能去一个村，就去一个村。有时一个人，短途轻车简从，有时几个人，长途怀揣馒头和咸菜，上高山入深沟，访贫又问苦。礼失求诸野，还兼着求策问计。他发现光是一个名叫井沟的地方，就散落着17个袖珍自然村。这里的人们，房前和屋后，山围沟还括。坡坡闻鸡狗，窑窑见孩娃。对面人瞭见，吼喝能拉呱。这厢他拉不上妹妹的手，那壁她只能崖畔畔上递个话。壑壑有隔断，隔空话桑麻。过沟跑死马，白瞎一枝花。鸡犬相闻尔，老死穷年华。过着贫苦的原始生活。摸排过筛下来，光常住人口50人以下的山庄窝铺就有115个，3537人，整村搬迁势在必行。

然而，要把这115个自然村的人口全部从深山沟里搬迁出来，在城里重新安置，投入之巨大，困难之艰重，即使在全省也找不到第二家，这史无前例的第一大"难"敢不敢扛？王志东却深思熟虑、义无反顾、没有丝毫犹豫和气馁，以万丈豪情和壮士断腕的勇毅，不容置疑地断然拍板说："中央有铁打的精神，我们要有打铁的本领，把这115颗钉子，一颗一颗从深山沟里拔下来，搬到宜居城镇，一颗一颗地钉牢钉实，让他们脱贫，还不能返贫。"

说起来容易做起来难，明知道这些地方已经活不了人，但真要搬迁却又故土难离。东沟村有个嫁过来40多年的李改红，年已65岁，村里没有水源，全靠驴驮人挑，吆喝着一头小毛驴，天天早起到邻村驮水，来回至少一个多小时。山路崎岖，一路泼泼洒洒，回来后也就剩不下多少水。只够人的吃喝饮用，连牛羊猪狗和驮水的驴子都舍不得让它们多喝几口。惜水如金似油，一年到头也不舍得洗个脸，洗澡，更是想也不敢想的事儿。洗洗涮涮，更是舍不得，醒齵和肮脏可想而知。用当地人的话来形容，醒齵的人已经结了层厚厚的壳儿，就算是拿斧子也捣不烂，跃倒了人走出来，壳壳就留在那儿了。寻常里念念叨叨的，盼着天下掉个搬迁的大馅饼，真掉下这么个馅饼，却又舍不得迁移，舍不得毛驴天天驮水的路数，舍不得那些种不出粮食的薄田，舍不得住不出惬意的烂窑，只因住久了住惯了住得有感情了。

王志东在东沟村驮水的路上，给赶了毛驴驮水的老人，认真算了笔细账，告诉她家腾出来的地方要办个养殖场，她会因此而有一笔不小的进项，她山上的田地要全部退耕还林让土地休养生息，国家还有一大笔补偿给她，还有，还有……七七八八算下来，算得老人昏花的老眼发亮，说真的？要是真的，那就搬上走。王志东笑说，真的，有假，你来寻我。李改红老人回家去，先就卖了驴，几天后就搬到了宋家沟新村。搬进新居的第一件事，就是在卫生间淋浴头下痛痛快快地洗了个澡，积年老垢排山倒海洗下一堆，差点堵塞了下水道。然后她又把家里所有的衣物都用自来水洗了个干净，把自己彻底从肮脏中解放了出来。

草滩坪村搬迁成为老大难，王志东不动声色，带着一双耳朵，悄悄进村蹲点，耐心细致地倾听，仔细认真地记录，缜密周详地思考，然后针对村民的不同问题，不同对待，不同矛盾，不同解决。抵触迎刃而解，麻缠拧成线线，不悦逐一理顺，搬迁工作，水到渠成。

去年腊月二十九，零星鞭炮在城镇里已爆响了年味，鼠年在即。王志东踏雪踩冰，带着米面油和红彤彤的春联，专门到偏远山村路家岔看望两户还没有搬迁的人家。这是他主持常委会做出的决定，不能让暂时未搬迁的贫困户感到孤独无依，要让贫困户过一个温暖体面的春节。这一天县常委们舍弃了自己的节日，全体出动，分头上门到80多户人家嘘寒问暖。

因新华社记者报道而在社会上广为人知的被称作"山顶洞人"的尹油梅老人，也终于在大家的努力下搬出了社窠村祖辈居住了长达50多年的破窑洞，住进了城里头亮堂堂的楼房，标志性地成为整村搬迁的最后一户人家。搬到县城半个月看了两场戏，让古稀之年的老人倍感欣慰："以前不愿意拖累孩子，孩子们回村也不方便，现在能跟孩子们住得近点真好。种了一辈子地，再也不想种地了，也不想回去了，国家给了这么好的政策，现在生活好着呢。"

一个宋家沟新村，两月不到已经吸引了游客 8 万多人，但凡有个小门脸的、能露个一着鲜的手艺人，收获得盆满钵满。投资者纷至沓来，与荷叶坪连成一线的王家岔宋长城，摇身变为旅游潜力股，着力于打造三只金饭碗：历史重镇、清凉山城、养生福地。

1976 年 5 月生于山西省阳高县的王志东，1995 年 5 月入党。1995 年考上山西财经大学公共管理学院，1999 年 7 月毕业，任山西省学生联合会执行主席。向学之心不止，2004 年 9 月，又考回母校山西财经大学经济法学专业学习，2007 年 7 月获法学硕士学位。2011 年到定襄县任县委副书记、代县长。仍然不知餍足，想多里求索，于 2008 年 9 月—2011 年 6 月期间，在山西大学晋商学研究所经济史专业学习，并获经济学博士学位。王志东 2013 年 5 月任岢岚县委书记；2016 年 9 月 30 日当选为忻州市第四届市委委员、常委。风风雨雨8 年，忙忙碌碌 8 年，殚诚竭智 8 年，勤学不辍 8 年，如今的王志东已从而立之年奔入了不惑之岁，他深爱的这片热土正在被脱贫攻坚的东风从冬天的寒冷中解放出来。

想来相距 200 公里的岢岚，与太原我所住小区内的春天相仿佛，杨柳远远望去，似乎已经有了淡淡的绿色，走近去看，这淡淡的绿色却又没有了。以为是看花了眼睛，离开后蓦然回头，远远的，淡淡的绿色又有了。为什么会这样？想不明白，想明白，它就不这样了。哦，原来，这就是，希望的颜色。每年这个乍暖还寒的时候，忽冷忽热，忽阴忽晴，人嫌春迟的情绪，还是挺煎熬人的，但心急也是没有用的。仿佛即将进入倒计时的脱贫攻坚，还须再加一把劲儿。此时心境与盼春无异，故七绝新韵戏曰：乍暖还寒不好过，还寒乍暖更难活。前如黄豆出石磨，后似牛羊入涮锅。黄豆出石磨变成豆腐产生的是本质上的升华，牛羊肉好吃不好吃涮了方才知道，万事俱备，只剩一涮。又以"春薄关山欲何为"为题七绝平水四首专写这早春的杨柳如上。

豆 腐

五律平水

岭瘦上千喑，沟肥下万忱。

峰高雄鸟语，谷大壮雷音。

卷起江山袖，舒开社稷襟。

悠悠生草木，习习暖芳心。

岢岚盛产金灿灿的黄豆、乌油油的黑豆、红艳艳的芸豆，脱贫攻坚如同一盘应运而生的巨大的石磨，发着年代的轰隆隆的声音，在撕裂豆皮把豆子从束缚中解放出来的同时也磨碎了自己，贫穷如同雪白而黏稠的豆浆，被倒入勤劳的笼布过滤掉愚昧、落后等豆渣，细腻的豆汁涌入向往的大锅欢快地煮沸，在希望的点化下变成如花似玉的絮状理想，然后倾入大地的模具，在时光的压榨下变成现实的豆腐，从量变到质变，完成了一次本质的升华。

豆腐存在的历史漫长而悠久，相传是在公元前164年，汉高祖刘邦之孙淮南王刘安在安徽省寿县与淮南交界处的八公山烧药炼丹之时，误将炼丹的石膏，放入了正在喝的热腾腾的豆汁之中，这一纯属偶然的发现，影响深远到现在，使美食佳肴的食谱中从此显赫了豆腐家族。

豆腐古时名称很多，有"菽乳""黎祁""小宰羊"，宋代以后，才统称豆腐。我们可以从命名豆腐的拈字上见出古人对豆腐的赞许，豆腐既可以有"乳"的功效，也可以代替粮食有"黎"的作用，甚至可媲美小雪新杀"羊"肉的营养价值。事实也的确如此。各种几可乱真的素斋和上百种豆制品中，唯一和肉类可以媲美，摔个平跤的，似乎舍豆腐外再无其他食物。小小豆腐已经影响了人类生活，并可能继续发扬光大，直至有一天完全取代肉类。

但是关于豆腐的来处，众说纷纭。五代陶谷所著《清异录》记载，陶谷"为青阳丞，洁己勤民，肉味不给，日市豆腐数个"。陶谷在青阳为丞时，以身作则，每天不吃肉只吃豆腐。日本学者据此认为豆腐起源于唐朝末期。1960年在河南密县打虎亭东汉墓发现的石刻壁画，有人认为描写的不是酿酒场面，而是制造豆腐的过程。又说汉代发明的豆腐未曾将豆浆加热再点化，充其量是原始豆腐，凝固性和口感不好，没有进入烹调主流。直到宋代豆腐制作工艺方才成熟，方才进入皇上与庶民同食的食谱。南宋诗人陆游曾记载说，苏东坡喜欢吃蜜饯豆腐面筋。宋代的吴自牧在《梦粱录》中记载，京城临安的酒铺卖豆腐和煎豆腐。

日本人认为唐代鉴真和尚在公元757年东渡日本时，把制作豆腐的技术传入日本。14世纪日本文献中多次出现"唐腐""唐布"等词，"豆腐"一词迟至1489年才出现于日本。天明二年（1782年）大阪曾谷川本出版了一部名为《豆腐百珍》的食谱，书中介绍了100多种豆腐的烹饪方法。豆腐在宋朝时传入朝鲜，19世纪初传入欧洲、非洲和北美。如今豆腐在越南、泰国、韩国、日本等国家已成为主要食物之一。20世纪末期始迄今，西方的亚洲产品市场、农产品市场、健康食品店和大型超级市场都能买到豆腐。可见豆腐影响之大。

原始的豆腐制作方法由人力完成，人推或是驴子拉磨，磨豆子成豆浆，然后要有过滤掉豆腐渣、压水分等一系列的工序，很是繁复费劲。现代科技使豆腐实现了流水线生产，各种电气化的磨浆机、甩浆机、压干机将豆腐从泡黄豆到出成品一条龙生产，日产量比过去提高了4倍以上。2012年年底，新型的省心省力的家用豆腐机也被研发出来，可以在家里轻松制作豆腐了。

但是岢岚县马家河村红旗示范户吴永明做的却是纯手工的老豆腐，纯正的色泽、紧致的质地、馥郁的豆香、细腻的口感，机制豆腐无法与之匹敌。村人们以吴永明豆腐坊出品的豆腐为正宗，个个都赞不绝口：永明家的豆腐，能让人吃回小时候的豆腐味道。现在的豆腐都不地道，没有豆腐味道，虚头巴脑的，只剩下个豆腐的样子，跟永明家的豆腐一比，那些豆腐都瞎啦！

每每鸡啼还未，也就是3点钟的辰光，整个村庄还在沉睡，马家河村吴永明家的灯火已经通明。吴永明的豆腐坊里，专用的磨豆腐机已经磨豆子，驴子在磨道捯腾四蹄，或是人推磨的光景和磨坊一起被时代抛弃，所谓手工豆腐是指后边的工序，这个最重要的工序将由吴永明娶来的外地媳妇来完成，这是吴永明媳妇娘家的祖辈手艺，自有其古老独特之处。

过去的小学课本有一课《磨豆腐》：呼噜噜，呼噜噜，半夜起来磨豆腐。磨豆腐是个辛苦营生，无论寒冬腊月，还是炎夏酷暑，人家还在打呼噜，而开豆腐坊的，却要起来呼噜噜双推磨。天气越冷越要提早起来"浸豆"，豆子要在水中浸泡到相当程度，才能磨出豆浆。豆腐做好后，男的要挑起豆腐担子，沿街叫卖豆腐。女的把作坊收拾干净，然后坐在门前卖豆腐。

生豆浆用特制的布袋装好，将浆液挤压出布袋，放入锅内煮沸，边煮边撇去上边的浮沫。温度保持在90℃—110℃之间，煮的时间长了短了都不行。点卤分为盐卤、石膏及葡萄糖酸内酯三种。豆腐花凝结20分钟舀进已铺好包布的木托盆或其他容器，用包布包起盖上木板压10—20分钟，即成水豆腐。这是南豆腐，又俗称水豆腐。北豆腐俗称老豆腐，一斤黄豆做2斤多老豆腐，能做4斤左右水豆腐。豆腐脂肪的78%是不饱和脂肪酸并且不含有胆固醇，消化吸收率达95%以上，两小块豆腐，即可满足一个人一天钙的需要量，素有植物肉之美称。

吴永明属于千万个农村孩子中普通的一员，打小便孤身一人进城打工，搬砖和泥，几乎什么活都干过。他凭着一双勤劳的双手，娶了妻，生了子，已经在异地他乡落了脚生了根，而且日子也过得不错。但是在吴永明心里的隐秘处，始终藏有一个绮丽的故乡梦。他经常在闲聊时，和妻子回忆起儿时的村庄，儿时的田野，儿时在山野沟壑里奔跑玩耍的情形，怀念家乡日出而作日落而息的清贫但却充满阳光的温暖日子。梦想深处始终为故乡保留着一个神圣的角落。想着有朝一日回去，守着自己的一方小院，依靠勤劳的双手，开创美好的生活。

2016年国家号召进城务工人员回村创业，政策的天平向农村倾斜，吴永明敏锐地感到圆梦的时机近在眼前，便和妻子商量。斯时吴永明在城里的日子已经稳定，孩子们也分别在城里上了学，回来意味着放弃，意味着还要面对新的挑战。出身农村的外地妻子与丈夫有相同的田园梦想，一拍即合，凭着一股农民的简单与执拗，夫妻俩也没有过多权衡利弊计较得失便决定回：树挪死，人挪活，到哪里不是靠自己？回自己的家种自己的地，打下的粮食国家不收税，还有各种各样补贴，比在城里给别人打工更有奔头！我们不怕吃苦！

吴永明携妻带子回到村里，县里、乡里、村里的领导，纷纷前来看望、鼓励，各项国家补贴也相继兑现。当年春天吴永明便承包了50多亩土地，面朝黄土背朝天，因为心里充满了对故乡土地的感情和对未来的憧憬，干起活来似乎有使不完的力气。

吴永明的妻子干净利落、吃苦耐劳、勤俭持家，里里外外，都是当家的好媳妇。打小她就记得，在家里，妈妈天天做豆腐的身影，几乎所有的细节，都历历在她眼前。妈妈做的豆腐当时可是受四邻八乡人夸奖的，这是家传的手艺，自己为什么不可以开个豆腐坊呢？她与丈夫商量，丈夫自然是举双手赞成，于是吴永明豆腐坊，便正式开业了。随着第一锅豆腐做成功，一发不可收拾。每天上午10点钟村民都会在村里的广场，等待吴永明家里的这锅豆腐。这时候吴永明妻子就变成了一个笑嘻嘻的卖豆腐的小贩。她的豆腐每天最少能卖一锅，赶集要卖两锅。每逢赶集，她全天几乎都没有休息的时间。

她每天凌晨3点多就起床生灶火、磨豆子、榨豆浆、点豆腐、压豆腐。做成后还要兼着卖豆腐。豆腐的好坏，除了选择好的没有霉变、虫咬、颗粒饱满、新鲜的豆子，关键还要看点豆腐这一道工序，需要的是技巧、专注、细心，火大了不行，火小了也不行。她也曾一不留心，点坏过一大锅豆腐，懊恼得她差点要使劲打自己一顿。盛放豆浆的锅，直径足有1米，灶台砌低了放不下锅，所以灶台十分高大。身材矮小的她够不着，只好放把结实的长凳，她要踩在长凳上，才能恰好够住灶台。她长久地拿一柄大勺不停搅动大锅，时不时还要往里添加浆水。冬天，腾腾白色蒸汽整个吞没了她，她云里雾里地不停搅动白色的沸腾，如同在耕云播雨。夏天，她挥汗如雨，但为了卫生，她也要束起长发，穿上干净的工作服。重复动作要连续几个小时，所以，每做成一锅豆腐，她都如同洗了一个蒸汽浴。一年365天，天天如此。满屋浓郁的豆香，她已经嗅不见了，但光景和日子，却比她做的豆腐，更加有滋有味了。

离黄河不远的马家河村，气温全年比县城要暖和，适宜高粱生长。吴永明在田里种了高粱。还养了110头绒山羊。吴永明回村当儿，就和村委会以及驻村工作队商量，决定自己种高粱。自己酿制的不勾兑、无添加剂的纯粮酒，他在外地打工时，曾见识并认真研究过一番。高粱丰收后吴永明开了一个占地60平方米的酒坊，酒酿好后，密封在几个大坛子里，等待酒窖香后，装瓶出售。

古法酿酒的作坊设备简单，一个土灶用泥巴和砖垒砌而成，灶上放一口大铁锅，把铁锅用水泥固定好，请木匠师傅根据锅的大小用杉木箍一个上口小下口大锥形的木甄，或按木甄上口尺寸去买一口大铁锅，作为做蒸馏酒时候装冷却水循环的锅，俗话叫"天锅"。新锅首次使用前，必须用砖头把它架起，倒扣用柴火烧，将锅底的铁锈烧掉，然后用食用油趁热擦上去，让油吸附到锅上，这样蒸馏出来的酒就不会有铁锈的黄色和味道。土灶旁边必须用水泥做两个水池，一个是用来蓄水在酿酒时候给天锅换水，另一个泡高粱和焖高粱。还要有个五六十平方米的摊场，平地挖1米多深做地温发酵池，根据土曲酒的发酵周期，一般需要发酵7天，必须在地下挖7个池子满足周期轮同。传统土法酿造工艺最重要最具代表性的一个环节，就是固定或活动的糖化培菌床，称为"箱"，把混合了土曲的熟高粱，放进"箱"里24小时后，待高粱开始变甜变香，就可以把高粱铲出来，谓之开箱，为固态发酵法。开箱出来的高粱，看着就松软甘甜，酒香味非常浓郁。将开箱取出来的高粱酿，埋入地窖池密封发酵。

这个进箱开箱的环节，对酒的口感和质量，起决定性作用，非常之重要。很多酒厂、私人小作坊，因为掌握不好这个环节的技术含量，一味盲目追求产量和利润，为节省劳力、场地，跳过传统发酵的周期时间，而不管不顾地省略了这个重要环节。但是他们忘记了一点，用现代工艺高酵母和糖化酶酿出来的酒，根本无法与土曲土法酿造的酒相比。于是就出现了时下的流行语：勾兑。这就是吴永明之所以要刻意追求古法酿制不勾兑无添加剂的纯粮酒的真实原因。

丈夫种高粱，用高粱古法酿造不勾兑无添加剂的纯粮酒，秸秆和酒糟还可以喂猪。妻子做祖传的古法豆腐，豆腐渣还可以给山羊当精饲料吃。物尽所用，一举两得，一点儿也不浪费。一对夫妻，两心合一心，在大风起处尘飞扬的黄土高原之上，以自己还很年轻的生命，刻意要置换岢岚苍老的浮云，让黄土真的变成了金。

毛 驴

调寄行香子（新韵）

长耳伊侬，根大阿公。吼声宏，蹄踏贫穷。走磨面道，驮四方风。啃遮光翠，眉馋绿，眼羞红。

觅踪嗅味，执勇持忠。不拈酸，恋主人终。护金陵梦，立太平功。顺群儿咬，猎桀虎，吠尧虫。

　　小时候听郭兰英唱山西民歌："交城的山来交城的水，不浇那个交城它浇了个文水。交城的大山里没那好茶饭，只有莜面栲栳栳还有那山药蛋。骑毛驴驴上山骑毛驴驴下，一辈子也没有坐过那好车马！"后来知道骑毛驴驴为灰毛驴驴之误。此民歌出自清朝，口里一个有了心上人的女子，被父母强行嫁入交城大山里，女子因怨而起兴，因情而成歌："狠心的老子没主意的娘，把奴家打发到交城山上。交城的大山里没啦好茶饭，只有那个莜面栲栳栳还有那山药蛋。抬起头是黑林林的山，低下头是石头滩。灰毛驴上来灰毛驴下，想回娘家没有啦口外的好车马……"历史上的走西口亦称走口外，口外泛指蒙地，而歌中的女子是从口外大草原被嫁入口内的，女子对口内的生活非常不满意，所以才有了以上的歌诉。

　　清代有一句谚语：雁门关上雁难飞，归化元宝如山堆。山西亢旱没啥事，归化一荒嘴揪起。山西省代县西北是三关之冠的雁门关所在，归化为商贾辐辏之地，山西即使大旱对于当地社会并无太大影响；但如果归化一带发生灾荒，民众就只能忍饥挨饿了。反映出山西口内经济对于口外经济有极大的依赖性。口内移民带来相对先进的农耕技术，促进了口外农业的发展和游牧经济，逐渐形成了农牧并举、蒙汉共居之乡。先有复盛公，后有包头城。昔日的山西人包揽了归化与绥远、库伦和多伦、乌里雅苏台和科布多、新疆、蒙古恰克图、俄罗斯等地商道。为旅蒙晋商驮运货物的除了骆驼、马、骡而外，最多的当是上文提到的毛驴。

　　驴的皮毛，多为灰褐色，头大耳长，胸部稍窄，四肢瘦弱，躯干较短，颈项皮薄，蹄小坚实，体质健壮，耐粗放，不易生病，并有性情温驯、吃苦耐劳、听从使役等优点。驴也有大、中、小之分，大型驴如关中驴、泌阳驴、广灵驴，体高130厘米以上。中型驴如辽宁驴等，高在110—130厘米之间。小型俗称毛驴，体高在85　110厘米之间，以华北、甘肃、新疆等地居多。毛驴与马有不少共同特征，同样三趾突出，其余几趾已经退化。驴没有马的高大英武，和马的速度，马的俊秀。肥马轻裘，香车宝马，是有钱人的享受。农村寻常的田间耕作，各种山区驮运役使，娶媳妇儿，回娘家，逢会赶集，骑头毛驴，就已经很有面子了。

上回采访吕如堂时，在山坡上已经见识过那一坡的毛驴，从驴的外貌长相看，似乎主人所养的是德州驴，其中多有"三粉"也有"乌头"。三粉的特点是全身毛色纯黑，唯鼻、眼周围和腹下为白色，四肢细而刚劲，肌腱明显，蹄高而小，皮薄毛细，头清秀，耳立，体重偏轻，步伐轻快。乌头则全身毛色，夜一样乌黑，全无杂毛，体位均显厚实，四肢较粗重，蹄低而大，体形偏大，胸宽而深，此乃中国驴种的重型驴，配马生骡质量尤佳。遗憾的是没有见到驴主人。

出生于1985年，从县教育局辞职返村的大学生杨侠，是岢岚县温泉乡土鱼坪村的专业养驴人，对驴情有独钟，寻常与人交谈，以及其网络搜索引擎中，出现频率最高的一个字眼便是：驴。杨侠对自己养驴的原因，也交代得相当明白："适应性强，食量小，饮水量小，抗病力强，易于养殖。养一头驴的收益相对较低，但大规模养殖比较划得来，利润虽然平均一头赚得会少点，但销量大，一般人们选择养猪、养牛的多，这反倒让市场上的驴，供不应求……"

杨侠上网看得最多的是养殖、出售驴子的信息。他养的驴，似乎是产于山西省的大型广灵驴。此驴体重约260千克，体长多为1.35米左右，役使、吃肉都不错。过去这个品种，对种公驴或种母驴，毛色选择很严格：一般将黑化眉色视为上品，青化眉、黑马头和桐毛色次之，被毛要求粗硬，这种驴子结实、有劲。但似乎杨侠养驴的目的，不仅是为出售给人们驮东西，肉食大于役使，所以在长相上也并不挑剔。他的驴种，似乎还与德州驴有过杂交，有杂交优势。

杨侠不仅会处理驴子易患的一些突发疾病，还会给驴子接生、护理幼驴，他笑言，自己不仅是名副其实的"驴友"，而且还是货真价实的"驴头"。谝起驴经，成竹在胸："毛驴役使还有，但已经很少。养毛驴多为肉用。养殖方法，不外乎两种：一是买母驴，通过繁殖来获得收益；另一种是买驴驹，通过育肥再出售来获得收益。恒远驴价格约4000元，3年可产驴驹2头，3年末，在第二头驴驹哺乳期满后，驴驹这时已经长为成年驴，售价为3800元左右，加上第二头驴驹断奶后售价1800元，3年总收益为5600元。购买年龄半岁左右的德州驴幼驹价格约1800元，养殖育肥6个月左右出栏，售价约4000元；半年的养殖效益1840元/头，适用于规模化养殖。两种养殖方式，年获益大约在1100—3700元之间，平均为2400元。河西驴又称凉州驴，产于甘肃河西走廊，体形矮小，公驴平均身高1.02米，母驴平均体高1米，毛色多为灰色，能吃苦耐劳，耐粗饲，易饲养，肉养不合算，这种驴，就是山西人印象中的灰毛驴，郭兰英、阎维文歌中所唱灰毛驴，指的就是它们这种驴。"

从古至今人们对毛驴的认识是老实巴交没本事。这个印象深入人心要怪柳宗元："黔无驴，有好事者船载以入。至则无可用，放之山下。虎见之，庞然大物也。以为神。蔽林间窥之，稍出近之，慭慭然莫相知。他日，驴一鸣，虎大骇，远遁，以为且噬己也，甚恐。然往来视之，觉无异能者。益习其声。又近出前后，终不敢搏。稍近，益狎，荡倚冲冒。驴不胜恶，蹄之。虎因喜，计之曰：'技止此耳！'因跳踉大㘎，断其喉，尽其肉，乃去。噫！形之庞也类有德，声之宏也类有能，向不出其技，虎虽猛，疑畏卒不敢取。今若是焉，悲夫！"

中国的当代画家黄胄，创作了大量的毛驴画，他在一幅6.9米的画卷上画了46头毛驴，栩栩如生，或低头，或昂首，或疾跑，或蹦跳，或侧卧，精彩纷呈，令人叫绝。他还有一幅画，画的是毛驴拎起蹄儿捉痒，急切间却搔不到痒处，龇牙咧嘴，栩栩如生，姿态与神情十分逼真。我用驴搔不到痒处，来比喻生态治理危机，人以杀生而养生，欲求的上帝五光十色，因为需要而焚琴煮鹤，因为美丽而巧取豪夺，因为可爱而竭泽而渔。因为宜人而居之，因为好味而食之，因为爽肤而衣之，因为欲得之而杀之，因为爱之深而恨之愈，因为欲壑难填之而堕入迷狂，不惜毁天、毁地、毁自己，明知不可为而为之，虽九死而不悔。哪怕印度洋地震，太平洋海啸，北冰洋融化，五大洲陆沉，也难消解这极端自私的欲求。

生态危机不仅是中国之痒也是世界之痒。驴搔不到痒处，是因为它是驴。人身上哪儿痒痒都能搔到地方。怕的就是满不在乎，不以为然，够着痒处也不认真去挠。挠也是得过且过甚至是隔着障碍物去挠，这是个成语名为"隔靴搔痒"。隔靴搔痒的结果是，越搔越痒，痒到最后，下场比驴子也好不到哪儿去。

并调寄《点绛唇》戏之曰：俯仰黔驴，蹄儿够不着迷惘。六神无主，只想搔搔痒。骨感皮囊，丰满多猜想。槽头党，向西迷惘，虎在丛林赏。

我想在这里说的是，杨侠是个会搔痒的人，他首先搔到的一个痒是养驴。随着交通、农业机械化程度的提升，相比同样养猪、牛、羊，驴养殖相对小众，养殖周期长，销售渠道不畅，导致驴的存栏量下降，资源日渐匮乏。这就是杨侠之所以不养大众都养的畜类而偏偏要养驴的初衷。这是一种不肯随大流的反向思维：大家不养的我偏养，大家不做的我偏做，不走大路走小道。杨侠搔到的第二个痒就是搔准了时代的痒，这是个人人都知道却无人能说也不好意思去说的痒，这个痒也是时下脱贫攻坚何以为继的一个痒，关系到今后和未来。

2014 年大学毕业后已经在县教育局办公室当干事的杨侠，时年 29 岁，在而立之年前夕，他忽然做出一个令同事和世人都瞠目结舌，却颇见万丈豪情的决定：回自己的家乡温泉乡土鱼坪村创业。

多少年来像中国的很多村庄似的，土鱼坪村只有一个一个络绎离开的大学生，离开便如同断了线的风筝，跳了龙门的鲤鱼，好像旧小说所描述的：鲤鱼脱却金钩去，摆尾摇头再不来。何以再不来？不敢来啊！土地贫穷农村户口的金钩，摆脱已经不易，哪有毕业后再回来的可能？无偿向社会有去无回输送自己生气和血肉的农村，知识了的只是个城市，撂荒了的只是个乡村。被知识、被繁荣、被利润、被功名、被追求好日子的年轻人，义无反顾，抛在脑后，或遗忘在角落里的，只能是乡村。这样的乡村怎么可能不衰败老迈？不田园荒芜？不村屯空壳？不失去乡愁和生气？不成为一个时代之痒、一个世纪之痒呢？

所以，杨侠的这个举动，在许多人眼里、心里是意外的，是违反常识的，是"年轻意气"的孟浪荒唐之举，甚或有"相逢意气为君饮""纵死犹闻侠骨香"的侠义之气，不是武侠小说读多了，就是任性使气一时冲动铸下的大错，读书读糊涂了，有他后悔的一天。但无论如何，杨侠此举却又一次搔中了中国农村脱贫攻坚的关键之痒。前来扶贫的人，都是国家派来的国家工作人员，杨侠就是国家工作人员，国家也没有明确地派他来，可是他自己派自己来了，而且来了，就不走了。当杨侠以一口地道的乡音出现在大家面前，对村里的牛羊驴子土坷垃窑洞不仅不嫌弃，反倒还显得格外兴奋时，仅此一点便让村里被他称为叔叔婶子大爷大娘的乡亲们又惋惜又兴奋又放心，似乎一座悬空的大山呼隆隆踏实落下，最后一丝忐忑也被一风吹了。

"回来就要好好干！"这是书生杨侠的初心。"让年轻人有活干，有钱挣；老年人不愁吃不愁穿；村庄环境优美。"当年11月杨侠当选为土鱼坪村村委会副主任。田家崖村撤并到土鱼坪村后，村大了人多了事也多了。2017年换届中杨侠正式当选为村支书兼村主任，成了乡亲们口中"当家的"。他从城里借回复印机为村民无偿复印证件资料，并统一收齐到县里各个单位办理。村里一位低保老人丈夫去世6年了，她拉着他的手说："你是一个好干部，以后村里的工作，我一定支持你。"有一次晚上8点多他在村委会正准备吃饭，一位老汉突然跑来说老伴肚子疼，他放下饭碗就拉他们去县城，在医院输上液，大娘肚子不疼了，他才离开。

2017年习近平总书记视察岢岚时，所视察的村子，与土鱼坪村仅有一川之隔。杨侠从中悟到了让村里翻天覆地变化的根，是人的精气神。从固定党日、三会一课、党建制度入手，每个月都会组织学习，让第一书记、驻村工作队员、老党员来主讲，经常开开会，及时把上级的政策文件传达下去，"两委"班子成员思想统一了，党员带头模范作用明显了，村民精气神有了。针对本村特点，确定了发展养殖业、种植业的路子。村里的种植合作社吸收39户贫困户参与种植富硒谷子，连续忙碌6天，241亩富硒谷子全部播种入地。预计每亩收入2000元，户均4亩，仅富硒谷子户均收入可达到8000元。维修2.5公里农田路一条，完成全村土地确权1506亩；打造富硒谷子园区，种植富硒谷子291亩，谷子秸秆用来喂驴；引进核桃树种植，流转山地2000亩；在新农村建设中，同时完成了村两委活动室改造，完善了公共设施，建立健全了治保会、红白理事会、治安巡逻队，并设立了村组卫生保洁员。回村5年来，他还带领全村常住的40多户把原有的60亩果树陆续扩种到现在的170亩。

2017年合作社辐射带动41户党员贫困户参加了驴养殖，并由帮扶单位山西省煤炭地质局和政府共同出资完成养殖场建设，采用集中喂养，统一由合作社经营，驴的存栏数已经发展到87头，每年可为每户党员贫困户分红1600元，保障了党员贫困户如期脱贫。山西省煤炭地质局土鱼坪村第一书记商震这样真挚地记录说：这天，我和杨侠约好去村里的党员合作养殖场看看，顺便体验一下放驴的工作。从村委会步行15分钟就到了合作社，我们做好准备工作后，拿着皮鞭，赶着驴群就出发了。从养殖场出来，就是公路，车辆很多，我们十分小心地赶着驴，时刻注意往来的车辆，既要保证驴的安全，还不能让它们受到惊吓。顺着公路走了大约1公里，公路边有一条岔路，我们就赶着驴从岔路进了山里。一进到山里，驴群就彻底撒欢儿了。我们找了一块地势相对平坦、青草较多的地方把驴群安顿下来，让驴儿自由活动。驴儿开始寻找着自己爱吃的青草，还有几头驴妈妈时刻守在驴崽旁边，生怕孩子跑丢了。3个小时很快就过去了，已是上午11点，天气逐渐热了起来，我们便赶着驴群按原路返回养殖场，结束了上午的放驴工作。这对于我这个从小在城里长大，平时连驴都不常见的人来说，是一段十分难忘的经历，让我学到了知识，增长了见识，也结识了朋友。

由杨侠的养驴我想起几则活吃驴的故事。一个是宋朝的韩缜，洪迈在《夷坚志》卷十六有载：韩缜做丞相时最爱吃驴肠，每次饮宴都少不了，有时还要上几次。吃驴肠要脆美，但进锅时间长就容易煮烂，稍不注意就坚韧。厨师就把活驴绑在柱子上，席上才喊斟酒，这边马上就割开驴肚子取出肠子洗净，用水煮一下调和端上，味道十分鲜美。韩公在秦州时宴客，客人席间如厕，看见有几只驴在柱子下又踢又叫，肠子都被掏出了但还没有死。此客原本生于关中，经常吃驴肉，从此以后终身不再吃了。《近代稗海》卷十载：同治初年山东有一家餐馆名叫十里香，出售生吃驴肉，味道极其鲜美。做法是先在地上竖四个木桩，把驴的四条腿绑在木桩上，不杀驴。客人要吃驴肉，或是屁股，或是肩膀，用开水浇，去掉毛后，生割一块，做熟端上去。客人下筷时，驴还在哀叫。同出处记载：清江浦有个为富不仁的寡妇，特别喜欢吃驴的阳具。方法是先让公驴和母驴交配，估计它们正酣畅时，用快刀割断公驴的阳具，从母驴体内抽出，做熟来吃，说味道嫩美，比啥都好吃，每年杀死的驴无数。

人类文明的遮羞布上，镶有一道血腥而华丽的蕾丝花边：人以杀生而养生。但驴不是植物而是动物，它们与人一样有痛觉神经，在生命本质上并无二致，都是自然的造物，所以祈愿吃它们的人能善待它们，吃的时候希望能多少吃得文明一些，吃相好看一些。还有，这次我在岢岚采访时，见了许多的狗猪羊驴，有许多感想，曾经填了两首《行香子》新韵为它们造像，一首词里有两种动物。放在这里聊做本节的收束，看诸位能否从中分辨出四种家常动物？能从字里行间见出些什么褒贬？感悟到一些什么？或能从中博个会心一笑，也未可知。

脑满同僚，蒲扇常摇。食肠肥，坐卧官寮。帽翅翘起，水桶身腰。见者通吃，先吃舜，后吃尧。

咩多咩少，犄角如刀，啃青苗，本性轻佻。四蹄乱蹈，刨尽琼瑶。吏小僚大，下僚草，上僚朝。

共 体

调寄塞鸿秋（新韵）

银河原本星星造，地球缥缈烟波袅，孤舟独木伶仃岛。乾坤如树星如枣，乱竿儿打小，贪欢儿扑少，惊飞人类枝头鸟。

人类是充满想象和激情的动物。生、死、爱、真、善、美，始终是人类文学创作表述的主题。柏拉图在《理想国》中探索理想社会。托马斯·摩尔在《关于最完全的国家制度和乌托邦新岛的既有益又有趣的全书》中则描写了一个理性共和国，生产资料归全民所有，生活用品按需分配，人人从事生产劳动，而且有充足的时间从事科学研究和娱乐，没有酒店、妓院，也没有堕落和罪恶。战争时期雇用邻近好战国家的雇佣兵，而不使用自己的公民。

有些无奈是先天的，有些无奈是后天的。对此，人类生理和心理的长期地不健康，似乎顶着一份莫大的干系，它助长了超前透支及时行乐的思想，为虐了万物更多的生命，除杀生以养生外，还生发出一个光怪陆离宫廷弄臣般的庞大的宠物产业，养猫饲狗甚至养野生动物以满足情感需求与虚荣心。无疑这是人类对自然的一个漫长而深刻的干预过程，结果如何不得而知。由此得出结论：最好的世界是没有好坏对错是非美丑的顺其自然的乌托邦世界。

但有一点可以肯定的是，这也是人类社会最大的一个无奈吧？

人类在追求美好理想的过程中，貌似总是疑思重重的，随即出现的一系列反乌托邦的书，便是佐证。1932年英国人赫胥黎所著的《美丽的新世界》，预测600年后的世界，生产飞速发展，大亨取代了上帝，人们像工蜂或白蚁那样工作，一种让人忘掉七情六欲的有鸦片之益而无鸦片之害的药品成为生活的必需品。《我们》描写了一个充满科学创造发明的大统一王国，连写诗歌都要用科学手段。人们没有姓名只有编号，一切都有规定。《1984》叙述了一个极权主义乌托邦，政府有四个部，富裕部使人挨饿，和平部主管战争，仁爱部对群众实行严密的思想控制，而真理部负责造谣。国家的目标是培养仇恨，打击他人，效忠老大哥。

千百年来人类总是太过优越太过自恋地沉浸于自我的激情与梦想之中，忘记了来处和去处，与自然天地万物唇齿相依的纽带关系被人为斩断，急功近利为富不仁渐行渐远甚至背道而驰。太过深情地抚摸自己的结果是一次又一次地陷入了不切实际的空想、迷惘、科幻的怪圈之中，环境污染、生态恶化、资源匮乏接踵而至，四面楚歌，捉襟见肘，不能自拔，犹不知悔。不妨学习一下那些与人类同为地球生命的动物和生物，千百年来它们向自然索取的多么有限，向人类贡献的又有多么慷慨。为了自然为了万物，人类为什么不能稍微牺牲一点自己的相关利益呢？节制一点自己的相关欲求？怀一点感恩的相关心情对自然生态和万物做一点回报呢？这个真的说不好，也没法子说下去。也许人类天生就缺这个自然基因？

如果说岢岚县教育局的工作人员，"80后"大学生杨侠，事实上已经跻身于追求人类理想的行列。那么，岢岚县高家会乡五里水村支部书记，"90后"女大学生何沫樸，她的行为同样具有与杨侠相似的理想情结。1992年出生在五里水村的何沫樸，是本村村民何志强家的二闺女，虽然父亲请人给她取了个洋气名字，但她却是土生土长的五里水村人。何沫樸在农村夜以继日学习的目的，与她这个年纪的大多数农村孩子一样明确，就是为了考上大学离开农村，农村在孩子们的心里和眼中，就是个一旦离开，就永远不应该再回来的地方。

然而让人意外的是，2014年大学毕业后，年方青春妙龄的何沫樸，却没有像村里别的女大学生，选择留在生活优裕的城市立足，找个有钱的老公，然后结婚生子，彻底改变自己的出身和命运，而是通过省政府购买基层服务岗位，成为高家会乡政府的一名工作人员。

理想和情感是灵魂的双翅膀。何沫樸究竟是出于什么目的，方才毅然选择放弃城市，回到故乡，并服务于基层，除了理想的追求，似乎还有情感的成分，是故土难离还是离不开父母？别人都离得开，她何以就离不开？这似乎也不是什么理由。何况，正如时下流行语：理想很丰满，现实很骨感。作为1990年的何沫樸对基层现状又有什么了解吗？

现实中，等待她的又会是什么呢？回乡后的何沫樸，人们纷纷对她的决定表示不解、诧异，甚至讥讽。但何沫樸却安之若素，丝毫没有后悔自己的选择，反而还为自己的选择感到得意。因为她已经发现，如果她选择留在城里，充其量是一粒盐溶入大水，多她不咸，少她不淡。可是回到乡村，她竟然如同一粒不大不小的石子，击破了平静的水面，溅起了相当不小的水花，成为人们嚼来嚼去的话题。而且最不可同日而语的是，她欣喜地发现：这里的人们和生活真的需要她！

除完成乡里安排的日常工作外，何沫樸还协助乡政府做五里水村的包村工作。

2017年12月何沫樸作为返乡大学生被任命为五里水村的支书，当时正是全村脱贫攻坚任务最重的时候。当村支书以来，她带领大家完成五里水后村6户21人移民搬迁，并完成拆迁复垦；为移民搬迁分散安置五保户购置集中安置房并持续跟进服务；在她的努力下，村里通过出租水井，增加了集体经济收入；村内老旧水管全部更换，彻底解决了村民的吃水问题；和大家商议后，把村委会后院改建成扶贫车间，引进红灯笼扶贫产业；在村里广泛种植土豆优种，积累了生产经验，增加了农户收入；在她的多方努力下，村里的养猪大户终于搬迁到了村边的新址，解决了困扰村民很久的养猪场问题，此举令村民拍手称赞……

高家会乡五里水村，旧村原先位于窑脑沟，有泉水一眼顺流而下，河长约五里，故而得名五里水村。村委会在村中央，青瓦泥墙为背景的照壁上是一个砖雕的"福"字，台阶上时常有聊天、晒太阳的村民。要不是照壁后有一面高高飘扬的五星红旗，这里倒很像是一个农家小院。何沫樸每天到村委会上班时，总是笑容满面，逐个和圪蹴在村委会台阶上的村民热情地打招呼，清清爽爽的短发头，素面朝天，走路带风，也不像是个村干部，倒像是放假回家小住的高中生。嘴巴里乡音依然地道，爷爷奶奶叔叔大爷婶子阿姨地一路叫过来，不像是个乡里的干部，倒像是自家娃娃，长者亲切，少者欢喜。有时忙，顾不得打招呼，大家就继续聊年景话收成，家长里短，没有太多客气话，妥妥的就是一家人不说两家话的感觉。

然而，何沫樸很快发现，农村工作并没有自己以前想象中的那么简单、容易，特别是扶贫，经常让何沫樸感到有心无力。热勃勃地去是"扶"人家偏就不想让你扶，只是扶贫干部自己的一厢情愿，为啥？因为多少年了，很多农民已经习惯了安于现状，根本没有一点求变的想法，你帮扶他，他一点不领情，还从心里烦你，见了面躲你，给你撂个脸子。但这样一来，反而激起了何沫樸身上那股假小子的倔劲儿和牛脾气，你赖在地上不让我扶你，我还非要扶你起来，让你想懒也懒不成。我就不信你一个大男人还能拗过我一个小女子去！

"村里有劳动能力的人几户都在外面打工，很多老人孩子不在身边，过得很孤独，我觉得他们就像我的爷爷奶奶一样，就想尽一份力去帮助他们，哪怕只是帮忙取一次药，帮忙取一次身份证，和他们说说话，我觉得都是有意义的。"村里年轻一点的都在外面，何沫樸是村里唯一的年轻人，但何沫樸不仅不抱怨还有一份小欢喜："顾不上寂寞，礼拜天也几乎在工作状态，作为村支书，就是要随时随地解决老百姓的事情。人都说年轻人就要有年轻人的样子，我能趁年轻参加到脱贫攻坚这场战役中来，我觉得我的青春是有意义的，值了！"

说起何沫樸这个"娃娃"，村民们七嘴八舌，每个人都有一本账，每个人都有说不完的话，话语间充满长辈对晚辈的喜欢和怜爱。"二霞是咱们村的好娃娃，谁家有事需要她跑腿了，一叫就到。""娃娃办事公道，不说胡话，有什么大事都要在会上公开说。""发地膜、发种子、发种植补助啥的，从来不偏三向四，大伙都从心里头服气哩。""这娃没说的，经常组织党员学习，讲政策，讲道理，国家让做甚，不让做甚，党员都是清楚的，好支书！"

不知何沫樸注意到没有，早在 2016 年 8 月，就有报道称，一种古老的病菌在广袤壮阔的西伯利亚冻原上显露了蛛丝马迹。一头因感染炭疽死于 1941 年的驯鹿尸体，本来深埋在永久冻土层之下，但随着全球变暖，永久冻土开始融化，使得驯鹿尸体暴露，炭疽杆菌重见天日，并复活释放到附近的水和土壤中。病菌传染了附近放牧的驯鹿，造成 2000 多只驯鹿死亡。居住在冻原北极圈内亚马尔半岛的一位 12 岁男孩因感染炭疽而不幸死亡，至少有 20 位当地人因此住院治疗。疫情暴发的亚马尔半岛大概拥有 30 万只驯鹿，俄罗斯政府甚至准备捕杀半岛上六分之五的驯鹿以确保疫情控制。他们甚至派了一批生化和辐射专家，以及军队抵达现场来紧急处理这次事件。士兵们都全副武装，以防被病毒感染。当地居民被紧急疏散。研究古病毒和细菌的基因组学研究人员——让·米歇尔克拉维博士说："永冻土能够保存病毒和细菌数十万年甚至可能是 100 万年。如果把酸奶放到永冻土层里，我敢肯定，从现在起的 1 万年里，它仍然会被保存得很好。"冻土下面存在着千年甚至万年前的老细菌，一旦气候变暖、永冻土融化，这些老细菌就会恢复活性，灾难将会降临到所有人类的头上。

时过多年，2020年，同样天荒地老，被封存于世的新型冠状病毒，不知何以被人类唤醒，迄今都没有找到缘起的根由。它气势汹汹地来袭，使全世界为之恐慌，中国武汉首先遭其毒手，接着便感染了几乎整个中国。手忙脚乱过后防疫转入了正常化。所有省地都开始防疫，岢岚也不例外。何沫樸20多天始终坚守在工作岗位，奋斗在抗疫前沿，为全村百姓筑起一道防护墙。为了做到红事不办、白事简办，何沫樸不辞辛苦上门做思想工作，全村实现了没有一例红白事操办。"不在村常住，排查有难度的户包联给我。"何沫樸说到做到，逐户排查，坚决做到不漏户不漏人，排查出湖北返乡人员及密切接触者1户4人，第一时间要求他们在家中隔离观察，不理解就耐心做工作，并把"特殊居民"微信置顶，每天两次询问他们的体温和家属身体状况。为减少人员流动，控制疫情传播，坚守在防控卡点，出入村主要路口，设置隔离栏，监测体温，没有特殊情况不允许进入本村，村民除购置生活必需品，原则上不允许出村。这看似严格得不近人情的规定，确保了五里水村疫情管控到位。因为拥有许多何沫樸这样的人，岢岚无一感染病例，成为世界性大疫之下的净土之一。中国澎湃新闻以"岢岚县妇联别样的三八·别样的美"为题做了相关报道，何沫樸就在其中。

无论杨侠还是何沫樸，他们不屑于向人表白什么，只是默默地履行自己的职责，坚持自己的人生，实践自己的主张，从来不大声宣说自己的理想或信念，也不堂而皇之地与外人说自己的纯白。这些纯朴实诚的人的存在，举手投足都能或大或小地影响别人，都能波及观念和世界，物质与精神，使之产生蝴蝶效应，发生相应的变化。不变化已经不可能。

神堂坪乡安塘村支部书记、主任李忠义，不仅是蝴蝶阵列中的一员，还被人们戏谑地称之为：群众致富的义务包工头。2014年当上安塘村主任的李忠义，既有想法又讲诚信，在村人还没有醒悟之前，他便与当地驻军合作搞起了养殖，所养猪呀、羊呀、牛呀、鸡呀统统直供了当地解放军。他对人友好，肉蛋奶很受用户们欢迎。虽然他是个外来户，却因为信誉获得了当地所有村人的认可，还被大家选为村干部。他整天忙得飞飞的，一会儿在养牛场自己的小家里，一会儿又出现在玉米地中，片刻后已经在煤站忙里忙外了。手机时常被打爆，或者干脆找上门来，村民们找他的目的多数是要他给"找个工作"，李忠义正中下怀，笑着答应并说："我最大的愿望就是村里没闲人，只要你们愿意干，我保证你们有活干、有钱赚。"

安塘火车站周边近年来修了4个煤台，村里的土地因此被征用了不少，地里的活经不起人们干。为了让大家都能揽到活，不必为一个工作你争我抢，李忠义和村委会组织18周岁到60周岁的劳动力，在自愿的基础上成立了2个装卸队，有活的时候轮流上工，煤台公平公道，如数付给大家工资，一年可以赚到3万到5万。村里出面组织大家，并给大家找活干，工资得以保障到位，有事村里还会负责去跟用工方协调，所以干活的人心里都很踏实。装卸队的收入按照计划提留一部分，维护村容村貌以及各种公益，大家都没意见，还觉得自己也为村里出了力，发自内心地有一种熨帖感。听说江苏有一个搞工程机械的租赁公司要来这边发展，李忠义马上通过朋友联系上他们，签了协议优先雇用安塘村的劳动力。李忠义事先把有手艺、懂工程的年轻人白有才等人介绍给了这个公司，3个大工已经到岗，小工和其他的空位随时会招工，按照规划，仅这一项全村每年可以收入30万—40万元。

村里有个爱喝酒的张姓村民，有两个上学的孩子，两口子经常吵架。李忠义找上门去，介绍张家媳妇去附近的宾馆做保洁，推荐姓张的老兄去煤台收煤，一个月赚4000块。有活干了，有收入了，日子好过了，两口子不吵闹了，孩子们不受制了。街坊邻居看着也为他们高兴。作为村里的支书，李忠义把自己当成了全村人的家长，他想让大家都动起来，靠自己的力气过上好日子。遇上村里的懒汉，李忠义的办法，就是不断去激将他们，千方百计逼他们干活、恋爱、娶媳妇、生娃，我管不了让你媳妇管你，让你娃管你，看你还懒不懒？

在李忠义想方设法的努力下，村里原来的 6 个光棍，现在就剩下 3 个了。

之前，李忠义靠种地养殖收入颇丰，当村官后替村人操心，公务繁多，几十头猪靠父亲养着，上百头牛靠媳妇和亲戚帮忙养，承包的 120 亩土地，靠机器种机器收，他自己反倒没时间忙家里的事了。人问他图什么，他算了一笔账：2014 年村里年人均收入 2860 元，到现在增加到了 8760 元。就凭这一组不断增长的数字，李忠义觉得自己这么干已经值了。

如今，安塘村进村的路宽敞笔直，日间照料中心常在的 19 位老人吃得好、歇得好，今年还装上了暖气。安塘村越来越有吸引力。可是在李忠义心里一直还有一个梦想，就是为乡亲们建一个新农村，让人畜分离，把被铁道和其他设施隔离成几片的村子归回一处，建一个宽敞明亮、能够安居乐业的新安塘。按李忠义的话说，只要咱们都不懒，目标都会实现。

从岢岚县城经岚漪大道向西，不到 20 分钟就到了阳坪乡赵二坡村。路边是一处在农村已经很少见的宽敞院落，正面 7 眼窑洞，南面 5 眼窑洞，门面一应是白色瓷砖。中间一眼窑洞的东侧，挂着两个牌匾：岢岚普惠造林专业合作社；2018 年度山西省省级农民合作社示范社，落款是山西省农业厅。堂屋办公兼会客，有一张在农村很难见到的大班台。墙上是以"撸起袖子加油干"几个字为主的背景墙；里屋墙上有"天道酬勤"四个字。沙发旁边有一台小型跑步机。这里是郝永光和父母在村里的住所，也是合作社的办公地点，房子是 2017 年在几近坍塌的老屋基础上翻新的，屋内陈设虽然简单，但不同于一般农村人家的气息。

郝永光，1980 年生，也是个"80 后"，老家是岢岚阳坪乡赵二坡村人。郝永光与县扶贫办主任赵利生可以说是校友，2001 年从五寨师范毕业，但他头脑灵活，没有去吃粉笔灰，做起了生意。2006 年先在保德县做润滑油生意，2009 年生意做到了省城太原，注册成立了山西泰发润滑油贸易有限公司。经过近 10 年的努力，目前，郝永光的润滑油业务已经遍及晋西北多个企业、厂矿，润滑油年销售额稳定在 800 万元左右，是个名副其实的大老板了。

2016 年，已经在省城站稳脚跟的郝永光，脑筋急转弯，忽然就说服家人，把女儿送到寄宿学校，儿子送到寄宿制幼儿园，公司托付给朋友照料，回到家乡赵二坡村创业，成为普惠造林合作社的负责人。"我们村虽然穷，但我对这个村有感情，我想凭自己的力量改变些什么。"十几年在外打拼，郝永光骨子里仍保持着对乡土的朴素情感。他没想到的是，捧着一颗心回来，合作社却在创办之初就遭遇阻力，没有人愿意入他的合作社。原因是"精准贫困户"享受国家各项政策扶持，村里的人怕加入"合作社"后不能继续享受政策扶持。

"能理解，毕竟是新事物，作为农民，大家已经习惯了传统农作方式。"郝永光一户户地走访，一遍遍地讲解，费尽口舌，几经周折，历时 5 个月，合作社终于注册成功，并获得了省林业厅颁发的造林资质。拿到相关证件后郝永光对自己说：一定不能辜负乡亲们对我的期待，一定要扑下身子带动大家一起富裕。年底郝永光给合作社的 25 名社员每人送了一件棉衣。2017 年春，合作社正式运作。造林期间郝永光给社员统一发放了服装、凉帽、保温壶、下火药；中秋节还给每个社员发了 3 斤肉、1 盒月饼；年底给每人都送了一袋白面，给社员还发了 500 元红包。用郝永光母亲的话说："这孩儿太心善，就差割自己的肉了。"

2018 年腊月二十三，郝永光在自家院子里召集社员和村民热热闹闹过了个小年，村里的锣鼓队、秧歌队都加入其中，下午联欢，晚上一起吃饺子，不在村里居住的本村人听闻后也都赶回来了，这是村里很多年来都没有出现过的热闹情景。据不完全统计，当天参与者超过百人，这次活动乡亲们好好地叙了一回旧，着实感受到了"乡里乡亲"四个字的温度。

更让大家感到开心的，是自成立以来，2017 年、2018 年合作社的社员劳务总收入达 617730 元，两年人均收入达到 17890 元。2018 年 6 月，郝永光又注册了"普济"小杂粮加工合作社，当年高价收购乡里贫困户积存的粮食，其中光红芸豆就收购了1万斤。

2018年10月28日，郝永光被村民选为村主任，同年，普惠合作社被评为省级示范合作社。合作社现有社员52人，吸纳了赵二坡村、赵家洼村、宋木沟村所有具备劳动能力的贫困人员。2019年，合作社牵头联合另外6家合作社，承担了11000亩绿化工程，组织和带动211户贫困户年增收9000元，真正实现了在家门口就能赚钱的梦想。

郝永光分身乏术，一头是他苦心经营起来的公司和盼他回家的妻儿，一头是对他寄予厚望的乡亲们和年迈的双亲，每周奔波于两地，常常每晚只能休息不到6个小时。郝永光却不以为意，他说："别看乡亲们不会表达，但分红的时候，我能真切体会到他们的喜悦，我自己累点没啥，作为这个村的一员，能带动大家共同富裕了，这就是我个人价值的体现。"

鸡毛飞上天的合作社是昨天的故事，大寨式的集体经济迄今仍受争议。但岢岚的合作社却有所不同，除了生态扶贫造林合作社而外，还有各种各样的合作社。但已不仅是时空中新旧形式的影子的重叠，而是一种质的螺旋式的飞跃和提升。人类历史发展无数次地告诉地球村的村民，在相当长一段时间内，如同构建人类命运共同体一样，只有抱团取暖才有人类的明天。

超　越

调寄破阵子（平水）

地狱天堂轮回，朝升暮落崔嵬。一叶孤舟三江载，九州雄图七擒灰，何曾你应该？

黑铁青铜钟鼎，红巾翠袖英魁。四海银河四滴水，五洲宇内五粒埃，姑妄我疑猜！

顾子敦是北宋文人，和苏东坡、黄庭坚等人是好朋友，又高又胖，人称"顾屠夫"，因嗜睡又称"嗜睡大臣"。顾子敦埋首书林20年，满头白发才被皇上升迁去主管晋地。苏黄二友因此致贺。苏有《送顾子敦奉使河朔》五言诗戏曰："我友顾子敦，躯胆两俊伟。便便十围腹，不但贮书史。"说明顾子敦的躯体十分肥大。黄写七律《送顾子敦赴河东三首》之二有句写到岢岚："月斜汾沁催驿马，雪暗岢岚传酒杯。塞上金汤惟粟粒，胸中水镜是人材。"

黄庭坚的七律中以"汾沁"对"岢岚"，对得很工，但其实黄庭坚并未来过岢岚，只是知道岢岚而已。他以"塞上金汤惟粟粒"对"胸中水镜是人材"，后句较勉强，但"塞上金汤惟粟粒"堪为金句，其意可解为，真正固若金汤的塞上边防，当是粮食的丰收和充盈。

2019年是岢岚囤满仓盈的丰收年，也是吴家庄村小杂粮加工厂忙碌的季节。这家小杂粮店的负责人是吴家庄村贫困户薛高才。薛高才是2015年被识别为村里的贫困户的，斯时他一家4口人守着几亩薄田过日子，因为自己没有文化，也不懂任何技术，进城打工也只能干些杂活零活。兼之年龄不饶人，在周边村里给人家打零工也挣不了多少钱，一年下来家里的人均收入只有2500多元。儿女也都到了婚嫁年龄，每每思及于此，薛高才的眉头就会拧在一起，解都解不开。吴家庄村两委干部和驻村工作队了解到他家的情况之后，和村干部一起为他制订了一个翔实的脱贫计划，鼓励他积极向上，在政府帮扶下靠勤劳发家致富。

"我年纪大了，种地种不动了，"薛高才似乎赖上了一样，根本就没有心劲，似乎在和自己赌气也和别人赌气，"我不是不想脱贫，可什么手艺也不会，学什么都学不会了，不靠政府补助，我怎么能脱贫呢？"帮扶干部不厌其烦地和他谈心，解读惠民扶贫政策，诱导他转变"等、靠、要"的依赖思想，还用村里的"活典型""活经验"感染、带动他。薛高才心里慢慢发生了变化。正巧赶上了乡村组织种植养殖培训，薛高才破天荒地参加了。

通过培训他又了解到了更详细的扶贫相关政策，学到了许多维护自身权益的知识，大大地增强了致富的信心。培训过后，他大胆地承包了一个蔬菜大棚，种植芹菜、黄瓜、西红柿等蔬菜，经过精心打理，一年能收入2万元左右，这一下子老薛的劲头足了起来。"一技在手，吃穿不愁。"薛高才初尝到掌握技能增收的甜头后，又参加了管理、餐饮等实用技术培训，生产技能得到了显著提高。2017年"山西省岢岚县万达生态农业旅游观光发展有限公司"在吴家庄投资建设了"吴家庄旅游观光生态农业示范园项目"。公司通过资源整合、专项培训、劳务帮扶等形式吸纳有特殊技能、有致富愿望的贫困户入企务工、入股分红，老薛主动报名并成功通过了公司的面试。几个月后薛高才的老伴也进入公司上班，每月两人有6000元工资，远远超过了国家贫困线标准，儿子女儿也都自立门户开始了新生活。

半年后薛高才已经是吴家庄村小杂粮加工厂的负责人，一排排完成包装的成品整齐地摆放着，10余名工人正忙着装车，薛高才满头大汗帮工人们装车，认真负责，却并不踌躇满志。他谈到自己从一名贫困户，到成为一名普通工人，再到现在的管理者时说："这份工作虽然辛苦，但我坚持每天按时到工地，从不缺工，公司看我积极又懂技术，就让我做了负责人，这都是沾了我当时学习过管理知识的光。过去不明白，现在明白，贫困并不光荣。国家帮钱、帮物、帮技术，老百姓也不能在家里坐享其成，别人给的始终没有自己劳动得来的心里踏实。现在，趁着身子还算硬朗，我想多干点活，多挣些钱，少给国家添些负担……"

"懒人也不是扶不起来的，"康利生笑着说，"人都是有尊严的，要脸皮的，懒也是因为日子太穷，灰心了，才破罐子破摔了。"康利生是县扶贫办2017年3月派驻后曹湖村的工作队队长，对扶贫工作有自己的切身体会。我看过他2018年上半年的述职报告，扶贫办驻后曹湖村工作队，进行农户大走访，对贫困户、常住户的信息了如指掌。后曹湖村是1967年国防移民村，村内绝大多数农户仍居住在20世纪60年代建造的土石结构窑洞里，半个世纪后窑洞都不同程度出现了破败。其中一些窑洞已经废弃，但仍有部分窑洞依然是村民的唯一居所。贫困户居住的窑洞因缺少资金人力维修，致使窑内墙面泥皮大面积脱落，窑顶石裸露，地面坑坑洼洼，门窗也是50多年前的老式木头门窗，采光、密封性差且多已严重变形，惨不忍睹。

扶贫办帮扶后曹湖村后，与镇、村干部商议决定维修窑洞、改善居住环境。先是筹集10.4万元资金，帮助常年在村居住的4户不进行易地搬迁的贫困户和4户非贫困户进行了窑洞维修，改善了村民的居住环境，解决了村民住房安全，获得了村民的一致好评。

后曹湖村紧邻岢会公路。过去，村民秋收后打场主要集中在岢会线主干道以及临街空地处，不仅影响村容村貌，而且存在极大安全隐患。村情民意都想改变现状，与镇村干部商议又报请单位领导批准，计划建设一个新的收秋场面，地点已经选好，正在进行施工预算。

"也就一年多的时间，"我让康利生说细点，康利生轻轻一笑，"也就是和村里的老百姓同吃、同住、同劳动，深入农户，田间地头与镇村干部一起走村串户拉家常，还要天天记扶贫笔记，诸如哪家几口人，身体健康状况如何，孩子们在哪上学，家庭经济状况怎么样，哪家养了几口猪、几头牛，致富产业项目是些啥，都要一一了解到位。村里的农民们也不拿你当外人，什么事都找你，太烦琐，做，做不过来，说起来不知道该说什么，全是些鸡毛蒜皮。在这个基础上，要和贫困户帮扶责任人一起研究各户的增收脱贫方案，因户因人施策，将帮扶工作落实。还要增进帮扶责任单位、帮扶责任人和驻村扶贫工作队员与贫困户之间的感情。当好扶贫政策的讲解员。不断加强学习惠农政策和扶贫政策。方法多种多样，采取发放资料、入户讲解、召开会议、讲习培训等形式，向群众讲解国家的各项扶贫惠农政策。"

"最不好弄的是档案资料管理。摸准村情、户情后，要和镇包村干部、村干部一道整理党建、扶贫等各项村级资料，让做过的每一项工作都有迹可循，有案可查。还得认真核对完善贫困户的扶贫手册、一户一档等各项户级资料，确保档案资料与真实情况相符，线上线下信息一致。最近已经有两次国办系统的信息数据核查，我们后曹湖村线上数据是零错误。"

"精神扶贫是个重头戏，"康利生说，"也就是扶贫政策，先要让群众领会政策，有效激发贫困群众自我脱贫的内生动力，从精神上脱贫！"驻村工作队与村两委干部组成精神扶贫工作组，一起编制了《后曹湖村精神扶贫工作方案》《扶贫爱心超市建设计划》，目的是引导贫困户和非贫困户树立"勤劳致富、互助友爱、自力更生、艰苦创业"的意识，凝聚干部群众的力量，形成良好的村风民风，助推后曹湖村决战脱贫攻坚。

"驻村后，也的确是为后曹湖村的广大村民办了一些好事、实事，也得到了老百姓的认可。没走的时候也不觉得什么，有时甚至还盼着扶贫早点结束。真到了要走的时候，村里人知道了，这个来叫我，要请我去家里吃饭，那个也来请我，让我进家去喝杯酒，简直就让人应接不过来。送别会上村民们都不想让我走，眼泪汪汪的，想让我留下来，忽然间，我就觉得心里非常难过，非常留恋，非常想继续留下来，非常不想走……"

说着说着康利生竟然忍不住声音有些颤抖和哽咽，却又强忍不肯外露，于是便有些气喘和难受，索性就不再往下说了。近月的接触，我发现康利生是个说话斯文风趣，感情内敛而自持的人。

过了一会儿他平静下来，感慨地说："他们平时不说什么，甚至有时候还抱怨你，几乎听不到他们说你什么好话。但你走时他们突然就真情流露了，这个让我没有想到。我们互留了电话。现在他们进城来时常来看我。无论有什么事，我都还像过去，能帮忙就尽量帮忙。农民挺不容易！"

我给驴狗猪牛羊造像时，心里想着农民。以为农民的不易，是由于许多城里人不尽职不尽心造成的。人是自然生态人，和牛羊猪狗驴一样都是农村里的产物，只是进了城，便忘记了自己是从村里出来的，村里还有许多他们的同类，在等着他们的反哺和回馈。如同生态人入了社会便忘了自然，忘了也就忘了还瞧不上自然，瞧不起农村人，给农村人使绊子，给自然添堵。

山西省委党校孟永华教授，刚刚从山西武寨扶贫归来，那天他请我参加了山西省扶贫工作队第一书记的聚会，十几个第一书记正在策划成立一个扶贫协会，他们虽然已经结束了扶贫任务，回到了省城各自的工作单位，但他们的魂儿却没有回来，他们的魂儿都还留在他们扶贫的村里，那种放不下的感觉，让他们为之刻骨铭心，成为一种扶贫情结。他们想成立一个民间组织，继续完成他们已经开始的扶贫任务，不是为国家，而是为自己心安。这件事让我很意外也很感慨。我想，若是压根儿就没有扶贫这档子事，许多类似孟永华和康利生这样的城里人，是否还有感受农村人不易的机会，从而唤醒他们血脉里的久远记忆，唤醒他们良知深处的对农民的怜惜？这也可以说是脱贫攻坚中的一个意外的功绩或曰收获吧？

文明社会弱肉强食，杀戮自然，欺负农村人，和活吃驴异曲同工。我从网上看到一组杀戮和虐待野生动物的图片，暴露了人类的浅薄与寡情。被制成标本的虎、豹、蛇、鳄等动物的尸首，被活活抽取胆汁的痛苦不堪的熊，或为提取牛黄狗宝等而屠杀的动物，被肢解被分斤掰两出售的大象、大猩猩等动物的肉，以及或笼中或箱里或被捆的来自海、陆、空，等待人类即食伊肉的各界各族的生物代表，甚至还有以自己的肉体封印新冠病毒的蝙蝠，各种惴惴不安的即将被冒着缕缕油烟剥皮烧烤被人大快朵颐的惨不忍睹的千姿百态的小动物，只能受着。

这些动物要么珍稀要么濒危，除对人类感官是一种巨大冲击和刺痛，也对人类文明的野蛮或曰野蛮的文明，发出血淋淋的控诉。这是对万物有灵的践踏，也是对人类唇亡齿寒的良知的呼唤。触目惊心的是，竟然有几只长尾猴被自己的长尾缠颈，状如几把弧形提手的活体茶壶，被悬挂在墙壁的木桩和沾满血腥的高高横梁上，炫耀人类刁钻古怪的聪明和匪夷所思的残忍。这些或形似或神似的人类近亲，如同《西游记》孙猴子发问菩提祖师："我也头圆顶天，足方履地，有九窍四肢，五脏六腑；吃喝拉撒，喜怒哀乐，与人无异。也会玩奸耍滑，两面三刀，随众作恶。更擅尔虞我诈，打情骂俏，阿谀奉迎。人有我有，何以不同？"

人的回答与时俱进，不屑中还透着新的轻薄："那要怪你比人多生一根能勒死你自己的尾巴！"猴子不服即以其人之道还治其人之身曰："我们猴子只有一根尾巴，可你们人却长得有两根尾巴，一根生在腚后，一根拖在脑后，互勒互掐，死相更下作，尚不自知！"

我微博刚刚发出，老友周仕凭便应声调侃："猴之尾，犹可赞，清清白白挂腚后，不藏不举，实实在在。人之尾，真稀奇，藏藏掩掩思想边，事实没有，夹着可怜！窃以为，人类没有尾巴倒是一大幸事。如有，坐公交，乘电梯，有被夹着尾巴的危险，做坏事，逃遁间，也有被抓住尾巴的可能。隐蔽时，藏躲中，更有露出尾巴的危险。但也有例外，人若有尾，女性绝对不会放过张扬个性的机会，会做一个丝质尾套，将尾巴用海飞丝打理得油光锃亮。"

仕凭所言虽然切中方寸，可分歧在于，人是否生得有尾巴。我原本以为，当下诸公，举凡人等，与生俱始，有两根尾巴，形而下和形而上各一根。理由是，人也是动物，原本和猴子一样也是有尾巴的，只因直立行走，尾巴渐次退化，只剩个意思而已。有友人不小心摔倒，医院检查被告知，摔断了尾巴骨。还有，小时凫水时看见，某同学的屁股上竟然有2公分长一根小尾巴，后来只好手术伺候。此类返祖现象，因文明程度，水涨船高，竟将形而下这根原本形似退化的尾巴，更加诱发暴露，使人欲横流的时人，更加不能须臾或离。

形而上的尾巴原本是指清朝脑后拖带的那根被八国联军贬之为"猪尾巴"而被冯骥才褒之为"神鞭"的东西。猪尾巴也好，神鞭也罢，事实上早在清朝之前便已存在，只不过是到清朝时，才完全显化出来，或曰全然形象化而已。

它既具有"神鞭"非常之神性，也具有"猪尾巴"庸常之功能。民国的剪辫子运动和以后的"文化大革命"，并不曾革除其"非常神性"和"庸常功能"的两性之形态。有形的革除，无形的还在。窃以为，更糟的是，二律背反，恶性发育，好坏易位，黑白颠倒，是非混淆，美丑不分，善恶倒置，越长越粗，越拖越长。

何以如此？值得人深深思忖，细细研判，却不易明白地道出。

含糊道出的结果，是会有类似远在德国的诸如佛安女士，发出这样饶有深意的指责或诘问："我在想，为什么哲夫老师的普世价值观没有人文思想，而与许多中国的环保及动物保护群体类似，从心里蔑视人类？这是和西方人非常不同的角度，可以说是颠倒黑白了。西方揭露人性是因为把人放在中心。环境破坏在西方是和人类伟大的探索创新精神同行的。"她还说中国现在泛滥没有人性的科学、社会学、哲学、文学。为此她还援引了几句甘地的语录，以便佐证自己观点的正确："有几样东西可以毁灭我们：没有责任感的享乐；不劳而获的财富；没有是非观念的知识；不道德的生意；没有人性的科学；没有牺牲的崇拜。"

什么是"人文精神"呢？我说："人文精神是一种普遍的人类自我关怀，表现为对人的尊严、价值、命运的维护、追求和关切，对人类遗留下来的各种精神文化现象的高度珍视，对一种全面发展的理想人格的肯定和塑造；而人文学科是集中表现人文精神的知识教育体系，它关注的是人类价值和精神表现。从某种意义上说，人之所以是万物之灵，就在于它有人文，有自己独特的精神文化。"不仅是公平、正义、博爱、自由、民主的普世，更不是单纯的均贫富让所有人都能过上好日子的愿景。这只能视为是人类这种智慧生物对自己利益的坚定捍卫和不屈不挠的诉求。我想说的是，这种顽强的诉求还仅仅囿于人的生理本能，没有理所当然地超越自我，姑妄名之"智慧"二字。津津乐道的"人文精神"，说穿了还是一切以人类社会需求发展和人类为中心的价值观的体现，主旨还是大人类意识。

从人类立场上说，甘地的话当然是对的，可需要有一个外乡人，或曰局外人甚或是非人类明白指出的是：甘地首先是代表他自己的国家，其次代表的才是人类，好像人类社会是由不同肤色不同种族不同文化信仰的不同国家构成也似，构成地球王国和宇宙王国的，也不仅是人类一族。纵观一整部人类的发展史，有若法西斯离不开"种族论""国家至上论""领袖权威论"和"生存空间论"等。相类似的是，近半个世纪以来，人类的科技日新月异，使人类征服和掠夺的野心与本事越来越大，万物皆备于人类巧取豪夺的意识甚嚣尘上，为富不仁地对资源不计后果地巧取豪夺，肆无忌惮地对自然的粗暴干预与破坏，毫无怜悯之心地对子孙财富的超前透支和过度消费，不仅使地球不堪重负，也使社会发展捉襟见肘。

毋庸讳言，已经到了全身心走出自我，以圈外人或非人类的目光和理智审视人类社会危局的时刻。许多人已经意识到这一点，只是还没有人敢于明白说破。各国的应对是被迫无奈和不情不愿的，但必须应对已经是人类共识。最后我想以另一则微博来呼应此文：地球无非是个植物园或曰生物园，国家方域、民族肤色、文化历史，摇曳多姿，端的是"满园春色关不住，一枝红杏出墙来"，一枝或几枝，每每还被视为异端。更多万紫千红只能花开花落两由之老死在花园里。客观制约屏蔽了人类睿智的认知，狭隘性和排他性与生俱始，才有"九转丹成破壁飞"的文化企图。窃以为，迟早这坚墙，会被思想打破，意识洞穿。

第六章

旧汉逐流水，新红送楚才

以城市人的心去换农村人的心，农村人有了城市意识，城市人有了乡村情结。不仅仅是城里人跑去改变农村现状，也是村里的贫穷在改造城里人的认知。城市人和乡村人天天混在一起，这种交互式的长久交流，就算是石头，也会被焐出温度，孵出几只小鸡来……

自 然

调寄破阵子（新韵）

只是寻常花朵，芬芳几里烟波。六十枝头惜因果，八千繁华恨蹉跎。为谁吹法螺？

个体时光萤火，地球太空蚕蛾。百万星云争袅娜，一枚芥子梦南柯。须弥在心窝。

自然推崇共存共荣互利互惠的生存原则。支棱和低垂的，同样是谷穗，却云泥有判。青涩孕育轻狂，还有饱满低垂的一天。倘若只是一株有害的杂草，那就只有锄掉，或是任其自生自灭。然而，这只是人类实用而功利的观点，杂草在自然生态世界的作用，也是不容小觑的，对人类的观感也有作用，例如芳草碧连天的赞许中，就不乏它们的美丽倩影。但人类却认为它们和庄稼争夺土壤中的水分和营养，没有收获的季节，注定了会被锄头锄掉，被农药杀死，变成一片惨楚的焦黄，破坏了生态自然的多样性。在人类眼里，好恶永远都是功利和实用的，区分也永远是简单片面的。人类认为，会飞的不一定就是鸟还有蚊子或蝗虫。飞翔与飞翔同样是飞翔却太多不一样。会授粉的也不一定是蜜蜂和蝴蝶，苍蝇之类也具有这个功能。撸草时顺便打了只兔子，挑水空当随手洗了把青菜，吸取花蜜的同时，附带着给花朵授了个粉，都是捎带着做的庸常事。我给你提供方便的同时你也给了我一个机会，你在帮我的当儿其实也正是我帮你的时候，这就是大千世界万类万物的共存共荣的生活策略。

不同在于，蜜蜂和蝴蝶，都是具有专业水平的授粉者，忠于职守，还甜蜜美丽。苍蝇是业余的，偶尔客串一回，且与生俱有严重的不良嗜好，是疾病的贴身传播者，但也只限于多数人类持有的偏见。澳大利亚地大人稀，环境卫生清洁，没有暴露在外面的垃圾，只有鲜花在田野中盛开。喜欢肮脏的苍蝇不得不改变传统的生活方式，以适应生存需要，它们被动地以吸取植物汁液、咀嚼植物嫩叶嫩果为生，身上几乎不带细菌和病毒，天天像蜜蜂一样在植物丛中飞来飞去，传授花粉，为澳大利亚农、林、牧业带来了累累硕果，以至登堂入室翩然飞落 50 元澳币，成为澳大利亚的国宝。个中道理，是否可以发人的深思，启人的痴迷？

要想让农民真正从贫穷的束缚中获取彻底的解放，必须给他们提供一个洁净良好有机的生态环境，首先要以文明和知识扫除无知无畏的愚昧的垃圾，同时用勤劳可以致富的必然性破除心理上的偶然和侥幸，擦拭掉不思进取的懒惰的心灵油腻，最终以法律条款以及社会公平正义的约束来取缔、保护和无情打击勤劳也致不了富的人为的种种社会掣肘，舍此无他。

我在 20 世纪 90 年代所写生态系列小说《天猎》序言中曾经这样说："怎

样才能救救被污染的地球和不幸的苍蝇先生呢？回答是：消灭不洁！"以为这句话，迄今还没有过时，而且非常适合时下国家的脱贫攻坚这个具体的项目。如何才能把农民从贫穷中完全彻底地解放出来呢？回答是，这与澳大利亚的自然法则相仿佛：生态美好，环境清洁，苍蝇，也能变成蜜蜂。

当然，这只是个人的一点自以为是，写在这里，以供相关方和大家参考。肯定有人会大撇其嘴，说，人家问你了吗？让你思考了吗？你何必自作多情呢？我的回答是这样的：无论你愿意不愿意，我们都不幸生为人类，无论你在船头还是船尾还是船中，事实是大家都坐在这一条地球船上。这是迄今为止宇航茫茫太空人类有幸搭乘的唯一的船，你坐稳了是一个旅客，坐不稳也还是一个旅客。不爱你所坐的舱位，不满意船上的服务，骂天骂地骂世界，是你的自由，但不可以破坏你屁股下边的舱位，那会危及整艘地球船的安全，成为人类的罪人。

自然生态的依存法则在人类社会体现为人与人之间的相互合作。人类的这种合作思想最早出现于中世纪，这种思想是乌托邦社会主义的思想基础。这种合作思想所具有的必然性使之成为世界人类经济发展的一种共同探索。世界公认成功的合作社是 1844 年在英国的罗奇代尔镇由 28 个失业纺织工人自发成立的"公正先驱者消费合作社"。1895 年在英国伦敦成立的国际合作社联盟，就是一个非官方的国际组织，总部设在瑞士日内瓦。主要成员是各国合作组织的全国合作社联社、合作社联社的全国协会、设有全国性组织的地区性合作社联社组织，向世界宣传合作思想和合作社的原则与方法，推动各国合作社事业的发展，保护各种形式的合作社的利益，保持各成员国组织间的友好关系，促进各种形式的合作社间的经济交流，帮忙和促进各国人民的经济与社会的进步发展，致力于建立持久的和平与安全。

1918 年中国历史上第一个合作社"北大消费公社"由北大倡导合作思想的胡钧教授及其学生们共同组织创办。1922 年 9 月毛泽东在安源创办的"路矿工人消费合作社"是中国共产党领导下的第一个合作社。新中国成立后，先后成立了互助组、合作社、人民公社，并在长达 20 年的社会主义改造中因变质而解体。改革开放后，农村实行家庭联产承包责任制，调动了农民的生产积极性，随着农业的积贫积弱，农民选择了完全自愿、自主、自助的抱团合作。

在岢岚脱贫攻坚专项行动中，这种人类的合作思想体现为合作社林立。林业方面有"扶贫攻坚造林专业合作社"74 个，更大规模的合作联社还有 30 个。几乎每个村都有几个或十几个大大小小的合作社。诸如前边所说：普惠造林合作社、柏杆羊养殖专业合作社、乡土养殖专业党员合作社、佳鑫红灯笼农民专业合作社、养殖合作社、旅游合作社、小杂粮加工合作社、沙棘造林合作社等等。合作社肩负起了解决生产关系、交换关系和分配关系的三大问题，涉及了生产关系三大要素。可以毫不夸张地这样说，农民合作经济组织的出现和发展壮大，是生产关系的重大调整、变革和完善，对于解放和发展生产力具有强大的推动作用。

甚至西豹峪乡西豹峪村还为一种草办起了一个合作社。西豹峪村是中石化山西省石油分公司的扶贫点。前西豹峪村党支部书记崔景波，学医出身，原本是村子里的医生。被任命党支部书记后，一边继续行医，一边带领村人脱贫致富。崔景波认为西豹峪村的气候相对干旱，不适宜发展蔬菜种植，可以尝试种植"地肤"，顾名思义就是广袤大地上的皮肤。

地肤（拉丁学名：Kochia scoparia）别名扫帚菜、扫帚苗。为藜科地肤属，一年生草本植物。与岢岚种植的非洲藜麦有无血缘或亲缘关系不知道。原产欧洲、亚洲，在我国各省区均有不同分布，多生于荒野路边。为常用中药，具有清湿热、利尿等功效，外用治皮肤癣及阴囊湿疹。地肤通常高 50—100 厘米。根略呈纺锤形。茎直立，圆柱状，淡绿色或带紫红色，有多数条棱，稍有短柔毛，或下部几无毛；分枝稀疏，斜上。叶为平面叶，披针形或条状披针形，长 2—5 厘米，宽 3—7 毫米，无毛或稍有毛，先端短渐尖，基部渐狭入短柄，通常有 3 条明显的主脉，边缘有疏生的锈色绢状缘毛；茎上部，叶较小，无柄，1 脉。花两性或者雌性，通常 1—3 个生于上部叶腋，构成疏穗状圆锥状花序，花下有时可见有锈色的长柔毛；花被近球形，淡绿色，花被裂片近三角形，无毛或先端稍有毛；翅端附属物，从三角形至倒卵形都有，有时接近扇形，膜质，脉不是很明显，边缘微波状或具缺刻；花丝丝状，花药淡黄色；柱头 2，呈丝状，紫褐色，花柱极短。胞果扁球形，果皮膜质，与种子离生。种子状卵形，黑褐色，长 1.5—2 毫米，稍有光泽；胚环形，胚乳块状。花期 6—9 月，果期 7—10 月。

这种草还有适宜种在盐碱地里的品种，名为碱地肤，变种与原种的区别在于，花下有较密的束生锈色柔毛。可见此草的顽强。崔景波要种的是另一个地肤的变种，这个变种是经过园艺栽培变形的扫帚菜，分枝繁多，植株呈卵形或倒卵形；叶较狭。适宜栽培长大当扫帚使用。这种扫帚草我是见过的，春夏间仿佛握着一束束嫩绿，晚秋时枝叶艳丽好像擎起一蓬蓬火红。此草适应性强，不占田地，畦间田埂地边栽种，管理粗放，不占用劳动时间。利用冬天的农闲，可以制作成一把一把枝条坚韧的扫帚，销售到城里或者外地市，是步好棋。

说干就干，"扫帚草合作社"，横空出世，草为地肤，帚以扫穷。春种夏锄秋收冬藏。制作红色的扫帚成了西豹峪村村民农闲时的大事，做好的扫帚整整齐齐码放在乡政府院子里一角，任何时候任何人都可以直接取用。第一批扫帚很快销售一空，老百姓受益的不仅是利润更重要的是赢得了名声，岢岚以至周边县市只要需要扫帚首先想到的就是他们。他们的扫帚还利用网络销售到全国各地，在全国占有了一定市场份额。民心不可欺，更不可弃。红色扫帚点燃了全村人扫穷的热情和希望。崔景波以此为契机不厌其烦地宣传本村绿色生态环境、特色养殖种植产品，定期进行星级文明户评选和表彰，以典型引领村民们勤劳致富的热情。

用崔景波的话说，扶贫靠政策，脱贫靠大家，说一千道一万，再好的政策你不落实都是空谈。他认识到，稳定产业项目，互助才是脱贫的关键。有了种植"扫帚草"的经验，他又成立了由包乡干部、第一书记、驻村工作队、村两委组成的脱贫攻坚工作组，为脱贫攻坚提供组织保障。成立了柏籽羊养殖专业合作社，邀请中央电视台制作专题节目，扩大柏籽羊品牌知名度。成立了西豹峪扶贫造林专业合作社基层工会，已经解决村民就业 110 人，年增加村民收入近 100 万元。2017 年注册成立扫帚草种植专业合作社，解决 40 余人就业，增加收入 26 万元。2019 年在乡委乡政府的引导下，与兄弟村联合成立西豹峪乡搬迁就业家政保洁公司，解决了就业 18 人，增加集体收入 5 万元。前西豹峪村顺利通过了脱贫验收，村党支部被推荐为新时代红旗党支部，村里涌现出了李平、冯根留、王进财等自主脱贫率先小康红旗示范户，村民满意度得到进一步提升，一张张向阳油葵似的笑脸就是对他最真的认可。

温泉乡咸康村位于岢岚县西部。沿岚漪河而行的岢大线二级公路和岢瓦铁路，使温泉乡人摆脱了乡间村道逢雨泥泞坎坷的困扰。在前温泉与后温泉之间，有个不大不小的石崖，崖下的泉水叮咚作响，泉水甘甜可口。近年泉水已被引入村中居民家里做饮用水。据说某酒业公司也来此取泉水化验，有意要投资。咸康村的咸康二字，是东晋皇帝晋成帝司马衍的第三个年号（335 年—342 年）。我不知这村名是遗传自东晋还是后来才起的。但从这个村名就足以见出咸康村历史的悠久和文化的深厚。温泉乡紧邻吕梁兴县，方言接近吕梁，与岢岚有差别。农业产品主要是玉米、土豆、葵花、谷类、豆类。特产有红枣、葡萄、核桃、虹鳟鱼等。

从温泉乡走入咸康村，我脑子的印象始终停留在那张挂在温室大棚进口处一张证照式的照片上，照片上方右上角有两只小手图案捧着"脱贫攻坚" 4 个字，下边小字标示"广告图"三字。照片中间是一张红底的剃了光头的中年人的照片，圆头净脸，人还精神。下边逐行依次排开写着：

承包人：贺鸡换；

户属性：低保贫困户；

帮扶单位：山西省煤炭地质局；

帮扶责任人：王亚琪；

发证单位：岢岚县温泉乡咸康村。

温泉乡建有十来座蔬菜大棚，免费租给低保贫困户种植以致富，这个证照一旦挂起，就说明这个大棚，属于照片上这个人了。

只是我脑子里不断在顾名思义，心想这人的名有点怪，而且不是小名是个官名。如果是小名还可理解，山西多有乡俗，为着孩子好养活，能长命百岁，父母就异想天开合谋欺骗地府的小鬼，给金贵男娃多取些卑贱的名字，如狗剩、臭蛋、丑货、给人、不要之类，这孩娃命贱，连父母都不想要，你地府一个尊贵的小吏，就不要理他了，最好忘了他的名字，让孩子贱贱地长命百岁。但若要起个官名儿，却又另说，且有一番讲究。我就忍不住想，莫非这里有什么故事？是贺家缺一个男孩子，拿家里的下蛋老母鸡或是打鸣的大公鸡，从亲戚家换来个人家不想养活或是养不起的孩子？还大模大样毫不避讳地广而告之：贺鸡换？

见了贺鸡换的面，却发现这个名字有点怪的人，人一点也不怪，除了长相比照片上的人要老面得多，高大瘦削的身躯还大幅度地佝偻着。他身上的衣服质地似乎还不错，但却不知是旧的还是很少洗的缘故，给人一种尘灰渗透在纤维里头的陈旧感，似乎已经完全失去了原本的样子和颜色。他的衰老表达在他脸上的皱纹里，粗大的皱纹挤在一起时，人就显得老了 10 岁。但他笑起来的样子却又显得没那么老，尤其是说起话来，细声细气，透着老派的稳重和斯文，反而有些年轻了。他烟瘾很大，一根接一根地吸烟，不时吹一下烟灰，掸在地下。

他的一个已经出嫁的女儿，正好回家来看望他，拎了各种吃食，进家来冲父亲笑笑，贺鸡换也只是笑笑，算是打了招呼。女儿反客为主，大大方方地替父亲招呼客人，忙忙地出门去，用井水洗了苹果给我们吃。这时的贺鸡换就有些得意，神色闲闲的，更加坦然地和我们说话，在女儿面前很有一点宠辱不惊的样子，俨然是个寻常在儿女面前就很有尊严的父亲。

然后我们出发去他承包的3座大棚。大棚是弯成拱形的钢筋搭起来的，外边用透明塑料布围起来，大约有丈许高的样子，宽有五六丈，进深很长很长。置身在拱形穹顶下的温室大棚，人会觉得有些气闷，只有半人高的低低矮矮的支棱着碧碧叶子的树形物，贺鸡换管它们叫油桃树。我还是头一次见油桃树，以前只是吃过油桃，红红黄黄的一个果实，油油亮，吃在嘴里，嚼不出什么香甜，我不喜欢。但是许多小孩子喜欢吃，所以每逢果子下来，还是销得不错的。以为油桃树是高大的一株还有广袤的树冠，没想到竟如此矮小。

"这是矮化了的油桃，不能长高了，光长了枝子叶子，结果就少了，园艺师故意矮化了树，不只是油桃，好多经果树都给矮化了。我大棚里种的这个是瑞光5号、7号、8号几个品种。"贺鸡换拿手指戳戳点点，"这个油桃，挂果早，结果多，果子是椭圆形的，不知你们吃过没有？书上说，果顶上圆，缝合线浅，两侧较对称，果形整齐。果皮底色黄白，果面有紫红的色点，或玫瑰红晕斑，不易剥离。果肉白色，肉质细，硬溶质，味甜，风味较浓，黏核，该品种为优良的早熟油桃品种，果个大且圆整，风味甜，丰产。多雨年份有少量裂果。"

油桃，属于落叶小乔木，又名桃驳李，源于中国，却发旺于欧美。中国早期的油桃品种引种于欧美。油桃营养价值高，富含维生素，有很高的食用价值。只是野生桃的变种，并非许多人以为的桃与李的杂交。除瑞光5号，还有7号、8号、11号、19号等许多品种。均可采用嫁接育苗、高接换头等方式进行繁殖。砧木采用山毛桃或酸桃。油桃花粉量大，自花授粉能力强，异花授粉可增强其果实特性，适当搭配其他油桃混栽，果品质量更佳。

"到了年限不嫁接就不结果了。"贺鸡换有些怅惘，"以前请了个果树技术员，油桃结得好着哩！后来走了，人说我初中毕业，让我来当合作社的技术员。我上完初中就把初中文化还给老师了，啥初中文化？现在眼也花了，老得记性也没了，好多字也都不认得我了，还得从老师手里往回要文化。把我给苦的、害的、逼的，只好让女儿给我买了几本书，不认得字就查字典，书上有图有字，照着干没错。就是手艺不行，比如说这嫁接，错一点不行，嫁接不好会影响收成。还有桃炭疽病，褐腐病，小叶病，桃蚜、叶螨、潜叶蛾等病虫害，果子采收后得及时清除残果、病果、病枝叶。潜叶蛾小小的，专往叶子上产卵，不起眼一个小白点点能生一大片虫子，治住了还好，治不住，就能毁了这么一个大棚，一下子就什么也没了。"

大棚在中心区域，一分为二的绿色的棚布是给大棚用来保温防风的，这会儿只有半壁遮着，半壁卷起晒太阳。这套设备是机械化全自动，只要贺鸡换按个键，另半边的绿色棚布便会自动从天而降，遮蔽住大棚，足以保持相当的温度和湿度。这套设备是前不久帮扶单位山西省煤炭地质局免费给大棚专业种植合作社提供安装的，以助力温泉乡咸康村脱贫攻坚。

"鸡换是我们合作社的技术员！"与贺换鸡同在大棚种植合作社的另一户社员过来蹲在边上说，"大家都靠他哩，他要不懂，我们就更瞎了。哈哈，他可是我们村里的能人！"

"啥能人哩？"贺鸡换急忙笑着谦虚，"书上那几个字你们谁不认得？还不是人家让你们几个出头干，你们几个都滑头，推聋做哑的，不肯出来干，就款款瞄上个我，众人抱住我在火上烤，打着鸭子往鸡架子上撵。我只好点灯熬油看那几本书，是个死记硬背的主儿！"

我恍然大悟，难怪贺鸡换说话像背书，原来真是在背书。不免又好笑又感慨又忧伤又欣悦地想：看看这脱贫攻坚，看看这合作社，看看这把人给逼成个甚了？直把个农民给逼成个果树技术员了。有了技术的农民等于有了赖以谋生的手段和利器，有了脱贫致富的长期有效的保障，自己富了还不忘互助同类，与自然生态的共存共荣法则相类似，不能不说是一种良性的依存。过后，我看到一份贺鸡换自己写的介绍自己的材料，文通字顺，却不肯承认自己是63岁的人，只是说：贺鸡换，岢岚县"红旗示范户"，家庭成员3人，配偶，女儿，自己。2014年识别为贫困户，2017年脱贫。通过工作队帮扶自主学习大棚种植技术，自主经营大棚3座，主要种植油桃和葡萄，已经掌握了油桃和葡萄的种植技术。每年大棚创收4万多元，年龄较大但身体健康，还种植了7亩庄稼，摒弃等靠要的思想，靠自己的能力勤劳致富，到目前已有稳定收入，并且还将自己的大棚种植技术，用来帮助其他的村民，我相信，通过自己的努力，在国家政策的帮扶下，日子会越过越好，早日步入小康社会。

生　态

调寄摸鱼儿（新韵）

妮之嫣，剩得些许，仍能贪欢风月？惟杨柳未失仪态，拒入销魂金列。秦汉阙，唐宋唱，辞骚赋傲如帛裂。箫笙喜悦。勿奏旧别离，鸦戏社鼓，还有色香烈。

词填老，韵味押完半阕。千千结上穿越。多情犹染胭脂句，万古一时堆雪。秋络窃，冬猥亵，青枯碧瘦肥优劣。卿卿莫屑。尚袅袅含烟，悠悠追忆，不让子虚灭。

生态环境是自然规律的体现，奥妙无穷，变幻莫测，是为无极。无中生有，有到极处即成无。日月经天，江河行地，四时变化，万物生长，山水洞石，各臻其妙，羽毛鳞虫，奥妙无穷。人是生态环境的一个最佳的复制品，不仅有丰富的思想还有复杂的行为，人不仅可以见景生情，借物起兴，赋日月、比天地还能神游于宇宙，感受寻常生物所不能感受的思想的虚无缥缈与精深博大。所以我对《景感生态学》情有独钟，以为它是人类认识大千世界与自我的又一种新的思考方式或曰新的审视角度。也许它可以破解人类的自私，人类的自私是人类的死穴，它被科技与文明无限放大，渐行渐远，企图淡出自然规律的尝试，已经使它走向了与自然的对立，如果不能得以及时纠正，或许会走向存在的反面，走向自毁。

我的另一部书稿便是以《景感生态——守望蓝天词话》直接为题的。

无独有偶，刚刚《环境教育》杂志主编周仕凭，在他的一篇专访文章中，又问到我这个问题：2019 年年底，您的作品《辋川烟云——王维传》面世。在这部作品中，您成功地塑造和还原了具有浓浓烟火气的王维和他的艺术人生。在创作这部作品时您主要想表达什么？

我看到他的短信后，只用了几分钟的时间，便回答了这个问题。不假思索是因为这个问题我早已深思熟虑，我没有就书论书，简单片面，也没有东拉西扯，泛泛而谈，而是直接切入了问题的核心和本质：人不可能脱离社会而存在，更不可能脱离自然而存在。我在书中想要表现的是，王维首先是个生态人，其次才是一个社会人。作为社会人的王维受当时社会的种种影响，宫廷争斗，同僚倾轧，安史之乱，都让他身陷其中，如一颗豆子掉进石磨里，不能自已。但在王维的身上，他始终保持着一个自然人的本色，也就是生态人的本色。人类皆为生态人，但是大多数生而为人的自然人，走入社会后，渐行渐远，离自然越来越远，完全变成了一个与生态对立的社会人，万物皆备于人类巧取豪夺的思想，在封建社会表现得更为突出。而王维却不是这样的，他始终没有忘记自己是自然之子，他热爱身边的一草一木，他的所有诗歌、绘画、书法、音乐、生活、情趣，都是以自然的存在为观照的，自然中不存在的东西，在他的作品中也是找不到的。艺术就是自然的反映，而作为景感生态的唯一的人类，只能是客观与主观的升华，不可能凭空生发，凭空创造。他的生活轨迹也是如此，仕途更是如此。他用自己的一生诠注了社会人与生态人的冲突，这个冲突的过程，丰富了他的创作。如果简单把王维当一个田园诗人来看待，那就辱没了他的存在。事实上他是远远超越了田园的，因为田园也是人类功用的一个产物，而他却已经站在禅和道以至玄学的高地，在观察这一切，思忖这一切：人生究竟是个什么梗？怎么这样地无奈？他的一生就是一个生态人与社会人的双重矛盾见招拆招的故事。他试图调和的最终结果，是堕入了道和佛的空门之中，他的一生的苦闷，和他所取得的成就佐证了我的这一个观点。我可以这么说，《辋川烟云——王维传》就是一本生态社会书：讲述了自然生态人王维在大唐人文社会中一生的经历。

连一个大唐时的诗人也未能幸免，更何况我们这些现代人。所以我在写脱贫攻坚的这本书时，仍然没有改变初衷。而且更加强烈地意识到，如果想从岢岚这个小小的镜子里，纤毫毕见地见出"脱贫攻坚"这个国家行动意义和对全人类可能产生或已经产生的影响，必须遵从自然社会和人文社会必须遵守的客观规律，放在人文历史背景中和自然生态背景下，以人类视点和语境来书写、描述、观照，一切才会洞若观火，呈现出纷繁的异彩。正如我在本书题记所说，只有把中国扶贫放在全球语境下你才会有惊人的发现，才会觉得不虚此作。

时下人类的格局如同下围棋，无数盘棋局构成了国家、民族、地域、天下之格局。博弈的对手无非是生老、病死、瘟疫、旱涝、野蛮、贫穷、愚昧、懒惰、落后等，宏观分类逃不脱天灾人祸。无论黑白，不管种族，遑分地域，相关人类，都是这盘人类大棋中具体的一枚棋子，大至国家、小到家庭、细及个人，布局落子，都离不开落在自然生态环境这个巨大的链式棋盘上，都是自然生态环境链环中不可或缺的一环。除非你不曾出生在这个世界，不曾活过，只要你来过人世，如同我前边所说，你就会消耗掉一座资源山，就会留下一座垃圾山。物质不灭，你死了，会化为尘埃，却带不走两座山，仍会融入水中，化入云烟，渗入土中，没入大千世界，仍然是水里不可或缺的一滴，泥土中不可或缺的一粒、烟埃中不可或缺的一丝。任何一个人，休要说你微不足道，你就是引起千里之外大风暴的那双轻微翕动的不起眼的蝴蝶翅膀，你就是压断不堪重负的自然生态骆驼脊梁的那根似乎微不足道的稻草。但同时，你也可以是吹动历史风筝的最好一丝风，也可以是遏制南北极融化的最后一块冰。

我书中写到的每一个人，都不可避免的是全球语境下自然生态环境中的一个细部，都在这个大背景下生活着工作着劳动着，都是镶嵌在这盘棋局中一枚棋子，都在不同的方位起着不同的作用。在岢岚这盘脱贫攻坚的棋局中，2016年11月11日，时年36岁的赵利生，恰逢其时，受命于脱贫攻坚之际，被县委委以重任，宣布他出任岢岚县扶贫办主任。赵利生不胜惶恐之余，深知责任重大，压力不言而喻，怕自己干不好，跑去找县委书记王志东想要辞任，不料王志东对他能力的肯定和对他无私地信任，打消了他辞任的念头。

赵利生过后和我说："那时，我对王书记根本就不大了解，人家是暗中观察你，可是从来就不和你说。我当时的顾虑是没有农村基层工作经验，没有在乡里当过干部，年轻资历浅，怕干不好。后来仔细想，我就是在农村长大的，还在农村教过6年书，对农村情况比乡镇干部还要了解！要说干活，我从小就吃苦受累，早已练就了不怕苦的韧劲，再说人家书记这么信任咱，咱还能有脸非得说不干？干！"

赵利生凭着从学生时期就养成的学习习惯和"不为困难找借口，只为问题想办法"的工作作风，以及一份源于初心的担当，直面一个个和群众息息相关的困难和问题，在经过深入调研、细化、量化、分析、论证后，他逐一提出了自己的意见和思路。先是改善硬件，向县委、县政府申请把办公室搬到政务大厅三楼，办公条件得到了彻底改善，抽调36名骨干人员充实到平台工作，合理调配办公室人员结构和分工，建立健全了规章制度，梳理出全县与扶贫相关的所有单位，并将之纳入了脱贫攻坚总指挥部这个全面统筹的平台。

脱贫攻坚任务置于各项工作之首，2016年在赵利生的具体负责下，岢岚县委、县政府出台了"3169"脱贫攻坚行动纲领。赵利生解释说："3"是实施精准识贫、精准扶贫、精准脱贫三大战略；"1"是搭建精准脱贫"互联网＋扶贫"一个平台；"6"是抓好教育、项目、产业、资金、生态、环境"六个关键"；"9"是健全领导、责任、推进、落实、管理、监督、服务、保障、考核"九项体系"，简称"3169"。

有了脱贫攻坚纲领，还要有具体实施办法，那就是"4433"工作法。即：精确识别四步骤，通过"农户申请、民主评议、公告公示、登记造册"四个步骤，精准识别扶贫对象，为开展后续工作打牢基础。四清单精准管理，对每个贫困户列出农户需求清单、帮扶措施清单、目标时限清单和责任兑现清单，进行台账管理。帮扶措施三到户，坚持因户因人施策，确保项目安排到户、资金使用到户、帮扶措施到户，做到措施对标、效果到位。脱贫成效三验收，明确贫困户脱贫、贫困村退出要坚持村级初验、乡级审核、县级审定，形成层层衔接、环环相扣的一体化无缝隙工作流程。

赵利生履新不到半年时间便做完了这些基础性工作。我注意到县委书记王志东 2017 年 3 月在一次会议上的讲话，他说：当前，岢岚县确立实施的"3169"脱贫攻坚行动纲领、"4433"精准脱贫工作法及全县的脱贫攻坚目标体系、政策体系和方法体系已经初步形成，关键在于贯彻落实、推进落地。各级各部门要将脱贫攻坚作为一项政治任务、政治责任，进一步强化抓发展为了脱贫、抓脱贫也是为了发展的理念，以更加务实的工作作风、更加扎实的工作举措，切实把心神凝聚在脱贫攻坚上，把行动体现在真抓实干上，把成效体现在民生福祉上。

在无形的表扬的同时又给赵利生压上了更重的担子。赵利生在科学谋划确立了"3169"脱贫攻坚行动纲领，"4433"实施方法后，还创新推出书记县长双组长、副书记常务副县长双协同、组织纪检双督核"三双"工作机制；形成"1+8+12+24"的组织机构，开拓了"三级联动、一休作战、合力攻坚"的扶贫格局；探索形成了"天天到现场"工作机制；形成了"进村工作制，入户工作法"。创新推行"两报两议"配置项目资金，创新"544"健康扶贫，将"双签约"引申为"双服务"进一步提升健康保障水平；社会捐赠设立教育、医疗两项基金加强保障。实施"4510"脱贫攻坚巩固提升的岢岚策略，选树新时代红旗党支部、乡风文明红旗村、脱贫攻坚红旗工作队、自主脱贫率先小康红旗示范户"四面红旗"激发新动能；出台动态管理、构建防贫保障、完善合作经营、建立市场导向"五项机制"打造新引擎；开展产业巩固提升、就业创业帮扶、易地搬迁后续巩固、基础设施提升、公共服务达标、内生动力激发等"十项行动"拓展新成效。总结形成了蹚出基层党建引领脱贫攻坚、整村搬迁破解深度贫困、产业开发促进增收脱贫、生态建设融合增绿增收、城乡统筹环境治理"五条路子"攻坚深度贫困；形成"4510"巩固提升新策略、"户分四类村施六策"新做法、合作社为纽带的产业扶贫新机制、县际合作战略支撑新体系"四种做法"全面巩固提升；扭住3个重点衔接乡村振兴，走出了一条"立足脱贫、着眼小康、衔接振兴"的岢岚路子。

从 2016 年 11 月到现在不过 3 年多的时间，置身于大数据时代的赵利生，与时代也是同步的，他不得不对数据产生敏感度，只有精准的数据才能提供精准的服务，这一点他的同事也就是我前边已经写到的人称独臂站长的李家沟乡的扶贫工作站长刘峰，是最有发言权的。我对数字天生愚钝，只想说，如果没有以上这些保障性的具体措施和精准数据，那就不会有如下这些相对好看的数据发生和出现：2018 年年底，岢岚全县 116 个贫困村全部达标退出，贫困发生率由 31.8% 下降到 0.38%，2 年完成 115 个整自然村搬迁，在脱贫攻坚综合考核中获得 2016 年全省第二、2017 年全省第四、2018 年全省第一方阵的好成绩，易地搬迁专项考核连续两年全省第一。2017 年扶贫开发办公室先后获得"山西省扶贫开发先进集体""山西省干部驻村帮扶工作模范单位""忻州市五一劳动奖状""山西省五一劳动奖""岢岚县脱贫攻坚先进集体"的荣誉称号，赵利生个人也被评为忻州市新时代、新担当、新作为先进典型。

不得不说王志东是个会下棋的人，而且还是一个胸有大棋局的人。两眼活，棋无忧，真眼假眼看清楚。不以亲疏谋棋，不以个人好恶谋棋。轻子该弃就要弃、宁失几子不失先。他不仅看上了这枚棋子，看准了这步棋，还落子果敢，眼光独特而老到，落在要害处。更重要的是，以身作则传帮带，选用定式看全局。大力支持，大力指导，浑然不疑。诱其发挥主观能动性，压强不要去压弱。倾情倾力，殚精竭虑，切莫贪吃走小棋。收官子，常计算，收官常在一二路。指挥若定，鞭之策之，爱之惜之，判断形势定大计。满盘棋活，中盘得胜。

这枚棋子也有走麦城时，忽然间就几回回寻他不见，却是遇打劫，被远处飞来的几枚黑子围攻，两翼张开连成片，逃要关来追要飞、扭十字要长一边。王志东因此发了脾气，适时护断，该断不断勿成棋，冲断扭断反打断，逢碰必扳，棋向中腹争阳面，扳回了这一局。

"还有一回，"赵利生笑着回忆，"材料上有个新提法书记让我改，我也说给写材料的人改，但没有再跟进，不知咋就没改。也许是忙得忘记了，五加二，白加黑，写材料的后生忙得连头发都乍起来了，我也没看就交上去，结果王书记还是看出来了，他比我还忙，还认真，你说他就能看出来！"

这枚棋子还时常加班加点，同事们不知道他几点下班，爱人不知道他几点回家。因为他回家时全家已入睡。他蹑手蹑脚上床，悄悄躺下，脑子里过电影，想白天的工作，七七八八检点半天，睡意全无，时常想着工作天就亮了。家人醒来他人已经不见了踪影，天天睡在一个屋里，夫妻俩却时常一个星期也不碰面，女儿问妈妈："好几天看不见爸爸，爸爸是出差去了吗？"他爱人忍不住就对女儿抱怨："住店也要打个招呼，你爸这个人，连个住店的都不如！"

最忙时赵利生一个月也没有与女儿照个面，女儿右臂不慎骨折，他也只是向县上告了 天假，陪女儿 天，安慰女儿幼小的心灵。晚上女儿抱着爸爸睡觉，生怕他忽然消失了。次日女儿眼睛未睁就先甜蜜地喊了一声"爸爸"，没有人答应，睁眼一看，爸爸又不在了。女儿满眼噙着的泪水忍不住扑簌簌顺着脸蛋往下流。学校让孩子们用"到底"造句，赵利生的女儿造的句子竟然是：我到底是生的还是捡的？童真的忧伤，稚气的疑问，让作为父亲的赵利生看到后，不觉潸然泪下。但他能说什么呢？在脱贫攻坚这盘棋局里，他是一枚关键的棋子，他不能因小失大，不能让岢岚、让山西、让中国，最主要是不能让父老乡亲们输了这局棋，他只能在心里默默地对小女儿说：原谅爸爸吧！等你长大后，你会明白，爸爸所做的一切是值得的！

这枚棋子简历非常简单：赵利生，男，1980年2月生，岢岚县人，大学本科文化。2000年9月参加工作，2007年7月加入中国共产党。先后在阳坪学区、政府办公室、县委宣传部、县新闻办、县信访局工作，现任岢岚县扶贫开发办公室主任，岢岚县第九届县委委员、第十三次党代会代表、第十六届人大代表。这枚棋子在将近4年的时间，已经记了20余本《扶贫工作日记》。他知道这是一段精彩的历史，他想让这段自己参与书写的历史，清清楚楚，明明白白，干干净净，留给岢岚人，留给女儿，留给历史去评判，留给时间去验证。

我看到几句抄录如下：

2018年3月12日：党员干部必备的八把刷子，其中有一把就是"身在兵位，民为帅谋"，就是不为帅谋，也要把自身负责的工作尽心尽力办好。

2018年5月2日：扶贫信息系统是我们做好工作的总开关和总钥匙。数据质量好坏是直接反映一个区域脱贫成效的特殊窗口和特殊视角。钟摆掠过，只伤肌肤；追求不再，方堕暮年。青春，无关年龄。

2018年7月17日：产业扶贫是脱贫攻坚的长久之策，没有企业，没有产业，就没有长效的脱贫。

迁　徙

五律（平水）

皎皎吴钩月，铮铮弹古弦。

寒光鸣溅溅，冰魄握拳拳。

雪雪生清绝，幽幽养凛然。

半轮还玉碎，十五又团圆。

　　那天，我们在高家会听郭靖宇谈了半天他领大家抢收土豆的故事，他又把我们介绍给高家会乡副乡长、扶贫工作站站长张海英。张海英已经在高家会乡工作了 11 年。2016 年 6 月她接手扶贫工作那年，她的女儿小升初。这个巧笑生春的母亲说起女儿脸上充满笑意，每天她回家时拐弯处的红绿灯就关了，2 年多时间里她几乎没有看到过红绿灯亮起过，所以每次经过那里她就会突然想起，红绿灯已经下班了，孩子应该已经睡着了吧？也不知吃了饭没？

　　高家会乡 880 户贫困户、2000 多口人的身份证号码，基本情况，都是这几年张海英和同事一笔一画抄写、整理、录进系统里的。那些贫困户来乡里一报他们的名字张海英马上就能说出他家有几口人，住几间房子，收入情况如何，需要什么样的帮扶，有什么样的帮扶政策可能适合他。张海英笑说："不是我神，是因为他们的情况我已经在心里和手里过了多少遍了。"聊起工作张海英大马金刀，聊起其他，却一副小女子的样子，温煦地微笑，谦和地回话，还略有拘谨。贫困户的识别有精准的条条款款，说起来容易做起来复杂，每一个步骤都不能有差池。有一个姓梁的贫困户，城里已经有住房，只能识别出去。可梁家老父亲不依不饶，不断来找张海英诉求、埋怨甚至责骂。张海英赔笑脸解释政策，用一个午饭时间做工作，等她口干舌燥说完了，饭也凉了。梁家老人终于被张海英说服了。

张海英汇总材料苛刻，一个小数字也不许错，无形中加强了大家的工作量，同事们开玩笑说，自己像是在为张海英打工。玩笑归玩笑，牢骚归牢骚，该做的事情一件不能少。各种扶贫政策，精准落实，具体到户和人。张海英创新的"三核、三审、三统一"规范化档案建设的工作方法，还被在全县范围内做了推广。这个温婉的小女人给我留下了很深印象。

岢岚春秋属晋，战国时设娄烦郡，秦属太原，汉属雁门郡，魏属新兴郡。北魏因境内有岢岚山，改名为岚州，隋改称楼烦郡，于大业三年置岢岚镇。唐长安三年置岚谷县，宋于岚谷县置岢岚军，金废军，升岚谷县为岢岚州，元废。明洪武七年置岢岚县后复升州。民国元年复称岢岚县。岢岚是著名的革命老区。抗战时期，岢岚是山西临时省委的诞生地、晋绥抗日根据地的发源地，贺龙、王震、关向应、续范亭、程子华等老一辈无产阶级革命家曾在这里战斗过。"晋西事变"岢岚建立了抗日民主政府，属晋西北行署第二专署。民国二十九年（1940年）6月岢岚县城沦为日占区，广大农村仍为解放区。民国三十年（1941年）11月，日本退离岢岚城，县城获得解放。民国三十二年（1943年），岢岚县属晋绥边区第二专署。民国三十八年（1949年10月）前，属五寨中心专署。1961年，恢复岢岚县建制，属忻县专员公署。岢岚位于晋陕蒙三省交界区域，地处西部能源金三角资源东运的战略要道。是晋西北重要的煤炭运销集散地。境内有25基地，是全省国防重地和最大的驻军县，组建于20世纪60年代末的太原卫星发射中心是我国三大卫星发射中心之一，担负着国防战略尖端武器的试验和发射任务。

晋煤集团吴雁鹏以"岁月不居，天道酬勤"为自己的座右铭。吴雁鹏是晋煤集团一家大型煤炭生产矿井的党支部书记，工作和生活条件都比较优越。他根本没有想到组织会找他谈话准备委派他去岢岚扶贫，吴雁鹏当时很犹豫，心想着去还是不去？但多年的教育已经使他不习惯向组织说不，所以也就很快便点头应允了。这一应允不要紧，他的整个家庭都为之发生了变化。岢岚距离晋煤集团所在地晋城，足足有 600 多公里，一来一去，纵使有车，回家探一次亲，往返路程也太过遥远了吧？即使半个月回一趟家，也很是耽误工夫，而且不容吴雁鹏不牵挂的是，妻子正在休二胎产假，女儿尚在襁褓中，儿子也才刚刚学会走路。

怎么办？打退堂鼓？鸣冤叫屈？放弃扶贫，在家陪妻子儿女？非常遗憾的是他还不想这么办，下乡扶贫触动了他心灵深处一个柔软而敏感的部位，他还真的想去。所以，再三思考斟酌之后，他与父母、妻子几回回商量，几回回交锋，竟然说动了家人，一个月后，也就是 2018 年 6 月，他竟然举家迁徙到了岢岚县城，成了岢岚县一个临时居民。

类似这样的迁徙，故事和性质完全不同，但也饶有深意。

岢岚气候干燥，冬季气温低，与晋城相比差异很大，孩子们不服水土，不适应环境，接二连三生病。租来的房子条件又不好，夏天异常闷热，房子还会漏雨。一方面是脱贫攻坚最吃紧最艰苦的时段，一方面是家庭负担最繁重最杂乱的时候。忙碌一天回到家里，大儿哭小女儿闹，忙碌了一天的妻子，还想趁着丈夫哄孩子的工夫，去完成大量积压的家务。等到一儿一女吃饱喝足洗漱睡安稳，往往已经是半夜，夫妻俩连拉呱几句的精力也没有，各自倒头便睡。不一会儿孩子又哭着醒来，要喂奶、要换尿布，又是一番忙碌。然而此等小事又不足为外人道之，只能默默承受。但他内心里还是觉得与家人厮守一起再苦再累也值。

2019 年元旦前，天寒地冻，岢岚普降瑞雪，下班后，吴雁鹏让妻子看孩子，自己主动跑到厨房做饭，叮叮咚咚的切菜声中，忽听屋外传来一阵急促的脚步声，随即便响起了敲门声，岢岚县吴雁鹏认识人不多，这个时候会是谁呢？吴雁鹏打开门，不觉吃了一惊，眼前微笑着的熟悉面孔竟然是岢岚县的王志东书记。王志东进屋来一边询问他们的生活起居情况，一边逗了逗吴雁鹏的一儿一女，连声对吴雁鹏和他爱人抱歉说，"小吴同志，这段时间你们辛苦了，你们驻村工作队员这一段太辛苦了，为了岢岚县脱贫攻坚真的让你们全家人都辛苦了，连这么小的孩子也跟着你们两个大人受累，真的让我心里过意不去，你们有什么困难一定要及时提出来，我们岢岚县委、县政府一定帮助你们解决！"

王志东坐下来和吴雁鹏聊了一会儿，特别叮嘱跟他一起来的相关工作人员，一定要在推进扶贫工作的同时保障好这些驻村工作队员的生活质量，不能让他们在生活上受委屈。吴雁鹏心里热乎乎的，他望着王书记神情疲惫的笑脸，心里满怀感激，这也使他对自己举家迁徙岢岚的做法，有了一种宾至如归的感觉。晋煤集团作为派出单位，更是给予了驻村工作队无微不至的关心和帮助，一次次的慰问和关爱，都使吴雁鹏觉得自己的坚持与选择是正确的。

吴雁鹏他们初到官庄村时，村民们瞅着几个驻村工作队"白面书生"，目光里充满了不屑和怀疑，窃窃私语说："这些城里人待不住，就是来镀金的，过段时间就走了，啥也干不成。"吴雁鹏听见了便暗下决心，既然选择了这份职责，就应义无反顾肩负起自己的使命。

秋收季节，几乎每个清晨 6 点，天蒙蒙亮，吴雁鹏便和妻子起床了。吴雁鹏心里记挂着老百姓大田里的庄稼，一心想着早早去早早收，多干点活。刚刚 7 点便开始劳动。妻子有时会戏谑地"调侃"丈夫说，免费给农民干活还这么准时？吴雁鹏笑着回应："既然来给主家干活的，就得跟着主家的节奏走，不能让人家迁就我们。"挽豆、拢堆、装车等一系列农活，吴雁鹏他们很快就学会了。老百姓见他们肯俯下身子来，也与他们亲热起来，有什么事也会找吴雁鹏帮忙，吴雁鹏也来者不拒，大情小事只要能办到的都会亲力亲为，从不推三阻四。

吴雁鹏还喜欢一句话："功不唐捐，玉汝于成。"他相信世界上的所有功德与努力都不会白白付出，种因得果都有回报。困难如同砂轮打磨璞玉，磨炼的过程就是成功的过程。作为扶贫干部不辜负老百姓的信任；作为晋煤人不辜负领导的嘱托；作为儿子、父亲、丈夫他敬老爱幼。他的小家庭也逐渐适应了岢岚的生活，儿子已经在岢岚上了幼儿园。俨然已经将岢岚当成了自己的家，成了淳朴勤劳的岢岚人家，成了岢岚脱贫攻坚的参与者和见证者。

吴雁鹏的迁徙顺应自然，是生态喜欢的，所以历史接纳了他。但是他迟早还会走，如果你要他永远留下来，他未必会答应，因为岢岚县在大城市人的眼里只是个大农村。

岢岚的岚漪河是黄河中游一级支流。岚漪河发源于岢岚县荷叶坪山马跑泉，在兴县木崖头乡育草沟村南东 1 公里处入吕梁境内，至裴家川口汇入黄河，是为入河口所在。河全长 120 公里，流域面积 2167 平方公里。河床落差比降为 8.59‰。多年平均径流量 0.94 亿立方米，年平均输沙量 1170 万吨，1967 年年实测洪峰流量 2740 立方米 / 秒。

该河季节性变化较强，冬季有 4 个月为结冰期。细而述之，岚漪河在岢岚县城共有 3 支，分别是北川河、东川河、南川河，对正源的说法也莫衷一是。《吕梁地区志》认为正源是北支，源头在吕梁山之芦芽山系的荷叶坪山马跑泉。1990 版的《岢岚县志》没有确定正源，将三河之源皆列为源头。其他非地方志类文献常将南、东二源发源地岢岚、岚县边界的饮马池山作为源头。如果以"河源唯远"的地理原则，北川河最长，应为岚漪河的正源。

3 条河均属黄河一级支流。南川河属黄河二级支流。新中国成立后在岚漪河上游东川河岢岚境内建成高家湾水库，干流中游兴县境内建成天古崖水库。其中，高家湾水库总库容 650 万立方米，天古崖水库 2409 万立方米。支流白家沟上的山庄峁水库原设计库容 389 万立方米，两水库淤积严重，已超过泄洪洞高程；坝基均有不同程度渗漏；下游灌区均未配套，不能充分发挥效益，仅对下游城镇防洪起了积极作用；但两水库校核洪水标准不够，均须改建。两水库基本已经淤平，现为淤地坝。沿河共有水地 6.5 万亩。淤地坝 268 座，骨干坝 32 座，中坝 19 座。

那天我和康利生去看岚漪河，站在拱桥上，岚漪河在橡胶坝内哗哗地穿岢岚城而过，映着天光云影，成为岢岚县一道绮丽的风景。水流也还清澈，但较之过去，从颜色上看，已经不可能还是水质等级一级，直接灌溉没有问题，但直接入口饮用，恐怕人们已经不敢了。但相对而言，这样好的水质在因为挖煤而土地沦陷河流污染的山西境内已经很少见到了。

没有岚漪河就没有岢岚牧草丰美的山川和成群结队逐水草而牧的牛羊。

前边写到的最后一个搬迁的自称"山顶洞人"的尹油梅老人，是被自然借用山高、地薄、贫穷、落后的鞭子毫不客气地从山沟里撵出来的，同时被自然撵出来的还有十四户舍窠村村民。这些被自然生态挤走的村民，赶上了一个好时候，所以他们花了很少一点银子，便喜滋滋迁入了新居。

也就在舍窠村搬迁的同时，岚漪镇东街村 50 多岁的赵勇和他的妻子，却选择了逆行的道路，他们竟然从岚漪镇的自己家里，迁入了搬迁一空的，距县城近 50 里的旧舍窠村。和他们夫妻俩一起迁入的，还有 77 头牛。村子拆迁后，周边地段都是牛的天然牧场。

夫妻俩逐水草而来。

这里的大多数路段是石子路，村子方圆十里没有通信信号。一个村子，两个人，几间简陋的房子，还有一群牛。虽然这里不是桃花源，却如同世外。牛是赵勇和妻子的全部家当，折算下来至少 80 万。每年出栏十几头小牛，去掉草料费用，可到手 5 万左右。

"只要牛不缺吃喝，我们两口子就心满意足。老百姓不怕受苦，只要有盼头就好。牛就是我们的盼头。"红脸汉子赵勇说。没有养牛之前赵勇在县城街上靠卖豆腐、豆芽、粉条为生。做豆腐、粉条非常辛苦，夫妻俩没明没夜，辛苦劳作，养育一双儿女，省吃俭喝，日子过得还是紧紧巴巴。为了改变贫困的生活，赵勇曾经养过大车，结果因为没有经营经验，欠下了一屁股债，最后把大车也赔了进去。

2014年被东街村的村民代表大会识别为建档立卡贫困户。但生性不甘落后的赵勇却没有一丝的高兴，反而更加坚定了要靠自己的双手脱贫致富的决心。2017年他决定走养牛致富的路。

他说："大车是个人造的死东西不好养活，牛是天地生养的牲灵，别人能养我就能养，别人能吃得的苦，我全能吃，不信就养不了个牛！"

在镇政府和东街村委的支持下，赵勇联合77名贫困户办起了肉牛养殖合作社，用特色养殖补助和扶贫小额贷款购买肉牛70余头，在搬迁移民后的舍窠村办起了养牛场。舍窠村路不好走，地理位置偏僻，一辆摩托车是赵勇进城买办各种生活用品的主要工具，他的妻子自从来到这里就没有再离开过。

初来乍到，舍窠村周遭的大山还不认得赵勇，马上就给他撂了个脸子。

2017年的冬天，天公不作美，北风呼啸，一场大雪从天而降。

雪纷纷扬扬落下，山野全白了，崖畔上树的枝丫有的被雪压断，鸦雀在树木之间寻食，千沟万壑埋在雪里，变得丰腴而诡诈。远处，群峰萧索，皑皑寒白，融入迷蒙的空际。风从山上吹来阵阵雪雾，在低洼处堆积，一层一层堆上去，堆高在断崖下。

积雪的山野被黄昏染成了羞羞答答的粉红色。

万籁俱寂，天似乎黑不下来，星月携着雪光从玻璃照入灶火红红的窑洞，赵勇坐在窑洞的炕上吱溜溜地抿一口小酒，还在这样想：亏了天气预报，粮草备足了，牛在棚里，下雪也不怕！

早晨，门推不开，被雪拥住了。

大块乌云瓦当一样盖住了天，雪还在继续飘，看起来老天爷也讨厌这黄土高原上的千沟万壑，成心要填平了它们。风卷着雪花扫荡山野、摇撼树木、任意蹂躏践踏草木。衰草偶尔露出头角随风狂摇。然而就是不经意间，奇迹般地忽然雪就停了。大雪覆盖下的山野一片银光闪烁，让赵勇燃起了孩童般的兴奋，这么多雪能堆多少雪人？活回童年他会立马去试。

然而让赵勇没有料到的是，这场大雪封了山，而且一封就是 6 个月。

丰年好大雪的农民式的喜悦和兴奋过后，便从攀上崖畔埋头刨草吃的牛群中，传来一声长长的哀嚎。赵勇踏雪飞奔过去，见一头半大的牛犊，不慎失足滑落山崖，摔死在深深的沟里。只有母牛在忧伤地长嚎，群牛并不以为意，沉默着，继续埋头在崖畔刨草吃。

赵勇下沟去把死牛犊背上来，背回家里，非常心疼，妻子见了好言好语地安慰他，让丈夫不要太伤心难过。

随着漫长冬天的煎熬，痛苦接踵而至，几乎隔三岔五，就有不慎失足从山上滑落下去的大牛小牛，不是当场摔死，就是摔残了，过不了几天，就挣命似的死了。累积起来，一个冬天，从山上失足滑下来摔死的、冻死的牛，加起来竟然已经有十几头。这是一个惊人的数字。

在寻常人眼里只是牛的畜类，在赵勇和妻子的眼里，却是白花花的银子，是他们致富的梦想。当赵勇的妻子最为看好的一头白花的大母牛也滚落山坡摔死后，赵勇的妻子嘴唇抖抖脸色煞白，眼里大颗大颗晶莹的泪滴，珍珠也似脱了线，噼里啪啦往下掉，终于再也承受不住，失声恸哭，她的哭声在空旷雪白的山野里传得很远很远，一直传到山那边去了。

但最终还是被山风撕碎了，被白雪掩埋了，被牛们嚼吃了。

赵勇也心痛得无以复加，但他毕竟是一条死扛的岢岚汉子，再苦再痛，也坚忍了。这回轮到他安慰妻子了。他只能让自己先镇定下来。但他不知该怎么安慰，总不能像妻子那样也来一句，这个冬天有牛肉吃了。这么多牛肉吃得了吗？他只是说，牛还多的是，明年让它们多下几只小牛，什么都补回了。不哭不哭，你要是再哭，老天又要下雪了！

终于盼来了春天。天气暖和起来了，雪化了，草绿了，鸟儿又开始唱小曲了。

赵勇的希望被春天又点燃了。他盼着母牛们能快些怀孕，所以便忙着给它们找对象让它们谈恋爱入洞房。但是受了一冬风雪肆虐的牛群，母牛们究竟是因为伤痛，还是别的什么原因，竟然商量好了一样，竟然齐齐地都没有怀孕和生产。

这些母牛们集体给了主人一个大大的嘴巴，打了赵勇的脸，让主人沮丧抑郁，因为他还指望生下几头牛犊，卖了以后给社员们分红呢！

残酷的现实让赵勇倍觉灰头土脸。但到了年底，他还是一咬牙，为了一口气，从牛群中选了几头大牛，牵到集市上随行就市，卖了些钱，然后分成搭儿，给社员每户分红1000元。赵勇这样和妻子解释："说话就要算话。钱可以挣回来，人气丢了就挣不回来了。"

按照合作协议，2019年年底合作社社员每人将再次获得1000元的分红。

吃一堑，长一智，赵勇虚心向老养殖户讨教，2019年情况好转，母牛一头一头怀孕生产，随着小牛犊子的出生，养殖场终于见到了盼望已久的效益。赵勇重新有了信心，思谋将要把牛养到100头。对于赵勇两口子在舍窠村养牛，赵勇的儿女都不想父母受这份苦，没有一个人赞成。但赵勇却乐呵呵地说："必须坚持下来，坚持才能有胜利，没有坚持就没有成功。我现在还身强力壮，不想闲着，养牛么，得5年后才能看到成果，不能半途而废。"

赵勇是个喜欢喝两口的人，每天中午，或是晚上，妻子都给丈夫炒个小菜，一人一大碗热乎乎的面条，赵勇倒上一杯白酒，吱溜溜地抿入口中，再吃一口菜，自有一份有滋有味的心安理得。不欠人的情，不欠人的债，吃自己、喝自己的，这才叫个心安理得。欠不欠天地的情？这个赵勇还没有想过。欠也是大家都欠下了，轮不到赵勇还，何况赵勇也还过了。

但赵勇也着实怕了舍窠村的荒蛮，那山陡的，那崖高的，那沟深的，那雪厚的，真的不好相与，难怪旧舍窠村的人都巴巴儿地搬上走了，不搬走行吗？

不行，这地界可真是山顶洞人住的地方，不欢迎寻常人来，寻常人也惹不起人家，你只能欢欢躲上走。

为了避免牛在冬天再出现意外，赵勇已经在焦山村以一个月500元的价格租了个不大不小的羊场。他赶着牛群进行了一场近6个小时的迁徙。为了这场"蓄谋已久"的迁徙，在外地打工的儿子也特意赶回来帮忙，浩浩荡荡的人和一群牛，终于在冬天来临前，从舍窠村搬到了焦山村养殖场。

赵勇临走时还依恋地对舍窠村的荒蛮说：冬天这里先还给你，明春我再回来！

但无疑，自然还是逼迫赵勇从舍窠村迁徙了，生态完胜了这一局。

"人往高处走，水往低处流，农民从山上搬入了县城，贫困户住进了楼房。"聊起来这个话题这个现象，康利生也有同感，"你们太原人往北上广迁移，我们岢岚人却在往太原迁移。我女儿在太原上学，我也在太原租了个房房。大家其实都为了子孙后代着想，生怕耽误了孩子。"

但毕竟中国已经开始努力地改变这一点，最原始、最基础，也是最有效一个环节，便是改变贫穷，解放被人类欺侮得太久、太过、太狠的山川河流。自然给人类提意见的方式很不客气，就如同唆使大雪袭击你的所在，喝令高山深沟摔死你的牛，让人不能活，不能住，不得不从这片不养人的土地上撤走。但要是人不肯呢？不能活也要强力活，不能住也要强力住，那就剩下惨烈的搏杀了。

最终鱼死网破，如同楼兰、如同尼雅、如同白城子那样沙化。

小九九是一道简单算术。整体搬迁似乎便是在耐心倾听自然的意见，在鱼还活着，网还完整的情形下，为了以后还有柴烧暂时远离青山。大九九是天道。这不是迷信，非关信仰，小九九组成大九九。举凡参与了这道数学公式运算的人，都会被写入自然生态的功德簿上。

这只是人性深处残留的对自然本能的崇拜，是还未泯灭的心灵原生态对自然的依恋和相思，是被文明裹挟入半空油然而生的没着没落高处不胜寒的忧虑，是明明白白自诩为现代人却又含含糊糊对原始图腾痴迷的状态，是景感生物面对生态环境的危局特有的联想转移。

光 亮

调寄画堂春（新韵）

雀舌窗外袅初香，乍黑又紫朝阳。暑伏夜短昼更长，朝暮微凉。

红绿晨昏盼望，翎毛东躲西藏。光明过正是炎凉，无限思量。

"脱贫攻坚，最重要的就是实打实，真正将扶贫资金用在刀刃上，解决群众最需要、最现实的问题。前段时间中纪委通报，有的地方用几百万的扶贫资金刷了白墙，有的还修什么水幕电影，有的搞各种盆景装门面……听了让人心痛。"

如今各大城市，到处是形形色色的自行车，但是骑自行车的人，是否会像自行车一样思考呢？即将取代自行车的是具有导航功能不必踏踩就可以前行且不会倒掉的全自动化的单车，将全部身家托付给这样的高科技，是福还是祸？相互了解和协调一致是有限度的但还不足以惋惜。失去天真无邪和无忧无虑的心境才值得惋惜。人能够在多大程度上不为别人的意见所左右，并能够在不受诱惑的情况下把内心平衡建立在一种可靠的基础之上呢？

赵利生所说的这种现象，虽然不是很多，但在一些地方还是不同程度地存在，而且屡禁不绝，因为这里有鼠儿香，这里有猫儿腻，有欲望的燃烧与权力的煊赫。

由岚漪河联想到海洋。海洋是生命的摇篮，总面积约为 3.6 亿平方公里，约占地表面积 71%，平均水深约 3795 米，含有水 13.5 亿多立方千米水，约占地球总水量 97%，人类饮用水量只占到 2%。海底世界的生命天机还有 95% 未被人类探知。泄漏这些天机意味着新一轮掠夺的开始，会加速生命灭绝。让人类意想不到的是未被人类探知的海底竟然已经有了人类文明的污染物，人类排放的塑料垃圾微粒已经进入人类未知的海沟。被塑料垃圾污染侵害的海洋生物有海豹和海狮以及海龟和海鸟等，这些海生物经常被塑料袋、包装绳以及渔网等捕鱼器材缠绕。差不多有 700 种海洋动物误食过塑料，致使动物挨饿，直至死亡。海龟和海鸟会无意间咽下塑料垃圾，而微小的塑料粒子就像不朽的寄生虫入驻海洋动物的食物链。

人类在吃鱼的同时，也会误食塑料微粒，微粒进入人体，会堵塞肺泡。

不久前英国石油公司在墨西哥湾租用的一个钻井平台爆炸，大量原油顷刻间侵入了墨西哥湾，损失或将近百亿美元，成为美国历史上最严重的海洋污染事件之一。浮油威胁到约 600 种动物，其中有 445 种鱼类、134 种鸟类和 45 种哺乳动物以及 32 种爬行和两栖动物。路易斯安那州的褐鹈鹕，会因捕食体内含有石油的小鱼而丧命，类似被危及的动物又何止一种两种。让人呼吸安详身心舒泰的空气污染了。蔚蓝的海洋、清澈的河流、甘醇的浅表和深层的地下水污染了。农药污染了土地和粮食，各种添加剂使食品越来越不安全。

万物的数量和质量与人类的生命健康一样每况愈下。患疑难病症心脑血管疾病使猝死的年轻人越来越多。社会平均寿命增长了，矿产资源匮乏与生态空间地污染，使可持续发展的现代社会岌岌可危，能活过封建社会两千多岁的寿数吗？不敢想也不愿去想。以未来的短，换眼前的长，值吗？真的不好说。历史上的大饥饿多以天灾辅之人祸为主。若无人祸再大的天灾人类也可以度过。

人类须时时刻刻对自然怀有畏惧之心，以自然心为自己的心，悉心体察自然的心思，揣度自然的意愿，顺从自然规律，与自然和谐相处，共同前行，才能有始有终。持守天地之道，做善事，善行事，诸事慎思慎行，这样，人类的命运或许可以与天地共齐。主导着这一切的无疑都是因为人类对于大自然贪婪的索取，若是地球有生命，那么部分人类便是地球体内的有害物质，而灾难的本身便是地球为保护自身安全的一种防范机制。

春季径流从密西西比河流域农田里冲刷富含氮氧的肥料，经过河流和小溪从入海口倾斜注入墨西哥湾，这些氮使微小的浮游生物大量生长，浮游生物死掉沉入海底后，腐败物会夺走海水里的氧气，导致依靠氧气存活的鱼虾大量死亡。近来，每年夏天这些死区都会扩大约 20000 平方公里——美国新泽西州大小的面积。从 2002 年夏天开始，美国最重要的渔场太平洋西北岸的水域，已经被发现存在大范围死区，可能会造成海洋和大气环流的变化，反过来使气候发生异常变化。全球因富养径流逐渐增加造成的海洋死区已经超过 400 个，分布范围符合人类在北半球活动的区域。南半球同样如此，只是最近才被人们关注。

只要是人类足迹所到之处，便会因此出现成千上万平方英里大小的无生机的海洋缺氧区域，每隔 10 年这些死区的面积还会翻倍。大堡礁附近海拔不到 3 米一个小岛上生活着珊瑚裸尾鼠。随着气候变暖，冰川融化，海平面上升，小岛被海水淹没，珊瑚裸尾鼠失去了栖息家园。造成珊瑚裸尾鼠灭绝的原因"几乎可以肯定是"10 年里海平面上升引发的海水倒灌。裸尾鼠不是第一个，也绝不是最后一个遭受如此命运的物种。可能有人仍然会说，这些动物的生死，跟我们有什么关系？你不知道的是它们的今天就是我们人类的明天。

珍爱万物万类或是世界，即是珍爱人类社会。善待他国或是我国的生态环境，就是善待我们自己。

流量远不如从前的长江也变混浊清纯不再，习近平在赴湖北、湖南调研考察并在推动长江经济带发展座谈会上说："首先定个规矩，就是要抓大保护，不搞大开发。""如果长江经济带搞大开发，下面的积极性会很高、投资驱动会非常强烈，一哄而上，最后损害的是生态环境。过去已经有一些地方抢跑，甚至出现无序开发、违法挖河砂、搞捕捞、搞运输，岸线被随意占用等情况，如果这样下去，所谓的长江经济带建设就变成了一个'建设性'的大破坏。所以，我强调长江经济带不搞大开发、要共抓大保护。"日渐羸弱的黄河携带泥沙在东营扩大了中国的版图，黄河流域一级支流岚漪河也得靠橡胶坝来蓄积清流，沟沟里曾经有的潜流和泉水干涸，淡水资源捉襟见肘。针对黄河流域经济发展习近平严肃指出："沿黄河各地区要从实际出发，宜水则水、宜山则山，宜粮则粮、宜农则农，宜工则工、宜商则商，积极探索富有地域特色的高质量发展新路子。三江源、祁连山等生态功能重要的地区，就不宜发展产业经济，主要是保护生态，涵养水源，创造更多生态产品。河套灌区、汾渭平原等粮食主产区要发展现代农业，把农产品质量提上去，为保障国家粮食安全做出贡献。"

2015年8月，山西省住建厅派冯毅担任河曲县南也村第一书记。河曲县西濒黄河，黄河千里一曲，恰当河之弯曲处，故名河曲。河曲位于晋、陕、蒙三省区交界，地处黄土高原东部边缘，东临偏关、五寨，南接岢岚、保德，西北与陕西省府谷县、内蒙古自治区准格尔旗隔黄河相望，南北长56公里，东西宽35公里。东部最高达1500多米。西部黄河沿岸仅800米左右，境内丘陵起伏，海拔高度在836—1637米，平均海拔1240米。由于流水切割，地表破碎，沟壑纵横，植被稀少，水土流失比较严重。

我多次去过河曲，最喜欢的是河之一曲处的娘娘滩，娘娘滩是黄河湾一个四面环水的小岛，为河心台地，高出水面不过数米，但历代洪峰均未上滩，故有水涨滩高的传说。相传汉高祖后吕雉专权，曾将汉文帝的母亲薄太后贬到云中州，住在娘娘滩上，生下汉文帝以后，怕吕后知道杀害自己的儿子，她就把汉文帝藏在水寨峙圪台上，后来人们就把它叫成了太子滩。后来周勃、陈平铲除诸吕，将薄夫人接回，刘恒继位，为汉文帝，娘娘滩由此得名。如今圣母祠已毁，但历代补修的废墟尚在。滩上至今还留有娘娘宫殿的破瓦片，瓦片上还有"万岁富贵"字样。人在岛中可听闻晋、陕、蒙三省区的鸡鸣。娘娘滩东西长约 800 米，南北宽约 500 米。居住着 30 多户人家，房前屋后种满桃、李、杏、海红等果树，鸟语花香，鸡鸣狗吠，风景如画。

冯毅是"80 后"，从小学到研究生毕业再到省直机关没有离开过省城。他兴致勃勃地踏上前去河曲的路，以为村里会敲锣打鼓欢接他，殊不料，甫一入村，胸前挂着民情卡，肩上扛着服务牌的冯毅，正自驻足，想把服务牌贴上墙去，方浏览时，便不知从什么地方蹿出几个吹胡子瞪眼横蛮不讲理的村民，没头没脑张嘴就骂："又来了个什么第一书记，肯定还是不给大家办事的黑干部！"说话间就有人上前把冯毅的服务牌撕烂，扔到地上拿脚使劲踩，另几个人连推带搡，就把冯毅轰出了村。冯毅满头雾水，雾水化作冰水，把热勃勃一颗心浇了个透凉，身强力壮、研究生学历、而立之年，十来年打拼，咋就进不了村？

冯毅嘴唇抖抖地哆嗦了半天，一时心灰意冷，绝望到了冰点。一咬牙，一跺脚，偌大个男人，哭着坐上了返回太原的汽车。回到单位，向领导一五一十地哭诉了一番在村里的不幸遭遇，以为领导会安慰自己几句，没想到领导却不安慰，反而不客气地激将他说："天下哪有容易的事？脱贫攻坚这档子事是中央决策，容易了厅里还会派你去？开弓没有回头箭，这扶贫就跟打仗一个样，不胜则败，打仗还能往后退？这就是个没有退路的活计，你一个男子汉大丈夫遇上这么点子事，就把你吓倒了？你回来这算是干什么？和逃兵有什么区别呢？"

冯毅忽觉自己打脸，火火辣辣，脸上只觉挂不住，大男人的斗志被激发出来，家也没回，连夜返回河曲。到了村里，已是凌晨 3 点。一大早他就自己花钱，到超市给每户村民买了一桶食用油，作为见面礼。然后硬着头皮，拎着食用油，挨家挨户走访村民。村民以为冯毅被赶走，没想到冯毅又连夜回了村，被冯毅的诚意打动，心里也觉有愧，就开始接纳他。

经过几回走访，冯毅了解到，南也村组织软弱涣散，村民拉帮结派，干群关系紧张，上访告状不断，是远近闻名的乱村。村民们经常围攻村干部，老人往干部身上吐口水、孩子们扔鸡蛋，乡村干部平时都不敢在村里待。多年选不出村干部，勉强选出几个干部，一回村就被打跑了。矛盾集中于一口村里唯一的机井上。不同派系的村民在机井上加挂了4把锁，冯毅来时，南也村的51户村民100口人，长达8个月有水用不上，苦不堪言。群情激愤，酝酿集体上访之时，冯毅进村，注定该冯毅触这个霉头，方才有了起始村头一幕。

这是典型的守着黄河没水喝。

水是生命之源，从2015年秋天南也村就没了水源，家里水窖的水位线一天天下降，洗脸洗衣都舍不得用水，只吃饭锅里能添水。村里年龄最小的也50多岁了，没办法的时候就到邻村担水，一担水回来，日头也从东移到西，有大牲畜的，更是愁了一天又一天。冯毅大约与我一样震惊，他想，这4把锁锁住的何止是一口井？那是锁住了百姓的心啊！如果不把这4把锁子打开，他的工作就没法开局。冯毅让邻村的小伙子开着蹦蹦车过来送水，村民拎着大桶、小桶排队打水。大中午他端着碗一边往嘴里扒拉米粒儿，一边听大伙儿说啥，想方设法调解派系矛盾。好说歹说，据理力争，激烈争吵，甚至差点再次挨打，但冯毅没有退缩。

他说："大家每天把精力放在争斗上，怎么能脱贫致富？我们不管自己的老婆孩子，放弃城里的日子到这儿来，是真心实意想带领大家脱贫致富，不是来看你们吵闹打架的。"

有人建议他去找河曲的老县长，老县长也是南也村人。冯毅深夜敲开81岁刘老的门与之促膝长谈。翌日到供销社、土坡坡上和大家聊天。进农家、看米缸，炕头一坐就是几个小时。时间一天天过去，春天时，远在内蒙古的赵旭东回来了，81岁的老县长也回来了，锁上锁子的刘忠厚也回来了。这已经是3个月过去了，经过86次做工作，多年的心结，多年的矛盾，在话语的沟通中一点一点逐渐解开。4把钥匙一把一把地交到冯毅手上，当冯毅把4把锁子逐个打开的时候，随着每一次开锁声，村民都在井边拍巴掌，开了4把锁，拍了

4 回巴掌，冯毅也激动了 4 次，流了 4 次眼泪，泪水里有委屈也有激动。南也村多年的坚冰就此开始融化，让冯毅看到了希望。南也村欢天喜地，出台《南也村集体财产管理办法》，明确规定红白理事会、机井水、加工坊管理人员需与村委会签订劳动合同，合同由河曲县公证处公证后方可生效。然后冯毅积极争取厅里和县里的支持，顺利完成自来水入户工程。自来水管道通入每家每户，村民们眉开眼笑："吃自来水，这在以前，想都不敢想！"

水的问题解决后，冯毅着手加强党组织建设。在南也村建立了村两委班子和党员学习制度，落实了"三会一课"制度，并建起了党员活动室，桌椅、书籍、党旗摆得满满当当。赵银财年轻时候养过猪，60 岁了不想出去打工想在村里养猪，苦于没有资金。他把想法和冯毅一说，冯毅便帮他担保贷了 6000 元，买回了 20 个小猪仔。他还让冯毅帮他租了邻村一个废弃的猪场，扩大养殖规模。冯毅得知种土豆别处能打 6000 多斤，南也村的产量只有 3000 多斤，因为种子不好。托人打听在天镇找到了高产土豆种子。钙果是一种新型水果，特别适合河曲的土壤、气候条件。当地村民却并不认可这个品种。冯毅就联合了附近几个村子的第一书记，到山西农业大学找到钙果研究专家杜俊杰教授，希望能实现种植加工一条龙。

冯毅带领驻村工作队与老百姓同生活、同劳动，每年驻村都在 300 天以上。连大年三十都留在村里，给村民拜完年才回家团聚。冯毅的孩子出生时他也只在家待了五天。劳累过度使冯毅脚踝做了手术，手术后第五天就回了村。冯毅的真诚赢得了村民信任，人心渐渐聚拢到一起。产业也从无到有，多点开花。65 千瓦分布式与 100 千瓦村级光伏电站建成发电，饲草加工年销售 1200 吨，肉驴养殖势头良好，品牌化、商品化种植和消费扶贫推开，谷米订单式种植效益可观。2017 年南也村实现了整村脱贫。村民人均可支配收入从 2016 年的 2400 元提高到 12600 元，村集体经济也从负债到年收入 24 万元以上。从 2015 年始，冯毅已在南也村奋斗了 5 年。2017 年 8 月任期结束时，全体村民签名请求他留任，他留了下来。去年国家住建部借调冯毅，他也没走。2019年8月冯毅开始第三个任期，他把参与扶贫当作人生大幸，责任扛在肩上，感情留在心上，让南也成为文明南也、和谐南也、幸福南也。

有人说，理想和梦想，是个虚头巴脑的东西，但冯毅喜欢。

这年头人们不喜欢虚头巴脑的东西，但有些东西它天生就是虚头巴脑的，你不听你不屑你不理不睬时，它们很快就会变得实头实脑，打你的脸，塞你的嘴，堵你的心，让你活不下去，让你懊悔莫及。到了那个时候，一切都晚了。所以无论是联合国的警告还是国家领导人的提醒，你要认真听，因为你不仅仅是一个经济动物，不仅仅是一个社会人，更是一个须臾不可或离的自然生态人，你安身立命的根本，就是那么几句或这么几句虚头巴脑的话。

我写这段文字时清明节临近，烧纸的人已经络绎不绝，陋习又引发山火，许多造林人辛苦种下的人工林和自然遗存的次生林又遭遇了劫难，许多种起来不易毁起来容易的树木又有许多毁于一旦。知道什么是神鬼吗？神鬼是自然的图腾，是生命的形象体现，它们在人世间最是些虚头巴脑的东西，这些东西代表着山川、河流、森林、鸟兽、鳞虫，它们是大千世界生态的共体。它们有灵吗？它们当然有灵。

天地一齐，万物平等。人有它们就有，因为是人赋予了它们灵性。

人在祭祀祖先时，也等同于在祭祀它们，毁了它们，等同于毁了你的祖先。因为它们与人一样是自然生物，自然生态的善恶簿上，生死名册，功德本上，被你烧毁了的林木，在疮痍满目的大地上，会永远写下你的名字，你的恶行。这不只是古人所说的天地良心，也是人类文明所标榜的博爱和平等。为了自然生态为了你自己，是时候抛弃清明烧纸这陋习了。

灵性也是个虚头巴脑的东西。举凡精神世界都是虚头巴脑的。但人如果没有精神，一味只追求物质，那不就是猪儿狗儿了吗？甚或也猪狗都不如。神鬼世界是人类社会的反映，因果报应也是虚头巴脑的东西，但却是自然生态的必然。不妨让我们预先就把神鬼世界归入自然生态的范畴。传说为了维持生态平衡，中元节地府要给鬼魂放假一个月，让他们去阳世明察暗访，不放过恶人坏事，也奖励好人好事。重温中国城隍庙通用对联窃以为对中国好。上联：阳世三界，积善作恶皆由你。下联：古往今来，阴曹地府放过谁。横额：你可来了！

在今天这样的社会，学会像爱因斯坦一样骑着单车思考，至为重要。记得我为农历24节气写过一组诗词，其中写到《盛夏晨昏》，调寄《画堂春》。尽管诗词也是个虚头巴脑的东西，但以为放在这里很合适。

三伏暑日又临窗，骄骄烈烈光亮。万花垂首待过央，怕被灼伤。

冷热春秋体谅，炎凉冬夏休强。探汤握雪共平常，自有吉祥。

逃 笼

调寄定风波（平水）

丽日今须谢好风，吹霾任尔蔽西东。秦管汉弦撩不动，梳拢，唐花宋月冻青铜。

明土清流摧郁荟，懵懂，南柯国里逞英雄。生死百年惟一孔，逃笼，莺撕燕破渺惊鸿。

《论语·公冶长》载：宰予昼寝，子曰："朽木不可雕也，粪土之墙不可圬也！于予与何诛？"子曰："始吾于人也，听其言而信其行；今吾于人也，听其言而观其行。于予与改是。"孔子的弟子宰予能说会道，言辞动听，深得孔子赏识，后来渐渐露出了生性懒惰的毛病。孔子讲课发现宰予没来，派弟子寻找，方才得知宰予在睡觉。孔子便撇嘴道："朽木不可雕也，粪土之墙不可圬也。"故事流传至今，后人为顺嘴对偶有时也写成：朽木之材不可雕也，粪上之墙不可圬也。其实，这个世界上没有无情的生态人，也没有不可救药的社会人。

杜亮姝剪掉几缕头上挑染的黄发，洗掉纤纤十指上的美甲，身穿军绿棉衣，从孝义文化馆走进临县碛口镇寨则坪村担任第一书记。她住在碛口镇政府窑洞宿舍，冬天有暖气，开水供应充足，但过惯城里生活的杜亮姝仍觉不尽如人意。直到她知道同来扶贫的初中同学夜里睡觉时，因为炕太潮，褥子要用凳子垫起来，他又不会生火，杜亮姝这才知足地觉得自己住得像个公主。碛口镇离孝义市 155 公里，但十里不同天，方言杜亮姝听不懂，只能猜。杜亮姝爷爷奶奶是教师，爸爸是工人，妈妈是护士，从小没有在农村生活过。大学专业学美术，写写画画拿手，农村知识匮乏。那天下午，打伞走在雨中泥泞的路上，杜亮姝问："领导要来看啥？"村支书说："看看能不能弄水稻。"杜亮姝立刻发朋友圈显摆："明年来我们村里吃大米吧！一定很香！"马上就有好友表示不解和疑问："亮姝啊，你扶贫的地方不是只能种枣吗？还能种水稻啊？""小杜呀，种水稻？能行不？"杜亮姝咬定："我相信农业技术专家们一定能突破难关！"村支书看见她发的朋友圈赶紧打电话："杜书记，咱们不是要种水稻，是要准备挖水道！"杜亮姝恍然大悟，又羞又臊又好笑，懊悔得真想把自己吊起来暴打一顿。

杜亮姝与寨则坪村全体党员首次见面，许多党员从外地赶回来，为的是看杜亮姝这个女第一书记。杜亮姝准备好文件资料，并在黑板上写好了会议标题。来开会的有戴墨镜的，有盘珠子玩的，还有互相聊天的。杜亮姝款款说："开会了，请大家把手机收好，安静，来这里大家都是来看我，听我说，一会儿我说完，咱们再交流。"原任支书陈乃儿站起来问："我说杜书记，你看人家李家山村，扶贫书记给了 800 万修路，你看人家西湾村，扶贫也给了几十万，别说其他，都没用，拿不来钱都是假的！"杜亮姝原本心里怯怯的，却被这话激火，立马还嘴："人家李家山，是著名画家吴冠中的人生三大发现，是写生名地，是临县的重点开发景区，第一书记也是精选对口的地区发改委。西湾村是历史文化名村，是碛口古镇的名片，第一书记对口旅游局，好马配好鞍！你们这个破村子，在碛口镇 40 个村子里，排行都靠后，要啥没啥，和谁比呢？也就配我这个头发长见识短就会画画的妇女第一书记！"

会议室鸦雀无声。大家面面相觑，一时有些冷场。谁都没有想到这妹子还挺辣。"我是这个村的客人，你们是主人，在座的都是村里发展的骨干精英，没有殷实的家底可以白手起家，从单位我带不来资金，但是我带来了一颗真心，我拿着这份工资，就会尽力去做好，希望我们能在一起配合好，一起努力！"气氛这才恢复正常。陈乃儿却始终冷漠，直到两年后杜亮姝任期结束，才在杜亮姝朋友圈留言"是金子到哪儿都发光"，让杜亮姝感动良久。

杜亮姝发出第一书记联络卡，便接到村民刘奋保的求助电话。杜亮姝和侯照支书一起过去。刘奋保和一群羊迎接她："新书记呀，你看看我想扩大养殖规模，可是没钱，也不想借钱，羊圈太简陋，没有食物槽，下雨下雪天，羊圈养在家都吃不饱，我想让你帮我贷款！我听亲戚说，扶贫干部好多都是来镀金的，不给办事，混日子……"杜亮姝心情沉重。

过后杜亮姝问："贷款难吗？"支书说："很多人贷款后不还信用社，很难……"杜亮姝试着去找碛口镇信用社张晓云主任，他正忙着，说："目前没有合适政策呢！"杜亮姝不断给张主任打电话。一个月后国家有了金融扶贫贷款，杜亮姝借了文件去找张主任。张主任说个户还没有办理先等等。隔天张主任突然打来电话："你们村的那个人打电话告状，说我们都不办事！以后你也别老给我打电话说他的事了！"杜亮姝赶紧赔礼："他没文化，您别和他一般见识……"心想这事不会完蛋了吧？没想到两天后张主任打来电话："杜书记，现在我带着工作人员路过你们村，你要在的话，带路吧，去他家看看！"到了刘奋保家，张主任对刘奋保说："本周就给你办理，你可要感谢杜书记呀！她是第一个为了一个村民的事找了我很多次的第一书记，希望你能按时还贷款！"又对杜亮姝说："杜书记，你要给他担保！有啥问题，我就找你！"杜亮姝喜得嘴都合不拢："行，没问题，我担保！"一周之后，5万元的金融扶贫贷款就到位了。刘奋保说："杜书记，我也不知道该怎么感谢你。"杜亮姝说："千万别客气，这就是我分内应该做的啊。"第二年，刘奋保提前一个月就还了贷款，他专门给杜亮姝打来电话："杜书记，你相信我，我不能害你！"后来刘奋保又找杜亮姝帮忙申请一些种子、协调一些事情。记者采访他："你说说杜书记吧。"他说："哎呀，我也没啥文化，不会说话，我就说三句吧，感谢党！感谢习近平总书记！感谢杜书记！"还有一组记者问他："杜书记都帮过你什么？"他笑说："太多了，她带我去考察，还给我买药！"杜亮姝蒙了，把他拽到一边问："你啥时候病了？我没给你买药啊？"他说："我是讲给记者听，是说给羊买药，教我怎么给羊治病！"杜亮姝赶紧告诉他："我做了啥你就说啥，编的我哪里能对得上呀！"

寨则坪村距离碛口古镇两里地，正申报第四批传统村落，联想到孝义市年俗文化节皮影戏场场爆满，杜亮姝突发奇想，联系了孝义市皮影艺术研究会会长侯建川二老舅。几天后侯建川便带着皮影戏全套材料、道具来寨则坪村招生、培训。45天有9个学员取得结业证书。杜亮姝和二老舅一遍又一遍打磨剧本《梦回碛口》，把临县伞头秧歌、三弦书、道情戏融入。五一是碛口古镇旅游黄金周，《梦回碛口》皮影戏首次演出，孝义市委王恩泽副书记等人也作了观看。旺季演出几个月学员们领到了几千元工资，为之大欢喜。好事还没有结束。2017年5月份杜亮姝突然接到中宣部五洲传播中心的电话："杜书记吗，我们是中宣部西班牙语……准备在全国贫困村选9个地方，拍摄《做客中国》，在山西选了几个调研的地方，您看能否配合调研呢？"杜亮姝好奇地问记者："您是怎么找到我的联系方式的？"记者说："我们想寻找文化扶贫的故事，网上搜索山西省，就发现你了，觉得关于皮影的故事挺好，可以给国外传递一个比较好的文化扶贫素材。"几位央视记者在吕梁市宣传部、外事办的陪同下实地考察了3天，2018年6月份实地拍摄5天。2019年6月份节目播出。英国记者采访那天杜亮姝满头大汗却不忘指着胸前的党徽，向英国记者自报家门："我是中国农村第一书记！"

杜亮姝还利用人脉资源争取潞安集团金融扶贫贷款，选择7个贫困户，让贫困户每年可以有固定收入。她还引入了投资50万元的光伏发电项目，占地3亩，收益10万元。中央彩票灌溉项目投入82万元用于150亩水浇地，减轻农民负担的同时还提高了用水安全。她借助该村荣获第四批文化古村落机遇向上级争取了20座院落修复工程，总投入将达1000万元；引入7万元，修建板桥，并对通往自然村的道路水泥硬化。已经建设好的寨则坪村老年人日间照料中心硬件设施已经配备并启动。但资金和人气都不足，杜亮姝利用自己得天独厚的优势，在日间照料中心开办起了老年人书法培训班，自己当老师，没有开支，增加人气。临县民政部门多次前来表扬，资金也多了起来。杜亮姝精心制作了寨则坪村贫困户网页，为每户贫困户书写春联、福字80余副。又通过微信朋友圈组织爱心大礼包活动，筹资给村里的贫困户每户发放了10斤鸡蛋、一个16寸的全家福摄影摆台。村民们喜气洋洋，一边领鸡蛋一边就笑着，送给杜亮姝一个新名字：鸡蛋书记。还有村民非要电视台采访杜亮姝。

第一次开车上高速，杜亮姝还不会使用导航，去碛口镇把车开到了柳林县。两个半小时的路程开了四个半小时。还有一次快要上高速时突然有人扑在车前，停下车，那人跑到侧面使劲敲打玻璃，他手里拿着一沓钱，杜亮姝拿了10元钱把钱从窗缝递出去。他又拍打玻璃问杜亮姝去哪里？杜亮姝说我就是这个村子的，现在回家，慌张得连油门都不会踩了。类似的事情还遇到过两次。2017年夏天高速路慢车道排满了拉货大卡车。一辆大车没有打转向灯，直接从杜亮姝前面往快车道行驶。急刹车已经停不下来，车使劲开也许就冲过去了，杜亮姝用尽全力还是没有冲过去，大车碰在了她的车右侧面。杜亮姝吓得一身冷汗。2018年夏回家时，经过离石一带，天阴还隐约有雷鸣电闪，左车胎突然爆裂，方向盘几乎控制不住，心几乎跳出车窗，杜亮姝还算沉着，慢踩刹车，车就像蹦蹦床跳到路边。晚上 10 点，四下里漆黑一片，路上空无一人，杜亮姝站在路边，打开手机射灯，无助地摇晃着。"不会换轮胎？我给你换吧！"一个大车司机走过来。好熟悉的口音，原来他是临县碛口镇张家港村的。杜亮姝说，我是碛口镇扶贫队的第一书记。他笑说，你们真好，来我们家乡帮助我们脱贫。后来杜亮姝和他成了朋友。薛公岭那一带的高速路低于其他地方的温度，常常会有突发大雾、暴雨、大雪、结冰、堵车、横风。每过一次如同过一次鬼门关。行驶在结冰路面，控制不住车，左右摇晃，左边是小车和悬崖，右边是大车，怎么处理？杜亮姝的考虑是往大车上撞最安全。她的爱车就这样，轮胎爆了两次，车身撞了三次，被小偷砸了一次。

2017 年秋天，杜亮姝随同碛口镇党委副书记薛文泽、包村干部杜秀琴同志参加为寨则坪村退伍军人送红花慰问活动。杨奋明和他老丈人原来都在北京做警卫兵，现在年纪大了，背也驼得厉害。在门口合影时他戴好帽子，用尽全身力气挺直"腰板"靠在墙边。他说，要拍照他就必须站直，因为他是一个军人。那一刻杜亮姝的心深深地被军人这两个字震撼了。

陈友海是中国人民解放军 5752 部队的退伍军人，因公造成耳朵鼓膜损伤，在部队还受过几次奖励。他说："杜书记，你们要实实在在做事，不要像有的官员一样，走过场、不作为，还为害一方！"支书过后关照说："友海好喝酒，喝了酒就闹事，常常搅乱会议，还常常去镇上找书记、片长闹事，大家都不喜欢他，你多注意。"几天后的一个晚上，杜亮姝正和几个村干部在村委说工作，他身穿一身舞台演出服样式的军装，满身酒气迈着正步走进来了。大家都哈哈大笑，让他出去，别捣乱。他醉醺醺说："我为啥不能听？我问杜书记，她让我出去，我就出去。"杜亮姝给他搬了一把椅子，让他坐下。"你听吧，都能听。"轮到别人说话时他从衣服口袋里找出两块大棉花塞到了耳朵里："杜书记，其他人说话我不想听！"

他隔一阵子就会闹点事出来，以至于一看到他的电话杜亮姝头皮就发怵。

有一天邀请杜亮姝去他家吃饭，说是他生日。杜亮姝带着生日蛋糕和两瓶酒去了他家。他很开心，告诉杜亮姝说，今天他连儿子们都不叫，要看得起他，一会儿就喝一杯。杜亮姝说："你是寿星，你说啥，就是啥。"临走时他非要给杜亮姝拿些橘子、花生放在包里。回宿舍后杜亮姝发现他还给她包里偷偷放了200元。杜亮姝打去电话，他说："杜书记，我没有喝多，今天你能来，我很开心，谢谢你，我不能让你过来花钱给我买东西。"那一刻杜亮姝的心深深地被感动了。

2018年春天，《感动吕梁》节目组走进寨则坪村，乡镇领导们说，不要去友海家，他说话不知分寸。杜亮姝还偏想试试，进门后，他从墙上挂的老式镜子后面拿出一大张纸，满满一页。当时把杜亮姝吓了一跳，怕他说不痛快的事。没想到纸上记录了满满一大张杜亮姝的工作，连拍摄记者们都被感动了。2019年春天，杜亮姝的任期到了，他对杜亮姝说："杜书记，你快要离开村子了，你的生日我一定要给你庆祝。"杜亮姝生日那天，他拿了一瓶酒，还有两盒酸奶，说："杜书记，回去了要常回来看看我们。我们舍不得你，有啥好消息要告诉我。"杜亮姝说："你要注意身体，年纪大了，少生气。健康才是福气。"抗击疫情值岗时他微信告诉杜亮姝："杜书记，国家有难，军人不上，谁上？"杜亮姝为他点了个大赞！

郝大娘80多岁，瘫痪在床，儿子、儿媳伺候，儿媳又长期吃药。郝大娘拉着杜亮姝的手说，拖累全家太久，活得没有意思。尿盆、饭缸都在身边放着，屋子味道很难闻。大小便在床上，被褥洗了干不了。杜亮姝给郝大娘放下200元，说："您比我爷爷大一岁！我爷爷每天读书，看报纸。您也可以听听戏曲！好好活，想吃啥了和我说，我过几天就来看你。"之后，杜亮姝每个月去看望她成了郝大娘最高兴的事。每次去，杜亮姝都会买点郝大娘喜欢吃的东西，或者常吃的药。她一看到杜亮姝就从床上坐起来唠家常。每次都问："孩子，你爷爷身体好吗？你们全家都是有福之人。你是个有福人，命好得很。"2017年冬天杜亮姝带着摄影师和红色喜庆服装去郝大娘家拍照。郝大娘把帽子摘掉，把头发捋了又捋，坐得端端正正，褥子弄得整整齐齐。有一回杜亮姝送旧衣服给郝大娘家，郝大娘让三旦出去，从她枕头旁边拿出一袋酒枣："拿好，这个好吃得很，不要给其他人吃。"2018年秋天，她身体越来越差很多人都不认得了，但看到杜亮姝还是很开心。她握着杜亮姝的手说，真不想活了，太受罪。杜亮姝走出屋子才发现手上、衣服上全是屁屁，赶紧返回去洗了洗。大娘问："孩子怎么了？"杜亮姝说："没事，您好好活着，等着最亲的孙子结婚吧！"2019年春天任期结束去告别，郝大娘说："以为再也见不到你了，想你了，可想你了！"驻村结束两个月后三旦告诉她："杜书记，我婆婆去世了。她心里一直惦念着你。非常感谢你这两三年来的陪伴和付出。"

贫困户陈还拴腿脚不方便，家里修了房子后欠债8万元，他多次找杜亮姝希望杜亮姝可以帮助他申请一些资金。适合他的只有危房改造这一项，能补他1万多元，除此之外没有合适的了。杜亮姝筹划了一个爱心帮扶活动，把他的情况和活动信息发布在微信朋友圈，凡愿意捐款200元以上的爱心人士，赠送拙作一幅。印象最深的是原三交镇双塔村优秀第一书记吕梁市妇联刘小艳同志个人捐款500元。经过一周时间的组织，最终给贫困户陈还拴筹集了爱心款2400元。杜亮姝也整整写了三周时间的书法作品，给爱心人士们分别寄了出去。

贫困户陈企照是个光棍，杜亮姝以为他60多岁，询问后才知他46岁。他哭着说："杜书记，你要管管我，想办法给我点钱花呀！"他的样子可怜，可正当壮年，身无残疾。一个"懒"字害的。这人浓眉大眼，挺适合做人物模特。杜亮姝给他买了两件棉麻坎肩，上面用丙烯颜料写上专业人物模特、电话等内容，这样他就可以上岗了。碛口古镇核心景区常年有采风写生的摄影师、画家。杜亮姝让他找一根以前的旧烟斗，旧头巾、旧裤带、旧布鞋装扮起来，哇，连杜亮姝都感到不可思议，简直不亚于自己在美院画画时的明星模特。杜亮姝把他装扮好的图片在美协群里发出，希望大家来碛口采风时可以画他，给他增加收入。他每天去碛口上班路过村委，都会喜滋滋地和杜亮姝说两句。也有埋怨的时候，说有的人画完不给钱。杜亮姝便告诉他一些小方法，比如提前定价，根据不同需求、难度调整价位，留电话，等等。原则是不能贪心，不可漫天要价，还可以当免费导游。旅游旺季他忙得不亦乐乎。杜亮姝带朋友去黑龙庙顶拍照，他给大家讲黄河的故事，还告诉哪个位置拍照留念好看。一勤天下无难事。2019年临县举办红枣节大型活动，名模陈企照的摄影照片登上了中国交通网。

2017年年底，杜亮姝拜托第一书记康世海，联系太原爱尔眼科医院。医护人员载着两车仪器设备从太原开车四个半小时，来到寨则坪村。一天时间，检查了150个乡亲，还发放了宣传资料、老花镜等106套，筛查出了十几例不同的眼科疾病。给每个人都建立了一份眼科检查档案。可杜亮姝却因为在外边吹了整整一天寒风，晚上回去病倒了，重感冒半个月。

但也有遗憾。2017年春天碛口镇人大主任李平顺推荐黑枸杞种植。他说农业技术专家已经做了土壤测试，碛口镇的土壤条件与青海省土壤条件相似，适合种植号称"软黄金"的黑枸杞。黑枸杞花青素含量比蓝莓、树莓、紫薯、红枸杞等的含量要高，延缓衰老、增强免疫力。杜亮姝与侯照支书、俊平主任商量，他俩认为不太合适。上级要求规模性种植，村里没有那么多土地。俊平主任说，除非让一部分人把枣树砍了种植黑枸杞，但这就有风险了。杜亮姝拍板坚持要种植，红枣是临县主要种植产品，但红枣品质一般，价格特别低，每年到了收获的季节，一场雨损失大部分。打枣人工费太高，有的人不收，任枣自落，还不如换个新产品。村民们觉得种植黑枸杞收益不会错，3天内把十几亩涉及十几户的枣树全砍了，凑够了要求种植的亩数面积。那阵子，碛口镇气温很高，特别干旱，大部分黑枸杞没有成活，也有少部分开了花。干旱继续，赶紧人工浇水，可成活的依然很少。黑枸杞种植以失败告终了。隔壁向阳村也和他们一样种植了，现在已经发展成为村里的支柱性产业。究竟是什么原因？至今未明。不过，村里的人都没有责怪杜亮姝。时光倒流杜亮姝绝对不会再轻举妄动。

社会人和生态人原本就是一个共同体，以城市人的心去换农村人的心，农村人有了城市的意识，城市人有了乡村的情结。这是一种双向交互式的改造和重构。如今的杜亮姝已经不是原来的杜亮姝，过去那个四体不勤五谷不分的城市女孩，已经成了一名合格的农村第一书记。如今她弱不禁风的身体有了筋骨，稀薄的血液增添了浓度，平等、正义、公道、博爱，在她的心灵中如同鱼一样游动。这些东西使杜亮姝变得更加充实和丰满，使她更加接近纯粹的生态人，她使自己成功地更新换代为加强版的社会人。沉寂而冰冻的大地已经被春天从枯萎中解放出来，历史如同秦皇汉武一样远去，梳拢如烟的过往以便逃笼，思想如同鸟儿一样，会从懵懂、迷惘，长锈的青铜的封禁下飞走……

新　红

五律（新韵）

百年没一代，头上落烟埃。

岁月虽无返，春秋却有来。

时时花又萎，日日色还栽。

旧汉逐流水，新红送楚才。

在地球村里，有两种生态，一种是自然生态，一种是人文生态，也就是社会生态。因为人无可辩驳无可逃离，首先是个生态人，其次才是社会人、经济人、官场人、城市人、农村人，工农商学，三教九流，概莫能外。如果人文生态失范，势必会直接或间接影响到自然生态。或者反过来可以这么说：自然生态的失衡盖因人文生态的失范所致。

我在网上看到一篇原创署名任盛宇的文章《农民不是外星人》，文章说——

农村工作，少不了隔三岔五动用义务工。名义上是义务工，可村委也需要每人每天支付80元左右的劳动报酬，接近于社会临时用工平均工资。即使这样，村民在参加集体劳动时，还是出工不出力，多数"磨洋工"。在一次环境卫生整治检查中，我看到十几个村民一字排开，优雅地轻轻划动着手中的扫帚，地面上几乎不留痕迹，场面感人：这哪里是劳动现场，分明是一场反映劳动场景的歌舞剧！而这次农村防疫工作却完全颠覆了我对农民集体主义的认知。

2020年大年初一，乡里安排各村设置疫情防控卡点，严密监控进出车辆和人员。春节期间，村民是否愿意放弃与家人团聚到村口值班值守？我心里打鼓。派人到各村督查，结果发现没有一个村存在人员不在岗问题。坚持几天可以，时间长了，肯定会麻痹厌战！这是我的经验判断。10天过去了，20天过去了，一个月过去了，无论在晨曦中，还是在夕阳下，各村防疫卡点的值守人员，居然无一缺位。没有遮风避雨的帐篷，天冷了，就烧根枯木桩，围着取暖，没有一人叫苦叫累。每位值守人员都能始终坚守岗位、恪尽职守。遇到亲戚朋友进出村口，想图省事不进行体温测量，不行！即使县委书记进村，也被要求严格登记。

在长达两个多月的时间里，我进行了深刻的治村反思。

原来，农民缺乏集体主义，对村务漠不关心，不是群众抛弃了集体，而是集体抛弃了群众！不是村民不关心村务，而是村务远离了村民。对疫情群防群治，村民都深感既涉及自身利益，也事关全村安危，是大事，更是实事，所以坚决拥护，积极支持。盘点我们的不少基层工作，只是为了完成上级下达的行政任务，表面上看都是为群众办好事，实际上却漠视了群众感受，所以群众不支持。缺乏农民的积极参与，使得一些惠民工程成了面子工程、形象工程。进行村容村貌整治，干部抱怨村民思想落后，不主动参与，村民指责干部"作秀"：为什么面向公路的一侧焕然一新，清洁宜居，而面向村民的一侧却破败不堪，垃圾成堆？扶贫干部忙忙碌碌，加班加点，多半时间都在填表，完善资料，确保国网省网、线上线下数据统一。贫困户不配合工作，帮扶干部觉得贫困户不懂感恩，贫困户也有话要说：你们体制内折腾，和我们有什么关系，凭什么要让我们放下农活去搞这些虚头巴脑的东西！

涉农问题研究，如果把农民当作外星人，不能够站在农民的立场思考"三农"问题，即使走遍所有农村，深入全部农户，也很难真正吃透农情。更有不少"专家"，热衷于站在美国芝加哥大学的校园来眺望遥远的中国农村，重国际前沿理论，轻农村实地研究。吃不透农情，使得不少政策，初衷是为了解决某个老问题，结果却制造出了更加棘手的新问题，而解决新问题，可能需要我们付出10倍于解决老问题的沉重代价。

比如，在全面免除农业税的时候，明确规定不得再向农民征收历史农业税尾欠，这产生的直接后果就是：老老实实照章纳税的农民不会再轻易相信政府，基层政府的公信力急剧下降，而因偷奸耍滑得了便宜的村民会变本加厉，农村道德迅速滑坡。

托尔斯泰在《安娜·卡列尼娜》书中的精彩篇章值得全体"三农"学者和农村干部深刻研习体味："谢尔盖（城市官僚，农场主列文的哥哥）总说他了解并且爱护农民，他时常和农民们攀谈，他懂得怎样谈法，不摆架子，也不装模作样，从每次这样的谈话中，他都引申出有利于农民的一般结论，证实他是了解他们的。列文（农场主）不喜欢对农民抱有这样的态度。对列文来说，农民只是共同劳动的主要参与者，而且虽然他对农民抱着尊敬和近乎血缘一般的感情——如他自己所说的，那种感情多半是他吸那农家出身的乳母的乳汁吸进去的——虽然他作为一个共同劳动者，常常赞叹这些人的力气、温顺和公正，但是面对农民的粗心、懒散、酗酒和说谎，就往往激怒了。要是有人问他喜欢不喜欢农民，列文一定会茫然不知所答。他对农民恰如他对一般人一样，又喜欢又不喜欢。"

"自然，以他这样一个好心肠的人，他对一般人是喜欢比不喜欢成分居多，对农民也是一样。但是他不能把农民当作什么特殊的人物来爱憎，因为他不只是和农民在一起生活，和他们有密切的利害关系，同时也因为他把自己看成农民中的一分子，没有看出自己有什么与众不同的优缺点，因此不能把自己和他们对照起来看。"

这篇文章的观点切中时弊。但同时视角却是居高临下的，感悟也是悲天悯人的，语气也是评判式的，身段也是没有放下的。显而易见这是以一个来自上级部门的机关干部的眼光在打量农民，是以一个有优越感的城里人的口吻在感悟农民对切身利益的不遗余力，与农场主列文并无二致。但感觉是准确的：这就是农民在我们的社会和所有人眼中的地位。这种因为贫穷和城乡差别以及职业所产生的不平等，窃以为就是脱贫攻坚真心想要打破的樊篱。

我在前边已经提到过的山西省委党校教授孟永华，他是省委党校驻宁武扶贫工作队队长兼第一书记，他近日给我发来了上文作者、山西省五寨县新寨乡乡长任盛宇的另一篇文章《乡村道德失范，乡镇干部如何面对？》，文中说——

随着 2020 年新年钟声的敲响，迎来了我新寨乡乡长的第 10 年任期。如果有人问我：制约目前农村发展的最大短板是什么？我会不假思索地回答：道德之根——信仰，信仰之花——道德。（讲故事前他先发出自己悲辛交集的感叹）10 年乡长工作，没有惊天动地，只有家长里短。10 年如一日，没完没了的"小事"、琐碎事，组成了我的日常工作。对一起农地纠纷的调解，浓缩了我过去 3000 余天的履职。

2019 年仲春。魏家坡村马婶风风火火闯入我的办公室。"任乡长，你是一乡之长，你得给我做主！"马婶长叹了一口气，"我家在下白草沟村的 8 亩耕地让马杰（化名）家强占去了……"我很吃惊："什么原因？""就凭人家厉害！"马婶挥起一只手，又有力地斜劈了下去。马婶讲，这块耕地二轮承包人是其婆婆，婆婆几年前过世，去年确权到了孙子马虎（化名，马婶的大儿子）名下。我当场给下白草沟村委主任打电话，得到确认：土地的合法承包方确实为马虎。我要求村委去调解一下这起纠纷。"是谁的地，就应该由谁经营。"这是我的态度。已经出门了，马婶又折回身，把头探进办公室："你是一乡之长，你得给我做主！"

几天后，马杰的儿子小马来找我说：这块纠纷地是其父亲马杰于 2006 年用自家的退耕还林地与族人马俊（化名，马婶的丈夫）交换来的，马杰经营马俊家的 8 亩耕地，马俊领取马杰家 6 亩退耕还林地的国家补贴。近 3 年，马杰和马俊先后病故。我问小马："土地交换了多少年？"小马说："换死了！""换死"就是指永久性交换。我追问："有没有换地合同？"小马明确回答："没有合同，就是口头协议。"我让小马回村里找几名知情人，写一份证明材料，便于我进行下一步调解。小马答应了。大半年过去，截至现在，也没能等来证明材料。

当天下午，我在办公室约见了马婶，向她核实小马提供的信息。

马婶承认换地事实，但在交换年限上与小马陈述不一。马婶说："土地没有换死，交换期限为国家对退耕地的补贴年限。从2019年开始没有补贴了，所以交换也就自动到期。"我问有没有交换合同，马婶也说没有，就是口头协议。我电话联系村干部，询问是否对这起换地知情。村主任讲："换地为私下交换，没有汇报过村委，至于双方协商的交换年限，村委并不知情。"

经了解得知，下白草沟村地广人稀，耕地承包费很低，在10年前，每亩耕地承包费仅为50余元。而退耕地补贴，前8年为180元/亩·年，后8年为90元/亩·年。这给我带来两难决策：如果支持马婶一方，退耕补贴明显高于耕地流转行情，交换年限为退耕补贴期限有些不符合常理。如果支持小马一方，由于拿不出交换合同，耕地的合法承包人的确是马婶的儿子，土地承包经营权证上可是明明白白盖着县人民政府的大印，乡里岂敢不认可！

委婉地做马婶的思想工作，引导她好好想一想，是不是自己记错了："如果只是交换了退耕还林补贴年限，人家当年50元就能承包到的耕地，为什么会拿100多元的退耕补贴去换？"马婶辩解的内容我已经记不确切了，但可以确定她在换地期限上纹丝没有松过口。2019年11月，我见到马婶，她还是很肯定地说："绝对没有骗你，就是换到了2018年！"

我召集村干部开了一个碰头会，专题研究这起农地纠纷。我说："从情理上分析，地应该是换死的，但是由于既没有换地合同，又缺乏证人，土地证又在马虎名下，我原则上支持持证的一方为合法承包方。乡村两级只能进行耐心调解，如果当事双方不服，建议走司法程序。我相信，法官可以采用情理分析，辅助以必要的司法调查，能够依法做出公正的判决。"

两个月后有上级纪检干部来乡里调查我在这次换地调解中是否"不担当，不作为"，是否充当了马婶的"保护伞"。我知道自己被人举报了。办案人员严格遵守保密制度，但不用猜我都明白举报人是谁。内心五味杂陈。调解中我支持持有土地证的马婶，但从感情深处我更倾向于小马。小马的父亲马杰是村里的老会计，我们私交不错，老马公道正派，我对其人品非常认可。所以支持马婶，完全是出于基本的职业道德，绝无偏袒徇私的主观动机。

下白草沟村的这起土地纠纷使任乡长非常感慨，他这样写道——

遥想当年，两个庄稼汉坐在晋西北的土炕上协商换地，不用证人，没有合同，一言九鼎。用老百姓的话形容：隔沟喊下也算数。而现在，二人尸骨未寒，双方妻儿间却不顾族亲之谊，同室操戈，兄弟阋墙。近年来，农村类似的失信行为呈显著上升趋势。有不少甚至在父子间、同胞兄妹间，因蝇利纠葛，翻脸无情，对簿公堂。一些国民对他人、对政府的期望值越来越高了，而自己的社会责任意识却越来越弱化，维权意识强烈，可义务观念淡薄，诚信精神、集体主义和传统孝道文化严重缺失。唯利是图、损人利己等失德行为屡有发生。道德失范现象屡见不鲜，媒体上，揭露失德行为的文章俯拾即是。一些唯利是图、损人利己行径令人发指。《半月谈》2019年12月13日消息："一些不法商人为了牟取暴利，盯上了生猪价格洼地。他们不顾政府禁令，组成炒猪团，跨省收猪、贩猪、炒猪，而不管其中有没有病猪。为了压价收猪，有的散播疫情谣言，制造社会恐慌情绪，甚至向他人饲养的猪群投放非洲猪瘟病毒……"

他对农村集体主义精神缺乏并举例说：

> 2019年12月5日，在庄窝村下乡，我与县劳动就业局的两位工作人员不期而遇，她们在对贫困户培训后的就业情况进行摸底。只见每个贫困户在一张摸底表上进行确认签字后，就能领取到一只电水壶。我问为什么还发礼品，工作人员回答道："如果没有礼品，贫困户就不过来。"该村的贫困户职业技能培训举办在2019年初夏，我也刚好碰到过。免费培训不说，每人还给发一袋白面和一件马甲。"不发礼品就不来培训！"村干部这样对我说。免费培训尚且如此，更何况维修田间路、护林防火和打扫公共卫生等公益事业！没有真金白银，干部很难召集起村民，农村"义务工"时代已经终结！

任乡长继续写道——

> 中华孝道文化遭遇严峻挑战。子女开着门店，养着大型运输车辆，但是父母危房改造，得找政府，得不到满足，就闹；成年子女年收入超过10万，年迈父母还在争当建档立卡贫困户，不能如愿，就告。"你是一乡之长，找你没找错！"这句台词让我耳朵生茧。面对村民来访，不管要求是否合理，不管乡镇有无解决能力，乡镇干部都无权说不。一位老人，25年前因子女升学转户被村委抽了地（在当时，这是完全合法合规的），25年后的今天，却来向乡政府要地。个人要求得不到满足，就去省城上访。缠访不回，包乡副县长、乡党委书记亲自去接。老人提出要求：回可以，但需要乡党委书记给她打一张10万元欠条！

任乡长认为道德建设已经成为新时期基层工作的最大短板。中央指出"一些社会成员见利忘义、唯利是图"等问题是客观存在的，中央号召全党全社会"高度重视，采取有力措施切实解决（失德问题）"具有极强的现实针对性。道德滑坡成因最为错综复杂。国家用40年的时间完成了他国400年以上的经济积累，精神文明建设赶不上经济建设步伐。伴随着经济社会的跨越式转型发展，中国从传统农业社会过渡到工业社会，从家族熟人社会过渡到陌生人社会。"文革"10年，不但彻底清除了传统礼教的糟粕，也使优秀传统道德文化遭受冲击。在社会转型时期，一些领域市场秩序混乱，城乡贫富差距加大，利益多元化导致道德规范多元化，对社会道德风尚产生了直接影响。有关管理部门不积极作为，致使假冒伪劣产品甚至有毒有害食品屡禁不止，在直接损害了消费者利益的同时，也为失德文化滋生培育了土壤。法律是社会道德的最后一道防线。司法体制不完善、司法领域腐败导致法律有时不能惩恶扬善，对道德建设也产生了显著消极影响。面对失德失范现象，互相指责，却很少自我反省。

他觉得——

农村孝道文化逐渐缺失，不孝行为日趋增多。"养儿防老"观念弱化。经常有老年人有困难来找乡政府，我问为什么不找儿子，老人会直截了当说"人家不管"，有的老人表述委婉："儿子家庭负担重，顾不过来。"越来越多的农民从思想深处认为，老年人房子破了，维修责任在乡政府，而不是自己的成年子女。农村人居环境相对落后，"空巢老人"问题严重。大幅度提高农村老年人养老保障水平，逐步实现城乡居民统一的养老制度，有利于维护社会公平正义，有利于经济发展，人民安居乐业。养老该"靠政府"多一点还是"靠子女"多一点呢？我们既要建立城乡统一的养老制度，还须大力培育新时代孝道文化。养老"靠政府"和"靠子女"并不冲突，孝敬父母不完全是单纯地给钱给物，还可以是亲情陪伴。

任乡长谈到他最熟悉的乡镇现状：一、权责严重分离。二、行政管理体制严重僵化。三、规模严重偏小。并建议：一、扩权强镇，赋予乡镇改革主体功能。一个县仅需保留2—3个镇。同步推进撤县并市。二、大力改革乡镇政府运行机制，推进乡镇治理体系和治理能力现代化。通过岗位动态设置，薪酬动态设置，工作和报酬挂钩，多劳多得，按劳分配。三、依法治乡，赋予乡镇必要的行政权，强化乡镇法律服务功能。让农民不出乡就能享受便捷的法律服务。四、把公平正义理念贯穿到农村各项工作中去，行政行为和司法裁判对社会主流道德取向有着重要引导作用，把维护公平正义的价值观有机融入行政和司法实践全过程。

任盛宇的观点，我大部分认同，少部分不敢苟同，择要如上。

任盛宇的这篇文章网友们讨论很热烈。

网友1认为：多年前就考虑过"道德立法"这个问题，完全可以立虚法，基本原则不能突破。民事权利对应民事责任的根本在于民事义务。如果不讲义务只讲权利和责任，我们的法治实践就出现了很多尴尬。这是一个长期被忽略了的问题。

网友2认为：现在生活在农村的人也知道是社会底层，社会流行什么，他们就赶什么。道德振兴就是要让公务员群体和中产阶层群体，能让农民兄弟感受到上班的和干农活的泥腿子素质和道德不一样，农民兄弟群体在熟人社会对荣誉和面子是相当看重的，如果乡村社会只把钱当成量化荣誉的唯一指标，忽视道德的作用，道德滑坡、沦丧就毫无悬念了。现在对金钱疯狂崇拜的风气，是没有在金钱之上建立起一套适合现代人的现代伦理价值。

网友3：都是金钱惹的祸，金钱让很多传统埋没了，也埋葬了传统以外的优秀，把自私举得很高很好，私欲到处膨胀，啥事也不好办，官不为民服务，贪赃枉法，中饱私囊，民也跟风而进，所以除了金钱观啥都弱小了。好在反腐力猛，但建立良好的天下为公塑造完美社会生态需要很长的路要走。依法而治，铲除贪腐，让为官的望贪而畏惧，闻私而胆寒，民触法而色变，犯法即严惩。

都是金钱惹的祸。500 年前，《乌托邦》的作者，1478 年 2 月 7 日出生于英国伦敦的一个法学家庭的托马斯·莫尔，他毕业于著名的牛津大学，当过律师、国会议员、财政副大臣、国会下院议长、大法官。1535 年因反对亨利八世兼任教会首脑而被处死。400 年后被罗马天主教会册封为圣人。在英国历史上最伟大 100 个名人评选中名列第 37 位。他对资本的私有化曾经发出过诅咒："你们的羊，平常多么驯良，所欲不多，而今天，据说已变为这样地贪婪和倔强，甚至吃人了，它们破坏了田地、住宅和城市，使之成为一片荒凉。"

1818 年 5 月 7 日出生于德国的马克思以辛辣的语言一针见血地予以揭穿："资本来到世间，从头到脚每个毛孔都滴着血和肮脏的东西。"又进一步无情而生动地描述："资本如果有百分之五十的利润，它就会铤而走险，如果有百分之百的利润，它就敢践踏人间一切法律，如果有百分之三百的利润，它就敢犯下任何罪行，甚至冒着被绞死的危险。"

俗话说：三代没一代，头上磕烟袋。是说后人没出息。托马斯·莫尔说话时，人类还很弱小，马克思揭露时，社会还很险恶，文明还怯生生的。时至今日地球已经变得这么小，人类已经变得这么多，社会已经变得这么强。然而，地球持续变暖，南北极持续融化，生态环境持续恶化，社会莫非还要停留在金钱万能的情境？人文难道还要继续弱肉强食的生态？价值还要继续混浊不清的判断？三千年或五千年的人类历史难道还要继续循环往复？就不能挣破金钱、利益、资本的束缚，从怪圈里首先解放自己吗？虽然许多事急不得，但人类的时间已经不多了，先有认知后有破解之道，休要等待来者，就从自己从我们这些时人开始。

第七章

爱的礼物

枯萎了一冬的草地上又新生起茸茸的绿草。它们属于碧连天的芳草，它们是大地的衣裳和春天的使者。它们擅长安慰人的眼睛，滋润人的心灵。在足球场还会被修剪得整整齐齐，垫那一刻不停滚动的球形物，和不停奔跑并互相追逐的各国运动员的大脚……

鹊　报

五律（平水）

太行鸦声暗，京华鹊报明。

高枝低北岳，傲雀轻南莺。

东潜吞金鳄，西浮露脊鲸。

奔波千万鲤，也想起峥嵘。

这儿是一片生命的乐园，有蓝色的海洋，绿色的森林，重叠的山峦，纵横的嵊谷，干燥的沙漠。这儿的每一寸土地，每一寸空间，都充满生命。大到几十吨重的巨鲸，小到肉眼看不见的细菌，长寿有千年不死的老龟，短命有朝生暮死的蜉蝣。天上的飞鸟，地上的走兽，海中的游鱼，以至一棵普通的小草，一朵平凡的野花，都是富有生命力的。千百年大自然淘汰了无数过时的生命，物竞天择、适者生存的自然规律，掩埋了无数具生命的骸骨，灭绝了无数种生物。这些生物曾经为了生存努力搏斗过，挣扎过，它们热爱生命，带着不驯的神情在漫长的岁月的演变中壮烈地牺牲。牺牲这个词用到那些古生物的身上似乎有些滑稽，然而当人们了解到那些死去的猛犸、恐龙、剑齿虎等生物，如何壮烈地捍卫过自己的生命，那么这个我们人类用来表彰高贵者壮烈殉难的特定名词，也无妨送给那些为生存付出了生命代价的古代生物。人类是这片土地的主人，不，是这颗蓝色小球的主宰者。他们是智慧的，凭着他们的智慧，他们成了万物的灵长。凭着智慧征服了海洋，征服了土地，征服了整个大自然，成功地生活在这颗称之为地球的蓝色小星上，领导着生命的合唱。只有人类最懂得生命的价值，最理解生命的意义。

以上是我20世纪70年代所写《生命乐园》的片断文字，读来如同隔世，却似乎仍有警世意义。也许从那时起就决定了我终身的创作方向。

时至今日，我想问自己和人类的是，人类领导的这场生命合唱，结果如何？人类真的懂得生命的价值了吗？人类真的理解了生命的意义了吗？联合国刚完成一次对我们这颗星球的全面体检，地球上100万动植物物种面临灭绝，占地球800万物种总量的八分之一，许多物种的灭绝就发生在数十年内。物种灭绝速度比1000万年的平均值高出几十到几百倍而且正在加速。1900年以来大多数"主要陆地栖息地"的本地物种平均丰度至少下降了20%。超过40%的两栖动物物种、近33%的造礁珊瑚和超过三分之一的海洋哺乳动物面临灭绝危险。

2016年6190种人类驯养哺乳动物中有559种已经灭绝，约占总数的9%，至少1000种受到威胁。人类活动"严重改变"75%的陆地环境和66%的海洋环境。超过三分之一的全球陆地表面和近75%的淡水资源被用于农业和畜牧业生产。到2000年时存在的湿地已经丧失85%。包括猎豹、狮子、长颈鹿等哺乳动物在内的近9000个脊椎动物物种的数量在1900年至2015年间显著减少，在过去100年里，约200个脊椎动物物种灭绝。320种陆地脊椎动物已经消亡，余下的脊椎动物在物种丰度上平均减少25%。无脊椎动物的情况也非常类似，过去35年间，甲虫、蝴蝶等无脊椎动物数量减少了45%。

目前有16%—33%的脊椎动物处于濒临灭绝状态，以大象、犀牛、北极熊等大型动物的种群数量减少程度最甚，猎豹去年在全球只剩下7000只，接下来的15年，这一数量又将减少50%；失去了栖居地的婆罗洲猩猩和苏门答腊猩猩多年以来已经处于濒危状态；非洲狮的数量在过去20年减少了40%多，尤其是西非狮，已濒临灭绝，只剩下400只。

人类对灭绝动物的拯救也并不总是有效，夏威夷雄性乌鸦拒绝交配，因为它是人类养大的，不认为自己是一只鸟。辛辛那提动物园不得已把一对苏门答腊犀牛姐弟放在一起交配，因为它们是北美最后两只了。还有苏拉冢雉，它们下的蛋要在火山灰中才能孵化，为了让它繁殖，就要制作模仿火山灰的孵化箱，下蛋后，还要把蛋拿走，骗它们，让它们再下一只蛋。人类错误地以为，自己能破坏也能拯救，能污染也能治理，但其实却不是这样，破坏起来容易，污染起来迅捷，但治理起来非常之艰难，恢复如初，已经不可能。拯救万物拯救地球，如同推石头上山一样艰难，恰如世界环境科学宗师詹姆斯·洛夫洛克所说，"人类下一步的重点应该放在如何拯救人类上，而不是拯救地球。想拯救地球，那也太狂妄了"。

但詹姆斯·洛夫洛克这话也欠思量，既然拯救地球不可能，那么人类就继续破坏下去污染下去？事实上好大喜功的人类早已明白，喊着拯救地球只是面子好看，自救才是人类的最终目的。尽量不去扰动地球就是一种最好的自我拯救，而这一点人类完全可以做到。例如中国全面实施的 25 度坡以上田地全部退耕还林，就是一种非常有效的修复手段。近来美国卫星拍下的照片显示，地球正在变绿，大部分"绿"来自亚洲，中国和印度最为显著。这一方面是中国在绿化和退耕还林方面的始终不渝取得的显而易见的成果，另一方面也是地球在日渐变暖的自然迹象，连冰雪圣境喜马拉雅山都长出了绿色的小草，这种迅速地变绿也隐藏着潜在的凶险。印度和中国同样是农耕大国，中国绿色有三分之一来自农耕作物，印度几乎 80% 的绿色是农作物，农作物消耗掉了大量地下水，不加控制会带来严重的生态问题。

在地球村，绝对找不出两块完全相同的土地。任何一块土地都是独一无二的，故又称土地性能的独特性或差异性。即使是位于同一位置相互毗邻的两块土地，由于地形、植被及风景等因素的影响，也不可能完全相互替代。土地有限且不可再生，再科学昌明，工厂也生产不了土地。正像马克思所说，它不能像工业生产那样随意增加肥沃程度相同的土地数量。也如同列宁指出的："土地有限是一个普遍现象。"人类可以围湖或填海造地，但这只是对地球表层土地形态的改变。人类只能改变土地的形态，改善或改良土地的生产性能，但不能增加土地的总量。所以，人类必须充分、合理地利用全部土地，不断提高集约化经营程度。在不合理利用的情况下，土地将出现退化，甚至无法利用，从而使可利用的土地面积减少。

国土管理部门对土地的性质最为明白。仇海涛是中国地质大学公共管理硕士，毕业后分配到山西省国土资源厅国土资源交易和建设用地中心工作。她被厅里派任岢岚阳坪乡驻村扶贫工作队队长。她在一篇演讲稿中这样描述自己驻村两年的日日夜夜：不知这两年的时间到底有多长，日子好像岚漪河水一样在山间往复循环；走的时候，也不知这两年的时间到底有多短，日子像是从这个村到那个村的距离，走着走着就到了。去岢岚当扶贫队长之前，从没想过，有一天，自己的心能有那么大，大得竟装得下 990 户 2416 口人的安危冷暖；回太原之后，才发现自己的心，如此小，无数个夜里辗转反侧，梦里还在阳坪乡，眼前是造地良田里风吹麦浪的景色、耳畔回响的是村里乡亲们集体联欢的歌声和笑声……

她说："2016 年 3 月，厅党组决定派我接任岢岚驻村工作队队长。在这之前，我是国土资源厅建设用地事务中心副主任，天大的事情有主任肩头先扛着。可在阳坪乡，10 多个驻村工作队员们都在等着我的安排，这 10 多人都还是大老爷们儿。更让我倍感压力的是，这次我是省国土资源厅选派前往的扶贫队长，任务背后，不仅有厅领导的信任，还有阳坪乡 8 个村，990 户人家，2416 位群众的脱贫期盼和信任。心里没底、压力重重。"

国土资源厅管的是土地，念的也是一本土地经，所以国土资源厅领导临行前语重心长地叮嘱仇海涛说："给钱好比输血输氧，只能救一时，不解决根本问题。你们要最大限度用好、用活、用足土地扶贫政策，唤醒沉睡的土地资源……"寥寥数语，让仇海涛找到了自己扶贫的方向。她 3 月从太原出发时，太原已经春风和煦，万物复苏，然而土地贫瘠、低温高寒、十年九旱的岢岚，却依然天寒地冻、雪花飘飘。踏进阳坪乡的那一刻，仇海涛面对的是"比岚漪河水还要清澈的乡亲们期盼的眼神……默默地把阳坪乡 990 户人家脱贫的事扛在了肩上……"。从那之后模样俊秀生性活泼的仇海涛"就再没把自己当作女生。在群众眼里扶贫工作不需要涂脂抹粉，花里胡哨，扶贫工作队的队长更不需要耍花腔，摆花架子"。

仇海涛白天，带着队员们走村访户，晚上，组织大家学习扶贫政策、工作方法和文件要求。做什么吆喝什么，她说："我是一名国土干部，帮助农民用好、用活、用足土地扶贫政策。""零星造地，全省没有可借鉴的范本，只有国土部出台的红头文件。"从无到有，摸索前行，艰难可想而知。2016 年 6 月 20 日在岢岚县委、县政府的大力配合和推动下，《岢岚县鼓励利用民间资本开发造地实施脱贫攻坚管理办法》得到了正式通过。"当得知这个实施办法通过之时，我和工作队员们激动得满眼泪花。"她用她十月怀胎与儿子第一次见面来形容她当时的喜悦心情："那样的感觉，平生第二次拥有。第一次是产房里的母子相见。"

政策出台了，可仇海涛心里明白"谁出资，谁受益"。只有村集体出资了，村集体才能在交易后获益，村集体的账上有钱了，才能带动村里的老百姓走上致富的道路。谁来出资造地？怎么才能让全体百姓受益？钱的问题，让她和队员们焦虑重重、夜不能寐。希望在即，困难无法逾越，嘴里的火泡噌噌往起蹿。万难之时她只好去寻求组织的支持。她向岢岚县委王志东书记详细汇报了她的想法和思路之后，王志东书记当机立断，马上拍板："你提出的问题我们马上解决，扶贫队是为了岢岚的发展，我们必须支持。"为了让谁出资谁受益这条办法能写到政府的文件中，仇海涛和县国土部门的同行们红过脸，拌过嘴，为了让这条办法顺利出台，仇海涛一个人坐在角落里，列席了县政府的常务工作会，终于得偿所愿。

6月，骄阳似火，为了选地，仇海涛和驻村扶贫队员以及村干部顺着岚漪河一走就是一天。选地也必须符合生态要求，25度坡退耕还林地不考虑，只有岚漪河两岸没有被开发利用过的荒地才可以。晚上回到宿舍扯着裤腿数刺雷成了大家的乐趣。造地点选好，机器设备到位，这个节骨眼突然连续三周大雨，机器根本无法进场。平时乐天达观活泼开朗的仇海涛终于尝到了熬煎的滋味，明白了什么叫无能为力。她饭吃不香，觉睡不好，连做梦都在盼天晴。三周过去机器终于可以进场了。她喜得合不拢嘴。她这样说："为了如期完成造地任务，我和队员们每天盯在工地，采取人歇机器不停的办法，和时间赛跑，一天24小时连轴转。最终如期高质量、高标准完成造地且通过了验收。脸晒黑了、身上晒得脱皮，没有一个人抱怨和退缩，乡亲们一个尊重的眼神和几句关切的话，成了最大的欣慰和满足。"

2016 年 9 月 12 日，山西省首宗增减挂钩节余指标流转、耕地占补平衡指标易地交易签约，实现了山西省土地占补平衡指标省内交易的零的突破。谁出资，谁受益，岢岚的零星造地出资的是村集体，干活的是村里的合作社，受益的是村民，指标交易的资金让每一个村子的村集体经济"破零"了甚至"加零"了，少则几十万多则几百万。零星造地让阳坪乡的百姓看到了脱贫致富的希望，也为全省提供了造地交易范本。去年 5 月 27 日，岢岚县与太原高新区签订增减挂钩、易地补充耕地指标战略合作框架协议，岢岚县每年向对方提供增减挂钩节余指标 1000 亩，易地补充耕地指标 1000 亩，这个协议的签订，预计收益突破两个亿。

接下来还是发挥老本行的优势，推进高标准农田建设。老百姓根本听不懂什么叫高标准农田建设，还有个别村民持反对意见，说三道四，议论纷纷，沿岚漪河五村 3500 亩和中寨沟 1600 亩土地整理项目，就是在这些反对意见中开工并顺利完工的。数千亩高标准农田平踏踏地铺在山沟里，一辈子打地埂种地的村民们第一次看到并感受到了大面积机械化种植的好处。丰收景象充满希望的田野，让村民一下冰释了前嫌，把扶贫工作队员当成了亲人。

"都说老百姓的工作难做，其实最好做。"仇海涛说，"最简单的就是百姓，他们眼里只有自己简单的利益，眼前的一亩三分地而已，没有更多的需求。人人心里有杆秤，让百姓满意的不是简单慰问的米面油，而是党员干部为民的心、敬业的情、干工作忘我的态度。你来到这个小山村若只是为了镀镀金，混混日子，你去几次，他的眼里他们的心里怎么会有你。"

"记得有一次在我扶贫的乡里，有位老上访户大娘来到乡政府，乡里干部看见了都躲开走了，会议室只留下初来乍到完全不知情的我。"仇海涛所讲的这个真实的故事，足以振所有官僚主义的聋，发所有形式主义的聩，请仔细听好了。"大娘得知我是省城来的扶贫干部，一把就抓住我的手，于是整个下午，我都在听大娘唠叨，说实话刚去村里，语言不是完全能懂，我只是不停地点头，给大娘倒水，陪她说话，一直说到夜幕降临，大娘也口干舌燥没话说了，我把她送到大门口，大娘一直在谢我，然后才心满意足地离开。我猜懂了大娘大致的意思，但我无能为力，只能大致地解释和倾听。后来她再也没来过乡政府告状。乡里同事觉得很奇怪，问我是怎么做到的。可我什么都没做啊。后来我认真想了想：其实，这个大娘和众多的老百姓一样，他们需要的是被倾听，被尊重而已。老百姓其实真的很简单，他们并不奢望自己的诉求都能够实现。那件事后我想了很久，其实老百姓来找我们，能迈开脚步来，已经很不容易。就好比我们去给领导汇报工作，如何张口，如何措辞，甚至连怎么敲门合适都会想到。他们辗转反侧好久，才决定来找我们，我们至少也能将心比心，以诚相待吧？"

2017年6月21日，总书记来岢岚视察时，仇海涛就在现场。23日，习近平总书记在太原主持脱贫攻坚座谈会时指出："要通过多种形式，积极引导社会力量广泛参与深度贫困地区脱贫攻坚。"总书记的讲话给了仇海涛启发，挖掘资源，与太原市"峰之源"车友会建立了联系，共同开设"爱心屋"超市，并把第一个点投放在最偏远也是最需要帮扶的中寨村。当一件件暖心的物品满载而来发放给贫苦乡亲们时，整个村庄都沸腾了。城里人和村里人拉家常，有钱人和穷人聊种地，融成一家人。连一个村委会都开不了的中寨村，此时此刻融合成一个大家庭。看到那一幕仇海涛终于没有忍住眼泪："村民们过去，为什么不团结？是因为大家都看不到希望，看不到出路，看不到外面，心眼窄了，世界就小了，矛盾就多了。"

爱心屋在中寨村落地后，车友现场给村民发放了大量食品和衣物。为了让村民珍惜车友的爱心奉献，建立起一整套爱心屋运营及物品发放管理制度，将爱心物品以生产奖补、劳务补助等形式发放给积极参加村容村貌建设的村民，鼓励勤劳脱贫，把扶贫、扶志、扶智结合起来。在一系列奖补措施激励下，卫生有人打扫了，参加乡村建设劳动也踊跃了，组织开会也不再困难了。小小爱心屋给村里的生产、生活带来如此巨大变化，也引起媒体和省脱贫领导组重视，在郭迎光副省长参加的"攻坚深度贫困高峰论坛"上仇海涛以打造"一个爱心超市集散地、社会扶贫综合体"为中心作了主题发言。腊月二十三，中寨村有史以来全体村民欢聚一堂，干部集资出大头，百姓参与捐款凑份子过小年。那一晚村里的年轻人一手持手机，一手拿着话筒，忘情地投入到演出中，老人们开心地乐和，为这些土演员们打着分。一个人还没有唱完，另一个人已经做好了准备。晚会没有演员，村民就是演员，晚会没有灯光，旺火就是灯光，全村人都来了，歌声在夜空里久久回荡……一个过去开会连人都叫不来、为了争夺贫困户名额大打出手的落后村，现在全村上百人坐到一起过小年，这是多大变化啊！

"这天晚上，从不喝酒的我被热情的村民灌倒了，最后被抬回宿舍。其实那天我知道自己肯定要醉，但没想到会醉得不省人事。喝酒前我就横下一条心，领导、同事的酒可以不喝，长辈、亲朋的酒都能拒绝，唯独今天中寨村民敬的酒一定要喝干，不能以从不喝酒的弱女子为借口，驳了村民的热脸。就是喝倒了，也不能坏了喜庆场面。乡、村干部事后抱歉地说：没把队长保护好。我说，醉倒虽然出了丑，但我真心欢喜中寨村来之不易的大好局面。只要各村都能这样凝心聚力，我们的扶贫攻坚就有了坚实的群众基础，脱贫致富的目标一定会早日实现。那一天真正到来的时候，我情愿再受一回罪，为乡亲们的美好生活再醉倒一回。"

如此壮举，如此豪语，从这个清秀的弱女子嘴里说出，殊为不易。

仇海涛的演讲稿，题目文艺范十足，名为"阳坪乡里种太阳"。顾名思义，阳坪乡原本应该是太阳的故乡，这轮太阳，在人类历史的阴影下，被长时间、漫不经心地遮蔽了。在仇海涛的心里，扶贫如同一轮温暖的太阳。这轮太阳给贫困的乡村带来了希望，带来了阳光。然而事情不那么简单，倘若我们是光明，就会有阴影，总想悄悄地把太阳藏起来。社会是光影艺术，阴暗心理映照灿烂走台，摇曳的是高级灰。有些时候，光明是黑色的，如同一块被关入炉膛的黑色的煤。火焰欢快，舔吃黑暗的同时，会烧穿暧昧，凝聚岩浆的崔嵬。光明是块奶酪，喜鹊吃它，乌鸦也拿它为食，但它属于人类。在井沿上会生长成滑苔，一不留神，便会让汲水人有去无回。更多时候，白雪皑皑，凛冽封闭了世界，千山万水，一片差猜。猴子会爬上船桅，眺望远远的海平线上扑上来的波山浪堆。假如我们是太阳，光明的花朵，会在阴影里盛开，蜂闹蝶飞。太阳是认真的，它会纤毫无遗，照亮尘埃，尘埃会放大鬼胎。光明是开放的，它能容纳风雷，但不容许剪裁，不容许徘徊。人生离不了斑斓，也需要脏色从中使坏，犹如欢乐裹挟悲哀。太阳是玫瑰色的盆栽，朝出暮归，守候它的是光明的婴孩。啼哭在降生时便知道，阴影是光明的奴仆，黑夜把黎明依偎。日出崦嵫，八仙放下酒杯，蓬莱已不是蓬莱。物换星移，太阳还是那一枚，时光如猛虎，还在细嗅蔷薇。佛说善哉善哉。

2019 年仇海涛参加国务院扶贫最高级别的"国考"——省际交叉检查，从冰天雪地的山西黄土高原来到十万大山的贵州高原，长达 13 天之久在贵州贫困村落的考察，横向比较，纵向感受，颇多感悟，她先讲了个段子：在阴冷的 1 月，一位乡镇干部倒在一堆扶贫表格中，同事猛扑上去拼命摇醒："同志，你醒醒啊！"他虚弱地微睁双目，吃力地挤出："这……这是贫困户花名表、家庭成员信息表、预脱贫花名表、帮扶责任人信息表、危房改造表、饮水安全表、专项扶贫表、2013 调查表、2014 调查表、2015 调查表、2016 预算表、精准贷款表、富民产业表、卫生扶贫表、教育扶贫表、易地搬迁表、社会救助表、劳动力培训表、惠农政策表、帮扶成效表……请、请一定代我转交组织！"说完又陷入了昏迷。同事含泪晃着他的身子："同志，你醒醒，醒醒，组织还有要求，还……还……还要交电子版的……"这个流传于中国广大贫困地区的段子说明了一个现象，精准扶贫不能陷入无尽的资料怪圈。仇海涛呼吁：年终考核乡政府办公室堆满各种扶贫资料，各种统计表，一个通知，作废一堆。"5"全部加了"2","白"全部加上了"黑",天天加班都做不完,大量时间、精力耗在纸面上,要为村里做点实事,反倒只能挤时间。在实打实、硬碰硬的扶贫一线,来不得半点虚的。表格、数据不要羁绊扶贫干部的手脚,能共享就共享,能合并就合并,能精简就精简吧!

仇海涛发现在岢岚贫困户精准识别有"八不进",贵州贫困户精准识别为"九不进",多了一个:"有赌博、吸毒、打架斗殴、寻滋闹事、长期从事邪教活动、懒惰拒不改正的不允许进入贫困户"。村民甲诚实淳朴,勤劳耕种几亩薄田,日子还算过得去,精准识别,如实填报收入,恰巧超出贫困户识别标准,不能列为精准贫困户。村民乙因懒惰而撂荒田地,全靠亲戚接济过日子,反而被精准识别为贫困户,享受各种帮扶政策,结对帮扶干部给他买来米、面、油,他抱怨说:"为什么不买成方便面?这个我还得去做,多麻烦!"村民丙老伴白内障,扶贫队员为老人联系医院,手术中日夜陪伴床前,始终未见其儿女出现,术后国土厅职工集体捐款3000元给老夫妻。此时儿子出现,将3000元尽数拿走。如此不孝子孙,要他何用?还有类似的,老两口膝下两女、一子,两女成家嫁到附近村,时常接济老人,但老夫妻疼儿子,把钱全部给了花天酒地的儿子,女儿劝说也无济于事,于是愤而不再接济老人。儿子没钱花就在村里偷盗,村民们避之不及。村民们也无奈,对扶贫干部说:你们得好好地帮扶他们!

在素有"烟县、酒乡、茶城、粮仓"的贵州湄潭县,性格泼辣做事果断的"80后"美女乡镇书记丁亮,从另一个角度回答了这个问题,她说:"我们到贫困户家,第一件事就是帮他打扫房屋庭院,去一次打扫一次,久了,他们自己不好意思了,我们人还没有去,他们就提前主动打扫干净了。懒人也是一样的,你得让他不好意思,让他知羞识耻,浪子回头金不换,知耻而后勇!"说起帮扶走访那些"倔老汉、泼媳妇儿"大家肚里都有苦水,可是大家都不再抱怨:"哪有天生的懒惰,那只是一种挣扎过、努力过后依然贫穷的无可奈何……"

这是一种不断认识认识再认识的过程。

神　话

调寄醉太平（新韵）

其一

鱼虾下船，牛羊上峦。鸡鸣狗吠村安，夜肥门墅关。

崖前港湾，坡边渡班。骑驴套马升帆，日高龙虎宽。

其二

炎黄禅台，商汤逊该。春秋魏晋留白，认灯寻火柴。

元革夏裁，明挞满挨。枯荣几个翁孩，百年时已呆。

唐朝诗人杜牧有诗七绝题为《秋夕》曰："银烛秋光冷画屏，轻罗小扇扑流萤。天街夜色凉如水，坐看牵牛织女星。"宋代秦观有《鹊桥仙》，人多耳熟能详，云："纤云弄巧，飞星传恨，银汉迢迢暗度。金风玉露一相逢，便胜却人间无数。柔情似水，佳期如梦，忍顾鹊桥归路。两情若是久长时，又岂在朝朝暮暮。"此诗词中凿凿所述的便是牛郎织女的传说。

牛郎织女传说发源地多多，但在以和顺县天池村为轴心、半径2公里至3公里处，这个区域历朝历代都传承和保留着与牛郎织女故事相关的自然与人文的景观、景物达20处之多，迄今仍能见到的有牛郎沟、牛郎洞、天河池、牛郎庙、织女庙、南天门、金牛洞、老牛口、牛头山、相思背、喜鹊山等，还有已毁的王母娘娘庙、李天王塔、磨簪石等。每年七月初七，村民夜间在院中南边摆上桌子或案板，供放毛豆、玉茭和蒸馍，保留看天风俗。专家学者论证以为，虽然多地都有传说，但和顺似乎离此传说最近。所以，2006年12月13日，中国民间文艺协会正式命名和顺为"中国牛郎织女文化之乡"。2008 年 6 月 7 日，国务院以国发（2008）19 号文件将和顺县"牛郎织女爱情传说"列为第二批国家级非物质文化遗产名录。

山西省晋中市和顺县，山环岭抱，地处太行山中段的腹地，平均海拔 1300 米以上，地形地貌以山地丘陵居多，小块平川仅限清漳河沿岸。东有阳曲山、五蛇垴；西有人头山、北万山等，海拔 1800 米以上，阳曲山海拔 2058 米。地形险要，关隘林立，主要隘口，北有松子岭关，东有黄榆岭关，东北部有马岭关，古为兵家必争之地。和顺县春季干燥多风，夏季温暖多雨，秋季凉爽，阴雨较多，冬漫长而寒冷。年平均气温 6.3℃，1 月 –10℃左右，年降水 593 毫米，霜冻期为 9 月中旬至次年 5 月中旬，无霜期全年仅有 124 天。

和顺县还有别具特色的民间牵绣，从样式到整理成形一般需要糊裱、画图、裁剪、手工牵绣等 4—5 道工序；在牵绣针法的运用上主要用斜针、平针、散针绣、打子绣、套扣绣、盘金绣等多种针法。和顺县喂马大莜麦，主产于本县喂马乡。从喂马大莜麦和喂马乡这个地名不难想见当年和顺是个万马奔腾的所在。如今却只剩下了喂马大莜麦和喂马乡这个地名。喂马乡所产喂马大莜麦，这种过去专门喂马吃的饲料作物，如今却成为一种独具特色的医疗保健品，营养价值极高，能够治疗贫血和毛发脱落，延缓人体衰老，保持旺盛生理机能。

横岭镇位于县城西部，和榆次区接壤，春秋赵简子筑城，隋代时平城置县，民国时石拐建镇，抗战史上著名的石拐会议便在此召开。马铃薯非常著名。石拐村是抗战时晋中地区的政治、军事中心。彭德怀、张浩、任弼时、左权、陈赓等一大批八路军高级将领曾长期战斗在仪城、石拐、官庄、翟家庄一带。横岭镇山川秀美，景色宜人，山大坡广，水草丰盛，森林覆盖率高。全镇植被覆盖率达到 90% 以上，原始林占 70% 以上，松树占到一半以上，空气清新。山高、壮、深、幽，人朴实无华，从中可以感受到天人之间那种久违了的和顺、泰然、轻松、舒畅、祥瑞的气氛。这里得天独厚的自然优势，为全镇农、林、牧的发展奠定了雄厚的基础，畜牧业成为横岭镇的主导产业。与牛郎相关的是，横岭镇是牛的养殖大镇。

和顺县的河流属于黄河流域与海河流域，四大主流依次为清漳东源、清漳西源、松溪河、木瓜河及 13 条支流。就在横岭镇的清漳河西源发端于八赋岭人头山。八赋岭如诗如画，横枕于和顺、左权两县与晋中市之间。明代有诗人刘顺昌咏八赋岭的诗句，其句云："八赋横空路甚赊，攒元千丈半天遮。悬崖鸟雀未由下，峭壁藤萝何处挝。岭底羊肠千万径，关前蜗室两三家。衡斋久矣标堂额，何用梁余餐晚霞。"透过诗句不难想见其秀色堪餐之天然景观。

仲春清晨，袅袅炊烟，轻笼农田，和顺县横岭镇东白岩村头，清漳河清澈见底的涓涓细流潺潺而来，在阳光下流金迸玉。让人很难想见，眼前这座宁静美丽的村庄，以前竟是生态脆弱水土流失严重、时常发生洪涝灾害的贫困村。连续多年任职村支书的李树忠说起当年情形，神情间沧桑流变，不能自已，他指着离村不远的乔儿沟口说："我们东白岩村紧靠清漳河，庄稼地集中在乔儿沟、狼儿沟和干草沟沟口的河边，这里无霜期短，4 月早上还下霜。地里只能种植玉米和土豆，种别的熟不了。以前等到玉米长到半人高，夜晚就会有一群群的野猪从这 3 条沟里跑出来祸害庄稼，它们拱倒玉米秸秆，把玉米棒子吃光，然后就跑了，老百姓辛辛苦苦一年种下的玉米就这样被野猪糟蹋了。只能买饲料喂牛，开销大了，增加了养牛成本，一定程度影响了养牛的收益。到了土豆成熟的季节，野猪成群结伙地又会来，在地里乱刨乱拱一气，吃半块丢半块，糟蹋得没收成！这还是轻的，更怕人的是年年发山洪，从这 3 条沟里冲出来的山洪，比野猪更怕人，野猪能敲个响器吓跑，洪水你就不能了！"

"说起来也没有几年，就是 2015 年 7 月，我们横岭镇遇上了几十年不遇的大涝灾，那雨哗哗啦啦下个不停，一下就是整个黑夜，又下了大半个白天。"提起当年事，李树忠支书心里犹有余悸，"下午 4 点多的时候，我在家里炕头上就听见远处传来轰轰隆隆的声音，起初还以为是哪家的牛圈塌了。过了一会儿，就有村民跑进家里告诉我说，村里遭水灾了。我披了件雨衣也顾不得穿雨鞋，趿拉了双拖鞋，就冒雨跑到了村里的巷子中，真是吓死人了，几条村巷里汪汪都是齐膝深的黄色泥水子，我这脑子里突然就想起了地里的庄稼，村子都成这样了，那庄稼还能好得了？喊了几名村干部跑出村子，到了村头，抬头向农田方向一望，只见那 3 条沟口黄黄的全是泥水子，农田早已没有了庄稼的影子，全是黄汤子，漂着各种杂物。洪灾淹没了我们东白岩村 40 余亩农田，农作物全部被毁，颗粒无收。自从经历了那次洪灾我们东白岩村做梦都想在乔儿沟、狼儿沟、干草沟建河道护坝，可是村集体太穷了，没钱呀！"

"缺啥来啥，急啥啥到。"说话间，李树忠支书满脸是笑，眼里云生雾出，似乎人又回到当年，"2015 年 8 月，省纪委监委扶贫工作队来了我们东白岩村扶贫，他们从群众家门口做起，结合人居环境整治，先后实施了街道硬化、村容村貌整治、广场建设、亮化美化等基础设施工程。特别是省纪委监委驻省水利厅纪检组的王文生，他接棒东白岩村第一书记，凭借他在省水利厅工作 10 多年的优势，多次去省水利厅争取项目上马。2019 年 6 月 4 日村民盼望多年的 3 条沟河道护坝工程开工。工程投资 87 万元，开挖土方 4600 立方米，历时一个半月，在狼儿沟、乔儿沟、干草沟打起了高 2 米，长分别是 397.5 米、217 米、187 米的河道护坝。"

"看这坝，多结实，水泥、钢筋、石头都是正儿八经的好料，比县城里的护坝还要结实哩！"李支书拿脚使劲踢护坝，又用手指不远处的一座小桥，"你看那粗粗的钢管护栏，牛头撞上去估计也撞不断。3 条坝堵住了野猪进庄稼地的路，也堵住了深沟里的洪水，洪水再也不会冲进地里了，以后玉米、土豆的收成会越来越好，人们靠养牛致富的信心更足了。"

这坝和桥被笑模悠悠的李树忠命名为"爱心坝"和"连心桥"。只要有人问起，李树忠就要紧起手脸拿件腔调说："这是纪检监察干部与我们东白岩老百姓心连心的桥和坝，是脱贫攻坚的保障。"因为他腔调的郑重，仲春阳光下的这坝和桥，便显得格外地富有暖意了。

十九大报告说：人与自然是生命共同体，人类必须尊重自然、顺应自然、保护自然。人类只有遵循自然规律才能有效防止在开发利用自然上走弯路，人类对大自然的伤害最终会伤及人类自身，这是无法抗拒的规律。我在另外一首词中这样表述自己的所思所想：蚁蜂切勿轻抛，是同胞。水土捏出儿女，秒杀钞。蛀物帝，酿甜后，地球巢。共体欧拉非亚，蜜如胶。

省纪委监委扶贫工作队长兼东白岩村第一书记王文生则笑说一切都归苏维埃："2015年，山西省纪委监委开始帮扶和顺县横岭镇翟家庄、东白岩、西白岩、蚕儿、广务5个村。省纪委常委会始终将精准扶贫摆在重要位置，多次召开专题会议部署研究，抽硬人、硬抽人充实驻村工作队。经过4年多的精准帮扶，5个村的面貌得到全面改观，产业得到长足发展，贫困户内生动力不断激发，农民人均可支配收入从2014年的4070元增长到2019年的7102元，贫困发生率从67.2%下降至0.4%，如期实现了整村脱贫，步入了和顺县脱贫攻坚奔小康的新征程。"

"根据山西省纪委监委机关的统一安排，2018年5月，王文生任扶贫队长兼东白岩村第一书记。王书记是我们扶贫工作队的负责人，王书记对生态环境建设非常重视，他在东白岩村生态扶贫取得了很大的成绩。"省纪委监委驻和顺县横岭镇蚕儿村第一书记杨潇楠告诉我，"乔春森书记是横岭镇翟家庄驻村第一书记兼驻村工作队队长，乔书记在翟家庄村以养牛和农机服务合作社为扶贫亮点，这也是我们省纪委监委5个村子产业扶贫的工作方向！"

翟家庄村位于和顺县横岭镇中部，距离镇政府10公里，距和顺县城57公里，距晋中市区50公里。全村共238户602口人。2017年动态调整之后，现有贫困户168户480人，2016年年底已实现全村整村脱贫。2017年8月30日、31日两天，省纪委监委机关相关厅部室80人到翟家庄村入户对接，了解帮扶对象的生产生活情况。

省纪委监委机关相关厅部室80人到翟家庄村入户对接，这对扶贫是个很大的促进。乔春森和扶贫队员入村伊始，深入田间地头和农户调研，针对本村实际，认真梳理、归纳总结。调研发现，翟家庄每年入冬早，开春晚，雨季时间长，降水量大，洪涝频繁，对农作物生长极为不利。养殖业依然保持低收入养殖模式，经济增长缓慢。全村文化水平低，思想保守，劳动技能不强。村里街道有路灯，但很多都不亮，村民用手电筒照明出行。

村两委平均年龄55岁，年龄偏大，发展眼光不足。常住人群为老弱病残，年轻的常年在外务工不回来，大学毕业生都去城市发展，村民们想致富缺少带头人，想发展种植养殖产业，缺乏有效的资金投入及技术支持。乔春森带领扶贫队员，先从抓班子、带队伍、强堡垒入手，全体工作队员及时组织召开党员大会和民主生活会，在会上乔春森明确提出："翟家庄村要想早日脱贫致富，支部成员必须要团结一心，干部党员必须要发挥模范带头作用，要树正气，讲奉献，亮风格，作表率。工作中坚持以身作则，率先垂范，带头兑现承诺……"

驻村工作队深挖问题形成的原因，实施全村亮化工程修好了路灯。2001年，和顺县承担的国家科技攻关项目——中国西门塔尔杂交牛，被农业部确定为中国西门塔尔牛太行山区类群，和顺肉牛的地位和品牌正式被确立。和顺县的肉牛和顺县养，得天独厚，养牛自然也是翟家庄村脱贫致富的主产业。但由于牧坡超载、技术缺乏等条件的限制，出现了饲草资源浪费，饲养水平低，产业链不够长，产品附加值低等问题，制约了翟家庄村致富产业的可持续发展。驻村工作队想方设法，在村里建起了发展肉牛育肥示范园、天然草坡改良、秸秆综合利用、母牛提质等改变传统养殖模式的发展思路，这个农机扶贫项目就是重要一环，对于秸秆综合利用、母牛提质，形成肉牛育肥示范园发挥了重要的作用。时间长达3年的精准帮扶，翟家庄村的养牛产业得到了长足的发展，目前全村牛存栏 1800 余头，户均 6 头。

乔春森着意走农业机械化的道路，率领驻村工作队与翟家庄村委多方筹措共同协调资金 195.7 万元，成立了农机服务合作社，吸纳翟家庄贫困户入社 20 户 60 余人，购置轮式拖拉机、深松旋耕机、青饲料收获打捆一体机、联合收割机、打捆包膜机等农用机械设备，培训农机手、修理工 7 人，优惠向贫困户提供农机作业服务，共帮扶贫困户优惠收割田地 110 余亩。今年秋收以来，翟家庄村入社贫困户，通过机械化收割操作，节约时间成本 20 余天，解放贫困户家庭劳动力 30 余人，通过外出打工等方式转移就业增加收入就达 6 万余元。

"真是太感谢你们了！"宋军红冲天竖起大手指。今年秋收以来，翟家庄村贫困户宋军红遇到了一连串的高兴事儿：他的玉米不仅实现了每亩 1000 余斤的高产，而且在驻村工作队和村农机合作社的帮扶下，他还节省了 2080 元的玉米收割费。"没想到我这 8 亩多玉米地这么快就收割完了。以前全家上手，需要 20 天才能干完，现在合作社帮忙 1 天就可以干好了，我用节约下的时间去城里打工，还挣了 2000 多块钱，这都是农业机械化带来的好处！"

"我们购买的农机设备优先用于本村建档立卡贫困户作业，以低于市场 30% 的价格进行收费，这样不仅可以解放农民劳动力，增加打工收入，还可以改变传统饲养模式，提高肉牛育肥产出，同时辐射周边村镇，实现耕、种、管、收一条龙作业服务，对于翟家庄实现可持续乡村振兴，我们很有信心。"翟家庄村党支部书记郝彦兵也高兴地和人们说。

但乔春森心里觉得还有许多欠缺要改变："农机服务合作社运行一个多月以来，也存在一些问题，主要集中在 3 个方面：一是翟家庄村位于山地，机耕道路狭窄，给机械作业带来不便，影响机械作业效率。二是农机合作社服务功能单一，规模化程度低，服务体制机制有待完善。三是农机使用人员专业素质低，专业人才队伍亟待培训提高。问题就是动力，下一步驻村工作队将与村党支部一道共同分析原因解决问题，在扩大农机合作社规模，提高农机使用率上下功夫，同时将翟家庄村的好经验，也要向我委帮扶的其他几个村一并推广。"

2018 年年底，和顺县实现了脱贫"摘帽"，但"摘帽"不摘责任、不摘帮扶。如何实现脱贫攻坚和乡村振兴深度融合，实现可持续的乡村振兴，继续巩固扶贫成果，脱贫不返贫，已经成为省纪委监委驻翟家庄村乔春森率领的驻村工作队 2020 年工作的头等大事。

我问杨潇楠："牛郎和织女所在地离你们扶贫点有多远？"杨潇楠笑着说："大约也就 50 公里的样子。我们下山的路上就拉得有牛郎织女的横幅。这里是很偏远，但风景好，昨天早上，我起来一看，天上还在下霜，房顶上，山头上，树枝上，全是银色的霜花，不是雪是霜。简直像是一个神话地方。我们扶贫工作队天天就在这个牛郎织女的神话故事里扶贫。"

潇楠给我看照片，照片上一片凝了霜花的白树，四围的群山在远方，正在向高处逶迤。

"维天有汉，监亦有光。跂彼织女，终日七襄。虽则七襄，不成报章。睆彼牵牛，不以服箱。"相关记载最早见于《诗经·小雅·大东》。汉朝的班固在《两都赋》中说："临乎昆明之池，左牵牛而右织女，似云汉之无涯。"《文选·洛神赋》说："牵牛为夫，织女为妇，织女牵牛之星，各处一旁，七月七日乃得一会。"《荆楚岁时记》载："天河之东有织女，天帝之子也，年年织杼劳役，织成云锦天衣。天帝哀其独处，许配河西牵牛郎。嫁后遂废织饪，天帝怒，责令归河东，唯每年七月七日夜渡河一会。"牛郎放牧，织女织布，原本都是天上的星宿，深得玉帝喜欢，赐婚两人。不承想牛郎和织女婚后如胶似漆，荒废工作。玉帝让乌鹊传旨只准七天相会一次。乌鹊误传每年七夕相会一次。故而每当七夕乌鹊脱毛为牛郎织女搭鹊桥。但个人以为，还是要以人神版为正版，天人各出一个代表，较为公平。天仙织女与凡人牛郎一见钟情，结为夫妇并生下一男一女。玉帝命令织女离开牛郎。牛郎用扁担挑起一对箩筐儿女，去追织女。被王母娘娘划出的银河挡住去路，每年七夕方可相会一次。

　　《太平御览》卷三十一引《纬书》如是云："牵牛星荆州呼为河鼓，主关梁；织女星，主瓜果。尝见道书云：'牵牛娶织女，取天帝钱二万，备礼，久而未还，被驱在营室是也。'"大意是说，牵牛郎娶织女时，借了天帝两万钱，久而未还，天帝盛怒，便使法术让一对恩爱夫妻分隔于两地，永不得相见。这个天帝不是玉帝，估计天帝的这两万钱，与当下的高利贷相仿佛，驴打滚利滚利，牛郎还不起，才被天帝惩罚，中间相隔天河，永远不得相见。鹊桥会是后人慈悲衍生出来的故事。可见牛郎织女，也是一对贫苦夫妻，也需要我们扶贫。

　　时今中国已非击壤而歌的农耕时代，也非拳头大的是哥哥的封建王朝。当下无论肥头大耳还是獐头鼠目，能赚钱会赚钱便是成功人士。人类与鸟儿、虫儿、兔儿等，原本都是靠水土恩养的生物，是自然的一部分。自然给了人类智慧，人类从树上和洞穴中走出来，择水土胜境而居，择自然首善之地而繁荣，靠自然资源建起了乡村和城市，建起了人类自己的社会文明，于是便有了人境。承载这一切的过去是水土，现在是水土，未来还会是水土。并没有改变根本的属性。人类文明的副产品是狡猾和识时务。狡猾和识时务使人类逐渐失去拥抱自然的能力。人类离开了自然的哺育便如同被摘离了水土的恩养之物，虽然可以使之艳丽，却已经干涩而且无香了。一方水土，不仅养活一方人，还养活一方生物，更养活着一方神话。

　　无意中，又联想到前边王文生所修的"爱心坝"和"连心桥"以及乔春森建起的"农机服务合作社"等，对照杨潇楠前边所说的话，忽然觉得扶贫，似乎更具有了一层特别的深意。故填《醉太平》五首以记个中感慨。前两首已经见于上，后三首附于下：

　　其三：江河纳埃，城乡送霾。红菇绿薛青苔，屡遭金粉埋。森林换财，田园赌牌，秦松汉柏唐槐，落魂失骨骸。

　　其四：宏图败茵，结庐灭鳞。东篱菊秽七邻，拭啼没翠巾。吃光土珍，吸涸水滨。南山烟起三巡，泪填人境吟。

其五：诚迷海针，德沦细尘。恶遗响坏天真，唤卿归六神。汤汤返淳，巍巍覆新。太平果醉花因，劝君除二心。

天人一心，黄土成金，反之，则天人共病。

羽 化

调寄齐天乐（新韵）

太极燕尔新吞吐，阴阳两仪门户。四象叮咛，七情嘱咐，八卦九宫珍顾。连枝悦慕，并蒂美芳途，翼结朝暮。尔尔卿卿，共饴贫富饵甘苦。

白驹绊它未住。百年元旦始，儿女同度。日月匆匆，韶光莫误，飞好青春鸥鹭。茫茫宇渡，地球似兰舟，举家呵护。伉俪千秋，子孙能万古。

2018 年 5 月，王丽娟到和顺县横岭镇西白岩村任第一书记兼工作队长。日久天长，王丽娟俨然已被村民认同为村里的"老王"。春节前，发放春节慰问品，村民们兴高采烈地领取工作队发的米、面、油、肉等慰问品，可劲地夸工作队好。

王丽娟就笑问："你们说我们工作队好，又代表谁好呢？"村民们恍然大悟，纷纷点头说："还是老王说得对，是国家的政策好！"

西白岩村的村口洼地杂草丛生，下雨天容易积水，成了村里的天然垃圾场。因地处村口故一入村的直观感觉就是脏乱差。为了解决这个问题，2019年工作队协调水利资金 60 万元兴修村里的护河坝。王丽娟，也就是村民们眼里的老王，灵机一动，当即决定废物利用，以废土填埋垃圾坑，两废合一，变废为宝。于是带领工作队和村两委多次召开村民代表大会，经村民代表讨论决定，修建一个多功能活动广场。经过协调，和顺县公路段愿意提供技术和资金支持。开工前，工作队做了大量工作，从网络搜索大量图样反复讨论研究广场的样式，结合村里没有戏台无处举办送戏下乡、文化会演等活动的具体情况，最终舍弃了修建花园凉亭类型的小广场的初稿，决定利用天然地势建成一个上下两层的露天大戏台，既能休闲健身又能举办文化会演，一地两用，一举两得。施工期间，王丽娟带领工作队和村民一起挖坑种树、平整土地。在监工期间，王丽娟发现村民有下河洗衣服的习惯，但因河坝较高，又无台阶，村民只能舍近求远，去河对岸，沿牛坡道下河，或就近从2米来高的垂直河坝慢慢滑下去，这对于青壮男人尚有一些难度，更别提老人、妇女和孩子了。

于是王丽娟特意安排施工队在河道两侧分别增修了下河阶梯。这一个不经意的暖心举动虽小，但却收到了意想不到的效果，得到了村民们的高度赞扬。人们对这个下河阶梯的赞美甚至超过了尚未完工的小广场。由此王丽娟认识到：办实事、解民忧，不能只盯在落实大事上，关系民生的暖心小事，往往最能体现政策的帮扶效果。小广场主体工程竣工后，原有白色格调太过肃穆，不符合农村喜庆的特点，王丽娟又协调施工队在原有白色围墙边上用红色勾边，并用红黄主色调搭建了"共建美丽乡村"标语牌和乡风文明宣传栏，同时添置了配套的体育健身器材。集文艺演出、休闲娱乐、健身功能、开放式为一体的小广场，顿时被点缀得色彩亮丽、明快悦目。昔日脏乱差的垃圾坑变成了西白岩村一张驰誉四村八乡的"亮名片"。

"以前没有什么娱乐活动和场所，大伙儿都窝在家里玩手机、打牌。现在建了广场，大家一起锻炼身体、聊天说话，不仅开心，还能加深感情。"村广场舞教练王芙蓉说。

随着生活水平的提升，西白岩村民对精神文化的需求也与日俱增。为巩固脱贫成果，提升新农村文化品位，6月初王丽娟携手晋中学院一行20多位师生来到西白岩村，学生们有人测量尺寸，有人勾勒轮廓，有人负责调色，有人挥毫泼墨，忙得不亦乐乎。老师们是总指挥，村民们在一边出谋划策，放暑假的小朋友也自告奋勇前来帮忙，欢声笑语中，把一面面农家墙变成一道道亮丽的"文化风景"。把扶智图绘与党建标语结合起来，为西白岩村等5个贫困村，绘制政策宣传文化墙图案50余幅，面积千余平方米。

绘制西白岩村乡俗文化、党建标语宣传墙15幅。党建文化墙以红色为主，简朴务实，庄严肃穆，形成了独具特色的"党建宣传一条街"。以大型青绿山水画《绿水青山就是金山银山》为主体展现新时代发展理念，宣传将西白岩美丽的碧水蓝天变成可持续发展的财富，引领农业可持续发展，引领农民可持续增收。村口绘制了民间传统风俗壁画，有深受村民喜爱的"连年有余"，还有表现农家小院生活的主题墙面，打造民俗一条街。

一切都是应运而生的。当第一面文化墙在"西白岩村微信群"中亮相，村民纷纷拍照留影，并将其发至村微信群时，勾起了外出务工人员浓浓的思乡之情，外出村民惊讶于家乡的巨大变化，纷纷在群里点赞留言。

"康康是横岭镇广务村的第一书记，"杨潇楠说，"康康，比我年纪还小！"

广务村距离镇政府5公里，距和顺县城52公里。全村共104户285口人。其中，劳动力150人，耕地面积548亩，牛存栏550头。广务村村口牌楼上刻有4个大字：广仁务实。杨潇楠嘴里的康康名叫何康，是个充满活力的人。2016年驻村帮扶时，广务村的路晴天尘土飞扬，雨天泥泞难行。2017年在省纪委监委主要领导协调下，从省交通厅争取专项资金140余万元，为该村铺上了柏油马路，水泥路面硬化到每家每户门口，村容村貌得到彻底改变。2018年8月，第一书记兼工作队长何康入村，村里开欢迎会，村支书郝建伟介绍说："何书记是省纪委派来的，以前是公安，大家欢迎！"

但乡亲们仍然一口一个"何书记"地叫着，客气中明显有距离感。入户走访时，何康想让大家按照横岭习俗叫自己老何，可乡亲们口头上答应，叫出来还是"何书记"。他知道自己还没有走入村民们的心里。但何康并没有灰心，反而坚定了信念。他一个月内走访贫困户 68 户，与村两委座谈 10 余次，针对性调研 10 余次，实现了村贫困户走访全覆盖，掌握了脱贫攻坚基本政策和广务村的整体情况。

横岭镇肉牛养殖，与西白岩村类似，采用传统放牧方式，放牛、养牛，但从不杀牛，不吃牛。如同村里养鸡的老人，从来不忍心吃鸡肉，他们对牛也是这样。如同牛郎织女故事里的老牛，牛是上天派来助人的，牛是人最好的朋友，牛辛苦一生，你可以养它、卖它，但不能杀它、吃它。吃牛肉是丧良心。放牛方式也是散养，散养在山上的肉牛无人看管，极易丢失，且生长速度相对也比较缓慢。肉牛丢失会导致部分肉牛数量少的养殖户处于只有投入没有收入的状态，从而导致贫困。这种自然原始的放牧方式，肉牛生长的速度肯定慢，会增加养殖投入，减少收入，也会导致贫困。缺乏资金，养殖户就无法快速增加肉牛数量或育肥肉牛，规模无法扩大，也是一个导致无法脱贫的客观原因。当时的广务村存栏母牛有 500 多头，年出栏小牛 200 多头。围绕牛做文章是广务村村民的共识。没有养殖设施谈发展是句空话。养殖规模需要新建牛棚，贫困户买牛养牛增收也需要新建牛棚，为此他们争取资金 104 万元，新建牛棚 2400 平方米。2018 年又完善了牛棚地基加固、水电配套和草料囤积库房等后续工程。

秋天，是收获的季节，广务村的葡萄丰收了，因为昼夜温差大，这里的葡萄糖分足，特别好吃，但好酒也怕巷子深啊，老百姓没有去市场上售卖的习惯，葡萄成熟了卖不出去，只能任由其烂在地里。8 月份，广务村进入丰收季，可是贫困户也是葡萄大户的韩玉魁却高兴不起来，他家 4 个大棚产葡萄近万斤，可是到现在仍有 5000 余斤的葡萄卖不出去，眼看着烂到棚里，心里着急。皮肤黝黑的韩玉魁，今年已经 60 多岁，是个老汉了，手上布满了老茧和干裂的口子。韩玉魁对第一书记何康期期艾艾地说："何书记，能不能想想办法，这葡萄要是卖不出去，可就都烂在大棚里……"白仙梅也来村支部找何康，支支吾吾地说："何书记，给你带了点家里的葡萄，你尝尝。"何康见状就主动问她："韩娟妈，你是不是有什么事找我啊？"白仙梅这才说真话："葡萄和瓜儿都熟透了，再不卖就烂在大棚里啦！"

省纪委监委工作队驻村帮扶3年，为进一步延伸肉牛养殖产业链，利用牛粪发展特色种植，2014年新建葡萄大棚43个，每个棚平均占地约1亩，每棚种植葡萄约300株。为进一步掌握葡萄种植技术，聘请农业科技院校的专家、技术员、农艺师全程指导，培养了一批懂技术、会管理的本土技术专家。2016年解决了葡萄园通水问题。2017葡萄挂果，2018年进入盛产期，截至9月底每棚平均收入在8000元，成为增加村民收入的新型渠道。该项目的实施，可带动本村贫困户18户60人实现脱贫，弥补了和顺历史因无霜期短而无水果种植的空白。为进一步扩大规模丰富采摘品种，计划于2019年年底前，帮助广务村新建水果大棚5座，蔬菜暖棚2座，弥补采摘品种单一无法满足游客需求的不足，规模扩大后，将进一步带动集体产业，户均增收4000余元。但是今年大棚葡萄进入盛果期，产量大幅度增加，同时受到市场环境波动影响，葡萄出现滞销情况。其实，何康早就把葡萄和农产品滞销的问题放在了心上，他带着工作队员们跑遍了太原的批发市场，并准备了印有"广务农业合作社"的礼盒，谋划着抓住农历八月十五需求量大的机会，统一行动，解决葡萄滞销的问题。

老百姓很善良，很容易接受一个干部，但也很容易对一个干部失望，多做务实的事，做到了再向大家宣布，才能真正地获得认可。何康集思广益，以"广务农产品"为商标定制统一的包装盒，依靠品牌效应提高农产品价格。葡萄往年价格为每斤3元钱，通过统一包装后价格每斤提高到5元到8元钱；依靠工作队资源优势，对接多家企业，批量销售农产品，销售葡萄1万余斤，南瓜1000余斤；积极联系超市、农贸市场等销售单位，建立了长期合作机制；对葡萄种植大户进行葡萄酒酿造培训，对葡萄进行深加工，增加农户收入；对接清徐马裕葡萄酒厂，有意愿的农户可将剩余葡萄加工成葡萄干。葡萄最终全部卖了出去，农民心头的石头放下了，第一书记何康也松了一口气。让何康更加为之高兴的是，葡萄的销路解决了以后，他发现一夜之间，大家都开始叫他小何了。这代表着一种无形的认可和接受。

"小何，今天中午来家里吃饭……"

"小何，中午来我家，尝尝我酿的葡萄酒……"

"这是今天来的第五个了……"包村干部王秀珍说。

农历八月十五以后，市场对葡萄的消费力下降，这是中国人的习惯决定的，老百姓害怕浪费，就将剩下的葡萄酿成了葡萄酒，准确地说是葡萄甜酒。回到住处，何康打起了葡萄酒的主意，葡萄酒利润高，容易保存，具备发展为集体经济产品的潜力。通过检测，自酿的葡萄酒还存在很多缺点，一是菌落超标，二是糖分超标。为了解决这些问题，何康辗转来到了清徐马裕葡萄酒厂，说明了来意，老板很慷慨："你们是为了扶贫来的，我能帮忙就不会有保留。"老板姓王，在清徐当地酿酒圈小有名气，对广务村的酿酒方式提出了很多建议。通过多次对接帮助，王老板手下的技术员帮助改良了广务村的葡萄甜酒酿造工艺，何康也成了酿酒的行内人。"老何，你上次说的那个单宁是个啥？"似乎小何老了，称呼又一次发生了改变，老百姓觉得你在某一方面也成了老师傅，觉得你行，就会在你的姓前加个老字。何康明白了村口牌楼上"广仁务实"的含义。以仁爱心、责任心，踏踏实实干事，一心为老百姓着想，就能有无数办法，化解一切困难。"广以仁爱之心，践行务实之道"，此扶贫真意也！

杨潇楠担任第一书记的蚕儿村，位于镇政府10公里处，全村55户，164口人，劳力65个，耕地面积940亩，粮田面积855.8亩。牛存栏206头，主导产业是种植业和养牛业。蚕儿村，在外人眼里，是世外桃源。青山绿水，阡陌纵横交错，还有雪白的大鹅成群。

2018年，夏末秋初，初来乍到的杨潇楠，曾是一个地道的"旁观者"。那是第一次，他开着导航，独自开车穿过省道 S318 线。50 公里的盘山路，一面是山，一面是沟。后来熟悉了仅用两个多小时行驶的路程，这第一趟硬是走了三个半小时。山路起伏，绵延不绝。山愈发苍翠，还有些许不知名的小花。杨潇楠却全然顾不上看。这段路程此时对于他来说是陌生的。事到如今，那双紧握方向盘的汗津津的手，和因不停刹车而酸痛得厉害的腿，才是最难忘的。更令人胆战心惊的，还有耳畔呼呼作响飞驰而过的煤运货运大车。作为山西、河北两省间重要的通道，许多大车司机为了省些过路费，便簇拥到了这条道上。一向在市区行驶的杨潇楠，心里也犯了愁。然而，开弓没有回头箭。扶贫之路，从党和国家提出伊始，就如同眼前的山路，注定是艰难崎岖的路。而每一个前赴后继的行路者，最初都无法驾轻就熟。

来到蚕儿村后的 2019 年第一个春节，新婚不久的杨潇楠和妻子商量好，小两口的婚假后补。一到上班日，他就又跋涉回到了村里。还没走近村口，鞭炮已是不绝于耳。炮屑如飞花漫天，映红了村民们一个个红彤彤的脸，自然山水滋养了这里朴实的民风。

过年，对于这个典型的空巢老年村来说，是值得庆祝的。平日里留守老人们的日子是寡淡的。趁着这几天，总得整儿挂鞭炮，炒几个小菜，细细地品咂节庆的滋味儿。

蚕儿村两面靠山，两面环水，东西一条河，南北一条河，有桥两座，人行桥和牛行桥，是典型的小桥流水人家。得天独厚的自然环境，造就了种植业、养牛业两项主导产业，主要农作物为土豆、玉米、谷、大豆。这里只有第一产业，没有二、三产业，是典型的青山绿水农业村。村里共 56 户 147 口人，其中在村的只有 17 户 29 人，平均年龄 65 岁。

几年间，扶贫工作队前赴后继，精准帮扶。通网、通路、通有线。过去雨天一身泥的土路，如今道路硬化，还分出人道、牛道、庙道三条主干道，人牛分离，让村子焕然一新。经济产业，种植业稳定推进，养牛业稳步壮大，生态产业稳步发展，各项产业齐头并进，并创建了晋蚕养牛合作社、农机合作社，吸收劳动力，增收致富，农民人均收入从 2014 年 2000 多元增到如今的 7000 多元。蚕儿村于 2017 年实现整村脱贫。2018 年进入脱贫巩固阶段。

没事的时候，杨潇楠喜欢跟村民们一起到山沟里走走，吸一口山岭深处湿润的空气，看牛儿吃草，听河水汩汩。春种、夏锄、秋收，傍晚的时候，杨潇楠到庄稼地里，帮着村民们除除草，打打下手。四季分明，也体现在了杨潇楠脸上。夏天的火辣日头在他的脸上准时留下黝黑印记，冬天的白毛冷风又让他的脸颊冻得发白蜕皮。有谁家的牛又下了牛犊子，谁家的大白鹅又多了几只，杨潇楠门儿清。这家的电视一打开就飘雪花，村民苦恼，杨潇楠就从太原购置电视，用自己的"小车"一路拉过来。哪家的孩子要找工作了，杨潇楠就四处帮着他们找就业信息。遇上村民要去县里办事，杨潇楠都会顺道开车载过去。

"做一次农活、干一次家务、烧一次家常菜、拉一次家常、清理一次卫生。"杨潇楠带领队员们不定期地在村里开展"五个一"活动。过完年这天，杨潇楠回到村里的住处。一进门，屋里却是热乎乎的。村民李保林伸出黑乎乎的手，憨笑着说："我先去洗洗。这铁家伙可不是好惹的，弄不好就给你们下马威。你们就别鼓捣这炉子了，我提前生好火，你们就不凉了。"知道村里的扶贫干部要回来，这个老实巴交的村民，事先把屋子里的铁炉子生好。炉膛里的火，很快焙干了杨潇楠一路开车汗湿的衣衫，也让他的心头出奇地热。

63 岁的李保林，一辈子无儿无女，却有一双巧手，是村里出了名的"能人"，电工、修理，都不在话下。年轻的时候，种地养活自己，年纪大了享受上五保户政策，定期有特困供养金。工作队的好，李保林都记在心头，遇上扶贫干部的住处停电、停水，还有些修修补补的小活，李保林都会抢着干。2019 年 9 月，杨潇楠在村口和村民们聊天时无意间听到李保林生病的消息。转身就跑到了李保林家。阴天的屋子里，当初这个村里的"热心肠""老好人"李保林，此时只能倚靠在炕角，虽有邻里乡亲们的照顾，但看起来身体明显消瘦了。

李保林说："县医院看了，是胃癌晚期，目前只能配合医生，该咋治就咋治吧。"

也是 2019 年 9 月，杨潇楠成为蚕儿村新任的第一书记。工作间隙，只要有空，看到李保林的屋里有人，杨潇楠就要进去看一眼。知道李保林只能吃流食，杨潇楠从太原买上蛋白粉、牛奶给他补营养。用李保林的话说，"这都能赶上自家的孩子了"。杨潇楠每次看望，李保林总是用和顺话不住地说："你忙你的，不用、不用，别再拿东西了。"

渐渐已经能听懂和顺土话的杨潇楠，此时却佯装听不懂，笑嘻嘻地走开了。

2020 年 3 月初的日子，杨潇楠并不知道，这是他最后一次看李保林。只记得临走时还叮嘱他："咱有补贴、有医保，钱的事不用担心，最重要的是把心态放好，你看村里越来越好了，好日子还在前面呢。"把两千元慰问金送到李保林手上，这个汉子眼圈又红了，心里憋着话，却不会说，依旧执拗地反复地说："不用、不用，真不用！"表达他所有的感激。

过了个周末，再回蚕儿村，李保林的屋子已经空了。疫情期间因不能聚集，李保林的侄子从外地回来将老人安葬，葬礼一切从简。看着眼前的一切，杨潇楠嘴唇抖抖的，难过得说不出话来。眼前浮现出与李保林相处的日子，眉脸生动的老汉抽着烟和他一起聊天，这是人与人之间最朴素的相处，一幕幕场景，栩栩如生地浮现。自然是催化剂，衍生出别样的炽热感情。工作早已不是简单的工作，帮扶也不仅仅是纯粹的帮扶。初来乍到时那个年轻的帮扶队员，已经由旁观者不知不觉走入大山深处，走入老人如同山沟般崎岖的心中。

新冠肺炎疫情袭来的 2020 年春节，谁也没想到过去并不稀罕的口罩，竟成了最紧缺的物资。一段时间提起口罩大家都用"抢"这个字眼儿。自家的口罩还不够用，杨潇楠竟然惦记着村里的老乡，拉着妻子从淘宝、京东各大购物平台狂抢口罩。网上的口罩大多需要提前一天预约，每天上午 8 点、10 点、

12点，下午3点、5点、6点，晚上8点、10点，头天预约，第二天抢。两人设置的铃声从早响到晚，大多时候预约人数达到几万、十几万，拼手速、拼耐力，最后成功抢到了近百个口罩，看着妻子的黑眼圈，杨潇楠心疼不已。

带着抢到的几桶消毒液、口罩等防疫物资，杨潇楠回到蚕儿村。村民杜建武拿上口罩喜不自胜地说："想去榆次，没个口罩，还真的没办法，我正苦恼着了，这下可好了。"

大疫期间，杨潇楠还背起了村民们口中喷农药的"小篓篓"，给村舍、村路、村里的公共设施消毒。村民们站在村口晒太阳，一边抽烟，一边不忘聊聊武汉的疫情，还饶有兴味地看着动作笨拙生疏的年轻扶贫队员，打趣三句，调侃两分。担心村民因疫情误工，杨潇楠还不时专程到晋中市工信局，要来最新的复工复产信息，给需要的村民们参考。

"有他们在，我们心里更踏实了。"村民杜建武这样说。

小小的蚕儿村如同一片飘落大山深处的桑叶，而扶贫、扶志、扶智，是蚕儿从心里吐出的丝。它织出的茧子从内到外正在焕发前所未有的活力。这只蚕儿正在挣脱眼前的自我束缚，从中放飞自己。茧子里那条蠕蠕爬行的绿色蚕儿，此时此刻正在完成一次破茧羽化的过程。

花　事

五言（平水）

物我共清愁，知恩斥帝侯。

青红醑美酒，金币铸吴钩。

花事一纷繁，风霜便凋残。

古今人见惯，湖海两波澜。

那天，我应孟永华之邀参加了一个聚会，济济一堂，在座的全是全省各地的扶贫队长和第一书记。无论男女，脸色无一例外是挂了阳光釉的。谈起兴县、武寨、河曲、保德，谈起那里的村庄，那里的山，那里的水，那里的人，他们充满了激情。他们七嘴八舌，策划成立一个扶贫协会，完全是民间性质，为此他们还请来了省民政厅的一个负责人。我静静地听他们说话，忽然想到这其实也是一种任性，单位已经结束了他们的扶贫任务，单位领导希望他们尽快恢复从前的那种工作状态，却没有想到这已经不可能。他们已经不是过去的他们，多了什么又少了什么，他们身上多了摇曳在黄土高原上农民的贫苦影子，他们的影子却失落在那些被千沟万壑尽掩风流的村庄里了。他们想把已经开始的扶贫以抱团取暖的形式继续下去。

那次聚会虽然时间不长，但给我留下了深刻印象，我觉得这和政治没关系，在任何一个国家，任何一个民族，任何一个人类群体中，都需要这样一群人，许多虚头巴脑的东西在他们参与中、推动下，都会变成实实在在的东西，在某些人眼里虚头巴脑的情分，也能转换成白花花的银子，金灿灿的金钱。就在前一天，孟永华老师给我发来如下这篇记叙文，他谦虚地说这只是一些原始材料，希望我来润色一下。我也不谦虚，以为这样的拜托，是理所当然的，我也就这么一个本事。但我刚刚一看就晕了，觉得我陷进了一片血的热度里，只有被淹没在里边的份儿，已经全然失去了雕玉琢金的技能，所以我决定放在最后一章原文照录。

同时，孟永华还转来了冯毅和杜亮姝的资料，我已经做了剪裁润色，纳入到上边的章节之中。他同时还发来了第一书记之歌产生的经过以及一篇赞扬第一书记之歌的文章。

2018 年 7 月 1 日，来自太行山、吕梁山集中连片深度贫困地区的 40 多名省、市、县派驻农村第一书记、驻村工作队长（员）在兴县蔡家崖村举行了"第三届第一书记、驻村工作队长（员）论坛"。论坛组织者忻州市公路局派驻五台县张家庄村第一书记路海源和省委党校派驻东庄村第一书记孟永华商量：咱们自己创作一首第一书记之歌。

路海源酷爱音乐，工作之余经常和几个发烧友开展各种演奏活动。孟永华爱好广泛，2016年在全省第一书记微信群里就组织过一次第一书记网上歌唱比赛。孟永华建议邀请康世海书记一起创作。康世海是省委办公厅派驻临县林家坪村第一书记，酷爱写诗，他的朋友圈里，隔三岔五就发布一首满怀深情的诗，歌颂第一书记、基层干部、贫困农民，很有才华。康世海一接电话一拍即合，三人创作小组成立了。

为了准确反映第一书记们的精神风貌和工作、生活全貌，提炼出歌曲的灵魂，路海源和孟永华冒着炎炎烈日，踏上了采风之旅。2018年7月5日，他们来到河曲县，到省住建厅派驻第一书记冯毅任职的南也村，看项目、访百姓，了解冯书记开心锁的故事，听老百姓对这个省城来的后生连连夸赞，感受到了第一书记与贫困农民的鱼水深情。8月10日，他们来到吕梁山腹地岚县，考察岚县派驻第一书记王琨任职的史家庄村，王书记重视村庄规划、大手笔引进项目给他们留下深刻印象。8月15日，他们北上朔州市右玉县，考察了省商务厅派驻第一书记姚振华（现任工作队长）任职过的下元村，亲眼看到老乡们对姚书记的恋恋不舍之情。之后，他们重返吕梁，来到方山县麻地会乡郝家庄村，访谈了担任扶贫队长已经8年的闫保全书记（2015年兼第一书记），到临县前沟村访谈了"感动吕梁"人物孟宝奎书记，考察了省中医药大学派驻大石吉村的人称"马大姐"的马秋香书记，以村为家、默默奉献的王玉霞书记、邹世勋书记，体会了什么叫"天路"难行，什么叫山大沟深，为他们坚守信仰克服一切困难带领大家改变面貌的精神所感动。接着他们几个继续，路海源与孟永华、张尚富、刘文澜、徐光泽等第一书记们又南下太行山，来到省检察院派驻第一书记任锐任职的迎乐村，与工作队员们一起座谈，体验他们在革命老区脱贫攻坚的激情和梦想。次日，5人又北上左权，考察了晋中市派驻第一书记王俊华任职的下武村，专门到麻田纪念馆瞻仰先烈，接受红色教育，在英烈群雕前重温入党誓词，不忘初心、砥砺奋进的激情，油然而生。

经过两个多月的采风，创作组心中已经有了足够的素材和饱满的情感。9月3日，孟永华、路海源邀请仇海涛、梁春书、王丹、康世海等，成立了第一书记春晚筹备组，并对歌曲《第一书记》的内容和曲调进行了讨论。康世海2016年11月由省委办公厅选派到临县林家坪镇林家坪村任第一书记，他酷爱诗词写作，写了许多诗歌来歌颂第一书记。孟永华选择了其中一首《农村第一书记》，康书记原诗很有意境：谁知你的苦，谁知你的累；从繁华的都市，进入乡间的小路……

几人开始进行修改，他们定下几个必须要把握的原则：一是通过描写第一书记工作场面和生活细节，让全社会了解第一书记这个新生事物，关心他们、支持他们、帮助他们顺利完成这一光荣使命。因为他们在做着一项关乎中国梦能否早日实现的伟大的扶贫事业。二是为第一书记们鼓与呼，在脱贫攻坚战场上为他们加油、呐喊助威，为他们增加工作的动力，为脱贫攻坚做出更大的贡献。三是展现他们身上的革命精神。第一书记从环境优越的大城市来到山沟沟里，条件很是艰苦，雨天一身泥，晴天一身土，有时一天只能吃上一包方便面，每天都工作到很晚，甚至通宵达旦。

路海源出生在号称民歌海洋的保德县，自小喜欢爬山调、二人台与各种蒙汉调的民间小调，最喜欢《圪梁梁》那种风格的情深意长。一开始，路海源就把作曲的基调定在抒情风格上，不自觉地就把曲风曲调加进山西民歌元素。2018年9月中旬的一个早晨，他在张家庄村旁的清水河边散步，突然有了灵感，不自觉地哼唱起了康书记写的诗，他兴奋异常，默记旋律，马上回到住所开始记谱。由于他不是专业音乐人，好多音符和音程上的标记还不规范，他就专门请教了忻州市群众艺术馆钢琴老师张蓓蓓，请她进行了谱面整理，并进行了一个小样试唱。当时张蓓蓓弹键盘，路海源弹吉他，这个视频转发给第一书记春晚筹备组人员，也转发给了五台县几位第一书记，得到大家认可。

曲子是一首歌曲的生命，而歌词是歌曲的灵魂。为了打造好这首歌曲，路海源和孟永华、康世海通过微信交流，一起认真研究、修改、打磨歌词，反复改了3遍。第二版的歌词是立足山西，也想着延续蔡家崖论坛的精神，就改为"走进吕梁，走进太行，告别亲人，来到村庄……"为了体现歌曲的政治性，他们又联系了省委组织部组织二处的谢治宇同志，请他提出意见，谢治宇推荐请忻州市委组织部常务副部长王廷同志把关和修改。于是，创作组集体去拜访王副部长。果然，王副部长的意见和建议非常具有建设性，他说："《第一书记》歌曲，首先是一个政治题材的作品，既要抒发感情，又要讴歌时代的主题，歌词应该突出体现脱贫攻坚的实质，又要表现与群众的鱼水之情。"具体修改为：一是脱贫攻坚，庄严承诺；二是五项职责，牢记心上；三是优良传统，我来弘扬；四是群众冷暖，时刻不忘……后来，他们就按照这个框架进行了歌词整合，反复琢磨、修改，每个词组、每一句话、每个衔接都进行仔细的推敲，最后定稿，历时1个多月。歌词成型了："牢记领袖嘱托，激情满胸膛；告别亲人，来到村庄。田间炕头，访贫拉家常，老乡疾苦，记挂在心上。第一书记，第一书记，坚守信仰，迎难而上，风雨无阻，寒暑难挡，你把辛勤的汗水洒在第二故乡……"

这首歌的受众多半是第一书记们。这里要说明一下，12月7日（周六）孟永华老师邀我，他们计划10位第一书记去兴县慰问《第一书记》剧组，问我有没有时间一起去，当天回来。这部电视剧的原型就是我在上文已经写到过的，省住建厅派驻河曲南也村第一书记冯毅，电视剧编剧是张明亮厅长，制片人是梁春书，兼演村支书，是男二号。印小天是男一号，演第一书记。我因为有事未能成行，但我却知道了《第一书记》这个在脱贫攻坚中产生的群体，已经有了一部属于他们的电视剧。现在，他们又有了自己的歌曲，哪能不欢欣鼓舞。

这首歌曲第一次录音在朔州进行，路海源认识一位非常专业的录音师，在其家中录音棚录制。为了增加歌曲气势，从忻州、朔州邀请了十几位第一书记伴唱、合唱，也请他们见证反映自己生活的作品的诞生。路海源邀请了定襄县女歌手王亚楠演唱。录音完成后，创作组反复聆听，总觉得表达的意思还不到位。在第一书记微信群里发出后，不少人反映有些很沉重的感觉。过了一个星期，创作组在路海源任职的张家庄村，又对歌词进行了一次修改，吕文忠、仇海涛都提出了很好的建议。在五台县音乐协会主席张书平老师的大力支持下，又在五台县进行了第二次录音合成，邀请五台县男歌手王军平进行演唱，效果仍然不太满意。

最后，通过省话剧院副院长梁春书（派驻浑源县第一书记）的引荐，邀请青年歌手李娜、刘生辉进行演唱。李娜荣获过河北省音乐金钟奖奖项，刘生辉曾获得过央视《星光大道》的周冠军，他们实力强，人品好，义务演出。2018年12月16日，最后一次录音在忻州进行，梁春书书记亲自接来歌手，并参与监棚制作。由于准备工作做得充分，歌手实力强，录音只用了1个多小时就圆满成功。听到费尽多少心血日渐成熟的优美旋律和动人歌词时，许多第一书记激动得热泪盈眶。

2018年12月30日上午8点30分，山西农村广播电台《第一书记日记》栏目里，《第一书记》悠扬的曲调传遍了神州大地。歌曲创作组的几位成员高兴地说，这就相当于《第一书记》的首发式，虽然没有鲜花，没有隆重的场面，但是已经无翼而飞，飞进了人们心里。这也算是献给奋战在脱贫一线的全国280万驻村扶贫干部、第一书记的新年礼物吧。

据说连任第一书记的张尚富的家属听了也非常激动，他说："这首歌真实感人，切实表达了第一书记毫不利己专门利人、听党的话勇于担当的思想。"曾担任过第一书记的牛夏琳的妈妈张西阳，爱屋及乌，在微信平台"作者新干线"记录下了他们家冬至吃团圆饭时的特殊的感人情景——

正是冬至中午。我们全家正围着餐桌赞美满口留香的饺子。女儿的手机里飘出悠扬的歌声，感人肺腑的歌词，撞击心灵的音乐，随之便是女儿扑簌簌的眼泪落在饺子盘里。当听到第二段时我们全被这略带忧伤、高亢激昂的词曲带入情境。那奋进的、豪迈的，也包含了第一书记难以言表的艰辛的感觉，此时占据了我们全部的思绪。之所以有如此强烈的反应，是因为女儿也曾有两年的第一书记工作经历。那段艰辛的日子，不仅深刻在她的人生经历中，也烙印在家人的心里。此时，孟永华、康世海书记激情满怀的歌声，将女儿那两年奔波在长治山区的情景，生生带了出来。看着她如此动情，我们也喉头发哽。餐桌上热气腾腾的饺子，伴随着嘹亮、深情、撞击心灵的歌曲，我们过完了 2018 年的冬至。

听完第二遍，女儿抹去眼泪，关掉原唱说："我已全部记住歌词了，且听我给咱来演唱。"随着她满含感情，且到处跑调的歌声，满屋子飘荡着"第一书记，第一书记，你把辛勤的汗水洒在第二故乡……"。如果没有那两年与百姓同吃、同住、同劳动的经历，听到这歌声的人，不会有如此震撼心灵的感觉。如果没有在乡村风雨兼程地辛苦过，写不出如此感人的歌词。如果没有在百姓中摸爬滚打过，谱不出、唱不出如此深情、动听的声音！

词、曲、合唱全由这些在黄土地上奉献了自己一腔热情的第一书记合作完成，不禁让人心生敬意和赞叹！他们把第一书记的五项职责贯彻在实际工作中，他们将殚精竭虑，一心想让百姓走出困境的期盼，融会在歌词里，唱出了党和人民的血肉联系，唱出了第一书记肩负使命的担当。我们家自从女儿下乡任第一书记以来，经常围绕着农村工作的话题聊天，甚至将很多心思都融入她的工作中去：如何展开工作，如何尽快有效地实实在在地为贫困农民做些事情，几乎占据了她那段生活的全部。那两年的日月里，只要女儿背起背包离开我的视线，那条通往长治壶关的盘山公路，就不停地在我眼前晃动，眼巴巴地看着时钟，盼着她安全到达的信息。尤其是雨雪天，真是心跟着她在山区的路上穿行。

他们为贫困山村修了路，建了农副产品基地，完善了党组织生活制度，帮助孤寡老人、留守儿童，实实在在将党的温暖和关怀，输送到边远贫困山村。

通过女儿，我也接触了不少第一书记们。像孟永华教授，是省委党校右玉精神研究中心的主任，已连续数年奋斗在扶贫第一线，为扶贫工作倾注了心血。2007 年，他在武乡挂职时，退伍残疾军人杨高堂的妻子患上罕见的小脑萎缩症，为了治病欠下大量外债，生活十分困难。孟永华将他们接到太原 264 医院、太原中医院治疗，并垫付了住院费，像亲人一样常去看望。他利用出差的机会，将其病历带到北京，让专家研究治疗方案。《山西日报》报道了他八年不辍关爱退伍军人家属的善举，省委党校也发出了向孟永华同志学习的号召。

孟永华的简历大概其如下，1965 年 4 月生，中共党员，山西省偏关县人。1989 年 9 月至 1991 年 7 月在山西省委党校哲学专业本科一班学习。入学前在偏关县监察局工作；1992 年 6 月调山西省委党校学员部工作，先后任经管一班、二班、行管十一班支部书记、班主任（代理）。与人合著《市场经济与现代企业营运》一书。1993 年被评为该校优秀工作者。

时年 57 岁的杨高堂是一名退伍军人，由于劳累过度患上了严重的腰椎间盘突出，走路只能依靠拐杖；26 年前他的妻子胡佩宏得了罕见的脊髓小脑变性症，2003 年彻底瘫痪。为了给妻子治病杨高堂倾其所有借下了高额外债。2007 年，孟永华在武乡县挂职任副县长，他发现该县有不少人因为贫穷看不起病，便经常从太原把一些专家接到武乡县里坐诊。在一次陪老中医赵海明坐诊时，认识了杨高堂，孟永华和赵海明听了杨高堂的描述之后立即决定去他家里看看，赵海明仔细查看胡佩宏的病情后决定带病历回太原研究。

孟永华临走时留下一句话："等我消息，我会帮助你们的。"

几天后，孟永华真的上门了，除了药品和营养品，还背了米和油。孟永华告诉杨高堂，回太原后请教了很多专家，但是都表示这种病目前还没办法根治，但他会尽力的。又过了几天，孟永华再次出现在杨高堂家，这次他找了车把夫妻俩接到了太原264医院，并垫付了住院费。胡佩宏在264医院的风湿免疫科接受了全方位的恢复治疗，身体情况大有改观。

从那以后，孟永华成了杨家的常客，经常上门嘘寒问暖。即便孟永华在挂职结束后心里仍然装着这对夫妻，当听说胡佩宏的情况不好，就把他们接到太原给她治病，趁着出差还带着胡佩宏的病历去北京找医院询问治疗方案。为筹集更多治疗费，孟永华带着他们夫妇，拿着贫困证明和病历跑了多家红十字会、残联和工会。省慈善总会得知后，为他们捐赠5000元救助金，这是个人申请救济的最高等级。在省政协和省改革创新研究会组织的一次农村教育课题考察中，孟永华认识了左云县综合技术学校马文有校长，对方了解情况后慷慨捐款5000元。在孟永华的帮助下，面对生活中的重重困境，杨高堂重拾信心，他说那么多人帮助了他们夫妻俩，他们好好地活着就是对这些人最大的感恩。8年里，尽管孟永华早就挂职结束回到了原单位，但是他的资助却从来没有停止过。孟永华说："你们放心，你们家的事就是我的事，我会一直资助下去。"8年里，孟永华只要能抽出时间，都会到杨高堂家里去探望，没时间也要打个电话问问情况。其间，他还想办法帮杨家办理了低保和医保。

张西阳在文中还提到了这首歌的另一位创作人康世海。康世海被称为红旗第一书记，他坚持每周一在村委会院里升起国旗，真的是风雨无阻。他还送给我一本他的诗集，他倾情于扶贫，几乎所有的诗都是从心里流出来的，诗中不乏精品佳作。其中的一首诗诠释了他一心扑在扶贫工作上的精神境界：整理并纠正着歪歪扭扭的羊肠路，编织着明天秀美的村庄。一颗颗火热的心，一腔腔质朴的情，跟着一个个贫困户同频跳跃，随着一个个乡村在秋韵中荡漾。我们匆忙的身影，乘着秋风，带着土香，背着希望，从一个个村庄爬过一座座山梁……

那天聚会时，我就曾和孟永华谈到，据说中央相当明白并有明确批示："×××这个时代楷模，事迹是崇高的，精神是伟大的，关键是怎么通过文艺作品体现出来，要很有艺术性、有品位、很好看，千万不能搞成政治宣传片。"泛政治化，泛宣传化，泛套路化，会僵化生活，干枯鲜活，凋零花朵。但难能可贵的是这支歌并没有犯这个错误，虽然还是走了宣传片的套路，但歌词还是真切鲜活可以打动人的，而且明白无误地说出了所有第一书记的情结之所系，这个原本没有的情结因扶贫而生：第一书记，你把辛勤的汗水洒在第二故乡！

从此，这些生在城里的年轻的第一书记，个个都有了自己在农村的第二个故乡。他们放弃了城里优裕的生活，跑到贫穷落后地区过了两年苦日子，就算是什么也不做待在那里，天天混日子，也得睡四夜、过五日，过完两年的农村生活，耳濡两年农村的家长里短，目染两年农村的乡情民俗，天天在自然的怀抱里听虫鸣鸟语，潜移默化的唤醒和改造，也会发生。

从这个意义上说，不仅仅是城里人跑来改变农村的贫穷现状和村人的落后思想，也是村里的贫穷在影响和改造城里人对乡村现状的认识。更何况混日子的人毕竟也只是少数，更多是想趁机干事的，两年的殚精竭虑、两年的含辛茹苦、两年的身体力行、两年的城乡生活的易位，在人的生命史上是一段不短的时光。城市人和乡村人天天混在一起，你焐热了一个村子，一个村焐热了一个你，影响了你，也连带着影响了你周遭的那个交际圈子，直接和间接的两个人群，这种交互式的长久交流，就算是石头，也会被焐出温度，孵出几只小鸡来。

这个小鸡注定会伴随交互者双方剩余的一生。

不仅是城里人在乡下有了第二故乡，乡下人也同时在城里有了一个朋友。何况还有很多连任者，如我认识的省地震局派驻五寨县杏岭子乡工作队长孙景慧，因为接任者抑郁了，她只好继续连任。还有已经三任的第一书记冯毅、张尚富等人。这段时光凿刻的不同寻常的印记，是时光不能磨灭的，尽管时光可以淡忘和流逝日子，却永远不可能使它掉色或剥离。

所有直接或是间接的参与者，都甘苦自知，恰如省委办公厅派驻临县林家坪镇林家坪村第一书记康世海原诗所述：谁知你的苦，谁知你的累；从繁华的都市，走入乡间的小路……

我注意到有报道称：吉林省1489名驻村第一书记有了自己的"家"，成立了全国首个驻村第一书记协会，全省1489名驻村第一书记从"单打独斗"到"抱团取暖"，在发展产业、扩大规模、打造品牌、开拓市场的道路上，联合作战、携手前行。以共联、共创、共享为市场发展原则，以扎根乡村、统筹资源、服务三农为宗旨，整合贫困村优势资源，持续加大第一书记代言活动在市场中的影响力和公信力，增加代言产品与市场和消费者之间复销粘连，打造嫁接多点市场销售新模式新举措，稳固扩大贫困户从中受益范围，通过采取多样化联合经营方式带动贫困户发展。协会将依托传统电商平台、嫁接新媒体销售资源、创建自有第一书记官方APP村城社交销售平台，确保贫困村产品进入全网化销售时代，打通贫困村与消费市场大门，促进贫困村与生产企业、市场与消费者、创收与增收之间形成可持续市场发展生态链条。据悉，该款APP预计5月中旬左右上线，届时广大消费者可足不出户购买到我省第一书记代言的农村原生态绿色产品，并通过在线直播了解到更多感人的扶贫故事。

第一支书电视剧、第一支书歌曲、第一书记协会的成立，有力地佐证了这个特定历史阶段因脱贫攻坚深入人心而萌生的事物的不容小觑，这个扶贫情结与时俱新抱团取暖自我生长的社会现象不容忽略，这个帮扶记忆联想转移并持续发酵可能产生的深远影响不容轻视。

朝暾

五绝（平水）

煤肥千壑暗，水瘦万山昏。

已失萧森树，招魂不见幡。

春秋日月轩，暮合起朝暾。

淙淙儿孙远，涓涓草木源。

　　我想康世海可能看过刘醒龙的小说《凤凰琴》，这篇小说从高考预选落榜生张英才的视角写了5位民办教师在山区小学工作和生活的情形，山区封闭落后，学校贫穷简陋、教室破损陈旧，宿舍拥挤暗淡，野狼时常出没，可是每天早上学校要吹着笛子升国旗：每当太阳爬出山头，在余校长的大骨节手上，在副校长邓有梅和教导主任孙四海用笛子吹奏的国歌声中，在冷风吹得瑟瑟发抖的小学生注目下，学校的国旗与太阳一道冉冉升起。初来乍到的张英才慌忙跑到升旗的地方，问余校长怎么昨天没有提醒他，余校长说，这事是大家自愿的。

　　2016年年末，山西省委办公厅选派康世海作为第一书记进驻临县林家坪村。临县位于黄河中游晋西黄土高原吕梁山西侧，西临黄河与陕西佳县、吴堡县隔河相望，北靠兴县，南接离石、柳林。面积2979平方公里（2013年）。辖23乡镇，是吕梁市人口最多的县，也是山西贫穷落后封闭，乡村小学的情形甚至比不上刘醒龙笔下的小学。康世海进村后有感于此便自筹资金近7000元，给全村76名党员干部每人发放一个多功能电炒锅。自费去县城买蛋糕给全村每一个党员过生日。从山西省丝绸进出口公司争取上千件真丝衣服给全村党员干部和贫困户每人送一件。联系太原爱尔眼科医院为党员干部和贫困户义诊眼睛，赠送老花镜数百副，免费白内障手术数人。康世海联系山西锦波生物医药股份有限公司，为当地村民捐助了一批医药产品，价值86324元。六一儿童节又自筹资金700元为林家圪垯小学200名学生购买学习用具。七一为全体党员发放背心。中秋节，给村支两委干部每人发一盒双合成月饼，并积极倡议村支两委同孤寡、空巢、五保老人一起欢度中秋佳节，等等。康世海的这个行为感染了身边的人，村干部林奴虎自筹资金近800元为全村22户孤寡老人和五保户每户发放10斤鸡蛋。村支部书记林渊和副书记林永平自筹资金各1000元，为杨家山村购买办公桌椅。

在调研、走访中，康世海发现，除了因病、因学致贫，部分贫困户仍局限在"等靠要"状态，缺少长期、稳定脱贫的内生动力。康世海提议村支两委开展"十个一"活动，即一周一次升国旗，一月一次义务劳动，一月做一件好事，一月一次主题活动党日，一周一人一次村委值班等。从2017年4月始，每周一早晨的6点30分，康世海和村委班子成员和村里的党员干部，就会在村委大院举行庄严的升旗仪式。谈起这件事，林家坪村党支部书记林渊实话实说："刚开始，不少村民、党员干部，甚至包括我自己，心里感到升旗能脱贫吗？现在许多村民也自发加入到升旗的队伍里。"康世海起初也没有想到村民会自觉加入，他深有感触地说："其实每个村民心中都有一面红旗，我们干部要帮助他们高高升起这面红旗。"

林家坪村由5个自然村组成，常住人口996户2873人，党员69名，建档立卡的贫困户160户324人。因为居住分散，贫困情形各异。在康世海的办公室里，一面墙上贴着五张林家坪地形图，上面密密麻麻地画满了小红旗、五角星、红三角、蓝色旗等。小红旗代表党员户，五角星是深度贫困户，红三角是他自己帮扶的贫苦户，蓝色旗是他所在单位帮扶的贫困户。林家坪村人以祖辈相传的红枣、土豆为生。近年来红枣市场供大于求，传统农业经济难以承载脱贫梦。康世海想方设法，推动流转土地45亩，建起57个香菇种植大棚，2017

年林家坪村 44 户贫困户因此受益。他还为雪灾后的香菇大棚跑回救济款 10 万元，争取了 10 万元改造和维修了老年人日间照料中心，争取了 20 万元改造幼儿园，争取了 200 万元建起了两个 200 吨水塔，争取了室内外体育健身器材共 30 多件，争取图书、书架、桌椅、文件柜和电脑等价值 7 万多元的东西，从原单位协调回办公桌椅、电脑、钢琴和空调等价值 10 多万元的东西，等等。此外，还另外协调县里统筹建设 2 个光伏发电站，帮助林家坪村流转土地 80 亩，40 户贫困户直接受益。从交通运输厅积极争取资金 100 万元，硬化林家坪村后街 1 万多平方米，又积极争取县交通运输局 135 万元，在招贤沟架起一座桥。用康世海自己的话说，前者修的是"同心路"，后者架的是"连心桥"，寓意深刻，充满希望。

2017 年年末，林家坪实现整村脱贫。

康世海卸任第一书记半年多还沉浸在扶贫工作中：那里的村干部和群众像一根无形的线一直拉着我的心，有时痛、有时笑、有时默默流泪，还有几次高声呐喊，现在回到单位半年了，只要一闭眼睛，村里的山、树、湫水河，还有父老乡亲，全都像电影一样一幕一幕浮现在眼前，一直不能安下心来投入工作。

多处请康世海去做报告，他做了个工作总结，认为第一书记和驻村干部只要做好 12345678910 就可以，觉得有趣且有道理，故择要如下——

一就是一种精神，即傻子精神。要么就不要去做，要做就要干出个样子，就不能斤斤计较，而且还得要吃亏，也就是别人认为的"傻子"。前几天《榜样》第四期的西辛庄党支部书记李连成，人称"吃亏书记"，他就是地地道道的"傻子"。他有一句名言就是：只要我这个党支部书记一直吃亏，西辛庄就不会垮下来。扶贫更是如此。如果你一进村，不想吃苦、不想受累、不想破费，怕吃亏、怕脏、怕身子疼，我劝你趁早回原单位吧，时间越长，名声越不好听，负面影响越大，不仅对你自己不好，也有损单位形象。两年来，我从扶贫补贴中拿出资金近5万元，用于村里扶贫的各个方面：救济老人、看望困难党员和患病的党员干部、群众、给党员过生日、举办活动发放礼品等等。如果等到你申请的资金批下来，什么事情也做不成，黄花菜也凉了。你吃的亏越大，做的事情就越大，群众的凝聚力就越大，群众满意度就越高。当然了，这里说的"傻子"，是大智若愚，是人民群众的傻子。

二是两句话。记得在我任职第一书记前，分管我们的省委副秘书长毛益民问我："怎样当好第一书记？"我愕然了。他给了答案，即：当一个好农民、当一个好村干部，为省委办公厅这块金色招牌增光添彩。他说得太好了。当一个好农民有二层意思：一是和村民打成一片，二是掌握一些基本农业知识和技能。当一个好村干部也有两层意思：一是能得到大家拥护的，群众基础良好的，农民中的佼佼者。二是要有领导能力、谋划能力、办事能力和号召力。为单位增光添彩也有两层意思：一是你的一言一行代表着单位的形象，二是工作必须出成绩，最起码不能落后，必须争这口气，别让人小看。

三是三心。即：真心、细心和恒心。我一进村，村民都认为我年纪大了，来了就是混日子，走走过场，什么事也不会去做，大家谁也不理会我。我从他们的表情和眼神看出来的。记得在2017年年底10多个贫困户，大多是60多岁的老人，凑了105元，要给我拜年，我流泪了，现场的人都为之动容。我离任时贫困户拿着一袋袋花椒、玉米、香菇、鸡蛋，送到我的住处。说明他们把我当自己人了、当作亲人了。细心就是观察贫困户要细心，做工作要细心。有的贫困户是假贫困，想套用国家扶贫资金，不要被他们蒙骗了，心里要有数。对老百姓必须讲诚信。我提议村委大院每周一早上7点举行升国旗仪式。

为了践信，我推掉一切事务包括妻子生病、孩子、亲朋好友的事，刮风下雨、下雪也回村兑现这份约定。记得几次冒着大雨回到村里已经凌晨 2 点了，40 分钟的路走了 4 个小时，还有几次冒着大雪乘火车到吕梁，租车回到村里已是三更时分，天黑路滑，几次跌跌撞撞险些滑到山沟里。就一个信念：周一早上和大家一起升旗。说话算数，雷打不动，红旗升起，诚信确立，人家才信你。

四就是"四来"，党组织建起来、规章制度建起来、群众内生动力激发起来。贫困村党组织名存实亡，杂草丛生，大门锁锈，党员观念淡薄。村里工作一团麻、一锅粥，无利的事谁也不管，有利的事谁也不让，有麻烦事，大家踢皮球、打乒乓球、打太极；有好处的事，大家你争我夺、尔虞我诈、打得头破血流。所以，我们先要把党组织阵地建起来，让党员干部有一个能活动的温馨的家。必须先建立起各项规章制度，分工负责，用制度管人，规范工作程序，做到事事有人做，人人有事做，谁的事谁负责，奖罚严明。习仲勋同志说过，群众就是一堆干柴，把它点燃起来，就成熊熊大火。第一书记和村委班子带头、吃亏，开展阳光村务工作，一切工作公示公开，严格按照规矩办，禁止暗箱操作。临县 465 名第一书记去林家坪为期两天参观学习；宁武县组织部长贾建宁带领 23 个乡党委书记观摩学习。

五就是扶贫五字真经，即：静、劲、精、敬、景。正如《大学》里讲"定而后能静，静而后能安，安而后能虑，虑而后能得"。"静"的意思是安静，静下心，沉下心，心无旁骛，聚精会神，慎重思考、稳扎稳打。农村条件比想象的都差，许多村民思想观念低下，村风民风不淳不正。先让浮躁的心情静下来，让好高骛远的理想低下来，让激情澎湃的冲动冷下来。放下姿态，扑下身子，带着感情和村民真心相处，切不可认为自己是从省城机关下来的，指手画脚，口出狂言。

必要时还得"讨他们欢心"，给点"小恩小惠"，用些"小策略"，村民很淳朴、单纯、实在，只要你能让他们得到实惠，他们就会把你神一样尊重。

我刚进村为了尽快融进村民，取信于民，做了不少惠及民生的好事，为我和林家坪村民建立深厚感情打下了坚实基础。"劲"的意思就是干劲、闯劲、傻劲、巧劲，一鼓作气有奉献精神。孟保奎就是一个鲜活的例子，他能沉下心来，扎根山村，甚至把年幼的孩子带到村里，和妻子一起并肩顽强地工作，这是一种什么拼命精神呢？听到或看过他的扶贫故事的人，无不为之感动，无不为之敬佩。他不仅有很大的干劲，而且还有可爱的傻劲。还有碛口镇寨则坪村第一书记杜亮姝，她是一位女同志，30 岁刚出头，也是全省模范第一书记，还是全国妇联十二大代表。她每月工作时间都在 25 天以上，为了村民的事风风火火，到处奔忙。"精"的意思就是精心、细心、匠心、精品、精准、精益求精、一丝不苟、小心谨慎。

以林家坪村为例，我用绣花功夫打造出林家坪村党建品牌，一个闪亮商标就是"精神富民文化强村"。"敬"的意思就是尊敬、敬重，有礼貌、低调做人、谦虚谨慎、原则性强、遵纪守法、以身作则。不论和村民相处，还是和村干部相处，一定给足他们面子，求同存异，多包容他们，多从自己身上找差距。俗话说"谦受益，满招损"，《易经》的 64 卦中，唯有"谦"卦六爻都吉。拿杜亮姝书记来说，成绩和光环一个又一个接踵而至，她总是笑着说："我的命好，也很幸运，是大家帮助的结果，身边的贵人多。"李青云书记也是这样，大家夸他时他总说："我做得还不够好，不如孟保奎书记和王城乡书记呢，只是自己机遇赶得好罢了。"我也是这样，当大家夸我党建品牌做得好时，我总是说："林家坪村的党建品牌不算什么，它只是省委机关幼儿园党支部的一个延伸部分，如果大家要看看真正的党建品牌，就来省委机关幼儿园参观。"低调做人，慎独慎微。做到"敬"很重要，忽视了它功亏一篑。

"景"的意思就是风景、成绩、榜样、口碑、欣赏他人、成人之美的代名词。每一个第一书记都身怀绝技，有闪光点。拿五台县团城村吕文忠书记来说，他两次连任两个村（上庄村和团城村）的第一书记，重阳节自费租用大轿车拉着三四十名孤寡老人进城洗澡、理发，老人们都感动哭了。他组织村民做手工饺子，往全省所有高速公路服务区配送，稳定增收，既解决就业，又为村民增加收入。他当兵时就用自己津贴收养一名孤儿供到上大学，这种大爱大德有谁能比呢？但他一直默默无闻，任职第一书记4年，没有拿过一个奖项，但老百姓口碑非常好。谁敢说他不优秀？还有临县李家塔村第一书记李云峰，也是不求名利，甘于奉献，任劳任怨为村民办了许多好事，成为湫水河畔一道美丽的风景。

人类是景感生物，望景生意，望景起兴。（康世海继续举例）还有五台县北文西村第一书记王丹、临县双塔村第一书记刘小艳、临县杨家山村第一书记薄晓江、壶关县迎乐村第一书记任锐、临县白草村第一书记赵鸿杰、临县李家坡底第一书记王城乡等等。当我们变成了别人眼里的风景时，就应该冷静下来，多思考、多总结、多提炼，把实践经验和工作方法总结出来，让更多从事农村工作的人少走弯路，一届接一届，真正实现全面振兴乡村的重任。

六是六种能力，即调研能力，领导谋划能力，监管能力以及做群众工作能力，自我管理能力，协调、总结、宣传能力。记得2017年年底，我听一个村干部说，有一个自然村的党员过了年准备去太原上访，组织者是一个近80岁高龄的老支书，原因是对前一任村书记的一些看法。我得知后，先把一位和我关系好的党员叫过来，详细询问情况，又把村书记和村主任叫过来，印证一些反映的情况。整个事情的来龙去脉都了解清楚后，我就先散出一些风声，一是说过去的这些事情正在调查研究中，二是说党员带头上访要有真凭实据，我知道他们没证据，只是道听途说，否则要问责，三是说聚众集资上访是违法的，有意见可以通过正当渠道解决等。之后，我就看看动静，看看风向。等到一过春节，利用闹元宵这一节日，我参加了他们的闹元宵活动秧歌队，还给他们赞助了 500 元。活动结束后，我通知全村 20 名党员来老支书家里吃元宵，元宵我已经提前买好了，上党课。吃完元宵后就开始上党课，先让大家重温党员的权利和义务，我详细地讲解党员的八条权利和八条义务，让大家对照自己言行进行逐个发言。事后大家都认识到自己的错误，一场蓄谋已久的上访事件化解了。

半年后，老支书和我说，明白了我的良苦用心了，大家都非常感激我。

两年扶贫当中，我经常和一些战友讨论，不仅要用心用情用力，还得用智，学会智慧扶贫，学会通过用一些方法达到扶贫的目的，比如借力、四两拨千斤、事半功倍、以点带面等方法，开动大脑，运用科学的方法解决扶贫的一些问题，既省力又效果好。智慧扶贫其中有巧妙协调、善于总结、适宜宣传等，一个事情成功与否关键在于前期协调效果好坏，巧妙协调是一种本事，化腐朽为神奇，化干戈为玉帛，不战之胜，善者善者也。总结能力也不容忽视，边工作边总结，每工作一段时间后就进行总结，每做完一件事后就进行总结，养成这个习惯，你就不会漫无目的地不抬头地工作，总结出自己独有的成果，可以受益终身。

七是指扶贫的七个方面，即：党建、产业、乡风、民生、基础设施、乡村善治、文化。党建很简单，第一个比方是，如果把村民比作是一块块砖的话，党建就是根基，根基夯实了，这栋大楼就能高耸入云，稳如泰山。第二个比方，如果把村民比作一粒粒珍珠的话，那么，党建就是穿起这些珍珠的那根柔软坚韧的线，党建做好了，把它串起来，就是一条美丽的项链。第三个比方，如果把村民比作是南飞的大雁的话，党建就是领头雁。乡风文明渐渐提上扶贫工作日程了，大家逐渐地重视了。让村民感受到幸福生活。基础设施是指做好村里路、上下水管道、电线电缆、公共设施、植树造林、美化环境等等。乡村善治就是做好乡村的有效管理，村民、财产、公共设施、房屋、宅基地、乡村企业、产业、庄稼、医疗、养老上学、维稳治安、教育等管理工作。文化建设就是营造适合该村历史的文化氛围，留住乡愁，成为这个村的一个符号，引领全体村民向善向上，不断建设好家乡。

八是八大员，即党的政策宣传员、村民事务代办员、组织建设督导员、矛盾纠纷调解员、党建工作指导员、产业发展服务员、村情民意调查员、创先争优示范员。这八大员要求每一位第一书记和驻村干部都要做到，也是我们的具体工作职责。

九是学好九门功课，完成脱贫攻坚任务。即：政治、语文、数学、物理、化学、几何、体育、医学、生物。用"语文"脱贫攻坚。众所周知，扶贫先扶志和智，治贫先治愚，都需要一定的语文基础知识，没有深厚扎实的语文基础，这些扶贫工作是做不好的。所以，要加强学习语文基础知识，推动脱贫攻坚步伐。用"政治"脱贫攻坚。提高政治站位。"打铁须得自身硬"，充分利用"政治"这一利刃撬开脱贫攻坚的顽石。用"数学"脱贫攻坚。精打细算，帮贫困户算账、记账、核算收入等，会算全村贫困发生率，会谋算扶贫资金使用率，花好每一分钱，等等。我们的口号是：体重与贫穷同减，头发与贫困齐脱。第一书记或扶贫干部乘以村支两委乘以党员干部乘以全村非贫困户乘以社会各界资源的帮助再乘以各级领导的支持等，就形成一股强大的脱贫力量。

用"几何"脱贫攻坚。几何内容包括两点连线、以点带面、三位一体等。我们村的香菇种植业，经过一年多的摸索、运转，基本收入稳定，带动44户贫困户脱贫。紧接着我们开始谋划孵化香菇酱厂、香菇罐头厂、脱水香菇厂和香菇干厂等，以此带动更多的贫困户脱贫。等发展稳定后，再发展种植、养殖业或其他产业。三位一体就是一个贫困村以主要产业为主，同时并存几个产业，它们统一在村委会领导下，壮大集体经济，稳定发展，振兴乡村。

用"生物"脱贫攻坚。是指种植、养殖和生态绿化三方面。种植食用菌、药材、农作物等，养殖养猪、鸡、牛、羊和鱼等。生态扶贫就是指退耕还林、植树造林、红枣提质增效等，充分利用国家的扶贫资金，达到脱贫目的。2016年退耕还林每亩补助300元，2017年红枣提质增效每亩补助200元。

用"物理"脱贫攻坚。物理的三大定律：杠杆原理、磁共振原理、能量守恒原理。杠杆原理就是指两方面内容，一方面是借外力撬动当地经济发展，带动贫困户，助推脱贫攻坚。磁共振原理是同频共同振动，带动群众振动，劲往一处使，共渡难关；另一方面是爱心传递和孝心宣传，广泛联系社会各界共献爱心，全力助推脱贫攻坚。能量守恒定律也是两方面内容，一方面是指脱贫后的贫困户，加强巩固发展，做到能量守恒，防止返贫；另一方面调整好产业结构、贫困户与非贫困户比例，还要调整好公共资源配置、国家惠民政策等，以此达到能量守恒。

　　用"化学"脱贫攻坚。充分利用当地资源，变废为宝。有的地方有丰富地热资源，有的地方有矿产资源，等等，在国家政策支持下开发出来，脱贫攻坚就不成问题了。比如林家坪村有丰富的地热资源，因为含硫太高久久不敢开发。通过咨询专家可以进行脱硫，开发温泉养生度假村，和碛口旅游区、南圪垛红色教育基地连成一片，带动全村经济发展。还有湫水河，近些年来，由于污染严重，宝贵的水资源造成浪费，能否通过高科技处理，过滤净化再利用，发展养殖海鲜、灌溉、洗澡等项目。

　　用"体育"脱贫攻坚。发展体育运动，增强村民体质，多锻炼，少得病。运动会、跳绳、乒乓球、羽毛球、篮球、跑步、拔河等，避免因病返贫的可能，助推脱贫攻坚步伐。用"医学"脱贫攻坚。医学扶贫主要是指"一治"和"一养"。"三保险三救助"、五道保险、免费体检、三个一批、两个免费、一站式服务等。另一个方面是养生知识，健康饮食、起居习惯。

　　十就是十全十美圆满完成扶贫任务。

　　康世海是个善于动脑筋的人，而且是个明白人，知道农民身上的缺点，农民身上的缺点其实也是人类身上的缺点，他总结得很实在，有相当的技术含量和可操作性。很可以作为第一书记的工作指南，故择要录在这里以备扶贫人不时之需。

　　还有一点让我感慨的是，大同出生的康世海，生活在太原的康世海，以及临县林家坪村第一书记的康世海，在文中压根儿就没有提到煤，而大同、太原、临县，都是产煤的地方。似乎煤在山西人嘴里谈论的热度明显已经下降，我以为这是一个非常可喜的现象。

情　感

调寄八声甘州（新韵）

乐平安夜圣诞开心，逍遥我们村。恰时光海运，宇航船近，舱睦芳邻。伊马槽耶稣始，普度释迦临。穆罕默德起，儒道机深。

俱乃不忍民瘼，欲消天下病，觅灸寻针。志陋禽养味，学浅兽生金。勿纷争星云遗粪，斥新韵填入大萧森。风流蕴、乾坤追问，永地球春。

清明前，大地忽然变得郁闷，而且明显失语，让人无所适从。万木之中，只有松柏的族类，还悠然绿着，但也绿得十分勉强并苍郁了。但长满狗牙根小草的草坪，远远望去，竟然已经绿意盎然。走近细看，绿色还萧索，枯黄的颜色还笼罩着油绿。这景象让人想起很应景的一句诗：草色遥看近却无。朦胧的草色不会永远停留在早春，一切都将在时空运动下变得分明。造化是不可逆转的。转眼就到了清明。2020 年的清明节，注定是个令人黯然神伤的日子。国务院号令对抗击疫情去世的人与烈士实施全国公祭。虽然太原看不到天安门广场降半旗的现场，但可以听到太原拉响汽笛声和防空警报声，还有汽车喇叭声。依照《中华人民共和国国旗法》规定："发生特别重大伤亡的不幸事件或者严重自然灾害造成重大伤亡时，可以下半旗志哀。"这个仪式郑重、庄严、肃穆，它是人民意愿的体现，更是法律的要求。对逝者的尊重，对生命的敬畏，从来都是一个国家与民族需要捍卫的准则。

我有感而撰写了一则挽联：清明节默哀，杏花纷落如雨，长城内外，旗帜与头脸低垂。国祭日追思，桃花艳若冰霜，大江南北，笛声共警报齐鸣。

上文刚说过每周一坚持升旗仪式的康世海，今日，又逢国家悼念新冠病毒肺炎逝者与烈士的降半旗追思祭礼，一面旗帜呈现多种姿态，佐证了社会文明的无所不在。有网友说，每一个烈士背后，都是一对孤儿寡母和破碎的家庭，他们承受的苦痛，时间比我们长，心比我们痛……其实我们每一个人，都没有好好想过，在今后漫长岁月里该如何对待他们的家庭。照顾好烈士家属，是我们对烈士最好的慰藉。信然。想起前两天孟永华教授发给我的一篇《扶贫缘，战友情》——第一书记群体为吕文忠患癌妻子捐款纪实，就是一个活生生的例子。

　　2019年7月5日早上八点半，孟永华收到康世海来的短信：刚得知，吕文忠书记遇到大困难了，咱们是否号召第一书记关心帮助？下面是他发给我的微信："我老婆乳腺癌做手术了，在辽宁葫芦岛市解放军三一三医院请的北京专家过来做的，现在刀口刚愈合，下个星期准备化疗放疗。扶贫4年，家里3口人得癌症，岳父胃癌，岳母胰腺癌，都是大手术，岳母去年正月刚去世，今年老婆又发现，老人没儿子，全靠我顶着，真是没办法。"

　　吕文忠2003年5月从部队转业到忻州高速公路公司工作，2013年被评为山西省道德模范。2015年8月，主动报名，被选派到大同市天镇县玉泉镇葛家屯村任第一书记。"富路纵横，思想先行"是吕文忠来到葛家村任职提出的8个字，近一个月时间走遍全村208户贫困户，通过"身在民中、民在心中"的暖心活动，让群众真正感受到了党的温暖。中秋、春节前自己拿出个人工资2000余元购买慰问品看望村里困难老党员和残疾群众。在葛家屯组建了一支娘子军威风锣鼓队，商铺开业和婚庆典礼邀请演出，每次每人能得到近百元的收入。又组织妇女成立了手工饺子合作社，打造"边城饺子"品牌，打入山西56个高速服务区。吕文忠同志的事迹在第一书记群里广为传扬。

2018 年 7 月，又被单位派驻五台县。

晚上，孟永华微信吕文忠，向他表明了大家想帮他的心意。正在焦头烂额万般无奈之中熬煎的吕文忠苦涩地这样表示："真的不想给大家添麻烦，主要没医保全是自费，我自己想办法克服困难吧！前几天回忻州亲戚给凑了 1 万多，五台东雷乡党委倡议乡干部、扶贫干部捐了 10400 元，化疗费用还低点，放疗每次就快 1 万，放疗化疗 6 次差不多得 10 万，老家哥哥姐姐也都在给我想办法，做手术我家里钱就花完了。单位 3 个月没发工资了……"

孟永华立刻与康世海、省自然资源厅原派驻岢岚县阳坪乡工作队长仇海涛、忻州市公路局派驻五台县建安乡张家庄村第一书记路海源、省检察院派驻壶关县五龙乡迎乐村第一书记任锐、省商务厅派驻右玉县右卫镇下元村第一书记姚振华等商量，一致决定发动第一书记捐款帮助，同时用水滴筹的方式，发动社会力量帮助。晚上 10 点 30 分孟永华把和吕文忠沟通的截图发到蔡家崖论坛群并发出倡议："战友们，吕文忠书记遇到困难了，希望大家一起来帮助他渡过难关，坚强的吕书记，遇到困难也不愿麻烦大家，默默地扛着，真是铁汉子！"

"一人有难，大家帮助，扶贫战友，情义无价！"仇海涛马上带头发出第一个红包。"顶起！顶起！相亲相爱一家人，我以实际行动支持吕书记！"乡宁县农委派驻枣岭乡神底村第一书记杨宗鹏也立刻响应，随之发出红包。大同市委讲师副团长、大同市脱贫攻坚指挥部宣传组组长、原派驻阳高县侯官屯村第一书记兼工作队长王玉梅也马上发来红包，省地震局派驻五寨县杏岭子乡工作队长孙景慧呼吁"大家帮助，共渡难关！"。姚振华书记也助威："一方有难，八方支援！"仇海涛代表吕文忠和发起者连连致谢："谢谢大家"！快午夜 12 点时，山西中医药大学派驻临县清凉寺乡大石吉村第一书记马秋香，省发改委派驻代县阳明堡镇下官院村第一书记刘文澜，山西出版传媒集团派驻五寨县梁家坪乡阎家洼村第一书记王帅，吕梁市供销社派驻临县清凉寺乡青条山村第一书记方雪峰，省教育厅派驻方山县麻地会乡大西沟村第一书记崔亚丽等纷纷发来捐助红包。6日晨3点50分，原省农科院副院长周运宁，5点30分，吕梁会计学校派驻石楼县龙交乡王家沟村第一书记吕浩江，6点50分，省公共资源交易中心派驻和顺县李阳镇菜地沟村第一书记李宏波，陆续发来红包和祝福语。

"尊敬的各位扶贫战友们，"7点20分，吕文忠在辽宁省葫芦岛市医院，写下并发出了感谢信，"我叫吕文忠，是山西交控集团派驻五台县东雷乡团城村第一书记兼工作队长。自从2015年8月受党中央号召加入脱贫攻坚战役方队4年以来，我的坎坷一个接一个。真没想到我所驻村的贫困户每年递减脱贫，我自己却成了贫困户。2014年5月，岳父发现胃癌手术。2016年10月，岳母胰腺癌大手术，去年正月去世。今年5月，我妻子确诊又是乳腺癌转移腋下淋巴。岳父岳母没儿子，我老婆没工作，家中四口人，养女上本科大学，儿子上初中，去年又收养一女儿正在哺乳期。所有的经济来源都靠我一个人的工资负担和顶大梁。昨晚跟孟教授聊完我妻子病情和自己的困境就睡着了。刚才醒来看到大家红包爱心捐助，我们全家真不知怎么感谢大家为好。真没想到在我最困难时刻，战友们都慷慨解囊帮助我，我们全家在辽宁省葫芦岛市医院谢谢大家了。战友们的这份爱心，不仅是对我们全家面对困难和坎坷的鼓励，更是对我今后扶贫工作的鞭策。我一定不辜负大家希望和祝福，尽快把我妻子病治好，早日回到扶贫岗位，一如既往干好自己的扶贫工作，为贫困人民服务，以优异的成绩回报和感恩大家的这份关心和爱心。再次谢谢亲爱的战友们！谢谢大家！"

透过字里行间我们可以想见一条铮铮铁骨的汉子，在骨感的现实与丰满的柔情面前苦苦挣扎。他在与孟永华通话后，竟然力不能支地睡了过去。他醒来时，发现手机已经被如雨的红包和滚烫的话语刷屏了。悲苦的心刹那间被温暖和爱浸没。他哭了吗？只有他自己知道。

"吕书记不必见外，我们和你在一起！"宁武县委宣传部派驻凤凰镇柳沟村第一书记陈玲马上回应。素不相识的黑龙江省双鸭山市商务局派驻尖山区二马路春城社区第一书记周汉玲写道："请吕书记收下心意，祝爱人早日康复，困难是暂时的，你的战友会永远和你并肩战斗！"与吕文忠战斗在一起的定襄县电视台派驻五台县北文西村第一书记王丹写道："我和我们乡镇的捐款早先已转给吕书记，一方有难八方支援，何况还是我们自己的战友，大家还可以再号召一下身边的人，愿嫂子早日康复，吕书记顺利归队！"还有第一书记杜亮姝，兴县派驻蔡家崖村第一书记贺建军，长治市上党区扶贫办牛志业主任，山西农大派驻代县聂营镇西段景村第一书记邢晓亮……红包在群里不停地发，暖心的文字不停刷屏，吕文忠都看到了。

"兄弟姐妹们，我们是团结暖心的集体！吕书记加油，嫂子加油！"透过李宏波的文字能够听到他饱含感情的声音。方雪峰急巴巴地说："孟书记用'水滴筹'，我们在各群转发，为我们战友筹款，人多力量大，我忙得没顾上关心吕书记，还以为好了呢。"正在医院陪同住院父亲的浑源县派驻王庄堡镇东庄村第一书记高超发来红包："文忠书记加油！近日老父亲胰腺癌晚期，我也在医院一直陪着，献上一份绵薄之力，一起与病魔作斗争！人到中年，责任感、使命感越来越强，必然经历这样的事情。愿文忠书记坚强，愿我们每一个扶贫战友坚强！"

扶贫人也是血肉之躯，并非是铁打铜铸，他们与贫困户或是寻常人一样也有自己的困难和烦恼，只是不说而已。他们也有马高镫短捉襟见肘的时候，他们在帮扶他人之时也有需要帮扶的时候，但他们并不想四处张扬，而是先在惺惺相惜的同类人中寻求帮助和理解。

扶贫人是心连心的。山西省城学雷锋志愿团总团王素娟团长边发红包边赞叹："真情帮扶，温暖人心，优秀的第一书记们真棒！我们一起加油！"扶贫扶出关节炎的省安全厅派驻岚县王狮乡长门村第一书记许跃红这样激励他说："吕书记，谁都会遇到各种困难，困难不可怕，你是男人，更要给弟妹加油啊！一定会好的！"从事扶贫工作近20年的中科院山西煤化所派驻天镇县谷前堡镇白羊口村第一书记丁增平说："文忠，坚持！挺住！共同面对吧！尽一点力量吧！"周运宁老院长再次发声："吕文忠书记，你是我学习的榜样，家庭连续发生无情天灾，你仍坚守扶贫攻坚第一线，克服自己小家困难，奉献爱心大家扶贫。我们共祝您尽快走出阴霾，妻子及家人尽早康复，你是共产党的优秀代表，我衷心祝福你一切顺利安好！"

到早上8点40分已有30位战友、朋友捐款5000元，还有不少战友直接向吕书记慰问和捐助。8点45分，周末回到家忙着看孩子的省焦煤集团派驻兴县蔡家崖村扶贫工作队长石坚忙里偷闲发来红包，太原市市场监督管理局派驻娄烦县盖家庄乡万子村第一书记张杰："文忠书记，加油！我母亲也是今年2月份诊断为癌症晚期的，后来在山西肿瘤医院得以救治，目前为止恢复正常，你如果需要做手术，请联系我，山西肿瘤医院我能给你联系。加油！坚强与我们同在！"孟永华感慨："火热的心，真挚的情，咱们扶贫人真的是社会的中流砥柱！"

大家都直接面对吕文忠。中央和国家机关工委派驻宁武县阳方口镇河西村第一书记李晨宇也加入捐助："祝福吕书记！祝家人早日康复！"姚振华书记对捐助情况还不满意，说："孟教授，后面还会有，有的同志可能忙得没顾上看手机。凡是过往的同志肯定会出手拉吕书记一把的。"一位战友误抢了捐助红包，道歉重发后又被误抢没有退到群里，火烈性子的崔亚丽书记直接盯住，质问那位是谁？"我看到群里没吭气！"孟永华赶忙解释已经私发给他了。上午9点钟，孟永华在群里报告了一晚一早捐助情况，并通报康世海、路海源、任锐正帮助筹划水滴筹。正在和顺县菜地沟村紧张地准备迎接国务院考核的李宏波马上反应："水滴筹出来，赶紧发啊，我使劲转！我的朋友圈1000多人，微博10万粉丝，热心人可多了！加油！"

上午10点钟，忻州市粮食局派驻五台县沟南乡马家庄村第一书记刘晓波向大家报告好消息："助力吕文忠，我们五台第一书记已经开始接力！"18位战友、朋友捐助2500元。上午10点30分到11点30分，13人捐助3700元。11点30分到下午3点30分，又接到捐款2859元。

方雪峰书记还在催促："路书记、康书记、任书记水滴筹快点出来，吕书记是我们学习的榜样，我们要让有爱心的人得到社会的关心和关注，更需要社会上关心我们扶贫战线上的每个人！"平时在群里不多说话的省科技厅派驻汾西县邢家要乡后加楼村杨静书记悄悄转账给孟永华1000元，一直开展公益扶贫的峰之源小毛驴商城的张小龙经理也主动加入捐助队伍。牛志业发了朋友圈，有朋友捐给她，她又转给孟永华。仇海涛也陆续转来发给她的捐款。

省扶贫办叶明威、李良库、车海兵、陈建雄纷纷捐款。车海兵发出由衷的感叹："扶贫人不容易，不能让他们流汗流血再流泪。"撰写脱贫攻坚报告文学《掷地有声》著作的省作协副主席鲁顺民、中共山西省直工委组织部程晓彬副部长、朔州市委组织部的王津梁主任等人也捐了款。省法院原派驻浑源县大仁庄乡清水沟村第一书记杨如珍捐赠并感言："吕书记非常敬业，非常优秀，大家齐心协力，帮助他渡过难关！"白发苍苍的中央党校派驻云南墨江县雅邑镇坝利村第一书记赵广周也发来了红包和祝福。太原市财政局派驻娄烦县天池店乡陈家庄村第一书记段健彪发来捐款并赋能："虽然我们素未谋面，但我们都是亲密战友，我们有一个正能量和团结的团队，在大家的共同努力下，愿战友克服困难，一定能好起来！"

6日晚上8点30分，以"传递爱心，请帮帮扶贫第一书记"为标题，筹款10万元的水滴筹终于通过。晚上9点钟，第二波高潮来了，第一书记们的捐助方式主要转到水滴筹上。孟永华把水滴筹转发到蔡家崖论坛群："战友们，我们经常为贫困户捐助，今天，扶贫的驻村干部吕文忠家里遇到困难，希望大家施以援手，助他渡过难关。希望大家转发。"

甫一发出，陈玲书记马上实名转发，仇海涛也很快转发！并在转发时配上了煽情而真实的话语："帮我们的第一书记吕文忠渡过难关吧！为了百姓增收，他在大同葛家屯村创立了'边城饺子'、组建了威风锣鼓，老百姓增收脱贫了，他又转战忻州市五台县团城村，如今老人和妻子先后患病，我们也帮帮这位曾帮助过许许多多老百姓的第一书记吧！"

第一书记冯毅转发时说："自从有微信以来，我从来没有在朋友圈发过消息，这是我第一次在朋友圈发信息，是为我们一位战友！每一位苦干实干的脱贫攻坚战友们都有故事，都有一部心酸史。文忠书记是非常优秀的第一书记，请大家帮他渡过难关。谢谢大家！"他把水滴筹转发到河曲县第一书记群："各位战友，大家晚上好！打扰大家了。我是南也村第一书记、党支部书记冯毅。我即将开启脱贫攻坚第三个任期。在脱贫攻坚工作中我们都锤炼了党性，牢固了大局意识，坚定了担当意识。文忠书记是非常优秀的第一书记，希望大家能够帮助他渡过难关，谢谢大家！"鲁顺民主席在微信里为冯毅献上了3朵"鲜花"。

吕文忠书记所在五台县东雷乡团城村的村民也参与了转发并言之凿凿地证实说："真人真事儿，我们村的扶贫第一书记，大家多帮忙！"团城村小名五丑、大名白五康的村民发微信说："亲人们早上好，早些日子听说咱村驻村书记吕文忠老婆病了，但不知病得如此严重。最近老吕无奈发起了水滴筹。大家也知道，老吕是一个多么刚强爱面子的人，不到困境是不会筹款的。相信大家和我也有同感，老吕在咱村的作为大家有目共睹。不是亲人胜似亲人，真是相见恨晚。现在这个世道像他这么踏实的人已经不多了。希望大家能帮他一下。"

看到这个截屏时，鲁顺民不由得也为之感慨说："国家援助之手伸向乡村，百姓有归属感。世上没有中国这样好的老百姓。"也再次证明我在前文所说的"社会人和生态人原本就是一个共同体，以城市人的心去换农村人的心，农村人有了城市的意识，城市人有了乡村的情结。不仅仅是城里人跑去改变农村，也是村里的贫穷在改造城里人。城市人和乡村人天天混在一起，你焐着一个村，一个村影响着一个你，这种交互式的长久交流，就算是石头，也会被焐出温度，孵出几只小鸡来。这个小鸡注定会伴随交互者双方剩余的一生"。

省水利厅派驻临县曲峪镇柏岭上村第一书记岳玉文转发并特别予以渲染："曾经的道德模范，优秀第一书记，听说今年过年，他回老家甘肃，在天水捡回来一个女婴！朋友们一边怪他鲁莽，一边给他发红包，他死活不要，他刚上大学的大女儿也是他捡回来的！可惜天不悯人，竟然遭受如此劫难，今天第一书记群里大家纷纷向他伸出援手，又帮忙制作了这个水滴筹，请有能力的朋友都他一把吧！"山西医科大学派驻宁武县迭台寺乡胡家沟村第一书记王志新坦言："加油，我转发了好多群，这次我豁出去了，不再矜持和不好意思转发。"他在所有群转发并直接给朋友私信转发，只为："和大家心情一样，希望早日能够筹够款项。"

忻州市交通运输局派驻繁峙县横涧乡河家窳村第一书记张天文转发并配文："他曾经是名军人，现在奋战在脱贫一线的第一书记，他献出自己的爱心，资助收养很多孤儿，由于4年驻守贫困村而对家庭缺失关爱，自己的爱人得了癌症，希望大家转发并资助他……"

随着滴水筹捐款人数的增多，捐款数额不断增加，路海源幽默地发微信说："回复爱心人士，眼睛疼啊！"9点30分，路海源截图显示已经5000多元；10点，仇海涛截图显示8493元，到10点40分，就超过20000元了。王志新书记信心满满："过2万元了，明天继续努力！"

康世海在蔡家崖群里发了报道吕文忠事迹的《新华视点——重回大山》《山西经济快讯——山里娃：第一书记吕文忠》，他"希望大家把吕书记的事迹和水滴筹同时发出，让大家更加了解这个应该帮助的人"。零点整，路海源截图通报已经3.6万元。王帅转发来希望出版社孟少勇社长的捐款。零时40分，热心的马秋香再次现身："已转朋友圈并再捐助。看朋友圈，其他朋友们都在转发，正能量，点赞！"凌晨2点，省农业厅派驻临县扶贫工作队大队长李惠芳还没有休息，转发并积极捐助。康世海发微信赞曰："一个热血军人，一个全国道德模范，一个群众喜欢的扶贫干部，一个优秀第一书记，视群众为亲人，视他乡为家乡，舍小家为大家，两任第一书记帮助群众脱贫致富，成为群众的贴心人。我自从去年创作《第一书记》歌曲与他相识，为他的人格魅力和战天斗地扶贫精神所折服。昨晚和他聊微信才得知他的恶劣近况，遂和孟永华、任锐商议帮吕文忠渡过难关的办法。今天一早，看到全省许多第一书记下红包雨，自愿捐款，帮助战友，很是感动。第一书记贫困谁来扶？真心希望有爱心的朋友，伸出温暖的手，帮助这个曾帮助贫困群众脱贫而自己却成为贫困户的第一书记……"

7日晨6点，方雪峰发来"吕梁扶贫"的一个截图："虽然他不是吕梁扶贫干部，但是天下扶贫干部是一家人，我们不帮谁来帮？如果摊上这些事的人是我们，也许今天求助的就是我们自己了。明天，我们吕梁扶贫将在自己的平台转发这篇求助文章，尽我们所能帮助这位第一书记。而且我们承诺，只要是我们扶贫干部遇到这种事情，我们也会竭尽所为你们奔走呼号，为扶贫干部撑起温暖的港湾。爱心接力，从你我做起，举手之劳，何乐不为！"

转发就是帮助，人品就是信义。"僧念镇第一书记工作群"邢洪敏书记说："裴小亮：你说话，你作证，一个字：捐！"早上7点10分，仇海涛截图，兴奋不已：5万了！康世海发出3个有力的臂膀图图。孟永华高兴万分："今晚应该实现目标了，战友万岁！让社会各界知道这世界还有这么好的干部，有利于改善人们对干部群体的一些不正确认识。"康世海书记又发出《第一书记》歌曲宣传片，动情地说："让我们一起重温我们的歌曲吧！""总书记的口号是：消灭贫困，不落一人！我们第一书记的口号是：互助共进，不落一人！"清华大学博士舒全峰也发来信息："已尽绵薄之力，祝愿吕书记爱人早日康复！"崔亚丽感慨："蔡家崖群，我众多微信群中最温暖的一个。"杨静煽情："古有保家卫国，今有脱贫攻坚，战友相逢不相识。请少喝一杯酒，少抽一包烟，捐点钱给这可怜的第一书记！他在下乡扶贫的四年里，欠家人太多了。帮助他留住家人，能回家多陪伴家人，不要流血流汗再流泪。"

9点24分，金额显示82220元，40分钟就接到捐助1万元！9点58分，截屏报告金额达到89400元，再有1万元就实现目标了！邢晓亮激动地说："这么短的时间，这么快的速度，这么大的金额，这么多的转发，这么多人关注，也是创造了水滴筹的奇迹了！"杨宗鹏深受触动："证明两点：一是我们这支队伍是值得信赖的。二是群众对我们这支队伍也是信赖的。"10点59分，金额已经达到99798元！孟永华欣喜万分："差200就10万了！大家真给力！"11点整，路海源截屏："100055！3136人次帮助，629次转发！您关心的大病患者已完成筹款！"一场传递大爱的水滴筹，不到15个小时，就完美收官！水滴筹操盘手路海源发出战报："7月6日20点26分至7月7日11点，经过14小时34分、3136人次的爱心捐助，吕文忠书记的滴水筹爱心筹款10万元，已全部到位，捐助系统即将关闭，待吕书记提供了相关佐辅资料，即可提现。感谢大家的关心帮助！感谢所有爱心人士的真情大爱！感恩扶贫人团队的抱团取暖精神！从此，扶贫的路上永远充满温暖与感动……"

"十几个小时筹到了10万，我们，没有什么做不到的！"陈玲感动连连。刘国香也是"太感动了！"。大家激情爆棚，蔡家崖论坛群里，激动的表情和文字一个接着一个："为扶贫人点赞！""这就是团队的力量！这就是爱的力量！""我们是一支温暖的铁军，咱们扶贫人有力量！""携手互助，大爱无言。""我们是第一书记，没有什么是做不到的，吕书记加油！""咱们第一书记有力量！""一天扶贫干部，终身扶贫情谊！""正能量的团队！""这样的精神令人热泪盈眶！""我们的战友们又打了个漂亮的胜仗！""为我们所有扶贫干部点赞！""是的！太感动了！太激动了！""感动中国的一个微缩版，证明做好人不吃亏，鼓励咱们继续做好人！"

此时捐助活动倡议者康世海说："替吕书记谢谢大家鼎力支持！"
并发出两首歌：《团结就是力量》《众人划桨开大船》，《第一书记》歌
曲的旋律已经再次在大家心中唱响……

窗外，清明节的半旗还在低垂，笛声和警报声却已消逝。

以上这篇纪实文章的作者估计是本次事件的组织者策划者孟永华，他恨不
得把所有捐赠者都写在文中，每段文字都炽热烫人，我做删节时，如同沸汤里
捞骨头，岩浆中寻石块，很是难为。难免挂一漏万，但没有伤筋动骨，还能从
中感受到第一书记情愫的血脉中激溅有声的喷发和涌动。春天真的来了，迎春
花和杏花都已相继开残，正是桃花盛开的季节。门前的早樱树和小区广场边上
的西府海棠都已经含苞待放。枯萎了一冬的草地上，又新生起茸茸的绿草。这
些小草属于禾本科狗牙根属，别名百慕大草、绊根草、爬根草。多用作草坪
草。我国黄河流域以南，新疆伊犁、喀什、和田等地多有野生。它们属于碧连
天的芳草，是大地的衣裳和春天的使者。它们最擅长的是安慰人的眼，滋润人
的心。在足球场还会被修剪整齐垫那一刻不停滚动的球形物，和不停运动着的
大脚们。它们不显赫，不尊贵，只是些普通的草本植物。我在一首五律新韵里
曾赞美这些以自己的身体铺陈大地的芳草：茸茸大地魂，姓字狗牙根。翠起诗
龙跃，青枯画虎蹲。茵茵濯肺怨，嫩嫩蹴国恩。古往匍于野，今仍是草民。

逝者已矣，生者还要继续活下去。窃以为，哀荣死者不如照顾好生者。不
仅是大疫之下会有逝者与烈士出现，任何一个行业、一项工作中，都可能会出
现逝者和烈士，在追思死者的同时，还要照顾好生者，这是大家都非常明白的
道理。所以我才会对这个因为扶贫而产生的水滴筹大感兴趣。这个新年礼物，
较之我在前一节写到的第一书记之歌，似乎分量更重。

窃以为其分量丝毫不亚于欧·亨利笔下所写的《麦琪的礼物》，两个故事

的主人公同样都是社会中普通的工薪阶层，虽然我们这些扶贫的第一书记，生活也未必拮据如《麦琪的礼物》中的男主人公吉姆，但都是国家工作人员。圣诞节夫妻俩为送给对方一件爱的礼物，吉姆忍痛卖掉了祖传下来最为珍贵的金表，而为德拉买了一套"纯玳瑁做的边上镶着珠宝"的梳子；德拉是为了自己的丈夫吉姆能有一条拴金表的白金表链，而不惜卖掉了自己最为珍惜的那一头瀑布般的秀发。他们为了双方的爱情都舍弃掉了自己最宝贵的东西，而为彼此换来的礼物却因此变得毫无用处。但夫妻间的爱却因此而熠熠生辉，感动了全世界所有的人。我们的第一书记并不富裕，他们在乡村帮扶八竿子打不在一道的贫困村民，水滴筹的对象也没有亲缘关系，没有一起工作过甚至素昧平生，只因为惺惺相惜，是否显得更加难能可贵？这种人类的崇高情感能打破各种樊篱而同频共振，这才是我们人类共性世界光明永恒的希望。

外国人的圣诞节类似中国的春节。如今世界上有许多外国人也开始过我们的春节，之所以如此，也无非出于中国人过圣诞节的心理吧？但我以为，还有一个原因是信息爆炸交通发达，使彼此间的隔膜缩水，填平了地域差别，拉近人与人之间的距离，使地球沦落成浩瀚宇宙间一个小小村落，使人类走出了国与民族的个性狭隘，人类共性得以解放和弘扬。近些年以来人为设置的民族疏陌与国家政见的阻隔正在络绎被瓦解并打破，世界各国与各族之间正在进行史无前例的大融会大贯通，虽然完全融合还有待时日，但已经是一种必然趋势，已经处于无时无刻不在进行的潜移默化中。有些人为设置的沟渠，渠虽然成了，水不到，或流向别处，也是枉然。一切都是水到渠成的。狭隘的爱国主义和逼仄的民粹主义正在崩解和融冻，天地间响彻着冰消雪解的声音。是好还是坏？好坏只是人的认知，自然从不理会人类自己设置的是非好恶，它只做必须和应该做的，从来不问该不该，或为什么要这么做。

个人是否愿意，是否喜欢，是否心中讨厌，都没有用。例如，当下，地球村里，五花八门的各国货币，正在从四面八方向国际化汇兑走来。这个金融汇兑的篮子，过去拎在美元的手上，后来添加了欧元，现在又添加了人民币。地球村村民的邻里之间，已经实现了货币流通，节日自然也会互相流通。世界人类文化和习俗的大交互和大融通，意味着一种新的人类生态现象和结构正在逐渐形成，这种人类的新生态是良性的也是弥足远大的，因为它是人类命运共同体的愿望，也是人类可持续发展的一个让人感到欣然的福音。这是不以人的意志为转移的。所以我国领导人才会大力倡导人类命运共同体。所以我认为这个因为扶贫人而产生的新年礼物，不仅属于中国也属于世界，这种情怀不属于一国一地，而是人类情感的荟萃。

千百年来，人类面对的有两个与生俱始、最为顽劣的敌人，一个是生老与病死，一个是贫穷和饥饿。生老病死是天然的成分居多，而贫穷和饥饿人为的因素居多。生老病死在科技与医药的日新月异下有所改变，人的寿命普遍得到了相应的延长。地球能养活的人口有限，贫富悬殊，加大了剪刀差，饥饿还在世界上肆虐。中国政府锐意脱贫攻坚消灭贫穷全民奔小康绝非一国一地对贫穷和饥饿的改变和努力，占地球人口七分之一大国的饥馑是可怕的，如果中国不能温饱有余，14亿人口向全世界进发去寻吃觅食，那就是世界的没顶之灾。祈祷中国的脱贫攻坚奔小康成功，应该是世界人类的共识。中国人安定了世界就安定了。中国政府脱贫攻坚奔小康不仅是送给本国贫困人口和地球生态的一个爱的礼物，也是送给全世界全人类的一个和平稳定的爱的礼物。这仅仅是个开始，全世界全人类今后都应该为之努力。

尾 声

调寄蝶恋花（新韵）

　　微雨烟红肥粉掉，玉润珠圆、渐沥如啼鸟。料峭莫嫌春色闹，鹅黄鸭绿丝丝好。

　　少壮美仪得趁早，似水韶光、时每催人老。桃李海棠云梦潦，风流满树悠悠落。

需要特别说明的是，本作品所有的文字，都是在大疫期间完成的。

我在撰写此作品时，一直不安心和一直觉得羞耻的是：人类的恶习或曰没出息，在遇到天灾大疫之时，不思共同拒敌，反而互相推诿搪塞，互相甩锅，互相攻讦。还不允许同类有不同看法，如果谁发表了自己的不同看法，便要不择手段地群起而攻之。窃以为新冠病毒这口大锅是自然报复人类的杰作，自然不允许哪个国家来越俎代庖，把自然对人类的报复说成是某个国家惹的祸。自然的意图是要人类明白，这是自然出于爱而对人类发出的一个严厉的警告，人类却狂妄到想要无端地抹煞自然的良苦用心，让中国或是某个国家背锅？如此不思悔改，如此不自量力，如此想要撇清自己，肆意指摘别人，其居心何其毒也！试问哪个国家哪个民族能独自背负起这口自然报复人类的大锅？自然会因此而打断人类的脊梁。

刚刚，就在刚刚，一篇相关疫情的另类报道在全球刷屏——《地球在自我拯救？科学家统计发现：新冠正在阻止全球变暖》：据《每日邮报》4 月 3 日报道，提供基准排放数据的科学家称，由于冠状病毒的暴发使各经济体几乎陷入停滞，因此今年二氧化碳排放量，可能是第二次世界大战以来下降最多的一年。2020 年全球碳排放量可能同比下降 5%，这是自 2008 年以来的首次下降，也是第二次世界大战以来最大的下降。负责全球碳计划的主席罗布·杰克逊表示，碳排放量可能同比下降 5% 以上，这是自 2008 年金融危机后下降 1.4% 以来的首次下降。加州斯坦福大学地球系统科学教授杰克逊对路透社说："今年二氧化碳排放量减少 5% 或更多，这是自第二次世界大战以来从未见过的下降。"他说，无论是苏联解体，还是过去 50 年的各种石油或储蓄和贷款危机，都可能不会像这场危机那样影响排放。另外气候科学家警告世界各国政府，全球排放量必须在 2020 年开始下降，以避免全球变暖。虽然现在碳排放量已经下降，但是，这种改善是用关闭工厂，停飞了航班，并迫使成千上万的人待在家里换来的。

25 亿人被迫隔离后，地球开始恢复益然生机！"新冠"或是大自然对人类的惩戒。随着全球疫情蔓延，世界多国多地处于"封城"的状态。平日街上熙熙攘攘的人群不见了，多数人被隔离在家里。让人意想不到的是，此时，动物们却在人类远离后重回城市。

二次塑造世界的人类正在被病毒震慑，世界仿佛重回到大自然的手中。别样的生机在人类避世后闪现，震惊了世人。在意大利的威尼斯，由于游客骤减及疫情下交通流量大幅减少，城市的污染水平下降，甚至连威尼斯运河都变得清澈起来。由于运河及港口内少了船只和游船，使得水的流动保持在最低水平，导致黏土颗粒和其他污染物落到河底，河水能见度提升。各种鱼类、天鹅、鸬鹚回归，甚至有人还拍到运河里惊现海豚的画面。这番令人震惊的自然变化听起来不可思议，事实上该新闻的确有夸大的成分。《国家地理》杂志指出天鹅和一些海鸟本身就是威尼斯运河的常客，而海豚是在数百英里外地中海撒丁岛的一个港口所拍摄的。

但在意大利其他地方，也出现了一些不同常态的风景。在罗马，没了丢硬币的游客以后，居民注意到有鸭子在著名的特莱维喷泉里休息。在意大利撒丁岛的第二大城镇萨萨里，野猪旁若无人地在街上游荡。意大利的其他城镇的街道，还有马匹和羊群出现。自意大利全面性"封国"后，一边是城市封锁居民隔离，一边却是动物们在城市里自由漫步。全球人类被病毒侵扰的时候，动物们却从有限的人类活动中获益，得以畅快地呼吸。在日本奈良，由于游客减少，公园里喂鹿的人也少了。奈良市区街道上，习惯被投喂的鹿开始在空荡的街道上觅食，寻求自给自足。有些觅不到食物的鹿，甚至啃食起道路上的绿化带。在上周日，印度新德里的街区内，一只猴子被发现在一条满是商店的小巷里寻找食物。虽然印度的新闻较少进入视野，但实际上新德里已经于 3 月 23 日起"封城"，只保留基础生活保障行业的运行。

而在泰国卢普布里的 Prang Sam Yod 寺庙附近，一群饥饿的猴子在广场上聚集，争抢所剩无几的食物，场面相当壮观。在泰国南部某处市政厅大楼，一群猴子为了寻找食物攻占了那里。猴子们把屋顶、电线、天花板设备都扯坏了，迫使工作人员逃离。

在美国加利福尼亚州的奥克兰，《卫报》记者夏洛特·西蒙兹称，发现有野生火鸡出现在一所已空闲的校园操场。连英国卢顿机场附近的田野里，据报道也发现了鹿的身影。英国首相已宣布全国封锁三周，如不遵守警察有权力强制执行，"群体免疫"的策略不攻自破。

在中国，近日南京一家幼儿园闯进一只小狐狸。园方在储物间发现它的时候还以为是标本，仔细看才发现竟是活物。找来食物投喂小狐狸，它也不怕人，只顾着凑上前吃食，样子十分可爱。前段时间，武大网红狐狸珞珞由于疫情期间学校没人也现身珞珈山脚下觅食，被值守老师发现。我还看到，小小的黄鼠狼，也上街向人们索食，丝毫不惧怕人类。

这些野生动物在人类"封城"后，肆意在城市游荡。没有了人类活动的约束，它们获得相对自由和更加广阔的空间。习惯被投喂的动物在饥饿的状态下本能被唤醒，而真正长期野生的动物则大胆涉猎从未踏足的人类领地。那些昔日里人与自然和谐相处的美好画面多是假象。

人类双手触及的范围内，必然会破坏它们生存的净土。自古以来，人类就顺应了弱肉强食的法则，或猎杀或饲养动物，也侵占了它们原本的家园。人类在受苦，自然却悄然焕发出新生。这场疫情难道真是对人类的惩罚？

黑格尔曾说："人类从历史中所得到的教训，就是人类从来不吸取历史教训。"

曾经的澳大利亚山火才过去多久呢？这场持续 5 个月的山火，有 5 亿动物在这场大火中丧生……不久前东非蝗灾肆虐，不知有多少人面临温饱危机……但反思近一年内发生的这一系列灾难，灾难本身，它或许还有其他的意义？山火、病毒、蝗灾在短短的几个月内接连发生，有网友甚至戏称，仿佛"末日"要来了。所谓的"末日"何时降临谁也无法预料，但所发生的这一切，或许是大自然向我们发出的警告。如果我们不重视，这样的事情只会不断重演，甚至情况变得越来越糟。

古希腊哲学家普罗泰戈拉说："人是万物的尺度。"千百万年来，这句流传的名言表示出人类盲目的高傲和目空一切。而事实上呢？大自然并不需要人类，人类却需要大自然。

在一部纪录片《大自然在说话》中，有些话特别让人触动："我已经度过了 45 亿年，是你们人类存在时间的 22500 倍，我并不需要人类，人类却离不开我。越来越多的人类啊，你们想怎样度过每一天，在意我，或者忽略我，我并不在乎，你们的行为决定你们的命运，不是我的。我是大自然，我将继续存在，我随时都在进化，而你们呢？"

我们呢？大自然的存在亘古绵长，人类不过是后来物种进化的结果。表面看来，人与自然似乎此消彼长，实际上，人与大自然密不可分。一荣俱荣，一损俱损。

疫情发生以来，全球各国都相继采取了严厉的抗疫措施，其中包括建议疫情期间居家不出门，减少感染传播的风险。连向来自由奔放惯了的意大利民众也因为疫情害怕了，纷纷自觉居家隔离。结果，短短的时间内，整个意大利的空气污染都减少了。

从欧洲环境署（EEA）发布的关于意大利在疫情期间空气质量变化的数据中可以发现，自从意大利封国以来，国内二氧化氮的排放量大幅降低。意大利北部地区的变化最明显，它也是这次疫情的重灾区。通过分析卫星监测图，2月到3月短短一个月，意大利空气质量有了明显的好转。

中国的空气污染状况也明显好转。根据NASA和ESA的污染检测卫星收集到的数据，从1月20日全民抗疫以来，中国上空的二氧化氮也大大减少。武汉上空的二氧化氮浓度变化更是清晰可观。

随着越来越多的国家采取严格的检疫措施，工厂关闭、交通量减少，全球一氧化碳和类似污染物的排放量与去年对比，同比下降了53%。见多识广的NASA研究员也对此表示惊讶："这是我头一次看到在如此广阔的范围内发生的戏剧性下降。"

这段时间人类只是减少了出门的频率，就让大气上空发生如此大的变化，让人不得不感叹。这场疫情给人类的重创，是物种长期试错总结的教训。虽然物种优胜劣汰，却也应该遵循一定的自然规律。不只是人类，这也是地球上其他物种都应该遵循的规律。而野心勃勃的人类却总在妄图打破自然的规律，付出违背自然的代价。

这次新冠疫情就是给人类的一次警告，一次净化，一次惩罚。

——以上这篇文章完全站在了自然的立场上，在为自然和万类代言，它说出了被自怨自艾的人类忽略了的另一个方面发生的现象。人类却并不感觉有悖于自己或是忤逆了自己，不得不赞叹人类的文明和觉悟，的确已经到了幡然醒悟的临界点，再深入一步，再升华一点，就可以真的与大自然六神合体了。歌德曾说：知道危险而不说的人，是敌人。大疫面前，人类不能再互相伤害，必须团结起来，共同战疫。不要再重复黑格尔的惨痛无奈的斥责："人类从历史中所得到的教训，就是人类从来不吸取历史教训。"人类已经不是一个记吃不记打的孩子。联想到人类命运共同体的倡建，联想到中国脱贫攻坚在全球语境下的这种高度的契合程度，觉得有必要把以上这篇文章当作尾声纳入全书，作为全书杀青的附丽。一切都是自然而然水到渠成的，人类需要什么？该向何处去？读完《爱的礼物》自会豁然明白。

却说我正自思忖间，江苏吴立红让他的小友徐明寄来了从他父亲徐场长茶园里采摘的明前白茶，称："因为大疫，茶园都没有人去管理，几乎要撂荒了。清明前雇人采茶，要好多钱还雇不到采茶工。清明前好不容易采的茶却因新冠病毒寄晚，明前茶迟成了雨前茶。"不免感叹系之。想那茶树生长在山上，自由生长无人问津，与以上发生的情事何等相似。不仅是动物们得了生机，便连植物们也身心放松，花朵在无人观赏的情形下自开自落，树叶在无人干预的状态下自黄自绿，小草在寂寞中疯狂生长，万物的好日子竟然是在人类受难时悄然来临的，这让自谓为万物之灵长的人类情何以堪？此茶理当全球人共品之，或许能从中品出什么不搭调的甘甜，不和谐的苦涩，以促使人类从中多多反思。